Le démon du passé

Mary Higgins Clark

Le démon du passé

Traduit de l'américain par Anne Damour

ÉDITIONS FRANCE LOISIRS

Édition originale américaine : *Stillwatch*

Édition du Club France Loisirs,
avec l'autorisation des Éditions Albin Michel.

Éditions France Loisirs,
123, boulevard de Grenelle, Paris
www.franceloisirs.com

© 1984 by Mares Enterprises, Inc. pour la traduction française
© Éditions Albin Michel S.A., 1986
Création graphique de la collection et couverture par dpcom.fr
ISBN : 978-2-298-02919-2

When I was about twelve years old, there was a murder in the rectory of our local parish. The priests were lingering over coffee. The housekeeper, a young woman of twenty-eight, lived in the basement with her husband and five year old daughter. Suddenly shots were heard. The priests rushed downstairs. The housekeeper's husband had murdered her and killed himself. The next day the newspaper read, "Five year old Stella, bathed in the blood of her mother, was screaming and screaming."

That was the basis for *Stillwatch*. I wondered how much little Stella remembered of the terrible scene after she grew up. I decided to set the book in Washington because it is obviously the center of the political world in America and I wanted to use that background as well.

Mary Higgins Clark

À mes lecteurs de France Loisirs

Quand j'avais douze ans environ, il y a eu un meurtre dans le presbytère de notre paroisse. Les prêtres bavardaient autour d'une tasse de café. La gouvernante, une jeune femme de vingt-huit ans, vivait au sous-sol avec son mari et leur petite fille de cinq ans. Soudain des coups de feu éclatèrent. Les prêtres se précipitèrent en bas. Le mari de la gouvernante l'avait tué et s'était ensuite donné la mort. Le lendemain les journaux titraient : « La petite Stella, cinq ans, baignant dans le sang, hurlait, hurlait. »

Ce fut le point de départ du *Démon du passé*. Je me suis demandée ce que la petite Stella se rappellerait de cette scène terrible en grandissant. J'ai décidé de situer le roman à Washington parce que c'est le centre du monde politique aux États-Unis ; je voulais utiliser cet arrière-plan.

Née à New York, Mary Higgins Clark travaille dans une agence de publicité avant d'épouser Warren Clark. En 1964, son mari meurt brusquement, la laissant seule avec cinq enfants. Elle écrit alors des scripts pour la radio, passe un diplôme de philosophie, et publie *La maison du guet*, aussitôt best-seller. Dès lors, les succès s'enchaînent, parmi lesquels *Une seconde chance*, *Rien ne vaut la douceur du foyer*, *Où es-tu maintenant*...

En France, les romans de Mary Higgins Clark se sont vendus à plus de vingt millions d'exemplaires.

Pat Traymore a tout pour elle : jeune, séduisante et intelligente, c'est une talentueuse journaliste de télévision. Elle veut réaliser une série d'émissions intitulées « Les femmes au gouvernement » et s'intéresse particulièrement à Abigail Jennings, grande favorite dans la course à la présidence des États-Unis après l'étrange démission de l'actuel chef de l'État.

Pour enquêter, elle s'installe dans sa maison d'enfance, à Georgetown. C'est ici que, jadis, ses parents ont été assassinés. Quelques jours avant d'emménager, un étrange appel l'a sommée de ne pas y retourner sous peine de représailles... Qui se cache derrière ces menaces ? Pourquoi lui vouloir du mal ? Pat va découvrir à ses dépens qu'entre passé et présent, il n'y a parfois qu'un pas...

1

Pat conduisait lentement, parcourant des yeux les rues étroites de Georgetown. Le ciel était noir de nuages ; la lumière des réverbères se mêlait à celle des lanternes qui flanquaient les porches ; les décorations de Noël luisaient doucement sur la neige durcie par le gel. Le décor évoquait la sérénité de l'Amérique d'autrefois. Elle tourna dans la rue N, longea un bloc, le regard fixé sur les numéros des maisons, et traversa le carrefour. Ce doit être là, pensa-t-elle – la maison qui fait l'angle. Enfin chez soi.

Elle s'arrêta un instant le long du trottoir pour examiner la maison. C'était la seule qui ne fût pas éclairée, et on distinguait à peine ses lignes élégantes. Les larges fenêtres en façade étaient dissimulées par un rideau de buissons qui avaient poussé librement.

Elle se sentait courbatue après les neuf heures de route depuis Concord, mais elle se surprit à retarder le moment d'ouvrir la porte et d'entrer. C'est ce maudit coup de téléphone, se dit-elle. Je me suis laissée impressionner.

Quelques jours avant qu'elle n'eût quitté son poste à la télévision de Boston, la standardiste l'avait appelée. « Il y a un cinglé qui insiste pour vous parler. Voulez-vous que je vous le passe ?

— Oui. » Elle avait soulevé le récepteur s'était présentée ; une voix masculine, basse mais distincte, avait murmuré : « Patricia Traymore, vous ne devez pas vous rendre à Washington. Vous ne devez pas réaliser une émission à la gloire du sénateur Jennings. Et vous ne devez pas habiter dans *cette* maison. »

Elle avait entendu la standardiste retenir son souffle. « Qui est à l'appareil ? » avait-elle demandé.

La réponse, chuchotée du même ton doucereux, lui avait laissé les mains désagréablement moites. « Je suis un ange de miséricorde, de délivrance – et de vengeance. »

Pat s'était efforcée de classer l'incident dans la catégorie des nombreux appels téléphoniques loufoques que l'on reçoit dans les stations de télévision, mais elle restait malgré tout préoccupée. Son départ pour le Câble du Potomac dans le but de réaliser une série d'émissions sur *les Femmes au gouvernement* avait été annoncé par la presse dans plusieurs articles consacrés à la télévision. Elle les avait tous lus pour vérifier si l'on y mentionnait l'adresse où elle devait habiter, mais elle n'y avait trouvé aucune indication.

Le *Washington Tribune* avait publié l'article le plus détaillé : « Patricia Traymore, avec ses cheveux roux, sa voix sourde et ses yeux bruns au regard chaleureux, sera une recrue pleine d'attrait pour le Câble du Potomac. Ses portraits de célébrités

12

pour la télévision de Boston ont été par deux fois sélectionnés pour les Emmy. Pat a le don magique de pousser les gens à se dévoiler avec la plus étonnante sincérité. Son premier sujet sera la très secrète Abigail Jennings, sénateur senior de Virginie. D'après Luther Pelham, rédacteur en chef de l'information et responsable du Câble du Potomac, l'émission retracera les moments importants de la vie privée et publique du sénateur. Washington attend avec impatience de voir si Pat Traymore parviendra à faire sortir la belle Abigail de sa réserve glacée. »

Le souvenir du coup de téléphone hantait Pat. C'était l'intonation de la voix, la façon dont son interlocuteur avait dit « *cette* maison ».

Qui pouvait être au courant au sujet de la maison ?

Il faisait froid dans la voiture. Pat s'aperçut que le moteur ne tournait plus depuis plusieurs minutes. Un homme avec un attaché-case passa d'un pas pressé, s'arrêta une seconde en la voyant, puis poursuivit son chemin. Je ferais mieux de bouger avant qu'il ne prévienne la police de la présence d'un rôdeur, se dit-elle.

La grille en fer forgé de l'allée était ouverte. Pat stationna la voiture sur le chemin dallé qui menait à la porte d'entrée et chercha la clé dans son sac.

Elle s'immobilisa sur le seuil, s'efforçant d'analyser ce qu'elle ressentait. Elle s'était attendue à une forte réaction. Au lieu de cela, elle avait seulement envie d'entrer, d'aller chercher ses valises dans la voiture, et de se préparer un sandwich et un café. Elle tourna la clé, ouvrit la porte, trouva l'interrupteur.

La maison semblait très propre. Les briques lisses du sol dans l'entrée avaient une douce patine ; le lustre brillait. Au second coup d'œil, Pat remarqua la peinture défraîchie et les marques d'usure le long des plinthes. Une grande partie du mobilier serait sans doute à mettre au rebut ou à restaurer. On livrerait demain les meubles en bon état qui jusqu'alors étaient restés entreposés dans le grenier de la maison de Concord.

Elle traversa lentement le rez-de-chaussée. La salle à manger classique, spacieuse et agréable, se trouvait sur la gauche. À l'âge de seize ans, au cours d'une excursion organisée par son école à Washington, Pat était passée devant cette maison, mais elle ne s'était pas rendu compte que les pièces étaient si grandes. Du dehors, la maison semblait de petite dimension.

La table était éraflée, la desserte marquée de taches, comme si l'on avait posé directement les plats chauds sur le bois. Mais Pat savait que l'élégant ensemble en chêne délicatement travaillé faisait partie des meubles de famille et méritait d'être remis en état.

Elle jeta un coup d'œil dans la cuisine et dans la bibliothèque, mais ne s'arrêta pas. Toute la presse avait décrit le plan de la maison dans le moindre détail. Le salon était la dernière pièce sur la droite. Elle sentit sa gorge se serrer à mesure qu'elle s'en approchait : Était-elle folle d'agir ainsi – retourner ici, chercher à retrouver un souvenir qu'il valait mieux oublier ?

La porte du salon était fermée. Elle posa la main sur la poignée et la tourna en hésitant. La porte s'ouvrit brusquement. Pat chercha l'interrupteur à tâtons. La pièce était grande et belle, avec un haut plafond, un élégant manteau surmontant la cheminée de brique blanche, une banquette encastrée dans l'embrasure de la fenêtre. Elle était vide à l'exception d'un piano de concert, masse d'acajou sombre dans l'alcôve à droite de la cheminée.

La cheminée.

Pat s'en approcha.

Ses bras et ses jambes se mirent à trembler. Des gouttes de transpiration perlèrent sur son front, humectèrent ses paumes. Elle avait la gorge nouée. La pièce bougeait autour d'elle Elle se précipita vers la porte-fenêtre au bout du mur à gauche, chercha maladroitement la poignée, ouvrit d'un coup les deux battants et s'avança en chancelant dans la cour recouverte de neige.

Le souffle court, elle aspira nerveusement l'air glacé qui lui brûla les poumons. Prise d'un violent frisson, elle serra ses bras autour d'elle. Elle perdit soudain l'équilibre et dut s'appuyer contre le mur de la maison pour éviter de tomber. Le vertige faisait tanguer devant elle les silhouettes sombres des arbres nus.

La neige lui arrivait aux chevilles. Elle sentait l'humidité s'infiltrer dans ses bottes, mais ne voulait pas rentrer avant que l'étourdissement fût dissipé. Elle laissa s'écouler plusieurs minutes et se sentit enfin capable de retourner dans la pièce. Elle ferma soigneusement la porte à double tour, hésita, puis pivota résolument sur elle-même, et d'un pas lent marcha à son corps défendant jusqu'à la cheminée. Avec réticence, elle passa sa main sur la brique rugueuse peinte à la chaux.

Pendant longtemps, des bribes de souvenir étaient venues l'assaillir telles des épaves de navire. Au cours des dernières années, elle avait à plusieurs reprises rêvé qu'elle se retrouvait enfant dans la maison. Invariablement, elle se réveillait en proie à une frayeur atroce, essayant de crier, incapable de proférer un son. Mais, avec la peur, une sensation d'abandon l'envahissait. La vérité se trouve dans cette maison, se dit-elle.

C'était arrivé ici. Les manchettes à sensation, retrouvées dans les archives des journaux, lui revinrent à l'esprit. « LE DÉPUTÉ DU WISCONSIN DEAN ADAMS ASSASSINE SA RAVISSANTE ET ARISTOCRATIQUE ÉPOUSE ET SE DONNE LA MORT. LEUR FILLE DE TROIS ANS EST ENTRE LA VIE ET LA MORT. »

Elle avait lu et relu les articles au point de les savoir par cœur. « Profondément attristé, le sénateur John F. Kennedy a déclaré : "Je n'arrive pas à comprendre. Dean était l'un de mes meilleurs amis. Rien chez lui n'avait jamais laissé supposer une violence refoulée." »

Qu'est-ce qui avait bien pu amener le populaire député au meurtre et au suicide ? Des rumeurs avaient couru selon lesquelles lui et sa femme étaient sur le point de divorcer. Dean Adams avait-il craqué en apprenant que sa femme était irrémédiablement décidée à le quitter ? Ils avaient dû lutter pour s'emparer du revolver. Sur l'arme, leurs empreintes mêlées se confondaient. On avait retrouvé leur fille de trois ans étendue contre la cheminée, le crâne fracturé, la jambe droite brisée.

Veronica et Charles Traymore avaient dit à Pat qu'elle était une enfant adoptée. Elle n'avait su l'entière vérité que le jour où elle était entrée à l'université et avait voulu retrouver ses ascendants. Bouleversée, elle avait alors appris que sa mère était la sœur de Veronica. « Tu es restée dans le coma pendant un an, et personne ne pensait que tu vivrais, lui avait raconté Veronica. Lorsque tu as finalement repris connaissance, tu étais comme un nouveau-né à qui il a fallu tout réapprendre. Ma mère – ta grand-mère – a même envoyé une notice nécrologique aux journaux. Ça montre à quel point elle voulait empêcher que le scandale te poursuive tout au long de ta vie. Charles et moi vivions en Angleterre à cette époque. Nous t'avons adoptée et dit à nos amis que tu venais d'une famille anglaise. »

Pat se souvint de la colère de Veronica lorsqu'elle avait demandé à reprendre la maison de Georgetown. « Pat, c'est de la folie de retourner là-bas, avait-elle dit. Nous aurions dû vendre cette maison pour toi au lieu de la louer pendant toutes ces années. Tu t'es fait un nom à la télévision – ne le compromets pas en cherchant à ressusciter le passé ! Tu risques de rencontrer des gens qui t'ont connue enfant. Quelqu'un peut faire le rapprochement.

Ses lèvres minces s'étaient pincées devant l'insistance de Pat. « Nous avons fait tout ce qui était humainement possible pour te donner un nouveau départ. Vas-y, si tu y tiens, mais ne dis pas que tu n'as pas été prévenue. »

À la fin, elles s'étaient embrassées, aussi émues et bouleversées l'une que l'autre. « Écoute, avait plaidé Pat. Mon travail est de faire jaillir la vérité. Si je cherche à découvrir ce qu'il y a de bien et de mal dans la vie des autres, comment pourrais-je avoir la paix en n'agissant pas de même pour la mienne ? »

Elle pénétra dans la cuisine et décrocha le téléphone. Petite fille, elle désignait toujours Veronica et Charles par leur prénom lorsqu'elle parlait d'eux, et dans les dernières années, elle avait cessé de les appeler Papa et Maman. Mais elle se doutait qu'ils en étaient irrités et blessés.

Veronica répondit à la première sonnerie. « Salut, maman. Je suis arrivée saine et sauve. Il y avait peu de circulation sur la route.

— Arrivée *où ça ?*

— À la maison, à Georgetown. » Veronica lui avait recommandé de séjourner à l'hôtel jusqu'à ce qu'on livre les meubles. Sans lui donner le temps de protester, Pat poursuivit précipitamment : « C'est bien mieux ainsi, je t'assure. J'ai la possibilité d'installer tout mon matériel dans la bibliothèque et de rassembler mes esprits pour mon interview de demain avec le sénateur Jennings.

— Tu ne te sens pas nerveuse dans cet endroit ?

— Pas du tout. » Elle imaginait le visage mince, soucieux, de Veronica. « Ne t'inquiète pas pour moi et prépare-toi pour votre croisière. As-tu bouclé tes valises ?

— Bien sûr. Pat, je n'aime pas te savoir seule pour Noël.

18

— Je serai trop occupée à mettre cette émission sur pied pour avoir le temps d'y penser. Et puis, nous avons déjà passé un merveilleux Noël anticipé ensemble. Écoute, il faut que j'aille décharger la voiture. Je vous embrasse tous les deux. Fais comme si tu vivais une seconde lune de miel, et laisse Charles faire l'amour avec toi.

— *Pat !* » La désapprobation et l'amusement se mêlaient dans la voix de Veronica. Mais elle parvint à glisser un conseil avant de raccrocher. « Verrouille bien les portes ! »

Pat boutonna sa veste et se risqua dehors dans le soir glacial ; pendant les dix minutes qui suivirent, elle tira et transporta valises et cartons. Celui où étaient rangés le linge et les couvertures était lourd et mal commode, elle dut se reposer toutes les deux ou trois marches pour le monter au premier étage. Dès qu'elle portait un poids, elle avait l'impression que sa jambe droite allait fléchir. Et celui qui contenait la vaisselle, les casseroles et les provisions, elle fut obligée de le hisser sur le comptoir de la cuisine. J'aurais mieux fait d'attendre demain l'arrivée des déménageurs, à l'heure prévue, regretta-t-elle – mais elle avait appris à ne pas se fier aux dates de livraison « fermes ». Elle venait de finir de suspendre ses vêtements et préparait un café quand le téléphone sonna.

Le son parut exploser dans le silence de la maison. Pat sursauta et fit une grimace en sentant quelques gouttes de café sur sa main. Elle posa calmement la tasse sur le comptoir et prit l'appareil. « Pat Traymore.

— Allô, Pat. »

19

Elle serra le récepteur, espérant que sa voix semblerait seulement amicale. « Allô, Sam. »

Samuel Kingsley, député du 26ᵉ district de Pennsylvanie, l'homme qu'elle aimait de tout son cœur – l'*autre* raison qui l'avait décidée à venir s'installer à Washington.

2

Quarante minutes plus tard, Pat se débattait encore avec le fermoir de son collier lorsque le carillon de la porte d'entrée annonça l'arrivée de Sam. Elle s'était changée et avait passé une robe en lainage vert foncé gansée de satin. Sam lui avait dit un jour que le vert faisait ressortir les reflets roux de ses cheveux.

La sonnerie retentit une seconde fois. Ses doigts tremblaient trop pour fixer le fermoir. Elle prit son sac et y glissa le collier. Tout en descendant à la hâte l'escalier, elle s'évertua à rester calme. Il ne fallait pas oublier que pendant les huit mois qui s'étaient écoulés depuis la mort de sa femme, Janice, Sam ne lui avait pas téléphoné une seule fois.

Sur la dernière marche, elle s'aperçut qu'elle s'appuyait davantage sur sa jambe gauche, à nouveau. Sam avait tellement insisté pour qu'elle consulte un spécialiste des os qu'elle lui avait dit la vérité sur sa blessure.

Elle hésita un moment dans l'entrée, puis ouvrit lentement la porte.

Sam emplissait presque l'embrasure. La lumière de l'extérieur accrochait des fils d'argent dans ses cheveux bruns. Sous les sourcils en broussaille, ses yeux couleur noisette avaient un regard circonspect et interrogateur. Des rides nouvelles étaient apparues tout autour. Mais son sourire, quand il la regarda, n'avait pas changé, tendre et chaleureux.

Ils restèrent immobiles, l'air gêné, chacun attendant que l'autre fît le premier pas, donnât le ton des retrouvailles. Sam portait un balai. Il le lui tendit d'un air solennel. « Les Amish font partie de mon district. Une de leurs coutumes est d'apporter un balai neuf et du sel dans une nouvelle maison. » Il tira une salière de sa poche. « Avec les compliments de la Chambre des représentants. » Il s'avança d'un pas à l'intérieur, posa ses mains sur les épaules de Pat et se pencha pour l'embrasser sur la joue. « Bienvenue dans notre ville, Pat. Heureux de vous avoir parmi nous. »

C'est donc ainsi qu'il l'accueillait ! Deux vieux amis qui se retrouvent. Washington étant une ville trop petite pour y éviter quelqu'un sorti du passé, mieux valait prendre le problème de front et définir les règles. Pas question, pensa Pat. On joue une autre partie, Sam, et cette fois-ci, j'ai l'intention de gagner.

Elle l'embrassa, résolument, laissant ses lèvres pressées contre les siennes juste assez longtemps pour sentir l'émotion le gagner, puis recula et sourit avec naturel.

« Comment avez-vous su que j'étais là ? demanda-t-elle. Avez-vous fait placer des micros dans la maison ?

22

— Pas tout à fait. Abigail m'a dit que vous deviez vous rendre à son bureau demain. J'ai demandé votre numéro de téléphone au Câble du Potomac.

— Je vois. » Il y avait une sorte de familiarité dans la façon dont Sam avait mentionné le sénateur Jennings. Pat sentit un étrange pincement au cœur et baissa la tête, préférant lui dissimuler l'expression de son visage. Elle fit mine de fouiller dans son sac à la recherche de son collier. « Ce truc a un fermoir qui dépasserait la compétence d'un magicien. Pouvez-vous m'aider ? » Elle lui tendit le collier.

Sam le lui passa autour du cou ; elle sentit la chaleur de ses doigts qui s'attardaient un moment sur sa peau en fixant le fermoir.

« Bon, dit-il enfin. Cela devrait tenir Ai-je droit à la visite guidée ?

— Il n'y a encore rien de spécial à voir. Le camion de déménagement arrive demain. Dans quelques jours, cette maison aura pris un air de jeunesse. D'autre part, je meurs de faim.

— Comme toujours, si mes souvenirs sont bons. » À présent, les yeux de Sam trahissaient un amusement sincère. « Comment une petite chose comme vous peut-elle avaler autant de glaces à la crème surmontées de monceaux de fruits secs, de noix et de sirop, le tout accompagné de muffins beurrés, et ne pas prendre un gramme ?... »

Très flatteur, Sam, songea Pat en décrochant son manteau dans la penderie. Me voilà cataloguée comme une petite chose avec un gros appétit. « Où allons-nous ? demanda-t-elle.

23

— J'ai réservé une table à la Maison blanche. C'est toujours bon. »

Elle lui tendit sa veste. « Ont-ils un menu pour enfant ? ajouta-t-elle d'une voix suave.

— Comment ? Oh ! je comprends ! Pardon. Je pensais vous faire un compliment. »

Sam avait garé sa voiture derrière celle de Pat. La main légèrement passée sous son bras, il entraîna la jeune femme dans l'allée. « Pat, sentez-vous toujours cette faiblesse dans la jambe droite ? » Une note d'inquiétude perçait dans sa voix.

« À peine. Je suis juste un peu ankylosée par le voyage.

— Dites-moi si je me trompe, mais cette maison n'est-elle pas la vôtre ? »

Elle lui avait parlé de ses parents au cours de la seule nuit qu'ils avaient passée ensemble. Elle hocha la tête, songeuse. Elle avait maintes fois revécu cette nuit à l'Ebb Tide Motel à Cape Cod. Il lui suffisait de respirer l'odeur de l'océan ou de voir un couple dans un restaurant, les doigts unis au-dessus de la table, souriant du sourire secret des amoureux. Et cette unique nuit avait mis un point final à leur histoire. Le matin, silencieux et tristes au petit déjeuner, avant de reprendre deux avions différents, ils avaient fait le tour du problème et convenu qu'ils n'avaient pas le droit d'être l'un à l'autre. L'épouse de Sam, déjà clouée à vie dans un fauteuil roulant par une sclérose en plaques, ne méritait pas d'apprendre en plus que son mari avait une liaison avec une autre femme. « Et elle l'avait appris », avait dit Sam.

Pat se força à revenir au présent et tenta de changer de sujet. « N'est-ce pas une rue merveilleuse ? Elle me fait penser à une carte de Noël.

— Presque toutes les rues de Georgetown ont un air de carte de Noël à cette époque de l'année, répliqua Sam. Pat, vouloir déterrer le passé ne vous apportera rien de bon. Oubliez-le. »

Ils étaient arrivés à la voiture. Il ouvrit la porte et elle se glissa à l'intérieur. Elle attendit qu'il fût installé au volant et qu'il démarrât pour dire : « Je ne peux pas. Quelque chose ne cesse de me harceler, Sam. Je ne trouverai pas la paix avant de savoir de quoi il s'agit. »

Sam ralentit au stop au bout de la rue. « Pat, savez-vous ce que vous essayez de faire ? Vous voulez réécrire l'histoire, vous remémorer cette nuit et décréter que tout cela ne fut qu'un terrible accident, que votre père n'a voulu ni vous faire du mal ni tuer votre mère. Vous vous rendez les choses encore plus pénibles. »

Elle tourna la tête et le regarda de profil. Ses traits, à peine trop forts, légèrement trop irréguliers pour une beauté classique, étaient terriblement séduisants. Elle dut contenir l'envie de se pencher vers lui et de sentir le lainage fin de son pardessus contre sa joue.

« Sam, avez-vous déjà eu le mal de mer ? demanda-t-elle.

— Une fois ou deux. J'ai en général le pied marin.

— Moi aussi. Mais je me souviens d'un retour sur le *Queen Elizabeth 2* avec Veronica et Charles, un été. Nous avons essuyé une tempête et je ne sais pourquoi j'ai eu le mal de mer. Je ne me rappelle pas m'être jamais sentie aussi misérable. Je n'avais qu'une envie, vomir et qu'on en finisse. Et voyez-vous, c'est ce qui m'arrive maintenant. Il me revient sans cesse des choses... »

Il tourna dans Pennsylvania Avenue. « Quelles choses ?

— Des bruits..., des impressions... parfois très vagues ; d'autres fois, surtout à mon réveil, éton-namment claires – et pourtant elles disparaissent avant que je n'aie prise sur elles. J'ai même essayé l'hypnose l'an dernier, mais cela n'a pas marché. Puis j'ai lu que certains adultes sont capables de se souvenir avec précision de faits survenus alors qu'ils avaient à peine deux ans. Une étude établis-sait que le meilleur moyen pour réveiller la mémoire est de reproduire l'environnement. Heureusement ou non, c'est dans mes possibilités.

— Et moi, je persiste à penser que c'est une mauvaise idée. »

Pat regarda par la vitre de la voiture. Elle avait étudié le plan des rues afin de se faire une idée de la ville et elle s'efforçait à présent d'éprouver son sens de l'observation. Mais la voiture roulait trop vite et il faisait trop sombre pour y voir quelque chose. Ils restèrent silencieux.

Le maître d'hôtel de la Maison blanche accueillit Sam chaleureusement et les conduisit à une table avec banquette.

« Votre whisky habituel ? » demanda Sam lorsqu'ils furent installés.

Pat hocha la tête, terriblement consciente de la proximité de Sam. Lui réservait-on toujours cette table ? Combien de femmes avait-il amenées ici ?

« Deux Chivas Regal avec des glaçons, du soda et un zeste de citron, s'il vous plaît », commanda Sam. Il attendit que le maître d'hôtel fût hors de portée de voix pour dire : « Bon, racontez-moi les dernières années. Sans rien oublier.

— Cela ne va pas être facile. Laissez-moi réfléchir une minute. » Elle préférait passer sous silence les premiers mois qui avaient suivi leur décision de ne plus se revoir, les jours traversés dans un brouillard de détresse absolue, inconsolable. Par contre, elle parla de son travail, de sa nomination aux Emmy pour son émission sur la femme qui venait d'être élue maire de Boston, de son désir obstiné de réaliser une émission sur le sénateur Jennings.

« Pourquoi Abigail ? demanda Sam.

— Parce que je crois qu'il est grand temps qu'une femme soit nommée Président. Dans deux ans, nous aurons une élection présidentielle, et Abigail Jennings devrait être tête de liste. Regardez sa carrière : dix ans à la Chambre des représentants, trois fois élue au Sénat, membre de la commission des Affaires étrangères, de la commission du Budget, première femme chef adjoint de la majorité. N'est-il pas exact que le Congrès est encore en session parce que le Président compte sur elle pour faire voter le budget comme il l'entend ?

— Oui, c'est exact – et qui plus est, elle y parviendra.

— Que pensez-vous d'elle ? »

Sam haussa les épaules. « Elle est bien. Vraiment bien, en fait. Mais elle a marché sur les pieds de beaucoup de gens importants, Pat. Lorsque Abigail se met en rogne, elle ne fait attention ni à qui elle s'en prend ni ou et comment elle le fait.

— Je suppose qu'il en est de même pour la majorité des hommes au pouvoir.

— Probablement.

— Sûrement.

Le garçon apporta le menu. Ils commandèrent, choisissant de partager une salade César. Encore un souvenir. Le dernier jour qu'ils avaient passé ensemble, Pat avait préparé un pique-nique et demandé à Sam quelle salade apporter. « César, avait-il dit sans hésiter, avec beaucoup d'anchois, s'il vous plaît. – Comment pouvez-vous aimer ces choses-là ? s'était-elle étonnée. – Comment pouvez-vous ne pas les aimer ? On ne les apprécie pas du premier coup, mais une fois qu'on y prend goût, c'est pour toujours. » Elle les avait goûtés ce jour-là, et trouvés bons.

Il s'en souvenait aussi. Au moment où ils rendaient les menus au garçon, il fit remarquer : « Je suis heureux que vous n'ayez pas renoncé aux anchois. » Il sourit. « Pour en revenir à Abigail, je suis stupéfait qu'elle ait accepté de participer à l'émission.

— Franchement, j'en suis encore surprise moi-même. Je lui ai écrit il y a environ trois mois. J'avais fait des recherches sur elle et j'étais fascinée par ce que j'avais découvert. Sam, que savez-vous de son passé ?

— Elle est originaire de Virginie. À la mort de son mari, elle a pris son siège au Congrès. C'est une acharnée au travail.

— Exact. C'est ainsi que tout le monde la voit. La vérité est qu'Abigail Jennings est originaire du nord de l'État de New York, et *non pas* de Virginie. Elle a été élue Miss État de New York, mais a refusé de se rendre à Atlantic City pour l'élection de Miss America, parce qu'elle avait obtenu une bourse pour Radcliffe et ne voulait pas risquer de perdre une année. Elle n'avait que trente et un ans lorsqu'elle est devenue veuve. Elle était tellement amoureuse de son mari que vingt-cinq ans après sa mort, elle n'est toujours pas remariée.

— Elle ne s'est pas remariée, mais n'a pas vécu comme une nonne pour autant.

— Je n'en sais rien, mais d'après les informations que j'ai recueillies, la plus grande partie de ses jours et de ses nuits est consacrée au travail.

— C'est vrai.

— Quoi qu'il en soit, dans ma lettre, je lui faisais part de mon désir de faire une émission qui donnerait aux téléspectateurs le sentiment de la connaître sur le plan personnel. J'ai précisé mes intentions, j'ai reçu en retour le refus le plus catégorique que j'aie jamais lu. Puis, il y a deux semaines, Luther Pelham m'a téléphoné. Il venait spécialement à Boston pour m'inviter à déjeuner et voulait me proposer de travailler pour lui. Au cours du déjeuner, il m'a dit que le sénateur lui avait montré ma lettre ; depuis quelque temps déjà, il avait envie de faire une série d'émissions intitulée *les Femmes au gouvernement*. Il connaissait et appréciait ce que je faisais et avait pensé à moi pour ce travail. Il a ajouté qu'il voulait me faire participer régulièrement à son journal télévisé de dix-neuf heures.

« Vous pouvez imaginer ce que j'ai ressenti. Pelham est sans doute le commentateur le plus coté de toute la profession ; le réseau est aussi important que la chaîne de Turner ; le salaire énorme. Je dois démarrer la série avec un portrait du sénateur Jennings, et il veut le tout aussi rapidement que possible. Mais j'ignore toujours pourquoi le sénateur a changé d'avis.

— Je peux vous le dire. Le vice-président va peut-être donner sa démission d'ici peu. Il est plus malade qu'on ne le croit. »

Pat posa sa fourchette et le regarda. « Sam, voulez-vous dire que… ?

— Je veux dire que le second mandat du Président s'achève dans moins de deux ans. Peut-il trouver mieux pour faire plaisir à toutes les femmes de ce pays que de nommer pour la première fois une femme vice-président ?

— Mais cela signifie… si le sénateur Jennings est nommé vice-président, on ne pourra vraisemblablement pas refuser sa candidature à la présidence la prochaine fois.

— Doucement, Pat. Vous allez trop vite. J'ai seulement dit que *si* le vice-président donne sa démission, il y a de fortes chances qu'il soit remplacé par Abigail Jennings ou Claire Lawrence. Claire est pour ainsi dire la Erma Bombeck du Sénat – très populaire, brillante, une législatrice de premier plan. Elle a fait de l'excellent travail. Mais Abigail est là depuis plus longtemps. Le Président et Claire sont tous les deux originaires du Middle

West, et politiquement ce n'est pas bon. Il nommerait de préférence Abigail, mais il ne peut ignorer qu'Abigail n'est pas véritablement connue sur le plan national. Et elle s'est fait quelques puissants ennemis au Congrès.

— Vous croyez donc que Luther Pelham veut réaliser ce reportage pour faire connaître une Abigail plus humaine, plus vivante ?

— D'après ce que vous venez de me dire, c'est mon impression. Je crois qu'il veut lui amener le soutien du public. Ils sont intimes depuis longtemps, et je suis certain qu'il aimerait voir sa chère amie dans le fauteuil du vice-président. »

Ils mangèrent en silence ; Pat réfléchissait aux implications que sous-entendaient les révélations de Sam. Bien sûr, cela expliquait la proposition soudaine de ce travail, la nécessité de faire vite.

« Et moi, alors ? finit par dire Sam. Vous ne m'avez pas demandé ce que *j'étais* devenu pendant ces deux dernières années.

— J'ai suivi votre carrière, lui dit-elle. J'ai porté un toast lorsque vous avez été réélu – bien que cela ne m'ait pas surprise. J'ai écrit et déchiré une douzaine de lettres que je vous ai écrites à la mort de Janice. Je suis censée savoir trouver les mots qu'il faut, mais aucun ne me paraissait juste… cela a dû être affreux pour vous.

— Oui. Lorsqu'il fut clair que Janice n'avait plus longtemps à vivre, j'ai réduit mon emploi du temps pour passer chaque minute possible auprès d'elle. J'espère l'avoir aidée.

— J'en suis certaine. » Elle ne put s'empêcher de lui demander : « Sam, pourquoi avoir attendu si longtemps pour m'appeler ? En fait, m'auriez-vous jamais téléphoné si je n'étais pas venue à Washington ? »

Le bruit de fond que faisaient les voix des autres clients, le léger tintement des verres, les effluves alléchants des plats, les murs lambrissés et les panneaux de séparation en vitre dépolie disparurent pendant qu'elle attendait sa réponse.

« Je vous ai appelée, dit-il. À plusieurs reprises. Mais j'ai eu le courage de raccrocher avant que votre téléphone ne sonne. Pat, lorsque je vous ai rencontrée, vous alliez vous fiancer. Je vous ai empêchée de le faire.

— Avec ou sans vous, je ne l'aurais pas fait. Rob est un charmant garçon, mais ce n'est pas suffisant.

— C'est un jeune et brillant avocat avec un avenir prometteur. Sans moi, vous seriez mariée avec lui aujourd'hui. Pat, j'ai quarante-huit ans. Vous en avez vingt-sept. Je vais être grand-père. Vous voudriez sûrement avoir des enfants, et je ne me sens simplement pas l'énergie de fonder une nouvelle famille.

— Je comprends. Puis-je vous demander une chose, Sam ?

— Bien sûr.

— M'aimez-vous, ou vous êtes-vous persuadé de renoncer aussi à cela ?

— Je vous aime assez pour vous laisser une chance de rencontrer à nouveau quelqu'un de votre âge.

— Et avez-vous rencontré quelqu'un de *votre* âge ?

— Je n'ai personne de particulier dans ma vie.

— Je vois. » Elle parvint à sourire. « Bon, maintenant que nous avons tout mis au clair, si vous m'offriez ce somptueux dessert à la crème dont je raffole, paraît-il ? »

Il parut soulagé. S'attendait-il à ce qu'elle le harcelât ? Il semblait très las. Qu'était devenu l'enthousiasme qui l'animait il y a quelques années ?

Une heure plus tard, lorsqu'il la déposa chez elle, Pat se rappela ce dont elle avait voulu lui parler. « Sam, j'ai reçu un coup de fil bizarre la semaine dernière au bureau. » Elle lui raconta. « Les membres du Congrès reçoivent-ils beaucoup de lettres ou d'appels téléphoniques de menace ? »

Il ne se montra pas spécialement inquiet. « Pas précisément, et personne d'entre nous ne les prend très au sérieux. » Il l'embrassa sur la joue et rit doucement. « J'y pense. Peut-être devrais-je aller demander à Claire Lawrence si c'est elle qui tente d'intimider Abigail. »

Pat le regarda s'éloigner, puis referma la porte à clé. L'impression de vide qu'elle éprouvait déjà augmenta encore à l'intérieur de la maison. Les meubles apporteront un changement, se promit-elle.

Quelque chose sur le sol attira son regard : une simple enveloppe blanche. On avait dû la glisser sous la porte pendant son absence. Son nom était inscrit en grosses majuscules noires, fortement penchées sur la droite. Sans doute quelqu'un de l'agence immobilière, chercha-t-elle à se persuader. Mais le nom et l'adresse de l'établissement manquaient dans le coin supérieur gauche, et l'enveloppe venait du Prisunic le meilleur marché.

Lentement, elle l'ouvrit en la déchirant et en sortit l'unique feuille de papier. On y lisait : JE VOUS AI DIT DE NE PAS VENIR.

3

L e lendemain matin, le réveil sonna à six heures. Pat se glissa sans peine hors de son lit. Le matelas plein de bosses n'avait pas été propice au sommeil et elle était restée éveillée, attentive aux grincements, aux bruits de la maison et aux ronflements de la chaudière à mazout chaque fois qu'elle s'arrêtait et se rallumait. Elle avait beau se raisonner, elle n'arrivait pas à écarter le billet de sa pensée, à l'attribuer à un cinglé inoffensif. Quelqu'un la surveillait.

Les déménageurs avaient promis de venir vers huit heures. Elle décida de monter les dossiers empilés au sous-sol dans la bibliothèque.

Le sous-sol était sale et poussiéreux, avec des murs et un sol en ciment. Les meubles de jardin étaient soigneusement rangés au milieu. La cave se trouvait à droite de la chaufferie. Il y avait un gros cadenas sur la porte, noir de la suie accumulée au cours des années.

En lui donnant la clé, Charles l'avait prévenue : « J'ignore exactement ce que tu vas trouver, Pat. Ta grand-mère a donné des instructions au bureau de Dean pour faire envoyer toutes ses affaires personnelles à la maison. Nous ne sommes jamais allés faire le tri. »

Pendant un moment, elle crut que la clé ne fonctionnait pas. Le sous-sol était humide, il y régnait une vague odeur de renfermé. Pat se demanda si la serrure avait rouillé. Elle manœuvra lentement la clé d'avant en arrière et la sentit enfin tourner. Elle tira sur la porte.

À l'intérieur de la cave, une odeur plus forte de moisi lui monta aux narines. Deux classeurs grand format étaient tellement recouverts de poussière et de toiles d'araignée qu'elle put à peine en distinguer la couleur. À côté, il y avait plusieurs cartons empilés au petit bonheur. Du pouce, elle frotta la saleté jusqu'à ce qu'apparaissent les étiquettes : DÉPUTÉ DEAN W. ADAMS, EFFETS PERSONNELS. DÉPUTÉ DEAN W. ADAMS, OBJETS DIVERS. Les étiquettes sur les fichiers portaient la même inscription : DÉPUTÉ DEAN W. ADAMS, PERSONNEL.

« Député Dean W. Adams », fit Pat à voix haute. Elle répéta lentement le nom. Curieux, songea-t-elle, je ne pense pas vraiment à lui en tant que député. Je me le représente seulement dans cette maison. Quelle sorte de parlementaire pouvait-il bien être ?

À part la photo officielle que les journaux avaient reproduite à l'époque des deux décès, elle n'avait jamais vu ne serait-ce qu'un instantané de lui. Veronica lui avait montré des albums remplis de photos de Renée enfant, jeune femme à ses débuts, à son premier concert, avec Pat dans les bras. On devinait sans mal pourquoi Veronica n'avait rien gardé qui pût rappeler Dean Adams.

La clé des fichiers se trouvait sur l'anneau que lui avait donné Charles. Au moment où elle s'apprêtait à ouvrir le premier tiroir, Pat éternua. C'était de la folie de vouloir examiner quelque chose dans cette cave. La poussière lui piquait les yeux. J'attendrai que tout soit monté dans la bibliothèque, se dit-elle. Pour l'instant, elle se contenterait de nettoyer l'extérieur des classeurs et d'ôter le plus gros de la poussière sur les cartons.

La tâche s'avéra salissante et exténuante. Il n'y avait pas d'évier au sous-sol, et Pat dut gravir à plusieurs reprises l'escalier jusqu'à la cuisine, descendant une bassine d'eau savonneuse chaude, et remontant quelques minutes plus tard avec l'eau et l'éponge noircies.

Au dernier trajet, elle prit un couteau et gratta soigneusement les étiquettes sur les cartons. En dernier lieu, elle ôta celles qui étaient collées sur le devant des fichiers. Satisfaite, elle inspecta son travail. Les classeurs vert olive étaient encore en assez bon état. Ils trouveraient leur place le long du mur exposé à l'est dans la bibliothèque. Les cartons également. Personne ne pourrait imaginer qu'ils ne venaient pas de Boston. Encore l'influence de Veronica, se dit-elle avec une grimace. « Ne le dis à personne, Pat. Pense à l'avenir, Pat. Une fois mariée, désires-tu que tes enfants apprennent que tu boites parce que ton père a voulu te tuer ? »

Elle eut à peine le temps de se laver les mains et la figure avant l'arrivée des déménageurs. Les trois hommes du camion transportèrent les meubles à l'intérieur, déroulèrent les tapis, déballèrent la vaisselle en porcelaine et les verres en cristal, montèrent tout ce qui était resté dans la cave. Vers midi, ils partirent, visiblement satisfaits du pourboire.

À nouveau seule, Pat se rendit directement dans le salon. Le changement était stupéfiant. Ce qui dominait, c'était le tapis d'Orient de quatre mètres sur sept avec ses motifs éclatants de couleur orange, verte, jaune et rouge sombre sur fond noir. La méridienne en velours vert était placée contre le petit mur à angle droit du grand canapé en satin de coton orange ; les grands fauteuils à oreillettes de part et d'autre de la cheminée, le coffre indien à gauche de la porte-fenêtre qui donnait sur la cour.

La pièce était redevenue ce qu'elle avait été. Pat la parcourut, caressant des doigts le dessus des tables, changeant l'orientation d'une chaise ou d'une lampe, passant la main sur les sièges garnis de tissu. Que ressentait-elle ? Elle n'aurait su le dire. Pas exactement de la peur – bien qu'elle dût se forcer pour passer devant la cheminée. Quoi alors ? Un sentiment de nostalgie ? Mais pour quelle raison ? Se pouvait-il que certaines de ces impressions confuses fussent des souvenirs de moments heureux passés dans cette pièce ? S'il en était ainsi, que faire d'autre pour les réveiller ?

À quinze heures cinq, elle sortit d'un taxi devant l'immeuble du Russel Senate Office. La température avait brusquement chuté en quelques heures et elle pénétra avec plaisir dans le hall d'entrée bien chauffé. Les gardes chargés de la sécurité la firent passer à travers le détecteur magnétique et la conduisirent jusqu'à l'ascenseur. Quelques minutes plus tard, elle donnait son nom à la réceptionniste d'Abigail Jennings.

« Le sénateur Jennings est un peu en retard, expliqua la jeune femme. Elle a dû recevoir des électeurs qui sont passés la voir. Ce ne sera pas long.

— Je peux attendre. » Pat choisit une chaise à dos droit et regarda autour d'elle. Apparemment, les bureaux d'Abigail Jennings comptaient parmi les plus agréables du Russel. Situés en angle, ils donnaient une impression d'espace et d'air que Pat savait peu courante dans cet immeuble surchargé. Une balustrade basse séparait la salle d'attente de la réception. À droite, un couloir menait à une rangée de bureaux privés. Les murs étaient recouverts de photos de presse encadrées du sénateur. Sur la petite table près du canapé en cuir étaient disposés des prospectus expliquant les positions prises par le sénateur Jennings sur la législation en cours.

Elle entendit la voix connue, légèrement modulée par une très faible pointe d'accent du Sud, qui invitait gentiment des gens à sortir d'un bureau. « Je suis ravie que vous ayez pu passer. J'aurais aimé disposer de plus de temps... »

Les visiteurs, un couple élégant d'une soixantaine d'années, se confondaient en remerciements. « À dire vrai, lors de votre tournée, vous nous aviez invités à passer vous voir quand bon nous semblerait, et j'ai dit : "Violet, puisque nous sommes à Washington, allons-y."

— Vous n'êtes vraiment pas libre pour dîner ? s'interposa la femme.

— Je regrette infiniment. »

Pat regarda le sénateur entraîner ses visiteurs vers la sortie, ouvrir la porte et la refermer lentement, les obligeant à partir. Bien joué, pensa-t-elle. Elle sentit une poussée d'adrénaline l'envahir.

Abigail fit demi-tour et s'arrêta, donnant à Pat le temps de l'examiner attentivement. Pat avait oublié qu'elle était si grande, à peu près un mètre soixante-quinze, avec un port droit et élégant. Son tailleur de tweed gris épousait les formes de son corps ; elle avait des épaules larges qui accentuaient une ligne sans défaut, des hanches étroites sur de longues jambes fines. Ses cheveux blond cendré encadraient un visage mince que dominaient des yeux extraordinaires d'un bleu de porcelaine. Son nez était luisant, ses lèvres pâles et sans fard. Elle semblait n'utiliser aucun maquillage, comme si elle voulait à tout prix minimiser son exceptionnelle beauté. Mis à part de petites rides autour des yeux et de la bouche, elle n'avait pas changé depuis six ans.

Pat vit le regard bleu se poser sur elle.

« Bonjour », dit le sénateur en s'avançant d'un pas rapide vers elle. Avec un coup d'œil réprobateur vers la réceptionniste, elle ajouta : « Cindy, vous auriez dû me prévenir que Mlle Traymore était arrivée. » Le mécontentement fit place au regret sur son visage. « Bon, ce n'est pas grave. Entrez, s'il vous plaît, mademoiselle Traymore.

Puis-je vous appeler Pat ? Luther m'a tellement parlé de vous que j'ai l'impression de vous connaître. J'ai vu certaines des émissions que vous avez réalisées à Boston. Luther me les a procurées. Elles sont formidables. Et comme vous le soulignez dans votre lettre, nous nous sommes rencontrées il y a quelques années. Lorsque j'ai donné une conférence à Wellesley, n'est-ce pas ?

— Oui, en effet. » Pat pénétra dans le bureau à la suite du sénateur et regarda autour d'elle. « C'est ravissant ! » s'exclama-t-elle.

Sur une longue console en chêne étaient disposés une lampe japonaise délicatement peinte, une statuette de prix représentant un chat égyptien, un stylo en or sur son support. Le fauteuil clouté en cuir rouge cramoisi, large et confortable avec ses bras cintrés, était probablement anglais du dix-septième. Le tapis d'Orient avait des tons dominants de rouge et de bleu. Les drapeaux des États-Unis et du Commonwealth de Virginie étaient accrochés sur le mur derrière le bureau. Des rideaux à embrasse en soie bleue mettaient une note de douceur dans la morosité de cette journée d'hiver nuageuse. Des étagères en acajou recouvraient tout un mur. Pat choisit une chaise près du bureau.

Le sénateur parut apprécier la réaction de Pat. « Certains de mes collègues estiment que plus leurs bureaux sont encombrés et tristement meublés, plus les électeurs les croiront surchargés de travail et les pieds sur terre. Pour ma part, je suis tout simplement incapable de travailler dans le désordre. L'harmonie importe beaucoup à mes yeux. J'accomplis bien mieux ma tâche dans cette ambiance. »

Elle se tut. « Il va y avoir un vote au Sénat dans une heure, aussi je crois que nous ferions mieux de nous mettre au travail sans tarder. Luther vous a-t-il dit que je *détestais* réellement l'idée de cette émission ? »

Pat se sentit en terrain sûr. Beaucoup de gens acceptaient mal que l'on fît des reportages sur eux. « Oui, il me l'a dit, répondit-elle, mais je crois sincèrement que le résultat vous satisfera.

— C'est la seule façon dont je l'envisage. Je préfère travailler avec Luther et avec vous plutôt que de voir une autre chaîne produire une émission sans mon autorisation Néanmoins, je regrette quand même les bons vieux jours où un homme politique pouvait déclarer sans plus "Mon passé parle pour moi".

— Ces jours-là sont révolus. Du moins pour ceux qui comptent. »

Abigail sortit une boîte à cigarettes du tiroir de son bureau. « Je ne fume plus jamais en public, fit-elle remarquer. Une fois – *une seule fois*, le croirez-vous –, un journal a publié une photo de moi avec une cigarette. Je siégeais à la Chambre alors, et j'ai reçu des douzaines de lettres courroucées de la part de parents de ma circonscription me reprochant de donner le mauvais exemple. » Elle tendit le bras à travers le bureau. « Voulez-vous... »

Pat secoua la tête. « Non, merci. Mon père m'a demandé de ne pas fumer avant l'âge de dix-huit ans et ensuite je n'en ai plus eu envie.

— Et vous avez tenu parole ? Sans tirer une bouffée derrière le garage ou je ne sais où ?

— Oui. »

Le sénateur sourit. « Cela me paraît rassurant. Sam Kingsley et moi partageons la même méfiance à l'égard des médias. Vous le connaissez, je crois ? Lorsque je lui ai parlé de cette émission, il m'a assuré que vous n'étiez pas comme les autres.

— C'est gentil de sa part, dit Pat, s'efforçant de paraître naturelle. Sénateur, je suppose que la façon la plus rapide d'attaquer le problème est de me dire exactement pourquoi l'idée de cette émission vous répugne autant. Si je connais à l'avance vos objections, nous gagnerons du temps. »

Elle vit son visage devenir songeur. « C'est exaspérant de savoir que ma vie privée ne satisfait personne. Je suis veuve depuis l'âge de trente et un ans. Prendre la place de mon mari au Congrès après sa mort, puis être élue moi-même et parvenir au Sénat – tout cela fait que je n'ai jamais cessé de me sentir associée à lui. J'aime mon travail et je suis mariée avec lui. Mais, bien sûr, il m'est impossible de raconter les larmes aux yeux le premier jour de classe du petit Johnny, puisque je n'ai jamais eu d'enfant. Contrairement à Claire Lawrence, je ne peux être photographiée entourée d'une troupe de petits-enfants. Et je vous préviens, Pat, je ne laisserai aucune photo de moi en maillot de bain, talons aiguilles et couronne de strass, paraître dans cette émission.

— Mais vous *avez été* élue Miss État de New York. Vous ne pouvez l'ignorer.

— Vraiment ? » Les yeux extraordinaires étincelèrent. « Savez-vous que peu après la mort de Willard, une feuille de chou a publié une photo de moi prise lorsque j'ai été élue Miss État de New York avec la légende *Et votre véritable récompense est-elle de représenter le Sud au Congrès ?* " Le gouverneur a failli changer d'avis et ne pas me permettre de terminer le mandat de Willard. Il a fallu que Jack Kennedy le persuade que j'avais travaillé aux côtés de mon mari depuis le jour de son élection. Si Jack n'avait pas été si influent, je ne serais pas ici aujourd'hui. Non, merci, Pat Traymore. Pas de photos de reine de beauté. Commencez votre émission à l'époque où j'étais en dernière année à l'université de Richmond, mariée depuis peu à Willard, et où je l'aidais à faire campagne pour son premier siège au Congrès. C'est là qu'a commencé ma vie. »

Vous ne pouvez effacer les vingt premières années de votre vie, songea Pat. Et pourquoi le faire ? À voix haute, elle suggéra : « J'ai retrouvé une photo de vous enfant devant votre maison natale à Apple Junction. C'est le genre d'image du passé que j'aimerais utiliser.

— Pat, je n'ai jamais dit que c'était ma maison natale. J'ai dit que j'y avais vécu. En réalité, ma mère était la femme de charge de la famille Saunders et nous logions dans un petit appartement à l'arrière de leur maison. Je vous en prie, n'oubliez pas que je suis sénateur de Virginie. La famille Jennings a occupé une position importante à Tidewater en Virginie depuis la bataille de Jamestown. Ma belle-mère m'a toujours appelée "l'épouse yankee de Willard". Il m'a fallu fournir des efforts considérables pour que l'on m'accepte comme une Jennings de Virginie et que l'on oublie Abigail Foster de l'État de New York. Laissons les choses telles qu'elles sont, voulez-vous ? »

On frappa à la porte. Un homme à l'air sérieux, le visage ovale, âgé d'une trentaine d'années, entra ; il était vêtu d'un costume gris finement rayé qui accentuait la minceur de sa silhouette. Des cheveux blonds clairsemés soigneusement coiffés sur le sommet de son crâne ne parvenaient pas à dissimuler un début de calvitie. Des lunettes sans monture lui donnaient encore davantage l'apparence d'un homme mûr. « Sénateur, dit-il, le vote va bientôt commencer, le quart vient de sonner. »

Le sénateur se leva brusquement. « Pat, je suis désolée. Par la même occasion, je vous présente Philip Buckley, mon assistant. Toby et lui ont rassemblé quelques documents à votre intention. Des choses diverses : coupures de presse, lettres, albums de photos, y compris des films d'amateur. Vous pourriez y jeter un coup d'œil et nous en reparlerons dans les prochains jours. »

Pat ne pouvait qu'accepter. Elle allait parler à Luther Pelham. À eux deux, ils devaient la convaincre de ne pas saboter l'émission. Elle se rendit compte que Philip Buckley l'examinait attentivement. Décelait-elle une certaine hostilité dans son attitude ?

« Toby va vous reconduire chez vous, poursuivit Abigail d'un ton pressé. Où est-*il*, Phil ?

— Ici, Sénateur. Pas de panique. »

La voix joyeuse provenait d'un homme bâti comme une armoire à glace à qui Pat trouva un air d'ancien boxeur professionnel. Il avait un large visage joufflu, avec des poches naissantes sous de petits yeux profondément enfoncés ; ses cheveux d'un roux blondasse étaient abondamment striés de gris. Il portait un costume bleu marine et tenait une casquette à la main.

Ses mains – Pat ne pouvait en détacher son regard. Elle n'en avait jamais vu de si grandes. Un anneau orné d'un onyx large de deux centimètres accentuait l'épaisseur de ses doigts.

Pas de panique. Avait-il réellement prononcé ces mots ? Sidérée, elle regarda le sénateur. Mais Abigail Jennings riait.

« Pat, voici Toby Gorgone. Il vous dira en quoi consiste son travail tout en vous reconduisant chez vous. Je n'ai jamais réussi à le savoir exactement et il est avec moi depuis vingt-cinq ans. Il vient aussi d'Apple Junction et, à part moi, rien de meilleur n'est jamais sorti de cet endroit. Maintenant, je file. Venez, Phil. »

Ils étaient partis. Réaliser cette émission ne va pas être une partie de plaisir, pensa Pat. Elle était arrivée avec trois pages entières de sujets dont elle voulait discuter avec le sénateur, et en avait soulevé exactement un. Toby connaissait Abigail depuis l'enfance. Qu'elle n'ait pas relevé son insolence paraissait renversant. Peut-être répondrait-il à certaines questions durant le trajet ?

Elle venait d'arriver dans le hall de réception lorsque la porte s'ouvrit brutalement et le sénateur Jennings revint en coup de vent, suivie de

46

Philip. Elle n'avait plus du tout l'air détendu. « Toby, Dieu merci, vous êtes encore là ! s'écriat-elle. D'où avez-vous tiré que je ne suis pas attendue à l'ambassade avant dix-neuf heures ?

— C'est vous qui me l'avez dit, Sénateur.

— Je vous l'ai peut-être dit, mais vous êtes censé vérifier mes rendez-vous, non ?

— Oui, Sénateur, dit Toby d'un ton conciliant.

— Je suis attendue à dix-huit heures. Soyez en bas à moins le quart. » Elle crachait littéralement ses mots.

« Sénateur, vous allez arriver en retard pour le vote, dit Toby. Vous feriez mieux de vous presser.

— Je passerais mon temps à être en retard si je n'avais pas des yeux derrière la tête pour tout vérifier après vous. » Cette fois, la porte claqua derrière elle.

Toby rit. « Nous ferions mieux d'y aller, mademoiselle Traymore. »

Sans voix, Pat hocha la tête. Elle ne pouvait imaginer qu'un domestique s'adressât à Veronica ou à Charles avec une si grande désinvolture ou prît tellement à la légère une remontrance. Quelles circonstances avaient créé une relation aussi étrange entre le sénateur Jennings et son armoire à glace de chauffeur ?

Elle décida de le découvrir.

4

Toby conduisit l'élégante berline Cadillac grise à travers une circulation de plus en plus ralentie. Pour la centième fois, il répéta que Washington en fin d'après-midi était un cauchemar pour les conducteurs. Tous ces touristes dans leurs voitures louées, incapables de se rendre compte que certaines rues se bouchaient sur quatre files, étaient une vraie calamité pour ceux qui travaillaient dans la ville.

Il jeta un coup d'œil dans le rétroviseur et apprécia ce qu'il y vit. Patricia Traymore était très bien. Ils avaient dû s'y mettre à trois – lui, Phil et Pelham – pour convaincre Abby d'accepter cette émission. Aussi Toby se considérait-il plus responsable encore que d'habitude de la réussite de l'opération.

Pourtant, on ne pouvait pas en vouloir à Abby de se montrer nerveuse. Elle était sur le point d'obtenir tout ce qu'elle avait toujours voulu. Ses yeux rencontrèrent ceux de Pat dans le rétroviseur. Cette fille avait un de ces sourires ! Il avait entendu Sam Kingsley dire à Abigail que Pat

48

Traymore possédait le don de vous faire dire des choses que vous n'auriez jamais cru pouvoir partager avec un autre être humain.

Pat avait réfléchi à la manière d'aborder Toby, et décidé que la plus directe était la meilleure. Au moment où la voiture s'arrêtait à un feu sur Constitution Avenue, elle se pencha en avant et dit avec un rire étouffé : « Toby, je dois avouer que j'ai cru avoir mal entendu lorsque vous avez dit "Pas de panique" au sénateur. »

Il tourna la tête pour la regarder en face. « Oh ! je n'aurais pas dû parler comme ça la première fois que vous me rencontriez. C'est pas dans mes habitudes. Mais je savais que cette émission tracassait Abby ; elle devait participer au vote et une horde de journalistes allait lui demander pourquoi elle ne se joignait pas aux autres – aussi, je me suis dit que si j'arrivais à la détendre une minute, ça lui ferait du bien. Mais ne vous méprenez pas. Je la respecte. Qu'elle se soit mise en colère contre moi ne doit pas vous inquiéter. Elle l'aura oublié dans cinq minutes.

— Vous avez grandi ensemble, n'est-ce pas ? » se risqua Pat.

Le feu passa au vert. La voiture démarra en douceur ; Toby passa dans la file de droite et doubla un break avant de répondre. « Eh bien, pas exactement. Tous les gosses d'Apple Junction fréquentent la même école – excepté bien sûr ceux qui vont à l'école de la paroisse. Mais elle avait deux ans de plus que moi, aussi n'avons-nous jamais été dans la même classe. Ensuite, quand j'ai eu quinze ans, j'ai commencé à faire des travaux de jardinage dans le quartier riche de la ville. Je suppose qu'Abby vous a dit qu'elle habitait dans la maison des Saunders.

— Elle me l'a dit, en effet.

— Je travaillais chez des gens qui habitaient quatre maisons plus loin. Un jour, j'ai entendu Abby hurler. Le vieux type qui habitait en face des Saunders s'était mis dans la tête qu'il lui fallait un chien de garde et avait acheté un berger allemand. Vous parlez d'une teigne ! Bref, le vieux avait laissé la grille ouverte et le chien est sorti au moment où Abby passait dans la rue. Il s'est rué sur elle.

— Et vous l'avez sauvée ?

— Bien sûr. Je me suis mis à crier pour détourner l'attention du chien. Malheureusement pour moi, j'avais lâché mon râteau, et il m'a mis à moitié en pièces avant que je puisse l'attraper par le cou. Et après – la voix de Toby s'emplit de fierté – et après, il n'y eut plus de chien de garde. »

D'une main, Pat sortit discrètement son magnétophone de son sac en bandoulière et le mit en marche. « Je comprends maintenant pourquoi le sénateur vous est tellement attaché, observat-elle. Les Japonais croient qu'en sauvant la vie de quelqu'un, on devient en quelque sorte responsable de lui. Croyez-vous que ce soit le cas pour vous ? On dirait que vous vous sentez responsable d'Abigail Jennings.

— Je ne sais pas. C'est peut-être vrai, ou peut-être qu'elle s'est mouillée pour moi quand nous étions gosses. » La voiture stoppa. « Désolé, mademoiselle Traymore. Nous aurions dû passer ce feu, mais le crétin devant nous lit toutes les plaques des rues.

— Ce n'est pas grave. Je ne suis pas pressée. Le sénateur s'est mouillé pour vous ?

— J'ai dit *peut-être.* Écoutez, oubliez tout ça. Le sénateur n'aime pas que je parle d'Apple Junction.

— Je parierais qu'elle parle de la façon dont vous l'avez secourue, murmura Pat d'un ton rêveur. J'imagine ce que *je* ressentirais si un chien de garde m'assaillait et que quelqu'un se jetait entre nous.

— Oh ! Abby s'est montrée reconnaissante, bien sûr ! Mon bras saignait, et elle l'a entouré de son sweater ; puis elle a voulu m'accompagner dans la salle des urgences et elle a même tenu à rester pendant qu'on me recousait. Après ça, nous avons été amis pour la vie. »

Toby regarda par-dessus son épaule. « Amis, répéta-t-il avec force. Pas petits amis. Je n'appartiens pas au même milieu qu'Abby. Pas besoin de vous le préciser. Il n'était pas question de ce genre d'histoires entre nous. Mais parfois, l'après-midi, elle venait bavarder avec moi pendant que je travaillais dans le jardin. Elle détestait Apple Junction autant que moi. Et lorsque je pataugeais en anglais, elle me donnait des leçons. Je n'ai jamais été très doué pour les études. Montrez-moi n'importe quel appareil mécanique et je suis capable de le démonter et de le remonter en deux minutes, mais ne me demandez pas d'analyser une phrase.

« Quoi qu'il en soit, Abby est partie pour l'université et je me suis retrouvé à New York ; je me suis marié et ça n'a pas marché. Puis j'ai fait des petits boulots pour des bookmakers et j'ai fini par avoir des ennuis. Ensuite, j'ai été chauffeur pour un siphonné à Long Island. Entre-temps, Abby s'était mariée et son mari était le député en vue. J'ai lu qu'elle avait eu un accident de voiture parce que son chauffeur était ivre. Alors, j'ai tenté le coup. Je lui ai écrit et deux semaines plus tard, son mari m'a engagé ; ça va faire vingt-cinq ans. Dites, mademoiselle Traymore, à quel numéro allez-vous ? Nous sommes dans la rue N maintenant.

— Au 300, dit Pat. La maison qui fait l'angle au carrefour suivant.

— *Cette* maison ? » Toby tenta trop tard de dissimuler sa surprise.

« Oui. Pourquoi ?

— J'avais l'habitude de conduire Abby et Willard Jennings à des réceptions dans cette maison. Elle appartenait à un député du nom de Dean Adams. Vous a-t-on dit qu'il a tué sa femme et s'est ensuite suicidé ? »

Pat espéra que le ton de sa voix était calme. « L'avocat de mon père s'est occupé de la location. Il a mentionné qu'il y avait eu un drame ici autrefois, mais sans s'étendre sur le sujet. »

Toby arrêta la voiture le long du trottoir. « Mieux vaut l'oublier. Il a même tenté de tuer sa gosse – elle est morte par la suite. Une mignonne petite. Elle s'appelait Kerry, je m'en souviens. Personne n'y peut rien. » Il secoua la tête. « Je vais me garer près de la bouche d'incendie pendant une minute. Les flics ne diront rien si je ne reste pas longtemps. »

Pat tendit la main vers la poignée de la portière, mais Toby fut plus rapide qu'elle. En un éclair, il était sorti du côté du conducteur, avait fait le tour de la voiture, et il lui ouvrait la porte, plaçant une main sous son bras. « Faites attention, mademoiselle Traymore, c'est couvert de glace par ici.

— C'est ce que je vois. Merci. » Elle bénit l'obscurité précoce, craignant que l'expression de son visage n'alertât Toby. Il n'était peut-être pas doué pour les études, mais elle le devinait extrêmement perspicace. Elle n'avait pensé à cette maison que dans le contexte de cette seule nuit. On avait évidemment donné des réceptions ici. Abigail Jennings était âgée de cinquante-six ans. Willard Jennings avait huit ou neuf ans de plus qu'elle. Le père de Pat aurait eu une soixantaine d'années aujourd'hui. Ils étaient alors contemporains dans le Washington de cette époque.

Toby avait ouvert le coffre de la voiture. Elle mourait d'envie de lui poser des questions sur Dean et Renée Adams, sur cette mignonne petite Kerry. Pas maintenant, se retint-elle.

Toby la suivit dans la maison, deux grands cartons dans les bras. Il était visible qu'ils étaient lourds, mais il les porta sans peine. Elle le précéda dans la bibliothèque et lui dit de les poser près de ceux qu'elle avait fait monter de la cave, bénissant l'instinct qui l'avait poussée à effacer les étiquettes au nom de son père.

Mais Toby les regarda à peine. « Il faut que je m'en aille, mademoiselle Traymore. Ce carton – il le désigna du doigt – contient des coupures de presse, des albums de photos, ces sortes de trucs. L'autre renferme des lettres d'électeurs, du genre personnel, où vous pourrez constater le soutien qu'Abby leur apporte. Il y a des films d'amateur aussi, la plupart pris du temps où son mari était en vie. Les choses habituelles, je suppose. Je suis à votre disposition pour vous projeter les films quand vous voudrez et vous expliquer qui est sur la pellicule et de quoi il s'agit.

— Laissez-moi les trier et je ferai appel à vous. Merci, Toby. Je suis sûre que vous me serez d'une grande aide dans ce projet. À nous deux, peut-être arriverons-nous à réaliser quelque chose dont le sénateur sera satisfait.

— Si elle ne l'est pas, nous ne mettrons pas longtemps à le savoir. » La grosse figure de Toby s'éclaira d'un sourire jovial. « Bonne nuit, mademoiselle Traymore.

— Pourquoi ne pas m'appeler Pat ? Après tout, vous appelez bien le sénateur Abby.

— Je suis le seul à le faire. Elle n'aime pas ça. Mais qui sait ? Peut-être aurais-je la chance de vous sauver la vie à vous aussi.

— N'hésitez surtout pas si l'occasion s'en présente. » Pat tendit la main et la vit disparaître dans celle de Toby.

Après son départ, elle resta dans l'entrée, perdue dans ses pensées. Il lui faudrait apprendre à ne pas manifester d'émotion en entendant prononcer le nom de Dean Adams. Heureusement que Toby l'avait mentionné pendant qu'elle était encore dans l'obscurité protectrice de la voiture.

Dans l'ombre de la maison d'en face, un autre observateur regarda Toby s'éloigner au volant de la voiture. Avec une curiosité agacée, il examina Pat debout sur le pas de la porte. Il avait les

mains enfoncées dans les poches de son par-
dessus étriqué. Pantalon de coton blanc, chaussettes blanches et semelles de caoutchouc blanches
se confondaient dans la neige amoncelée contre la
maison. Ses poignets osseux se raidirent lorsqu'il
serra les poings, et la tension gagna tous les
muscles de ses bras. Grand, décharné, il avait un
maintien raide et contracté et une façon particulière de tenir la tête bizarrement en arrière. Ses
cheveux d'un gris argenté incongru sur un visage
singulièrement peu ridé étaient ramenés sur son
front.

Elle était là. Il l'avait vue décharger sa voiture
hier soir. En dépit de ses avertissements, elle
s'apprêtait à faire cette émission. C'était la voiture
du sénateur, ces cartons contenaient probablement des documents. Et elle allait s'installer dans
cette maison.

Le souvenir de cette matinée lointaine lui revint
brutalement en mémoire : l'homme gisant sur le
dos, coincé entre la table basse et le canapé ; les
yeux de la femme, fixes, vides ; les cheveux de la
petite fille collés par le sang séché...

Il resta sans bouger, longtemps après que Pat
eut refermé la porte, comme s'il ne pouvait se
décider à s'en aller.

Pat faisait griller une côtelette de mouton dans
la cuisine lorsque le téléphone sonna. Elle ne
s'attendait pas à ce que Sam l'appelât, mais...
Avec un sourire prompt, elle souleva l'appareil.
« Allô. »

Un murmure. « Patricia Traymore ?

— Oui. Qui est à l'appareil ? » Mais elle reconnaissait ce chuchotement doucereux.

« Avez-vous reçu ma lettre ? »

Elle s'efforça de prendre un ton calme et persuasif.

« J'ignore ce qui vous tourmente. Expliquez-le-moi.

— Renoncez à votre émission sur le sénateur, mademoiselle Traymore. Je ne veux pas vous punir. Ne m'obligez pas à le faire. Mais rappelez-vous les paroles du Seigneur : "Si quelqu'un scandalise un de ces petits, mieux vaudrait pour lui qu'on suspendît à son cou une meule de moulin, et qu'on le jetât au fond de la mer." »

La communication fut coupée.

5

C'était le coup de téléphone d'un fou, sans plus – un fêlé qui pensait sans doute que les femmes sont juste bonnes à rester à la cuisine, et non à occuper des fonctions officielles. Pat se souvint de ce type à New York qui paradait sur la 5e Avenue avec des pancartes citant les Écritures à propos du devoir de la femme d'obéir à son mari. Il était inoffensif. Tout comme son correspondant. Elle refusait d'y attacher plus d'importance.

Elle apporta un plateau dans la bibliothèque et avala son dîner tout en parcourant les dossiers d'Abigail. Son admiration pour le sénateur s'accrut au fur et à mesure de sa lecture. Abigail Jennings disait vrai lorsqu'elle affirmait être mariée avec son travail. Ses électeurs forment toute sa famille, pensa-t-elle.

Pat avait rendez-vous avec Pelham au studio dans la matinée. À minuit, elle monta se coucher. Un cabinet de toilette et une salle de bains attenaient à la chambre principale. Les meubles Chippendale décorés d'une fine marqueterie en bois fruitier avaient tout de suite trouvé leur place. Il était évident qu'ils avaient été achetés pour cette maison. Le chiffonnier s'encastrait entre les penderies ; la coiffeuse allait parfaitement bien dans l'alcôve, le lit avec sa tête délicatement sculptée contre le grand mur, face aux fenêtres.

Veronica avait expédié un sommier et un matelas neufs, et le lit était à présent merveilleusement confortable. Mais les allées et venues au sous-sol pour nettoyer les classeurs avaient mis la jambe de Pat à rude épreuve. Les élancements étaient plus aigus que d'habitude, et bien qu'elle fût exténuée, elle avait du mal à s'endormir. Pense à quelque chose d'agréable, se dit-elle tout en se tournant et se retournant sur le côté. Puis, dans le noir, elle eut un sourire contraint. Elle allait penser à Sam.

Les bureaux et le studio du Câble du Potomac se trouvaient à quelques pas de Farragut Square. Au moment où elle arrivait, Pat se rappela ce que le directeur de l'information à Boston lui avait dit : « N'hésitez pas à accepter cette proposition, Pat. Travailler pour Luther Pelham est une chance qui n'arrive qu'une fois. Lorsqu'il a quitté CBS pour Potomac, ce fut le grand chamboulement dans la profession. »

Lors du déjeuner avec Luther à Boston, elle s'était étonnée de voir tout le monde les dévisager dans le restaurant. Elle avait pris l'habitude d'être reconnue à Boston et dans les environs, que les gens viennent lui demander des autographes à sa table, mais cela n'avait rien à voir avec la façon dont tous les yeux étaient littéralement rivés sur Luther Pelham. « Vous arrive-t-il de vous rendre quelque part sans être le centre de l'attention générale ? lui avait-elle demandé.

— Rarement, dois-je avouer avec fierté. Mais vous connaîtrez ça vous aussi. Dans six mois, les gens vous suivront dans la rue et la moitié des jeunes femmes en Amérique imiteront cette voix sourde qui fait votre charme. »

Exagéré, bien sûr, mais flatteur en tout cas. Dès la seconde fois où elle l'appela monsieur Pelham, il avait dit : « Pat, vous faites partie de la maison. J'ai un prénom. Utilisez-le. »

Luther s'était certes montré charmant, mais ce jour-là il lui proposait un poste. Aujourd'hui, il était son patron.

Lorsqu'on l'annonça, Luther vint accueillir Pat à la réception. Il se montra d'une amabilité empressée et sa voix familière et bien timbrée débordait d'une sincère cordialité. « C'est formidable de vous avoir avec nous, Pat. Je veux que vous fassiez connaissance de toute l'équipe. » Il lui fit faire le tour de la salle de rédaction et la présenta. Derrière les boutades, elle devina la curiosité et les interrogations de ses nouveaux collègues. Elle pouvait imaginer ce qu'ils pensaient. Serait-elle à la hauteur ? Mais ses premières impressions furent positives. Potomac était en passe de devenir l'un des réseaux câblés les plus importants du pays et la salle de rédaction bourdonnait d'activité. Une jeune femme donnait le flash d'information en direct de sa place ; un spécialiste des questions militaires enregistrait son commentaire bihebdomadaire ; les rédacteurs sélectionnaient les télex de l'agence de presse. Elle savait bien que ce calme apparent était nécessaire. Tout le monde dans ce métier vivait dans un état de tension sous-jacente, toujours aux aguets, prêt à sauter sur l'événement, anxieux à l'idée de louper un scoop.

Luther avait déjà accepté qu'elle pût rédiger et préparer l'émission chez elle jusqu'à ce qu'ils fussent prêts à enregistrer. Il lui montra la cabine de studio qui lui était réservée, puis l'entraîna dans son bureau, une grande pièce d'angle lambrissée de panneaux en chêne.

« Installez-vous à votre aise, Pat, lui recommanda-t-il. J'ai un coup de fil à passer. »

Pendant qu'il téléphonait, Pat eut le temps de l'examiner attentivement. Il était indiscutablement beau et imposant. Son épaisse chevelure grise parfaitement coiffée contrastait avec un teint jeune et des yeux sombres au regard pénétrant. Elle savait qu'il venait de fêter son soixantième anniversaire. La réception que sa femme avait donnée dans leur propriété de Chevy Chase avait fait l'objet de commentaires dans toute la presse. Avec son nez busqué et ses longs doigts qui tambourinaient sur son bureau, il lui fit penser à un aigle.

Il raccrocha le téléphone. « Ai-je bien passé l'inspection ? » Son regard était amusé.

« Haut la main. » Comment se faisait-il qu'elle se sentît toujours à l'aise dans une situation professionnelle et qu'elle éprouvât par contre si souvent un sentiment de détachement dans ses relations personnelles ?

« Ravi de l'entendre. Si vous ne cherchiez pas à voir ce que je vaux, cela m'inquiéterait. Félicitations. Vous avez beaucoup plu à Abigail, hier. »

Une plaisanterie et il revenait au travail. Agréablement surprise, elle aborda sans attendre le problème. « J'ai été très impressionnée par elle. Qui ne le serait pas ? » Puis elle ajouta, intentionnellement : « Pour le temps que j'ai pu passer avec elle. »

Pelham agita la main, comme pour écarter une réalité désagréable. « Je sais. Abigail n'est pas facile à coincer. C'est pourquoi j'ai demandé qu'on rassemble certains de ses documents personnels à votre intention. Ne vous attendez pas à beaucoup de coopération de la part de la dame, car vous n'en obtiendrez pas. J'ai programmé l'émission pour le vingt-sept.

— Le vingt-sept ? Le vingt-sept décembre ! » Pat entendit sa voix monter d'un ton. « Vendredi prochain ! Cela signifie qu'il va falloir boucler la prise de vue, la rédaction, le montage et la sonorisation en une semaine !

— Exactement, assura Luther. Et vous êtes celle qui peut y arriver.

— Mais pourquoi cette précipitation ? »

Il se renversa en arrière, croisa les jambes et sourit avec la délectation de celui qui détient des informations capitales. « Parce qu'il ne s'agit pas seulement d'un reportage comme les autres. Pat Traymore, vous avez l'occasion de porter Abigail au pouvoir. »

Elle se souvint de ce que lui avait dit Sam. « *Le vice-président ?*

— Le vice-président, confirma-t-il, et je suis heureux de constater que rien ne vous échappe. Ce triple pontage l'an dernier n'a pas été une réussite pour lui. Mes renseignements à l'hôpital laissent entendre qu'il souffre de sérieux problèmes cardiaques et que s'il veut continuer à vivre, il devra changer d'existence. Cela signifie qu'il va certainement donner sa démission – et très prochainement. Afin de contenter tous les courants du Parti, le Président mettra en branle les Services secrets pour passer au crible trois ou quatre candidats sérieux. Mais on sait de source sûre qu'Abigail a les meilleures chances. En diffusant ce reportage, nous voulons pousser des milliers d'Américains à envoyer des télégrammes au Président en faveur d'Abigail. Voilà ce que doit lui apporter l'émission. Et pensez à ce qu'elle peut apporter à *votre* carrière. »

Sam avait parlé de la démission du vice-président et de la candidature d'Abigail comme d'une *possibilité*. Luther les considérait manifestement comme des *probabilités* imminentes. Se trouver là quand il faut, où il faut, être présent au moment où éclate l'événement – c'était le rêve de tout journaliste. « Si la rumeur se répand sur l'état de santé du vice-président...

— C'est plus qu'une rumeur, lui affirma Luther. Je vais l'annoncer au journal de ce soir, je dirai aussi que le bruit court que le Président envisage son remplacement par une femme.

— Dans ce cas, l'émission Jennings pourrait battre les records dans les sondages la semaine prochaine ! Le sénateur Jennings n'est pas tellement connu de la masse des électeurs. Tout le monde va vouloir en apprendre davantage sur elle.

— Exactement. Maintenant, vous comprenez la nécessité de s'y mettre au plus vite et de réaliser quelque chose d'exceptionnel.

— Le sénateur... Si nous faisons cette émission aussi insipide qu'elle semble le souhaiter, vous n'aurez pas quatorze télégrammes, en tout cas pas des millions. Avant de proposer ce reportage, j'ai mené quelques enquêtes sérieuses pour savoir ce que les gens pensaient d'elle.

— Eh bien ?

— Les gens plus âgés la comparaient à Margaret Chase Smith. Ils l'admiraient, la trouvaient courageuse, intelligente.

— Qu'y a-t-il de mal à cela ?

— Personne parmi les personnes âgées interrogées n'avait l'impression de la connaître en tant qu'être humain. À leurs yeux, elle est distante et froide.

— Continuez.

— Les plus jeunes ont une opinion différente. Lorsque je leur ai dit que le sénateur avait été élue Miss État de New York, ils ont trouvé ça formidable. Ils veulent en savoir plus sur le sujet. Écoutez, si Abigail Jennings est nommée vice-présidente, elle sera à la seconde place aux commandes du pays. Un certain nombre de gens savent qu'elle est originaire du Nord-Est et lui reprochent de ne jamais en parler. Je crois qu'elle fait une erreur. Et nous la ratifierons si nous passons sous silence les vingt premières années de son existence.

— Elle ne vous laissera jamais faire allusion à Apple Junction, dit nettement Luther. Aussi ne perdez pas votre temps sur ce point. Elle m'a raconté que le jour où elle avait renoncé à son titre de Miss État de New York, ils avaient voulu la lyncher là-bas.

— Luther, elle a tort. Croyez-vous sérieusement qu'une seule personne à Apple Junction se soucie encore qu'Abigail ne se soit pas rendue à Atlantic City pour tenter de devenir Miss Amérique ? Aujourd'hui, je mets ma main à couper que tous les adultes se vantent d'avoir connu Abigail à cette époque. Quant à avoir renoncé au titre, regardons les choses en face. Qui blâmerait Abigail si elle expliquait qu'après être rentrée dans la course par jeu, elle s'était rendu compte qu'elle n'avait nulle envie de parader en maillot de bain et de se voir jugée comme une pièce de bœuf ? Les concours de beauté sont démodés de nos jours. Nous lui donnerons le beau rôle en montrant qu'elle s'en est aperçue la première. »

Luther tapota des doigts sur son bureau. Tout son instinct lui disait que Pat avait raison, mais Abigail s'était montrée intransigeante sur ce point. Supposons qu'ils arrivent à la convaincre de faire une partie de l'émission sur le début de sa vie et que ça capote ? Il était résolu à être la force qui aiderait Abigail à devenir vice-présidente. Bien sûr, les dirigeants du Parti exigeraient de la part d'Abigail la promesse de ne pas chercher à obtenir la première place la prochaine fois, mais bon Dieu, ces engagements sont faits pour être rompus. Il soutiendrait Abigail jusqu'au jour où elle serait installée dans le Bureau ovale – et elle le lui devrait...

Il constata soudain que Pat Traymore le dévisageait calmement. La plupart des gens qu'il engageait étaient complètement coincés au cours du premier entretien dans son bureau. Qu'elle parût parfaitement à son aise lui plaisait et l'agaçait en même temps. Il lui était souvent arrivé de penser à elle depuis le jour où il lui avait proposé de réaliser cette émission, il y avait deux semaines. Elle était intelligente ; elle lui avait posé toutes les questions appropriées sur son contrat ; elle était sacrément belle, avec un style inhabituel, très chic. C'était une journaliste-née ; ces yeux et cette voix sourde lui donnaient un air humain et sincère, qui portait à la confidence. Et il émanait d'elle un charme capiteux, indéfinissable, qui était particulièrement excitant.

« Dites-moi comment vous voyez l'approche générale de sa vie privée, demanda-t-il.

— En premier lieu, Apple Junction, répondit rapidement Pat. Je désire me rendre sur place pour voir ce que je peux y trouver. Peut-être quelques prises de vue de la ville, de la maison où elle a vécu. Le fait que sa mère ait été femme de charge et qu'elle ait obtenu une bourse pour aller à l'université est un plus. C'est le rêve américain ; seulement pour la première fois, il s'applique à un dirigeant politique qui est une femme. »

Elle sortit son bloc-notes de son sac. Tout en l'ouvrant, elle poursuivit : « Nous mettrons bien entendu l'accent sur les premières années de son mariage avec Willard Jennings. Je n'ai pas encore visionné les films, mais il semble que nous en tirerons pas mal de choses, aussi bien sur leur vie publique que sur leur vie privée. »

Luther fit un signe d'assentiment. « Entre parenthèses, vous verrez probablement souvent apparaître Jack Kennedy sur la pellicule. Il était très proche de Willard Jennings. Du temps où Jack était sénateur, bien sûr. Willard et Abigail ont fait partie des années pré-Camelot. Les gens n'y pensent pas quand il s'agit d'elle. Gardez toutes les coupures de presse que vous pourrez trouver sur eux et sur les Kennedy. Savez-vous qu'à la mort de Willard, c'est Jack qui a accompagné Abigail à l'enterrement ? »

Pat griffonna quelques notes sur son carnet. « Le sénateur Jennings a-t-il de la famille ? demanda-t-elle.

— Je ne crois pas. On n'en a jamais entendu parler. » Luther prit impatiemment la boîte de cigarettes sur son bureau. « J'essaye désespérément de renoncer à ce foutu tabac. » Il alluma une cigarette et parut momentanément un peu plus détendu. « Je regrette de ne pas avoir pris la décision d'aller à Washington à cette époque-là, dit-il. Je croyais que tout se passait à New York. Je ne me suis pas mal débrouillé, mais ce furent les grandes années de Washington. Curieux, quand on y songe, tous ces hommes jeunes dont la mort a été si violente. Les frères Kennedy, Willard dans un accident d'avion, Dean Adams qui s'est suicidé... Avez-vous entendu parler de lui ?

— Dean Adams ? » Elle avait pris un ton interrogateur.

« Il a assassiné sa femme, expliqua Luther. Il s'est suicidé, a quasiment tué son enfant. Elle n'a pas survécu. C'est probablement mieux comme ça, d'ailleurs. Une lésion du cerveau, sans doute. Il était député du Wisconsin. Personne n'a pu trouver d'explication. Il est devenu dingo, je suppose. Si vous tombez sur lui et sa femme dans une photo de groupe, coupez-les au montage. Pas besoin de faire resurgir cette histoire.

Pat espéra que son visage ne trahissait pas son angoisse. Elle s'appliqua à garder un ton animé pour dire : « Le sénateur Jennings a été l'un des éléments déterminants dans le vote de la loi sur la protection contre l'enlèvement de l'enfant par l'un des parents. Il y a des lettres admirables dans les dossiers. Je pensais aller voir certaines des familles qu'elle a réunies et choisir la plus représentative pour une séquence dans l'émission – cela ferait pendant au sénateur Lawrence avec ses petits-enfants. »

Luther hocha la tête. « Parfait. Donnez-moi les lettres. Je trouverai quelqu'un ici pour préparer le terrain. Et, au fait, vous n'avez rien sur le procès d'Eleanor Brown dans votre synopsis. Je tiens à ce que vous en parliez. Vous savez qu'elle est également originaire d'Apple Junction – la directrice de l'école a demandé à Abigail de lui donner du travail après sa condamnation pour vol à l'étalage.

— Instinctivement, je préférerais laisser ça dans l'ombre, dit Pat. Réfléchissez. Le sénateur a donné une nouvelle chance à une condamnée. C'est déjà beaucoup. Ensuite, Eleanor Brown a été accusée d'avoir dérobé soixante-cinq mille dollars dans les fonds électoraux. Elle a juré qu'elle était innocente. C'est avant tout le témoignage du sénateur qui l'a condamnée. Avez-vous déjà vu des photos de cette fille ? Elle avait vingt-trois ans lorsqu'elle est allée en prison pour ce détournement de fonds, mais elle en paraissait à peine seize. Les gens ont naturellement tendance à plaindre les perdants et le but de cette émission est de faire aimer Abigail Jennings – dans le procès d'Eleanor Brown, elle tient le mauvais rôle.

— Ce procès prouve que certains législateurs ne couvrent pas les escrocs qui peuvent faire partie de leur personnel. Et si vous voulez adoucir l'image d'Abigail, mettez en valeur le fait que grâce à elle, cette gosse s'en tire beaucoup mieux que n'importe quel autre voleur d'un pareil paquet de fric. Ne perdez pas votre temps à vous apitoyer sur Eleanor Brown. Elle a fait une dépression nerveuse en prison, elle a été transférée dans un hôpital psychiatrique, libérée sur parole comme malade en consultation externe, et elle a fichu le camp. C'était un drôle de numéro. Quoi d'autre ?

— Je voudrais me rendre ce soir même à Apple Junction. Si je trouve quelque chose qui vaille la peine là-bas, je vous téléphonerai et nous ferons venir une équipe technique. Ensuite, je veux suivre le sénateur pendant une journée entière à son bureau, prévoir quelques prises de vue et l'enregistrer un jour ou deux après.

Luther se leva – signe que l'entretien était terminé. « Bon, dit-il. Allez à… comment s'appelle ce bled… Apple Junction ? Quel nom à coucher dehors ! Voyez si vous pouvez en tirer un bon sujet. Ne laissez pas les gens sur place s'imaginer qu'ils vont passer à l'antenne. À la minute où ils pensent que vous pourriez les faire participer à l'émission, ils commencent à sortir tous leurs bons mots et à se demander comment ils vont s'attifer. » Il prit une mine rongée par l'inquiétude, une voix nasillarde. « Myrthe, va chercher du détachant. Il y a une tache de sauce sur ma veste.

— Je suis certaine de trouver des gens tout à fait corrects sur place. » Pat grimaça un sourire pour adoucir le reproche implicite contenu dans ses paroles.

Luther la regarda partir, notant le tailleur de tweed bordeaux et gris, sans aucun doute un modèle de couturier ; les bottes en cuir de la même teinte avec la petite marque dorée Gucci ; le sac en bandoulière assorti ; le Burberry sur le bras.

L'argent. Patricia Traymore venait d'une famille fortunée. C'était évident. Amer, Luther pensa à ses humbles origines dans une ferme du Nebraska. Ils n'avaient pas eu de sanitaires à l'intérieur de la maison avant qu'il n'eût dix ans. Qui mieux que lui pouvait comprendre qu'Abigail refuse de faire resurgir les premières années de sa vie ?

Avait-il eu raison de laisser Pat Traymore poursuivre son idée ? Abigail serait fâchée – mais elle le serait sans doute encore davantage en découvrant qu'on lui avait caché ce voyage.

Luther appuya sur l'Interphone. « Appelez-moi le bureau du sénateur. » Puis, il hésita. « Non. Laissez tomber. »

Il raccrocha et haussa les épaules. « Pourquoi commencer à s'attirer des ennuis ? »

6

Pat sentit les regards la suivre dans les salles de rédaction lorsqu'elle quitta le bureau de Pelham. Un demi-sourire délibéré sur les lèvres, elle marcha d'un pas vif. Il s'était montré très aimable ; il avait risqué d'encourir la colère du sénateur Jennings en lui permettant de se rendre à Apple Junction. Il lui faisait confiance pour monter l'émission en un temps record.

Alors, où est le problème ? s'interrogea-t-elle. Je devrais me sentir en pleine forme.

Dehors, il faisait froid et clair. Les rues étaient vides et elle décida de rentrer à pied. Il y avait trois kilomètres jusqu'à chez elle, mais elle avait envie de prendre de l'exercice. Pourquoi ne pas l'admettre ? Elle était troublée par ce que Pelham venait de dire sur Dean Adams et l'épouvantable gâchis dont il était responsable ; par ce que Toby avait raconté hier ; par l'impression que tout le monde avait un mouvement de recul en entendant prononcer le nom de Dean Adams, et que personne ne désirait avouer l'avoir connu. Qu'avait dit Luther à son propos ? Ah oui – il pensait que

70

l'enfant était morte, et c'était mieux ainsi ; elle avait probablement une lésion cérébrale.

Je n'ai aucune trace de lésion cérébrale, se dit Pat en essayant d'éviter une éclaboussure de neige boueuse. Mais je garde une *trace* à jamais. Ma jambe, ce n'est pas le principal. Je déteste mon père pour ce qu'il a fait. Il a tué ma mère et a tenté de me tuer.

Elle était venue ici, croyant vouloir uniquement découvrir les raisons qui avaient fait craquer Dean Adams. Maintenant, elle savait qu'il s'agissait d'autre chose. Elle devait affronter la colère qu'elle avait refoulée pendant toutes ces années.

Il était une heure moins le quart lorsqu'elle arriva chez elle. Une certaine sensation de bien-être se dégageait à présent de la maison. La table ancienne en marbre et le tapis mexicain dans l'entrée faisaient oublier la couleur passée de la peinture. Les boîtes en fer égayaient le comptoir de la cuisine ; la table ovale en fer forgé et les chaises de bistrot assorties occupaient exactement l'espace entre les fenêtres, dissimulant les marques d'usure sur les vieux carreaux.

Elle se prépara rapidement un sandwich et du thé pendant qu'elle téléphonait pour réserver une place d'avion. On la laissa sept minutes pleines en attente à écouter un choix musical particulièrement pauvre, avant qu'un employé ne prît la communication. Elle réserva un vol à seize heures quarante pour Albany et une voiture de location.

Pendant les quelques heures dont elle disposait avant le départ de l'avion, elle allait commencer à examiner les affaires de son père.

Lentement, elle écarta les rabats du premier carton et regarda malgré elle la photo couverte de poussière d'un homme de haute taille, qui riait en portant une petite fille sur une épaule – l'enfant avait les yeux grands ouverts de plaisir, la bouche entrouverte, souriante. Elle tenait ses mains l'une contre l'autre, comme si elle venait d'applaudir. L'homme et l'enfant étaient tous les deux en maillot de bain au bord de l'eau. Une vague se brisait derrière eux. Il était tard dans l'après-midi. Leurs ombres s'allongeaient sur le sable.

La petite fille de son papa, songea amèrement Pat. Elle avait vu des enfants sur les épaules de leur père, cramponnés à leur cou ou les doigts accrochés dans leurs cheveux. Mais l'enfant sur cette photo, l'enfant qu'elle avait été, avait visiblement confiance en l'homme qui la tenait, savait qu'il ne la laisserait pas tomber. Elle posa la photo par terre et continua à vider le carton.

Lorsqu'elle eut terminé, le tapis était jonché d'objets provenant du bureau privé du député Dean Adams. Un portrait officiel de sa mère au piano. Elle était belle, pensa Pat – je ressemble davantage à mon père. Un assemblage de photos de Pat bébé et petite fille qui avait dû être accroché au mur du bureau ; son agenda en cuir vert foncé avec ses initiales dorées ; son nécessaire de bureau en argent, maintenant terni ; le diplôme encadré de l'université du Wisconsin, une licence d'anglais avec mention ; son diplôme de docteur en droit de l'université du Michigan ; une citation du congrès épiscopal pour son action généreuse et libérale à l'égard des minorités ; une plaque le nommant personnalité de l'année du Rotary-Club de Madison, Wisconsin. Apparemment, il aimait les marines. Il y avait plusieurs très belles gravures anciennes de voiliers voguant sur des flots agités.

Elle ouvrit l'agenda. Il devait avoir l'habitude de griffonner ; il y avait des spirales et des figures géométriques presque à toutes les pages. Voilà donc d'où je tiens cette manie, se dit Pat.

Elle ne put empêcher son regard de revenir sur la photo de son père et d'elle enfant. Elle paraissait au comble du bonheur. Son père levait la tête vers elle avec tellement d'amour. L'étreinte de sa main sur son bras était si ferme.

Le téléphone rompit le charme. Elle se redressa péniblement, constatant avec inquiétude que l'heure tournait, qu'il lui fallait ranger tout ça et mettre quelques affaires dans une valise.

« Pat. »

C'était Sam.

« Bonjour ! » Elle se mordit la lèvre.

« Pat, je suis pressé, comme d'habitude. Je dois participer à une commission dans cinq minutes. Il y a un dîner à la Maison-Blanche vendredi soir en l'honneur du nouveau Premier ministre canadien. Aimeriez-vous m'y accompagner ? Il suffit que je donne votre nom par téléphone à la Maison-Blanche.

— La Maison-Blanche ! Ce serait merveilleux ! J'adorerais y aller. » Elle avala un bon coup sa salive, s'efforçant de refréner le frémissement de sa voix.

Le ton de Sam changea. « Pat, vous est-il arrivé quelque chose ? Vous semblez bouleversée. Vous ne pleurez pas, j'espère ? »

Elle parvint enfin à contrôler son émotion. « Oh, non. Pas du tout. Je crois que je suis seulement en train d'attraper un rhume. »

1

À l'aéroport d'Albany, Pat alla prendre la voiture de location, consulta une carte routière avec l'employé de Hertz et étudia le trajet le plus facile pour se rendre à Apple Junction, à quarante-trois kilomètres de là.

« Mieux vaut partir sans tarder, mademoiselle, la prévint l'employé. On a annoncé une chute de neige de trente centimètres pour ce soir.

— Pouvez-vous m'indiquer le meilleur endroit pour passer la nuit ?

— Si vous désirez être dans le centre de la ville, l'Apple Motel est ce qu'il y a de mieux. » Il eut un sourire entendu. « Rien de sensationnel en comparaison de ce que vous trouveriez à Big Apple. C'est inutile de téléphoner pour réserver. »

Pat prit la clé de la voiture et sa valise. Cela s'annonçait peu réjouissant, mais elle le remercia quand même.

Les premiers flocons tombaient quand elle s'engagea dans l'allée du bâtiment lugubre sur lequel clignotait l'inscription au néon APPLE MOTEL. Comme l'avait prévu l'employé de Hertz, le panneau CHAMBRES LIBRES était allumé.

Le réceptionniste dans le bureau minuscule et encombré avait plus de soixante-dix ans. Des lunettes à monture métallique tombaient sur son nez étroit. De profondes rides lui creusaient les joues. Quelques touffes de cheveux d'un blanc grisâtre pointaient sur son crâne. Ses yeux chassieux et ternes brillèrent de surprise lorsque Pat poussa la porte.

« Avez-vous une chambre pour une personne pour une nuit ou deux ? » demanda-t-elle.

Le sourire de l'homme dévoila un dentier usé, jauni par le tabac. « Aussi longtemps que vous le désirez, mademoiselle ; vous pouvez avoir une chambre simple ou double, et même la suite présidentielle si vous voulez. » Suivit un rire énorme.

Pat sourit poliment et prit la fiche d'inscription. Volontairement, elle omit de remplir l'espace vide après PROFESSION. Elle voulait pouvoir regarder tranquillement autour d'elle avant qu'on n'apprît la raison de sa présence dans les lieux.

Le réceptionniste examina la fiche, déçu dans sa curiosité. « Je vais vous mettre dans le premier bungalow, dit-il. Vous serez plus près de la réception en cas de grosse chute de neige. Nous avons un coin repas. » Il désigna trois petites tables contre le mur du fond. « Il y a toujours des jus de fruits, du café et des toasts pour vous aider à démarrer le matin. » Il la regarda d'un air finaud. « Qu'est-ce qui vous amène ici, au fait ?

— Le travail », dit Pat, puis elle ajouta brièvement : « Je n'ai pas dîné hier. Je vais juste déposer ma valise dans ma chambre et peut-être pourriez-vous m'indiquer un restaurant. »

Il jeta un coup d'œil à l'horloge. « Vous feriez mieux de vous dépêcher. Le Lamplighter ferme à neuf heures, et il est près de huit heures. Vous tournez à gauche en sortant de l'allée, puis tout droit sur deux blocs, et encore à gauche dans la Grand-Rue. C'est sur la droite. Pouvez pas le manquer. Voilà votre clé. » Il consulta la fiche. « Mademoiselle Traymore, termina-t-il, je suis Travis Blodgett. Le propriétaire de l'hôtel. » Sa voix contenait un ton d'excuse et de fierté tout à la fois. Un léger sifflement laissait supposer qu'il avait de l'emphysème.

À l'exception de l'entrée d'un cinéma mal éclairé, le Lamplighter était le seul établissement ouvert dans les deux pâtés de maisons qui formaient le quartier commercial d'Apple Junction. Un menu couvert de graisse, écrit à la main et affiché à l'entrée, annonçait le plat du jour, du bœuf mariné accompagné de chou rouge pour 3 $ 95. À l'intérieur un linoléum décoloré recouvrait le sol. La plupart des nappes à carreaux sur la douzaine de tables étaient cachées sous des serviettes non repassées, sans doute pour dissimuler les taches laissées par les clients précédents, supposa Pat. Un couple âgé mangeait une viande brunâtre dans des assiettes abondamment remplies. Mais Pat dut reconnaître que l'odeur était alléchante, et elle s'aperçut qu'elle mourait de faim.

L'unique serveuse était une femme qui avait dépassé la cinquantaine. Sous un tablier d'une propreté irréprochable, un gros chandail orange et un pantalon informe dévoilaient impitoyablement

77

des bourrelets de chair rebondie. Mais elle eut un sourire prompt et plaisant. « Vous êtes seule ?

— Oui. »

La serveuse jeta un regard hésitant autour d'elle avant de conduire Pat à une table près de la fenêtre. « Comme ça, vous pourrez profiter de la vue. »

Pat pinça les lèvres. La vue ! Une voiture de location dans une rue sombre. Puis elle eut honte d'elle-même. C'était exactement la réaction qu'elle aurait attendue de Luther Pelham.

« Que désirez-vous boire ? Nous avons de la bière ou du vin. Et je crois qu'il vaut mieux que je prenne votre commande. Il se fait tard. »

Pat commanda du vin et demanda le menu.

« Oh ! ne vous occupez pas du menu ! recommanda vivement la serveuse. Essayez le bœuf mariné, il est vraiment bon. »

Pat regarda dans la salle. Visiblement, c'était ce que le vieux couple était en train de manger. « À condition que vous m'en serviez à peine la moitié… »

La femme sourit, dévoilant une rangée de grandes dents blanches et bien plantées.

« Oh ! bien sûr ! » Elle baissa la voix. « Je leur remplis toujours leur assiette, à ces deux-là. Ils n'ont pas les moyens de s'offrir le restaurant plus d'une fois par semaine ; aussi, j'aime bien qu'ils en aient pour leur argent. »

Le vin rouge en pichet était un cru ordinaire de l'État de New York, mais il avait un goût agréable. Quelques minutes plus tard, la serveuse revint chargée d'une assiette fumante et d'un panier rempli de muffins faits à la maison.

La cuisine était délicieuse. La viande avait mariné dans du vin et des herbes ; la sauce était onctueuse et légèrement relevée ; le beurre fondait sur les muffins encore chauds.

Seigneur, si je mangeais comme ça tous les soirs, je ressemblerais vite à une tour, pensa Pat. Mais elle sentit son moral remonter.

Lorsqu'elle eut fini, la serveuse débarrassa son assiette et apporta le café. « Je n'ai pas cessé de vous regarder, dit-elle. Je ne vous connaîtrais pas, par hasard ? Est-ce que je ne vous ai pas vue à la télévision ? »

Pat hocha la tête. Au temps pour mon envie de fouiner en paix, déplora-t-elle en elle-même.

« J'y suis, continua la serveuse. Vous êtes Patricia Traymore. Je vous ai vue à la télé quand je suis allée rendre visite à mon cousin à Boston. *Je sais pourquoi vous êtes ici !* Vous faites une émission sur Abby Foster – je veux dire sur le sénateur Jennings.

— Vous la connaissiez ? interrogea vivement Pat.

— Si je la connaissais ! Pour sûr que je la connaissais. Si je prenais un café avec vous ? » Elle avait posé la question pour le principe. Prenant une tasse sur la table voisine, elle se laissa lourdement tomber sur la chaise en face de Pat. « Mon mari fait la cuisine, il peut s'occuper de la fermeture. C'était plutôt calme, ce soir, mais j'ai quand même mal aux pieds. Tout le temps debout… »

Pat fit entendre un murmure approprié de compassion.

« Abigail Jennings, hein ? Ab-by-gail Jennings, répéta la serveuse d'un air rêveur. Est-ce que vous allez mettre des gens d'Apple Junction dans l'émission ?

— Je ne sais pas encore, répondit franchement Pat. Connaissiez-vous bien le sénateur ?

— Pas vraiment bien. Nous étions dans la même classe à l'école. Mais Abby était toujours très secrète ; on ne savait jamais à quoi elle pensait. Habituellement, les filles se racontent leurs histoires, ont des amies de cœur, font partie de bandes. Pas Abby. Je ne me souviens pas qu'elle ait eu une seule amie intime.

— Que pensaient d'elles les autres filles ?

— Eh bien, vous savez ce que c'est. Quand une fille est aussi jolie que l'était Abby, les autres mômes sont plutôt jalouses. Tout le monde avait l'impression qu'elle se trouvait trop bien pour nous, ce qui ne la rendait pas spécialement sympathique. »

Pat la contempla pensivement pendant un moment. « C'était aussi *votre* impression, madame... ?

— Stubbins. Ethel Stubbins. Je crois que oui, mais je la comprenais, dans un sens. Abby n'attendait qu'une seule chose, devenir adulte et partir d'ici. Le club des débats était la seule activité à laquelle elle participait à l'école. Elle ne s'habillait même pas comme nous. Alors qu'on se trimbalait en pull-over vague et en mocassins, elle portait un chemisier empesé et des talons hauts pour venir en classe. Sa mère était cuisinière chez les Saunders. Je pense que ça ennuyait beaucoup Abby.

— J'avais cru comprendre que sa mère était femme de charge.

— Cuisinière, répéta catégoriquement Ethel. Elles habitaient toutes les deux un petit appartement à côté de la cuisine. Ma mère allait faire le ménage chez les Saunders une fois par semaine. Je suis donc bien placée pour le savoir. »

La distinction était subtile : dire que sa mère avait été femme de charge au lieu de cuisinière, ce n'était pas tout à fait pareil. Pat ne voulut pas y attacher d'importance. Quoi de plus anodin de la part du sénateur Jennings que de vouloir relever d'un cran la condition sociale de sa mère ? Elle réfléchit. Prendre des notes ou utiliser un magnétophone avait parfois pour résultat immédiat de geler l'entretien. Elle tenta le coup.

« Ça vous ennuierait que je vous enregistre ?

— Pas du tout. Est-ce qu'il faut que je parle plus fort ?

— Non. C'est parfait ainsi. » Pat sortit son magnétophone et le posa sur la table entre elles deux. « Parlez d'Abigail telle que vous vous en souvenez, c'est tout. Vous dites que le fait d'avoir une mère cuisinière l'ennuyait ? » Elle s'imagina la réaction de Sam à cette question. Il la trouverait inutilement indiscrète.

Ethel posa ses gros coudes sur la table. « Et comment ! Maman me racontait souvent qu'Abigail avait un sacré culot. Si quelqu'un passait dans la rue, elle remontait l'allée jusqu'au perron devant l'entrée, comme si elle habitait là ; et ensuite, lorsque personne ne regardait, elle détalait vers l'arrière de la maison. Sa mère avait beau l'engueuler, rien n'y faisait.

— Ethel, il est neuf heures. »

Pat leva la tête. Un homme trapu aux yeux brun clair enfoncés dans un visage rond et riant se tenait debout devant la table et dénouait un long tablier blanc. Son regard se posa sur le magnétophone.

Ethel expliqua la situation et présenta Pat. « C'est mon mari, Ernie. »

Visiblement, l'idée de participer à l'interview piqua la curiosité d'Ernie. « Raconte comment Mme Saunders a surpris Abby en train d'entrer par la porte principale et lui a dit de se tenir à sa place, suggéra-t-il. Souviens-toi, elle l'a forcée à repartir en arrière jusqu'au trottoir, à remonter l'allée et à faire le tour de la maison jusqu'à la porte de service.

— Oh ! oui ! dit Ethel. C'était moche, hein ? Maman a dit qu'elle s'était sentie désolée pour Abby jusqu'au moment où elle avait vu l'expression de son visage. À vous glacer le sang, a dit maman. »

Pat chercha à se représenter Abigail jeune fille obligée de passer par l'entrée de service pour montrer qu'elle « savait se tenir à sa place ». À nouveau, elle eut l'impression de s'immiscer dans la vie privée du sénateur. Elle ne s'attarderait pas davantage sur ce sujet. Refusant un autre verre de vin que lui offrait Ernie, elle interrogea : « Abby – je veux dire le sénateur – devait être une élève brillante pour avoir obtenu une bourse pour Radcliffe. Était-elle la meilleure de sa classe ?

— Oh ! elle était formidable en anglais, en histoire et en langues, dit Ethel, mais plutôt nulle en maths et en sciences ! Elle avait à peine la moyenne.

— Comme moi, sourit Pat. Parlons du concours de beauté. »

Ethel rit à belles dents. « Il y avait quatre finalistes pour Miss Apple Junction. Je faisais partie du lot. Croyez-le ou non, je pesais cinquante-cinq kilos, et j'étais drôlement jolie. »

Pat s'attendit à ce qui allait suivre. Ernie ne la déçut pas. « Tu es toujours drôlement jolie, chérie.

— Abby a été élue haut la main, continua Ethel. Ensuite, elle a participé au concours de Miss État de New York. On a tous cru tomber à la renverse quand elle a gagné *celui-là* aussi ! Vous savez comment c'est. Bien sûr, on savait qu'elle était belle, mais on était tellement habitués à la voir. Toute la ville était sens dessus dessous ! »

Ethel eut un petit rire. « Je dois dire qu'Abby a alimenté les potins pendant tout cet été-là. Le grand truc mondain était le bal du Country-Club en août. Tous les gosses de riches des environs s'y rendaient. Personne d'entre *nous*, bien sûr. Mais cette année-là, Abby Foster y a assisté. D'après ce qu'on m'a dit, elle avait l'air d'un ange dans sa robe de mousseline blanche bordée de dentelle noire. Et devinez qui se l'est appropriée ? Jeremy Saunders ! Il venait de terminer ses études à Yale. Et il était pour ainsi dire fiancé à Evelyn Clinton ! Il n'a pas quitté Abby de la soirée et n'a cessé de l'embrasser pendant qu'ils dansaient.

« Le lendemain, toute la ville en parlait. Maman a dit que Mme Saunders avait dû en faire une maladie ; son fils unique qui tombait amoureux de la fille de la cuisinière ! Et ensuite – Ethel haussa les épaules –, toute cette histoire s'est terminée. Abby a renoncé à sa couronne de Miss État de New York et elle est partie pour l'université. Elle a dit qu'elle ne deviendrait jamais Miss Amérique, qu'elle était incapable de chanter, de danser et de jouer la comédie, et qu'elle n'accepterait jamais de se pavaner dans Atlantic City et de revenir perdante. Beaucoup de gens avaient contribué à lui monter une garde-robe pour le concours de Miss Amérique. Ils s'en sont mordu les doigts.

— Tu te rappelles comment Toby a fichu son poing dans la gueule de deux types qui disaient qu'Abby était une lâcheuse ? souffla Ernie à Ethel.

— Toby Gorgone ? questionna vivement Pat.

— Lui-même, répondit Ernie. Il était dingue d'Abby. Vous savez comment les gosses bavardent dans les vestiaires. Si un type disait une vacherie sur Abby devant Toby, il ne mettait pas longtemps à le regretter.

— Il travaille à son service, maintenant, dit Pat.

— Sans blague ? » Ernie secoua la tête. « Dites-lui bonjour de ma part. Demandez-lui s'il perd toujours de l'argent aux courses. »

Pat ne regagna pas Apple Motel avant onze heures du soir, et il faisait maintenant un froid glacial dans le premier bungalow. Elle défit prestement sa valise – il n'y avait pas de placard, juste un crochet sur la porte –, se déshabilla, prit une douche, se brossa les cheveux et, après avoir remonté les petits oreillers, se mit au lit et ouvrit son bloc-notes. Comme d'habitude, elle éprouvait des élancements dans la jambe – une douleur diffuse qui partait de la hanche et irradiait jusqu'au genou.

Elle parcourut les notes qu'elle avait prises au cours de la soirée. D'après Ethel, Mme Foster avait quitté le service des Saunders tout de suite après le bal du club, et était partie travailler comme cuisinière dans un hôpital du comté. Personne n'avait jamais su si elle avait rendu son tablier ou si on l'avait renvoyée. Mais sa nouvelle place n'avait pas dû être de tout repos. C'était une femme de forte corpulence. « Vous me trouvez grosse, avait dit Ethel. Vous auriez dû voir Francey Foster. » Francey était morte il y a longtemps, et personne n'avait revu Abigail depuis. En fait, peu de gens l'avait revue depuis déjà bien des années.

Ethel n'avait pas mâché ses mots pour parler de Jeremy Saunders. « Abigail a eu de la chance de ne pas l'épouser. Il n'avait pas inventé la poudre. Heureusement pour lui que la famille avait de l'argent ; autrement, il aurait sûrement crevé de faim. On dit que son père a tout placé dans des fonds dont il ne peut disposer, qu'il a même fait d'Evelyn son exécuteur testamentaire. Jeremy l'a terriblement déçu. Il le voyait diplomate ou lord anglais et c'est seulement une baudruche. »

Ethel avait insinué que Jeremy buvait, mais elle avait conseillé à Pat de lui téléphoner. « Il serait sûrement ravi de recevoir de la visite. Evelyn passe une grande partie de son temps avec leur fille aînée à Westchester. »

Pat éteignit la lumière. Demain matin, elle essayerait d'aller voir l'ex-directrice de l'école qui avait demandé à Abigail de donner du travail à Eleanor Brown, et elle tenterait d'obtenir un rendez-vous avec Jeremy Saunders.

Il avait neigé durant la nuit, dix à quinze centimètres, mais les chasse-neige et les sableuses étaient déjà passés pendant que Pat prenait un café avec le propriétaire de l'Appel Motel.

Conduire dans Apple Junction était une expérience peu réjouissante. La ville était particulièrement laide et triste, la moitié des magasins étaient fermés et délabrés. Une seule guirlande de Noël pendouillait au-dessus de la Grand-Rue. Dans les rues avoisinantes, les maisons pressaient les unes contre les autres leurs façades décrépies. Les voitures garées le long des trottoirs étaient pour la plupart des modèles anciens. On ne remarquait aucune construction récente, qu'il s'agisse d'immeubles d'habitation ou de bureaux. Il y avait peu de gens dehors ; une impression de vide flottait dans l'atmosphère. La plupart des jeunes avaient-ils fui comme Abigail dès qu'ils avaient atteint l'âge adulte ? se demanda Pat. Qui pourrait le leur reprocher ?

Elle vit sur la façade d'un immeuble l'inscription THE APPLE JUNCTION WEEKLY et une impulsion la poussa à s'arrêter et à entrer. Deux personnes travaillaient, un jeune homme qui semblait prendre une petite annonce au téléphone et un homme d'une soixantaine d'années qui tapait avec un bruit d'enfer sur sa machine à écrire. Ce dernier était Edwin Sheperd, rédacteur en chef propriétaire du journal, et il fut enchanté de bavarder avec Pat.

Il avait très peu à ajouter à ce qu'elle savait déjà sur Abigail. Toutefois, il alla de lui-même dénicher dans les archives les éditions qui avaient dû rendre compte des deux concours de beauté, local et régional, qu'Abigail avait gagnés.

Au cours de son enquête, Pat avait déjà trouvé la photo d'Abigail avec sa couronne et son écharpe de Miss État de New York, mais le portrait en pied de la jeune fille portant la bannière MISS APPLE JUNCTION n'était pas connu et il lui parut tout à fait déconcertant. Abigail se tenait debout sur une estrade à la fête du comté, entourée des trois autres finalistes. La couronne sur sa tête était de toute évidence en carton pâte. Les autres filles arboraient des sourires heureux, hésitants – Pat reconnut la jeune Ethel Stubbins au bout du rang – mais le sourire d'Abigail était froid, presque cynique. Elle paraissait complètement ailleurs.

« Il y a une photo d'elle avec sa mère à l'intérieur », indiqua Sheperd et il tourna la page.

Pat sursauta. Comment Abigail Jennings, si fine et élancée, pouvait-elle être la fille de cette femme obèse et courtaude ? UNE MÈRE ACCUEILLE AVEC FIERTÉ LA REINE DE BEAUTÉ D'APPLE JUNCTION, disait la légende.

« Emportez ces numéros, proposa Edwin Sheperd. J'en ai d'autres exemplaires. Mais n'oubliez pas de nous citer si vous vous en servez pour votre émission. »

Il eût été maladroit de refuser la proposition. Je verrai si on peut utiliser *cette* photo, pensa Pat tout en remerciant le rédacteur et elle partit sans plus s'attarder.

À huit cent mètres de la Grand-Rue, la ville changea du tout au tout, la chaussée s'élargit, les maisons devinrent majestueuses, les jardins grands et bien entretenus.

La demeure des Saunders était jaune pâle avec des volets noirs. Elle se situait à l'angle de la rue et une longue allée décrivait une courbe jusqu'aux marches du porche. Les piliers élégants rappelèrent à Pat l'architecture du Mount Vernon. Des arbres bordaient l'allée. Un petit écriteau dirigeait les livreurs vers l'entrée de service à l'arrière de la maison.

Pat se gara et monta les marches ; de près, la peinture commençait à s'écailler, les montants en aluminium des doubles fenêtres étaient attaqués par la corrosion. Elle appuya sur la sonnette et entendit résonner faiblement le carillon, loin à l'intérieur. Une femme menue aux cheveux grisonnants, vêtue d'un tablier de domestique sur une robe noire, ouvrit la porte. « M. Saunders vous attend. Il est dans la bibliothèque. »

Jeremy Saunders, en veste de velours marron, était installé dans un haut fauteuil à oreillettes au coin du feu. Il croisait les jambes, et de fines chaussettes en soie bleu foncé apparaissaient sous les revers de son pantalon bleu nuit. Il avait des traits étonnamment réguliers, de beaux cheveux blancs ondulés. Seules une taille épaissie et des poches sous les yeux trahissaient son penchant pour la boisson.

Il se leva et se retint au bras de son fauteuil. « Mademoiselle Traymore ! » Sa voix était le produit parfait d'une bonne éducation. « Vous ne m'aviez pas dit au téléphone que vous étiez la fameuse Patricia Traymore.

— Cela ne signifie pas grand-chose, sourit Pat.

— Ne soyez pas modeste. Vous êtes la jeune femme qui réalise une émission sur Abigail. » Il lui désigna le fauteuil en face du sien d'un geste de la main. « Vous prendrez bien un Bloody Mary ?

— Merci. » La carafe était déjà à moitié vide.

La femme de chambre prit son manteau.

« Merci, Anna. Ce sera tout pour l'instant. Peutêtre qu'un peu plus tard, Mlle Traymore partagera avec moi un déjeuner léger. » Jeremy Saunders avait pris un ton encore plus appuyé pour s'adresser à la domestique qui quitta la pièce en silence. « Anna, vous pouvez fermer la porte, s'il vous plaît ! cria-t-il. Merci, ma chère. »

Saunders attendit d'entendre le déclic de la serrure, puis soupira. « Il est impossible d'être correctement servi de nos jours. Rien d'équivalent avec le temps où Francey Foster présidait à la cuisine et où Abby servait à table. » Il parut savourer le souvenir.

Pat ne dit rien. Il y avait une sorte de méchanceté bavarde chez cet homme. Elle s'assit, accepta le verre qu'il lui tendait et attendit. Il leva un sourcil. « N'avez-vous pas de magnétophone ?

— J'en ai un. Mais je peux ne pas l'utiliser si vous le préférez.

— Au contraire. Je préfère que chaque mot sorti de ma bouche soit immortalisé. Peut-être y aura-t-il ún jour une bibliothèque Abby Foster – pardon, une bibliothèque *sénateur Abigail Jennings*. Les gens pourront appuyer sur un bouton et m'entendre parler de ses débuts un peu désordonnés dans la vie adulte. »

Sans mot dire, Pat sortit de son sac le magnétophone et son bloc-notes. Elle savait soudain avec certitude qu'elle ne pourrait pas utiliser ce qu'elle allait entendre.

« Vous avez suivi la carrière du sénateur, commença-t-elle.

— Avec passion ! J'ai la plus grande admiration pour Abby. Elle a gagné mon profond respect dès le jour où, à l'âge de dix-sept ans, elle a proposé d'aider sa mère dans les tâches domestiques. Elle est remarquablement astucieuse.

— Est-il astucieux d'aider sa mère ? interrogea posément Pat.

— Non, bien sûr, à condition que vous *ayez envie d'aider* votre mère. Par contre, si vous proposez de servir à table uniquement parce que le jeune et beau rejeton de la famille Saunders est revenu de Yale, cela peut changer le tableau, non ?

— Vous parlez de vous ? » Pat sourit malgré elle. Jeremy parlait de lui avec une ironie sans complaisance qui n'était pas sans séduction.

« On ne peut rien vous cacher. Je vois des photos d'elle de temps à autre, mais on ne peut jamais s'y fier, n'est-il pas vrai ? Abby a toujours

90

été très photogénique. À quoi ressemble-t-elle dans la réalité ?

— Elle est absolument ravissante. »

Saunders parut déçu. Il aurait aimé entendre que le sénateur avait besoin d'un lifting, se dit Pat. Elle ne parvenait pas à croire qu'Abigail, même très jeune, ait pu se laisser impressionner par Jeremy.

« Qu'est devenu Toby Gorgone ? demanda Saunders. Joue-t-il toujours son rôle favori de garde du corps et d'esclave auprès d'Abby ?

— Toby travaille pour le sénateur, répliqua Pat. Il lui est de toute évidence dévoué et elle semble avoir une grande confiance en lui. » *Garde du corps et esclave*, songea-t-elle. C'était une bonne description des rapports de Toby avec Abigail Jennings.

« Je suppose qu'ils en tirent réciproquement avantage.

— Qu'entendez-vous par là ? »

Jeremy leva les mains en un geste de renoncement. « Rien de spécial. Il vous a sûrement raconté comment il avait sauvé Abby des crocs du chien de garde de l'original qui habitait en face de chez nous ?

— Il me l'a raconté, en effet.

— Et vous a-t-il dit qu'Abigail lui avait servi d'alibi le soir où il était parti faire un tour dans une voiture volée ?

— Non, mais cela ne paraît pas constituer un crime bien sérieux.

— C'est pendant que la police l'avait pris en chasse que le véhicule « emprunté » a perdu tout contrôle et fauché une jeune mère et ses deux enfants. On avait vu quelqu'un qui ressemblait à

Toby rôder autour de cette voiture. Mais Abigail a juré qu'elle était en train de donner une leçon d'anglais à Toby, dans cette maison même. Cela a été la parole d'Abby contre celle d'un témoin peu sûr de lui. Personne n'a porté plainte et le rôdeur court toujours. Que Toby pût être impliqué dans cette histoire n'avait pas étonné grand monde. Il a toujours été fou de mécanique, et il s'agissait d'une nouvelle voiture de sport. Il paraît normal qu'il ait eu envie de l'essayer.

— Vous insinuez par conséquent que le sénateur aurait menti pour lui ?

— Je n'insinue rien. Toutefois, les gens d'ici ont la mémoire longue, et la fervente déposition d'Abigail – sous serment bien entendu – reste dans les archives. En réalité, Toby n'aurait pas risqué grand-chose, même s'il s'était trouvé dans la voiture. Il était mineur à cette époque, moins de seize ans. Abigail, par contre, en avait dix-huit et aurait été passible de poursuites en faisant un faux serment. Après tout, Toby peut très bien avoir passé la soirée penché sur des participes. Au fait, a-t-il fait des progrès en grammaire ?

— Je n'ai rien remarqué de spécial.

— Vous n'avez pas dû lui parler bien longtemps. Maintenant, parlez-moi en détail d'Abigail. De cette éternelle fascination qu'elle exerce sur les hommes. Avec qui vit-elle en ce moment ?

— Avec personne, dit Pat. D'après ce qu'elle me dit, son mari fut le grand amour de sa vie.

— Peut-être. » Jeremy finit son verre jusqu'à la dernière goutte. « Et quand on pense qu'elle sort de rien – un père mort alcoolique lorsqu'elle avait six ans, une mère uniquement préoccupée par ses casseroles… »

Pat changea ses batteries pour obtenir des informations utilisables. « Parlez-moi de cette maison, suggéra-t-elle. Après tout, Abigail y a grandi. A-t-elle été construite par votre famille ? »

Jeremy Saunders était manifestement aussi fier de sa maison que de sa famille. Au cours de l'heure qui suivit, s'arrêtant uniquement pour remplir son verre et préparer une autre carafe, il retraça l'histoire des Saunders « presque depuis le *Mayflower* – un Saunders aurait dû faire partie du célèbre voyage, mais il est tombé malade et n'est arrivé que deux ans plus tard » – jusqu'à aujourd'hui : « Et maintenant, conclut-il, j'avoue avec tristesse être le dernier à porter le nom des Saunders. » Il sourit. « Vous êtes une auditrice des plus attentives, ma chère. J'espère ne pas m'être montré trop fastidieux dans mon monologue. »

Pat lui rendit son sourire. « Pas du tout. La famille de ma mère faisait partie des premiers immigrants et j'en suis très fière.

— Il faut que vous me parliez de *votre* famille, dit aimablement Jeremy. Vous allez rester déjeuner.

— Avec plaisir.

— Je préfère que l'on nous apporte un plateau ici. C'est beaucoup plus intime que la salle à manger. Vous n'y voyez pas d'inconvénient ? »

Et bien plus près du bar, se dit Pat. Elle espéra pouvoir faire revenir la conversation sur Abigail.

L'occasion se présenta alors qu'elle feignait d'apprécier le vin que Jeremy avait voulu servir avec la banale salade de poulet.

« Cela aide à faire passer le reste, ma chère, lui dit-il. Je crains qu'en l'absence de ma femme, Anna ne se donne pas grand mal. Ce n'est pas comme la mère d'Abby. Francey Foster mettait un point d'honneur à réussir tout ce qu'elle cuisinait. Pains, gâteaux, soufflés… Abby fait-elle la cuisine ?

— Je l'ignore », dit Pat. Sa voix prit un ton de confidence. « Monsieur Saunders, je ne peux m'empêcher de penser que vous en voulez au sénateur Jennings. Est-ce que je me trompe ? J'ai eu l'impression qu'à une époque, vous étiez très attachés l'un à l'autre.

— Lui en vouloir ? » Sa voix était pâteuse, son élocution brouillée. « N'en voudriez-vous pas à quelqu'un qui s'est ingénié à *vous* rendre ridicule – et y est magnifiquement parvenu ? »

Nous y voilà – c'était le moment fréquent dans beaucoup de ses interviews, où les gens ne se méfient plus et commencent à se dévoiler.

Elle étudia Jeremy Saunders. Cet ivrogne bien nourri dans sa tenue ridiculement apprêtée ruminait des souvenirs amers. Il y avait autant de chagrin que de rancœur dans le regard sans ruse, la bouche trop molle, le menton boursouflé et flasque.

« Abigail, dit-il d'un ton adouci, sénateur de Virginie des États-Unis. » Il s'inclina. « Ma chère Patricia Traymore, vous avez l'honneur de vous adresser à son ancien fiancé. »

Pat s'efforça vainement de dissimuler sa surprise. « Vous avez été *fiancé* à Abigail ?

— Au cours du dernier été qu'elle a passé ici. Très peu de temps, bien sûr. Juste assez pour satisfaire ses desseins. Après avoir remporté le prix de beauté de la région, elle a été suffisamment intelligente pour se rendre compte qu'Atlantic City ne la mènerait pas loin. Elle avait tenté d'obtenir une bourse pour Radcliffe, mais ses notes en maths et en sciences n'étaient pas d'un niveau suffisant. Abby n'avait aucunement l'intention de se rendre chaque jour à l'université locale. C'était un dilemme affreux pour elle, et je me suis toujours demandé si Toby ne l'avait pas aidée à trouver la solution.

« Je sortais de Yale, et m'apprêtais à rentrer dans l'affaire de mon père – éventualité qui ne me passionnait guère – ; j'étais sur le point de me fiancer avec la fille du meilleur ami de mon père – perspective qui ne m'enchantait pas plus. Et voilà Abby dans ma propre maison, qui me fait miroiter l'avenir à ses côtés, se glisse dans mon lit à la nuit tombée, tandis que la pauvre Francey Foster, rompue de fatigue, ronfle plus loin dans leurs chambres de service. Résultat, j'achète une belle robe à Abigail, je l'accompagne au bal du Country-Club et je lui demande de m'épouser.

« Lorsque nous sommes rentrés à la maison, nous avons réveillé mes parents pour leur annoncer l'heureuse nouvelle. Vous pouvez imaginer la scène ! Ma mère, qui prenait plaisir à faire passer Abigail par la porte de service, voyait tous les projets qu'elle avait formés pour son fils unique tomber à l'eau. Vingt-quatre heures plus tard, Abigail a quitté la ville avec un chèque certifié de mon père de dix mille dollars et ses valises remplies de la garde-robe offerte par les gens de la ville. Elle s'était déjà inscrite à Radcliffe, vous savez. Il ne lui manquait que l'argent nécessaire pour payer ses études dans cette glorieuse institution.

« Je l'y ai suivie. Elle m'a fait clairement comprendre que mon père ne s'était pas trompé sur son compte, tout ce qu'il disait sur elle était exact. Jusqu'au jour de sa mort, mon père n'a cessé de me rappeler que je m'étais comporté comme un crétin. Après trente-cinq ans de mariage, Evelyn devient hystérique dès qu'elle entend prononcer le nom d'Abigail. Quant à ma mère, elle a mis Francey Foster à la porte, c'est la seule satisfaction qu'elle en a tiré – et nous avons été les premiers à en pâtir. Nous n'avons plus jamais eu de cuisinière correcte depuis lors. »

Lorsque Pat sortit sur la pointe des pieds de la pièce, Jeremy Saunders s'était endormi, la tête ballottant sur la poitrine.

Il était presque quatorze heures quinze. Le ciel se noircissait à nouveau de nuages, comme si la neige s'apprêtait encore à tomber. Tout en roulant vers son rendez-vous avec Margaret Langley, l'ex-directrice de l'école, elle se demanda à quel point la version donnée par Jeremy Saunders de la conduite d'Abigail Foster dans sa jeunesse était exacte. Manipulatrice ? Intrigante ? Menteuse ?

En tout cas, cela ne correspondait pas à la réputation d'intégrité qui était la pierre angulaire de la carrière politique du sénateur Abigail Jennings.

8

À quatorze heures quinze, contrairement à ses habitudes, Margaret Langley alla refaire du café, tout en sachant qu'ensuite elle n'échapperait pas aux désagréables brûlures d'estomac.

Comme toujours lorsqu'elle était tourmentée, elle se réfugia dans son bureau, cherchant un peu de réconfort dans le vert velouté des plantes suspendues près de la baie vitrée. Elle lisait les sonnets de Shakespeare en buvant son deuxième café de la matinée quand Patricia Traymore avait téléphoné pour lui demander de la recevoir.

Margaret secoua nerveusement la tête. C'était une femme légèrement voûtée de soixante-trois ans. Ses cheveux gris naturellement ondulés étaient retenus par un petit chignon sur la nuque. Une expression de sagesse enjouée atténuait le manque d'attrait de son long visage aux traits chevalins. Elle avait épinglé sur son chemisier une broche offerte par l'école le jour de son départ – une guirlande de laurier en or entrelacée autour du chiffre 45 pour marquer les années qu'elle avait consacrées à l'établissement en tant que professeur et directrice.

À quatorze heures dix, elle commençait à espérer que Patricia Traymore avait renoncé à sa visite lorsqu'elle vit une petite voiture rouge passer lentement dans la rue. Le conducteur s'arrêta devant la boîte aux lettres, cherchant probablement le numéro de la maison. À regret, Margaret se dirigea vers la porte d'entrée.

Pat s'excusa d'être en retard. « Je me suis trompée de direction à un moment donné », dit-elle et elle accepta volontiers de prendre une tasse de café.

Margaret sentit son inquiétude diminuer peu à peu. Il y avait quelque chose de très attentionné chez cette jeune femme, la façon par exemple dont elle s'était soigneusement essuyé les pieds avant de marcher sur le plancher ciré. Elle était si jolie avec ses cheveux auburn et ses magnifiques yeux bruns. Sans raison, Margaret s'était attendue à quelqu'un d'agressif. Lorsqu'elle lui expliquerait le cas d'Eleanor, peut-être Patricia Traymore lui prêterait-elle attention. Tout en versant le café, elle se mit à raconter.

« Voyez-vous », commença-t-elle, et sa voix lui sembla particulièrement aiguë et tendue, « à l'époque où l'argent a disparu à Washington, tout le monde a pris Eleanor pour une voleuse endurcie. Mademoiselle Traymore, vous a-t-on jamais dit combien valait l'objet qu'elle avait prétendument volé lorsqu'elle était en dernière année à l'école ?

— Non, je ne crois pas.

— *Six dollars*. Sa vie a été brisée pour un flacon de parfum d'une valeur de six dollars ! Mademoiselle Traymore, vous est-il jamais arrivé de sortir

98

d'un magasin et de vous apercevoir que vous teniez à la main un article que vous aviez l'intention d'acheter ?

— Une ou deux fois peut-être, avoua Pat. Mais on ne vous condamne pas pour vol à l'étalage quand on oublie de payer un article de six dollars.

— On vous condamne s'il y a une vague de vols en ville. Les commerçants étaient prêts à descendre dans la rue, et le procureur avait promis de punir pour l'exemple la prochaine personne prise en flagrant délit.

— Et c'est Eleanor qui a été cette personne ?

— Oui. » Des petites gouttes de transpiration soulignaient les rides sur le front de Margaret. Inquiète, Pat vit son teint devenir cendreux.

« Mademoiselle Langley, vous ne vous sentez pas bien ? Voulez-vous que je vous apporte un verre d'eau ? »

La vieille dame hocha la tête. « Non, cela va passer. Donnez-moi juste une minute. » Elles restèrent sans parler pendant que ses joues reprenaient lentement quelques couleurs. « Ça va mieux. Je crois que le simple fait de parler d'Eleanor me bouleverse. Voyez-vous, mademoiselle Traymore, le juge l'a punie afin de donner une leçon ; il l'a envoyée dans une maison de redressement pendant trente jours. Après cela, elle n'a plus jamais été la même. Ça l'a complètement changée. Certains ne supportent pas cette sorte d'humiliation. Vous savez, personne ne la croyait, en dehors de moi. Je connais les jeunes. Elle n'avait rien d'une enfant hardie. C'était le genre d'écolière qui ne mâchait jamais de chewing-gum en cours, ne parlait pas dans le dos du professeur, ne trichait pas à un examen. Elle n'était pas seulement sage. Elle était *timide*. »

Margaret Langley ne disait pas tout. Pat le sentait. Elle se pencha en avant, prit une voix douce. « Mademoiselle Langley, vous ne me racontez pas exactement toute l'histoire. »

Les lèvres de son interlocutrice tremblèrent. « Eleanor n'avait pas assez d'argent pour payer le parfum. Elle a expliqué qu'elle voulait demander qu'on l'enveloppe et le mette de côté. Elle se rendait à une soirée d'anniversaire ce soir-là. Le juge ne l'a pas crue. »

Moi non plus, pensa Pat. Elle était désolée de ne pouvoir accepter l'explication à laquelle Margaret Langley croyait si fermement. Elle vit l'ex-directrice porter la main à sa gorge comme pour calmer un battement trop rapide. « Cette gentille petite est souvent venue ici le soir, poursuivit-elle avec tristesse, car elle savait que j'étais la seule à la croire sans réserve. Lorsqu'elle a eu terminé ses études chez nous, j'ai écrit à Abigail pour lui demander si elle pouvait lui trouver du travail dans son bureau.

— N'est-il pas vrai que le sénateur a donné cette chance à Eleanor, lui a fait confiance, et qu'ensuite Eleanor a volé des fonds électoraux ? » interrogea Pat.

Le visage de Margaret s'empreignit de lassitude. Le ton de sa voix devint monotone. « J'avais pris une année sabbatique à cette époque. Je voyageais en Europe. À mon retour, tout était fini. Eleanor avait été condamnée, envoyée en prison, et elle avait fait une dépression nerveuse. Elle était dans le service psychiatrique de l'hôpital de la prison. Je lui ai écrit régulièrement, mais elle n'a jamais répondu. Ensuite, d'après ce que j'ai appris, elle a été libérée sur parole pour raison de santé, mais à la seule condition de se présenter à l'hôpital en consultation externe deux fois par semaine. Un jour, elle a simplement disparu. C'était il y a neuf ans.

— Et vous n'avez plus jamais eu de ses nouvelles ?

— Je... Non..., euh... » Margaret se leva. « Excusez-moi – désirez-vous un peu plus de café ? La cafetière est encore presque pleine. Je vais en prendre une tasse. Je ne devrais pas, mais tant pis. » Avec un semblant de sourire, elle se dirigea vers la cuisine. Pat arrêta le magnétophone. Elle *a* entendu parler d'Eleanor, pensa-t-elle, et elle ne peut se résoudre à mentir. Lorsque Mlle Langley revint, Pat demanda doucement : « Que savez-vous d'Eleanor maintenant ? »

Margaret Langley posa la cafetière sur la table et se dirigea vers la fenêtre. Allait-elle nuire à Eleanor en faisant confiance à Pat Traymore ? Indiquer une piste susceptible de mener jusqu'à elle ?

Un moineau solitaire voleta derrière la fenêtre et se posa piteusement sur la branche couverte de givre d'un orme près de l'allée. Margaret prit sa décision. Elle allait se fier à Patricia Traymore, lui montrer les lettres, lui raconter ce qu'elle croyait. Elle se retourna, rencontra le regard plein de sollicitude de Pat. « Je vais vous montrer quelque chose », dit-elle brusquement.

Lorsque Margaret Langley revint dans la pièce, elle tenait une feuille pliée de papier à lettre dans chaque main. « J'ai eu par deux fois des nouvelles d'Eleanor, dit-elle. Cette lettre – elle tendit la main droite – a été écrite le jour même du vol supposé. Lisez-la, mademoiselle Traymore. Lisez ce qu'elle a écrit. »

Des pliures marquaient le papier à lettre crème, comme si la lettre avait souvent été manipulée. Pat jeta un coup d'œil sur la date. La lettre avait onze ans. Elle en parcourut rapidement le contenu. Eleanor espérait que Mlle Langley profitait de son année en Europe ; elle avait obtenu de l'avancement et aimait son travail. Elle suivait des cours de peinture à l'université George Washington et tout se passait très bien. Elle venait de passer un après-midi à Baltimore. Elle devait dessiner un paysage au bord de l'eau, et avait choisi la baie de Chesapeake.

Mlle Langley avait souligné un paragraphe.

J'ai bien cru ne pas pouvoir y aller. J'ai dû faire une course pour le sénateur Jennings. Elle avait oublié sa bague ornée d'un diamant au bureau du comité électoral et pensait qu'on l'avait mise dans le coffre. Mais elle ne s'y trouvait pas, et j'ai juste eu le temps d'attraper mon bus.

C'était ça, la preuve ? songea Pat. Elle leva la tête et ses yeux rencontrèrent le regard plein d'espoir de Margaret Langley. « Ne comprenez-vous pas ? fit cette dernière. Eleanor m'a écrit le soir même du vol. Pourquoi aurait-elle inventé cette histoire ? »

102

Pat ne trouva aucun moyen d'adoucir ce qu'elle avait à dire. « Elle a pu vouloir se fabriquer un alibi.

— Si vous voulez vous fabriquer un alibi, vous n'écrivez pas à quelqu'un qui ne recevra peut-être pas votre lettre avant des mois », déclara fermement Margaret. Puis elle soupira. « Bon, j'ai fait mon possible. J'espère seulement que vous aurez la bonté de ne pas remuer toutes ces souffrances. Eleanor s'efforce apparemment de refaire tant bien que mal son existence et mérite qu'on la laisse en paix. »

Pat regarda l'autre lettre que tenait Margaret. « Elle vous a écrit après sa disparition ?

— Oui. Il y a six ans, j'ai reçu ceci. »

Pat prit la lettre. Les caractères étaient à moitié effacés, le papier bon marché. Eleanor écrivait :

Chère Mademoiselle Langley. Je vous en prie, comprenez qu'il est préférable que je n'aie plus aucun contact avec le passé. Si on me retrouve, il faudra que je retourne en prison. Je vous jure que je n'ai jamais touché à cet argent. J'ai été très malade, mais je m'efforce de reconstruire ma vie. Certains jours se passent bien. Il m'arrive de croire que les choses peuvent s'arranger. À d'autres moments, j'ai horriblement peur, je tremble à l'idée que quelqu'un me reconnaisse. Je pense souvent à vous. Je vous aime et vous me manquez.

La signature d'Eleanor était hésitante, les lettres irrégulières – ce qui faisait un contraste frappant avec l'écriture ferme et élégante de la première lettre.

Il fallut tout le pouvoir de persuasion de Pat pour obtenir de Margaret Langley qu'elle lui confiât les lettres. « Nous avons l'intention d'inclure le procès dans l'émission, dit-elle ; même si Eleanor est reconnue et dénoncée, peut-être pourrons-nous faire rétablir sa libération conditionnelle. Ensuite, elle n'aura plus à se cacher pour le restant de ses jours.

— J'aimerais la revoir », murmura Margaret. Ses yeux brillaient de larmes contenues, à présent. « Elle m'est aussi chère que si elle était ma propre enfant. Attendez, laissez-moi vous montrer sa photo. »

Sur l'étagère du bas de la bibliothèque s'entassait une pile d'albums. « J'en possède un pour chacune des années que j'ai passées à l'école, expliqua-t-elle. Mais j'ai gardé celui d'Eleanor sur le dessus de la pile. » Elle feuilleta les pages. « Elle a terminé ses études il y a dix-sept ans. N'est-elle pas charmante ? »

La jeune fille sur la photo avait des cheveux fins, sans éclat ; des yeux doux au regard innocent. La légende indiquait :

Eleanor Brown – Passe-temps favori : peinture. Ambition : secrétaire. Activités : chant. Sports : patin à roulettes. Avenir : assistante d'un cadre supérieur, mariée jeune, deux enfants. Prédilection : parfum Soir de Paris.

« Mon Dieu, laissa échapper Pat, comme c'est cruel !

— Oui. C'est pourquoi j'ai voulu qu'elle s'en aille. »

Pat secoua la tête, et son regard se posa sur les autres albums. « Attendez, dit-elle. Auriez-vous par hasard l'album où figure le sénateur Jennings ?

— Bien sûr. Voyons – il devrait être quelque part par là. »

Le second album que compulsa Margaret Langley était le bon. Sur cette photo, Abigail était coiffée à la Jeanne d'Arc. Elle écartait légèrement les lèvres, comme si elle avait consciencieusement suivi les conseils du photographe pour sourire. Ses yeux, grands et frangés de cils épais, avaient un regard calme, insondable. La légende indiquait :

Abigail Foster (« Abby ») – Passe-temps favori : assister aux séances parlementaires. Ambition : politique. Activités : participation aux débats. Avenir : deviendra représentante d'Apple Junction à l'Assemblée. Prédilection : tous les livres de la bibliothèque.

« Représentante à l'Assemblée, s'exclama Pat, c'est extraordinaire ! »

Elle repartit une demi-heure plus tard, l'album de l'année du sénateur sous le bras. En prenant place dans sa voiture, elle décida qu'elle enverrait une équipe prendre quelques plans de la ville, y compris la Grand-Rue, la maison des Saunders, l'école et l'autoroute avec le bus pour Albany. Avec ces images en arrière-plan, elle demanderait au sénateur Jennings de parler brièvement de sa jeunesse à Apple Junction et de son intérêt précoce pour la politique. Ils concluraient la séquence par le portrait du sénateur en Miss État de New York, puis par sa photo dans l'album annuel, ce qui l'amènerait à expliquer qu'avoir choisi Radcliffe au lieu d'Atlantic City avait été la décision la plus importante de sa vie.

Avec le sentiment inhabituel et déroutant qu'elle était en train de fausser le sens de toute l'histoire, Pat tourna dans la ville pendant une heure et repéra les endroits à filmer. Puis elle régla sa note à l'Apple Motel, retourna à Albany, rendit la voiture et avec soulagement prit l'avion pour Washington.

9

Washington est vraiment une ville magnifique, pensa Pat, à toute heure et quel que
soit l'endroit d'où on la regarde. De nuit, la lumière
des projecteurs braqués sur le Capitole et les monu-
ments répandait une impression de sérénité éternelle. Elle était à peine partie depuis une trentaine
d'heures, et il lui semblait pourtant que des jours
entiers s'étaient écoulés. L'avion atterrit avec une
légère secousse et roula doucement sur la piste.

Le téléphone sonnait lorsque Pat ouvrit la porte
de sa maison. Elle entra précipitamment. C'était
Luther Pelham. Il avait l'air à cran.

« Pat, je suis content de vous joindre. Vous ne
m'aviez pas dit où vous étiez descendue à Apple
Junction. Quand j'ai enfin réussi à le savoir, vous
étiez déjà repartie.

— Je suis désolée. J'aurais dû vous téléphoner
ce matin.

— Abigail donne demain une conférence importante avant le vote final du budget. Elle a proposé
que vous passiez la journée entière à son bureau.
Elle y sera à partir de six heures trente.

107

— J'y serai.

— Comment avez-vous trouvé sa ville natale ?

— Intéressante. Nous pouvons en tirer une séquence plaisante sans nous attirer les foudres du sénateur.

— J'aimerais en savoir davantage. Je viens de finir de dîner au Jockey-Club ; je peux me trouver chez vous dans dix minutes. » Le téléphone fit un bruit sec à son oreille.

Elle eut à peine le temps d'enfiler un pantalon et un sweater avant l'arrivée de Pelham. La bibliothèque était encombrée des documents du sénateur. Pat conduisit Luther dans le salon et offrit d'aller lui préparer un cocktail. Lorsqu'elle revint, il examinait le chandelier sur la cheminée. « Belle pièce d'argenterie Sheffield, fit-il remarquer. Tout est superbe dans cette pièce. »

À Boston, elle vivait dans un studio semblable à ceux de tous les autres jeunes journalistes. Il ne lui était pas venu à l'esprit que l'ameublement luxueux et les objets de prix de cette maison pouvaient donner à penser.

Elle s'efforça de prendre un ton désinvolte. « Mes parents ont l'intention de s'installer prochainement dans une résidence. Le grenier à la maison était bourré d'affaires de famille et ma mère m'a dit que si je les voulais, c'était maintenant ou jamais. »

Luther s'installa sur le canapé et prit le verre qu'elle avait posé devant lui. « Je sais une chose, c'est qu'à votre âge, j'habitais le YMCA. » Il tapota le coussin à côté de lui. « Venez vous asseoir ici et parlez-moi de Notre Ville. »

Oh non ! pensa-t-elle. Pas question de me draguer ce soir, Luther Pelham. Sans tenir compte de son invite, elle s'assit dans le fauteuil de l'autre côté de la table, face au canapé, et entreprit de lui faire un compte rendu de ce qu'elle avait appris à Apple Junction. Ce n'était pas particulièrement instructif.

« Abigail a peut-être été la plus jolie fille de la région, conclut-elle, mais elle n'était certes pas la plus populaire. Je comprends à présent pourquoi elle appréhende de revenir sur le passé. Jeremy Saunders dira pis que pendre d'elle jusqu'au jour de sa mort. Elle a raison de craindre qu'en attirant l'attention sur l'élection de Miss État de New York, on pousse ses vieux copains à raconter comment ils ont contribué de leurs deux dollars à la vêtir de la tête aux pieds en vue du concours d'Atlantic City pour la voir se défiler ensuite. Miss Apple Junction ! Regardez cette photo. »

Luther émit un sifflement en la voyant. « Difficile de croire que cette grosse dondon puisse être la mère d'Abigail ! » Il passa à une autre idée. « Entendu. Elle a de bonnes raisons de vouloir oublier Apple Junction et ses habitants. Je croyais avoir compris que vous pourriez récupérer quelques trucs intéressants sur le plan humain.

— Cela sera réduit à sa plus simple expression. Vues de la ville, de l'école, de la maison où elle a grandi, puis une interview de la directrice, Margaret Langley, racontant comment Abigail se rendait régulièrement à Albany pour assister aux débats parlementaires. On conclura par la photo de classe dans l'album annuel. Ce n'est pas énorme, mais c'est déjà quelque chose. Le sénateur doit se faire à l'idée qu'elle n'est pas un OVNI descendu sur terre à l'âge de vingt et un ans. De toute façon, elle a accepté de participer à cette émission. Nous ne lui avons pas donné le contrôle sur la création, j'espère ?

— Sûrement pas le contrôle, mais un certain droit de veto. Ne l'oubliez pas, Pat. Nous ne faisons pas seulement cette émission *sur* elle ; nous la faisons *avec* elle, et son accord pour l'utilisation des témoignages de son passé est essentiel. »

Il se leva. « Puisque vous tenez à ce que cette table demeure entre nous... » Il en fit le tour, s'approcha de Pat, posa ses mains sur les siennes.

Elle se leva d'un bond, mais ne fut pas assez rapide. Il l'attira contre lui. « Vous êtes une fille superbe, Pat. » Il lui leva le menton. Ses lèvres pressèrent les siennes. Sa langue était insistante.

Elle chercha à s'écarter de lui, mais il avait une poigne de fer. Elle finit par lui enfoncer les coudes dans la poitrine. « Laissez-moi. »

Il sourit. « Pat, pourquoi ne me montrez-vous pas le reste de la maison ? »

Ses intentions étaient claires. « Il est tard, dit-elle, mais en vous en allant, vous pouvez jeter un coup d'œil dans la bibliothèque et dans la salle à manger. Je préférerais franchement ne pas vous faire visiter avant d'avoir eu le temps d'accrocher les tableaux et le reste.

— Où se trouve votre chambre ?

— Au premier

— J'aimerais la voir.

— À vrai dire, même aménagé, il vaudrait mieux que vous considériez le premier étage de cette maison comme celui d'une pension pour jeunes filles dans vos jeunes années à New York : interdit aux visiteurs de sexe masculin.

— J'aurais préféré que vous ne plaisantiez pas, Pat.

— J'aurais préféré que nous restions sur le ton de la plaisanterie. Sinon, je peux présenter les choses d'une autre manière. Je ne dors pas dans les bras du premier venu pendant le travail, ni en dehors du travail. Ni aujourd'hui, ni demain, ni l'année prochaine.

— Je vois. »

Elle le précéda dans le couloir. Dans l'entrée, elle lui tendit son manteau.

Tout en l'enfilant, il lui adressa un sourire caustique. « Parfois, les individus qui souffrent de votre genre d'insomnie sont incapables de faire face à leurs responsabilités, dit-il. Il leur arrive de découvrir qu'ils sont plus faits pour une station perdue que pour le haut de l'échelle. Y a-t-il un réseau câblé à Apple Junction ? Que diriez-vous d'aller le vérifier, Pat ? »

À six heures moins dix pile, Toby entra par la porte de derrière de la maison d'Abigail à McLean, en Virginie. La grande cuisine était équipée d'ustensiles de professionnel. Passer la soirée à cuisiner était pour Abby la meilleure façon de se délasser. Selon son humeur, elle préparait six ou sept sortes d'entrées, des plats de viande et de poisson. D'autres soirs, une demi-douzaine de sauces différentes, des galettes ou des gâteaux à vous mettre l'eau à la bouche. Puis elle fourrait le tout dans le congélateur. Mais lorsqu'elle recevait, elle n'avouait jamais avoir tout préparé elle-même. Elle détestait toute association avec le mot « cuisine ».

Elle-même mangeait très peu. Toby savait qu'elle était obsédée par le souvenir de sa mère, la pauvre vieille Francey, ce tonneau gémissant planté sur des jambes comme des poteaux terminées par des chevilles épaisses et des pieds si grands que l'on trouvait difficilement de chaussures à leur taille.

Toby habitait un studio au-dessus du garage. Presque tous les matins, il venait préparer le café et presser un jus de fruits. Un peu plus tard, Abby se mettait au travail et il prenait alors un copieux petit déjeuner ; si elle n'avait pas besoin de lui, il allait jouer au poker.

Abigail entra dans la cuisine tout en épinglant une broche en or en forme de croissant sur le revers de sa veste. Elle portait un tailleur violet qui mettait en valeur le bleu de ses yeux.

« Vous êtes splendide, Abby », déclara-t-il.

Son sourire fut rapide et fugace. La perspective d'une longue intervention au Sénat la mettait chaque fois dans le même état – d'une humeur de chien, prête à s'irriter à la moindre anicroche. « Ne perdons pas de temps à boire un café, dit-elle sèchement.

— Vous avez tout le temps, lui assura Toby. Vous y serez à six heures trente. Avalez votre café. Vous savez bien que sinon, vous serez comme un crin. »

Il laissa ensuite les deux tasses dans l'évier, sachant qu'Abby s'impatienterait s'il prenait le temps de les laver.

La Cadillac était garée devant l'entrée principale. Pendant qu'Abby allait prendre son manteau et son attaché-case, Toby sortit rapidement pour mettre en marche le chauffage de la voiture.

Vers six heures dix, ils roulaient sur l'autoroute. Abby était inhabituellement tendue, même pour un jour où elle devait prononcer un discours. Elle était montée se coucher tôt la veille. Il se demanda si elle avait pu dormir.

Il l'entendit soupirer et fermer son attaché-case d'un coup sec. « Si je ne sais pas dès maintenant ce que j'ai l'intention de dire, autant laisser tomber, fit-elle remarquer. Si ce damné budget n'est pas voté rapidement, nous en délibérerons encore à Noël. Mais je ne les laisserai pas couper dans les programmes sociaux. »

Toby la regarda dans le rétroviseur se verser du café maintenu au chaud dans une Thermos. À sa contenance, il vit qu'elle avait envie de bavarder.

« Avez-vous bien dormi la nuit dernière, Sénateur ? » De temps à autre, y compris lorsqu'ils se trouvaient seuls, il lui donnait du « Sénateur ». Pour qu'elle sache que malgré tout, il savait se tenir à sa place.

« Non, j'ai mal dormi. Je n'ai cessé de penser à cette émission. J'ai été stupide de me laisser embarquer là-dedans. Cela va me retomber sur le dos. J'en ai le pressentiment. »

Toby fronça les sourcils. Il avait le plus grand respect pour les pressentiments d'Abby. Il ne lui avait pas encore raconté que Pat Traymore habitait dans la maison des Adams. Elle y verrait un signe néfaste. Ce n'était pas le moment pour elle de perdre son sang-froid. D'ailleurs, à un moment ou à un autre, elle ne manquerait pas de l'apprendre. Cette émission commençait à lui faire mauvaise impression à lui aussi.

Pat avait mis le réveil à cinq heures. À ses débuts à la télévision, elle avait appris que rester calme et garder le contrôle d'elle-même lui permettait de se concentrer sur le travail en cours. Elle se souvenait encore de son humiliation le jour où elle était arrivée hors d'haleine à une interview du gouverneur du Connecticut et s'était aperçue qu'elle avait oublié ses questions si bien préparées.

Après l'Apple Motel, elle avait apprécié de se retrouver dans un grand lit confortable. Mais elle avait mal dormi, agacée par le souvenir de la scène avec Luther Pelham. On rencontrait toujours des hommes pour vous faire le gringue habituel dans les rédactions de télévision et certains se montraient vindicatifs lorsque vous les repoussiez.

Elle s'habilla rapidement, choisissant une robe en laine noire à manches longues avec une veste en daim. Une fois encore, ce serait une de ces journées de grand vent, froides et grises, caractéristiques de tout ce mois de décembre.

Certaines des doubles fenêtres manquaient, et les vitres sur la façade nord de la maison tremblaient sous les assauts du vent qui hurlait au-dehors.

Elle atteignit le palier de l'escalier.

Le hurlement devint plus intense. Mais à présent, c'était un cri d'enfant. *J'ai descendu l'escalier en courant. J'avais horriblement peur, et je pleurais...*

Un bref étourdissement l'obligea à se retenir à la rampe. Ça y est, pensa-t-elle fiévreusement. C'est en train de revenir.

En roulant vers le bureau du sénateur, elle se sentit troublée, la tête ailleurs. Elle n'arrivait pas à chasser la peur irrésistible qui l'avait saisie au moment où sa mémoire s'était réveillée.

Pourquoi fallait-il qu'elle eût peur maintenant ?

Qu'avait-elle vu du drame survenu cette nuit-là ?

Philip Buckley l'attendait dans le bureau lorsqu'elle arriva. Dans l'obscurité du petit matin, il lui parut encore plus hostile à son égard. Que redoutait-il ? se demanda Pat. On dirait qu'il me prend pour un espion britannique du temps des colonies. Elle lui fit part de sa réflexion.

Le petit sourire froid qu'il lui adressa était dépourvu d'humour. « Si nous vous prenions pour un espion britannique, vous n'auriez même pas pu vous approcher de ces colonies, déclara-t-il. Le sénateur va arriver d'une minute à l'autre. Vous désirez peut-être jeter un coup d'œil sur son emploi du temps pour aujourd'hui ? Cela vous donnera une vague idée de la somme de travail qu'elle accomplit. »

Il regarda par-dessus l'épaule de Pat pendant qu'elle parcourait les pages noircies de notes. « En fait, nous allons être obligés de remettre au moins trois de ses rendez-vous. Nous avons pensé qu'en vous installant simplement en observateur dans le bureau personnel du sénateur, vous seriez à même de choisir les moments de sa journée que vous désirez inclure dans l'émission. Évidemment, vous sortirez si elle doit discuter de sujets confidentiels. J'ai fait installer une table dans son bureau à votre intention. Ainsi, vous n'attirerez pas l'attention.

— Vous pensez à tout, lui dit Pat. Allons, pourquoi ne pas sourire gentiment ? Vous y serez bien forcé devant la caméra lorsque nous commencerons à tourner.

— Je réserve mon sourire pour le moment où je verrai le montage définitif de l'émission. » Mais il parut un peu moins tendu.

Abigail entra quelques minutes plus tard. « Je suis contente de vous voir, dit-elle à Pat. Nous n'arrivions pas à vous joindre, et j'ai craint que vous n'ayez quitté la ville.

— J'ai eu votre message hier soir.

— Oh ! Luther n'était pas certain que vous seriez libre ! »

Voilà donc la raison de ces propos. Le sénateur voulait savoir où elle s'était rendue. Pat n'avait pas l'intention de le lui apprendre. « Je vais vous suivre comme votre ombre jusqu'à la fin de l'émission, dit-elle. Vous en aurez sans doute vite assez de m'avoir dans vos jambes. »

Abigail ne parut pas apaisée pour autant. « Je dois pouvoir vous joindre rapidement. Luther m'a dit que vous désiriez discuter de certains points avec moi. Avec mon emploi du temps actuel, je ne connais mes moments de liberté qu'à la dernière minute. À présent, allons travailler. »

Pat la suivit dans son bureau et s'efforça de passer inaperçue. Pendant quelques instants, le sénateur eut une vive discussion avec Philip. Il lui avait remis en retard un rapport sur son bureau. D'un ton cassant, elle en demanda la raison. « Je devais l'avoir la semaine dernière.

— Les chiffres n'étaient pas établis.

— Pourquoi ?

— Nous n'avons simplement pas eu le temps.

— Si vous ne trouvez pas le temps pendant la journée, il reste le soir, répliqua sèchement Abigail. Si un membre de mon équipe a l'œil rivé sur la pendule, j'aime autant le savoir. »

À sept heures, les rendez-vous commencèrent à défiler. L'admiration de Pat pour Abigail grandissait chaque fois qu'une personne nouvelle entrait dans le bureau. Des porte-parole de l'industrie pétrolière, des groupes écologistes, des anciens combattants. Des séances stratégiques pour la présentation d'une loi sur l'habitat. Un représentant de l'administration fiscale qui venait présenter des objections concrètes à une proposition d'exonération d'impôts pour les revenus moyens. Une délégation de personnes âgées protestant contre les réductions dans le budget de la Sécurité sociale.

Pat accompagna Abigail et Philip à l'ouverture de la session du Sénat. Elle n'avait pas encore droit à la tribune de la presse derrière l'estrade et prit un siège dans la partie de la salle réservée au public. Elle regarda les sénateurs entrer par la porte des vestiaires, s'avancer en se saluant, souriants, détendus. Il y en avait de tous les gabarits

– des grands, des petits, des squelettiques, des bedonnants ; certains avaient les cheveux dans le cou, d'autres étaient soigneusement coiffés, ou chauves. Quatre ou cinq avaient l'air de professeurs d'université.

Il y avait deux autres sénateurs femmes, Claire Lawrence de l'Ohio, et Phyllis Holzer du New Hampshire, qui avait été élue en tant qu'indépendante à la stupéfaction générale.

Pat s'attacha spécialement à observer Claire Lawrence. Le sénateur junior de l'Ohio portait un ensemble en tricot bleu marine qui épousait confortablement sa grande taille. Des cheveux courts poivre et sel naturellement ondulés adoucissaient les contours anguleux de son visage. Pat remarqua le plaisir spontané avec lequel ses collègues l'accueillaient, l'éclat de rire qui suivit ses salutations à voix basse. Claire Lawrence était extrêmement appréciée ; sa vivacité d'esprit lui permettait d'écarter les points épineux sans faire de concession sur l'essentiel.

Dans son carnet, Pat nota *humour* et souligna le mot. Abigail donnait à juste titre une impression de sérieux, d'intensité. On pourrait inclure dans l'émission quelques moments divertissants intelligemment placés.

Une sonnerie longue et insistante annonça l'ouverture de la séance. Le sénateur senior de l'Arkansas présidait à la place du vice-président souffrant. Après quelques brèves généralités, le président du Bureau électoral donna la parole au sénateur de Virginie.

Abigail se leva et sans la moindre trace de nervosité ajusta ses lunettes à monture bleue. Ses cheveux étaient retenus en un simple chignon qui rehaussait la délicatesse de son profil et de son cou.

« Deux des paroles les plus connues de la Bible, commença-t-elle, sont : "Le Seigneur donne et le Seigneur reprend. Béni soit le nom du Seigneur." Au cours de ces dernières années, notre administration, d'une manière exagérée et irréfléchie, a donné sans compter et repris sans mesure. Mais il en est peu qui bénissent son nom.

« Tout citoyen responsable admettra, j'en suis persuadée, qu'une refonte générale des programmes d'aide sociale était nécessaire. Mais à présent, il est temps d'examiner ce que nous avons fait. Je prétends que la chirurgie a été trop radicale, les réductions trop drastiques. Je soutiens que le moment est venu de rétablir nombre de programmes essentiels. L'aide sociale, par définition, implique "avoir un droit à". Personne dans cette auguste assemblée ne contestera que tout individu dans ce pays a le droit légitime de se loger et de se nourrir... »

Abigail était un orateur de tout premier ordre. Son discours avait été soigneusement préparé, parfaitement documenté, suffisamment étayé d'anecdotes pour retenir l'attention de ces professionnels.

Elle parla pendant une heure et dix minutes. Les applaudissements furent nourris et sincères. Lorsque la séance fut levée, Pat vit le chef de la majorité se précipiter pour la féliciter.

Pat attendit avec Philip que le sénateur pût échapper à ses collègues et aux auditeurs qui se pressaient autour d'elle. Ils regagnèrent ensemble le bureau.

« Je m'en suis bien tirée, n'est-ce pas ? demanda Abigail, mais il n'y avait pas l'ombre d'un doute dans son ton.

— Excellent, Sénateur, dit hâtivement Philip.

— Pat ? » Abigail se tourna vers elle.

« J'ai vraiment regretté que nous n'ayons pu enregistrer, répondit Pat avec franchise. J'aurais aimé avoir des extraits de ce discours dans l'émission. »

Ils déjeunèrent dans le bureau du sénateur. Abigail commanda seulement un œuf dur et du café noir. Elle fut interrompue quatre fois par des coups de téléphone urgents. L'un d'entre eux provenait de l'une de ses anciennes supporters. « Bien sûr, Maggie, dit Abigail. Non, vous ne me dérangez pas, pour vous je suis toujours disponible – vous le savez. Que puis-je faire pour vous ? »

Pat vit le visage d'Abigail s'assombrir et un froncement de sourcils creuser son front. « Vous voulez dire que l'hôpital vous a demandé de venir chercher votre mère quand la pauvre femme peut à peine soulever sa tête de l'oreiller ?... Je comprends. Avez-vous un hospice en vue ?... Six mois d'attente. Et que comptez-vous faire pendant ces six mois ?... Maggie, je vous rappelle. »

Elle raccrocha violemment le téléphone. « Voilà le genre de situation qui me met hors de moi. Maggie se tue pour élever seule trois enfants. Elle travaille le samedi en plus du reste de la semaine et on lui demande de prendre chez elle une mère sénile et clouée au lit. Philip, trouvez-moi Arnold Pritchard. Et je me fiche qu'il soit en train de déjeuner je ne sais où. Trouvez-le-moi tout de suite. »

Quinze minutes plus tard, on passa à Abby la communication qu'elle attendait. « Arnold, je suis contente de vous entendre... Ravie que vous alliez bien... Non, ça va. Pour dire vrai, je suis préoccupée... »

Cinq minutes après, Abigail termina la conversation en disant : « Oui, c'est entendu. Les Saules me paraissent l'endroit qui convient. C'est suffisamment proche pour que Maggie ne passe pas tout son dimanche à faire le trajet. Et je compte sur vous, Arnold, pour y faire admettre la vieille dame... Oui, envoyez une ambulance la prendre à l'hôpital cet après-midi. Maggie sera tellement soulagée. »

Abigail fit un clin d'œil à l'adresse de Pat en raccrochant. « Voici ce que j'aime dans mon travail, dit-elle. Je ne devrais pas prendre le temps d'appeler moi-même, mais je vais... » Elle composa rapidement le numéro. « Allô, Maggie. C'est réglé... »

On inviterait Maggie à participer à l'émission, décida Pat.

Une commission sur l'environnement se réunissait entre deux et quatre heures. À l'audience, Abigail fut prise à partie par l'un des témoins et se référa à son rapport. Le témoin déclara : « Sénateur, vos chiffres sont erronés. Je crois que vous vous reportez aux anciens, il y en a de plus récents. »

Claire Lawrence participait également à la commission. « Peut-être puis-je vous venir en aide, proposa-t-elle. Je suis certaine d'avoir les derniers chiffres, et ils changent quelque peu le tableau… »

Pat remarqua la raideur soudaine des épaules d'Abigail, la façon dont elle serrait et desserrait les mains tandis que Claire Lawrence lisait son rapport.

La jeune femme à l'air appliqué assise derrière Abigail était apparemment l'assistante qui avait rédigé le rapport incorrect. À plusieurs reprises, Abigail se tourna vers elle durant l'intervention du sénateur Lawrence. La jeune femme n'en menait pas large. Elle était écarlate et se mordait les lèvres pour les empêcher de trembler.

Abigail prit la parole dès que le sénateur Lawrence se tut. « Monsieur le Président, j'aimerais remercier le sénateur Lawrence de son aide, et je voudrais aussi m'excuser auprès des membres de cette commission d'avoir dû me référer à des chiffres qui étaient erronés et d'avoir ainsi fait perdre un temps précieux à chacun d'entre nous. Cela ne se renouvellera pas. » Elle se tourna à nouveau vers son assistante. Pat put lire sur les lèvres d'Abigail : « Vous êtes renvoyée. » La jeune femme se leva de son fauteuil et quitta la salle d'audience, les joues inondées de larmes.

Pat étouffa un murmure de désapprobation. L'audience était retransmise à la télévision – n'importe qui en voyant la scène éprouverait de la compassion pour la jeune assistante.

À la fin de l'audience, Abigail regagna précipitamment son bureau. En apparence, tout le monde était au courant de ce qui venait de se passer. Secrétaires et assistantes ne levèrent pas le nez lorsque Abigail traversa la pièce en trombe. L'infortunée responsable de l'erreur regardait par la fenêtre en se tamponnant vainement les yeux.

« Suivez-moi, Philip, dit sèchement Abigail. Vous aussi, Pat. Vous aurez ainsi un aperçu complet de la façon dont les choses se passent ici. »

Elle s'assit à son bureau. À part la pâleur de ses traits et la ligne serrée de ses lèvres, elle semblait très calme. « Que s'est-il passé, Philip ? » demanda-t-elle d'un ton égal.

Même Philip avait perdu son flegme habituel. Il avala nerveusement sa salive avant d'expliquer : « Sénateur, les autres filles viennent de me parler. Le mari d'Eileen l'a quittée il y a deux semaines. D'après ce qu'elles m'ont dit, elle est dans un état affreux. Cela fait trois ans qu'elle travaille avec nous, et comme vous le savez, c'est l'une de nos meilleures assistantes. Ne pourriez-vous pas envisager de lui donner un congé jusqu'à ce qu'elle se reprenne ? Elle adore ce travail.

— Vraiment ? Elle l'adore tellement que grâce à elle je me suis couverte de ridicule dans une audience retransmise à la télévision. Elle est virée, Philip. Je lui donne quinze minutes pour quitter les lieux. Et dites-vous que vous avez de la chance de ne pas subir le même sort. C'était à vous de chercher la véritable raison pour laquelle ce rapport est arrivé en retard. Alors que tant de gens brillants ne demandent qu'à s'emparer d'une place – *y compris de la mienne* –, croyez-vous que je vais accepter d'être mise en position de faiblesse parce que je suis entourée d'incapables ?

— Non, Sénateur, murmura Philip.

— Il n'y a pas de seconde chance dans ce bureau. N'ai-je pas prévenu mon équipe à ce sujet ?

— Si, Sénateur.

— Alors, sortez d'ici et allez faire ce que je vous ai dit.

— Oui, Sénateur. »

Eh bien ! pensa Pat. Pas étonnant que Philip fût tellement sur ses gardes avec elle. Elle s'aperçut que le sénateur la regardait.

« Alors, Pat, dit posément Abigail, je suppose que vous me prenez pour un monstre ? » Elle n'attendit pas sa réponse. « Mes collaborateurs savent que s'ils ont un problème personnel et ne peuvent accomplir leur travail, il leur incombe d'en rendre compte et de s'arranger pour prendre un congé. Cette politique a pour but d'empêcher ce genre d'incident. Quand un membre de mon équipe commet une erreur, c'est sur moi qu'elle rejaillit. J'ai trop travaillé, pendant trop d'années, pour prendre le risque que la stupidité des autres me compromette. Et croyez-moi, Pat, s'ils le font une fois, ils le referont. Et maintenant, juste ciel, on m'attend sous le porche pour être photographiée avec une troupe de guides ! »

10

À seize heures quarante-cinq, une secrétaire frappa timidement à la porte du bureau d'Abigail. « Un appel pour mademoiselle Traymore », murmura-t-elle.

C'était Sam. Sa voix chaude et rassurante réconforta immédiatement Pat. L'incident déplaisant l'avait troublée, elle s'était sentie bouleversée par la détresse pitoyable de la jeune femme.

« Bonsoir, Sam. » Elle perçut le coup d'œil pénétrant d'Abigail.

« Mon service d'espionnage m'a informé que vous vous trouviez au Sénat. Que diriez-vous de dîner avec moi ?

— Dîner... je ne peux pas, Sam. Il faut que je travaille ce soir.

— Il faut vous nourrir aussi. Qu'avez-vous mangé pour déjeuner ? Un des œufs durs d'Abigail ? »

Elle s'efforça de ne pas rire. Le sénateur écoutait manifestement ce qu'elle disait.

« Si vous ne voyez pas d'inconvénient à manger vite et tôt, céda-t-elle.

— Ça me convient parfaitement. Disons que je passe vous prendre devant le Russel dans une demi-heure. »

En raccrochant, Pat regarda dans la direction d'Abigail.

« Avez-vous passé en revue tous les documents que nous vous avons remis ? les films ? demanda Abigail.

— Non.

— Certains d'entre eux ?

— Non », avoua Pat. Oh ! Seigneur ! pensa-t-elle. Je suis bien aise de ne pas travailler pour vous, chère madame.

« J'avais pensé que vous pourriez revenir chez moi pour dîner ; nous aurions pu discuter des éléments qu'il vous intéressait d'utiliser. »

Un nouveau silence. Pat attendit.

« Mais puisque vous n'avez encore rien regardé, il me semble plus sage de consacrer ma soirée à certains textes que je dois présenter. » Abigail sourit. « Sam Kingsley est l'un des célibataires les plus recherchés de Washington. J'ignorais que vous le connaissiez si bien. »

Pat s'appliqua à répondre d'un ton dégagé. « Je ne le connais pas si bien que cela. » Mais elle ne pouvait se défendre de penser que Sam avait du mal à rester loin d'elle.

Elle regarda par la fenêtre, espérant cacher l'expression de son visage. Il faisait presque nuit dehors. Les fenêtres du sénateur donnaient sur le Capitole. Dans la lumière du jour déclinant, le dôme resplendissant, encadré par les rideaux de soie bleu nuit, ressemblait à un tableau. « Quelle merveille ! » s'exclama-t-elle.

Abigail tourna la tête vers la fenêtre. « Oui, c'est vrai, approuva-t-elle. Cette vue à ce moment de la journée me rappelle toujours ce pourquoi je suis ici. Vous ne pouvez imaginer ma satisfaction de savoir que grâce à moi aujourd'hui, une vieille dame va être soignée dans un hospice convenable, que des gens qui subsistent difficilement auront peut-être droit à un peu plus d'argent. »

Une énergie presque sensuelle se dégageait d'Abigail Jennings lorsqu'elle parlait ainsi de son travail, se dit Pat. Et elle pesait chacun de ses mots.

Mais il lui vint aussi à l'esprit que le sénateur avait déjà éliminé de ses préoccupations la jeune femme qu'elle avait renvoyée quelques heures auparavant.

Pat frissonna en parcourant d'un pas rapide les quelques mètres qui séparaient le Sénat de la voiture. Sam se pencha pour l'embrasser sur la joue. « Comment se sent la grande réalisatrice ?

— Épuisée, dit-elle. S'adapter au rythme du sénateur Jennings n'est pas de tout repos. »

Sam sourit. « Je comprends ce que vous voulez dire. J'ai travaillé avec Abigail sur un bon nombre de programmes législatifs. Elle n'est jamais fatiguée. »

Se faufilant à travers les encombrements, il tourna dans Pennsylvania Avenue. « J'ai pensé que nous pourrions aller Chez Grand-mère à Georgetown, dit-il. C'est tranquille, la cuisine y est excellente et c'est près de chez vous. »

Il n'y avait presque personne Chez Grand-mère. « On dîne rarement à six heures moins le quart de l'après-midi à Washington », dit Sam en souriant tandis que le maître d'hôtel leur proposait de s'installer à la table de leur choix.

Tout en buvant un cocktail, Pat lui raconta sa journée, y compris l'incident dans la salle d'audience. Sam siffla. « C'est un coup dur pour Abigail. Vous n'avez vraiment pas besoin d'être mis en fâcheuse posture par l'un de vos collaborateurs.

— Une histoire de ce genre pourrait-elle réellement influencer la décision du Président ? demanda Pat.

— Pat, *tout* peut influencer la décision du Président. Une seule erreur peut provoquer votre ruine. Regardez, faites le compte vous-même. S'il n'y avait pas eu Chappaquiddick, Teddy Kennedy serait sans doute Président aujourd'hui. Vous avez aussi le Watergate et Abscam, et pour les années antérieures, les manteaux de vigogne et les congélateurs. C'est sans fin. Tout retombe sur l'homme ou la femme qui tient les rênes. Qu'Abigail ait survécu au scandale provoqué par la disparition des fonds électoraux est un miracle, et si elle avait tenté de couvrir son assistante, elle aurait mis fin à sa propre crédibilité. Quel était le nom de cette jeune fille ?

— Eleanor Brown. » Pat se souvint de ce qu'avait dit Margaret Langley. « *Eleanor serait incapable de voler. Elle est trop timide.* »

« Eleanor a toujours affirmé qu'elle était innocente », dit-elle alors à Sam.

Il haussa les épaules. « Pat, j'ai été procureur pendant quatre ans. Voulez-vous que je vous dise une chose ? Neuf criminels sur dix jurent qu'ils sont innocents. Et au moins huit sur neuf sont des menteurs.

— Mais il reste toujours celui qui est innocent, s'obstina Pat.

— Très rarement. Qu'avez-vous envie de manger ? »

Il lui parut se détendre à vue d'œil pendant l'heure et demie qu'ils passèrent ensemble. Je suis celle qu'il vous faut, Sam. Je peux vous rendre heureux. La perspective d'avoir un enfant vous rappelle ce que vous avez connu à l'époque où vous vous occupiez entièrement de Karen parce que Janice était malade. Ce serait différent avec moi...

Au moment du café, il demanda : « Quelle impression cela vous fait-il d'habiter cette maison ? Pas de problèmes ? »

Elle hésita, puis se résolut à lui parler du billet qu'elle avait trouvé glissé sous la porte et du second coup de téléphone. « Mais comme vous le dites, ce n'est probablement rien de plus qu'un plaisantin », conclut-elle.

Sam ne lui retourna pas son timide sourire. « J'ai dit qu'un coup de téléphone isolé à Boston pouvait ne pas avoir d'importance. Mais durant ces trois derniers jours, vous déclarez avoir reçu un second coup de téléphone et trouvé un billet glissé sous la porte. Comment croyez-vous que ce cinglé ait obtenu votre adresse ?

— *Vous*, comment l'avez-vous obtenue ?

— J'ai téléphoné au Câble du Potomac et j'ai dit que j'étais l'un de vos amis. Une secrétaire m'a communiqué votre numéro de téléphone, votre adresse ici et la date de votre arrivée. Franchement, j'ai été assez surpris qu'ils donnent aussi facilement autant de renseignements.

— C'est avec mon accord. Cette maison va me servir de bureau pendant la préparation de l'émission, et vous seriez surpris du nombre de personnes qui proposent spontanément de raconter des anecdotes ou des souvenirs personnels lorsqu'elles apprennent la préparation d'un reportage. Je ne voulais pas prendre le risque de manquer des coups de téléphone. Je ne me suis certainement pas méfiée.

— Donc ce salaud a pu obtenir ces informations de la même manière. Auriez-vous le billet sur vous, par hasard ?

— Je l'ai gardé dans mon sac. » Elle le sortit, heureuse de s'en débarrasser.

Sam l'examina, fronçant les sourcils sous l'effet de la concentration. « Je doute que l'on puisse en trouver l'origine, mais laissez-moi le montrer à Jack Carlson. C'est un agent du FBI, et il est plus ou moins spécialiste de graphologie. Et surtout, coupez la communication si vous recevez un autre appel. »

Il la déposa chez elle à vingt heures trente. « Il faudra faire installer une minuterie sur les lampes, fit-il remarquer alors qu'ils se tenaient devant l'entrée. N'importe qui pourrait venir glisser un billet sous la porte sans être remarqué. »

Elle leva la tête vers lui. L'expression détendue avait disparu, les rides récentes autour de sa bouche s'étaient à nouveau creusées. Il a toujours fallu que vous vous tourmentiez pour Janice, pensa-t-elle. Je ne veux pas que vous vous inquiétiez pour moi.

Elle voulut faire renaître l'atmosphère amicale de la soirée. « Merci d'avoir encore joué les bons Samaritains, dit-elle. Ils peuvent vous nommer président du comité d'accueil au Sénat. »

Il eut un sourire bref et, pour un instant, la tension disparut dans ses yeux. « Ma mère m'a appris à me montrer aimable avec les plus jolies filles de la ville. » Il referma ses doigts sur les mains de Pat. Ils restèrent un moment sans mot dire, puis Sam s'inclina et l'embrassa sur la joue.

« Je suis heureuse que vous ne montriez pas de préférence.

— Pardon ?

— L'autre soir, vous m'avez embrassée sous l'œil droit. Ce soir, sous le gauche.

— Bonsoir, Pat. Fermez la porte à clé. »

Pat arrivait sur le seuil de la bibliothèque lorsque le téléphone se mit à sonner avec insistance. Pendant une minute, elle eut peur de répondre.

« Pat Traymore. » Sa propre voix lui parut sourde et tendue.

« Mademoiselle Traymore, dit une voix de femme. Je suis Lila Thatcher, votre voisine d'en face. Je sais que vous venez de rentrer chez vous, mais vous serait-il possible de passer me voir

131

maintenant ? J'ai quelque chose d'important à vous communiquer. »

Lila Thatcher. *Lila Thatcher*. Bien sûr. C'était la voyante qui avait écrit plusieurs ouvrages à succès sur la perception extra-sensorielle et autres phé-nomènes psychiques. Il y a à peine quelques mois, elle s'était rendue célèbre pour avoir aidé à retrouver un enfant disparu.

« Je viens tout de suite, accepta Pat à contrecœur. Mais je ne pourrai pas rester plus d'une minute. »

Tout en traversant la rue avec précaution, s'appliquant à éviter les plus grosses plaques de neige et de boue, elle s'efforça d'ignorer l'impres-sion de malaise qu'elle ressentait.

Elle aurait préféré ne pas entendre ce que Lila Thatcher allait lui dire.

11

Une domestique vint ouvrir la porte et conduisit Pat dans le living-room. Pat ignorait à quel genre de personne elle devait s'attendre. Elle s'était imaginé une gitane en turban ; mais la femme qui se leva pour l'accueillir pouvait tout simplement être qualifiée de chaleureuse. Elle était agréablement ronde, avec des cheveux grisonnants, des yeux intelligents et pétillants et un sourire amical.

« Patricia Traymore, dit-elle. Je suis si heureuse de vous rencontrer. Soyez la bienvenue à Georgetown. » Prenant la main de Pat, elle étudia la jeune femme avec attention. « Je sais que vous devez être très occupée à préparer votre émission. C'est sûrement un gros travail. Comment vous entendez-vous avec Luther Pelham ?

— Bien, jusqu'à présent.

— J'espère que cela durera. » Lila Thatcher portait ses lunettes accrochées à une longue chaîne d'argent autour de son cou. Distraitement, elle les prit dans sa main droite et se mit à en tapoter la paume de sa main gauche. « Je ne dispose moi-même que de quelques instants. J'ai une réunion dans une demi-heure, et je dois prendre un avion pour la Californie demain tôt dans la matinée. C'est pourquoi je me suis permis de vous téléphoner. Ce n'est généralement pas dans mes habitudes. Toutefois, en mon âme et conscience, je ne peux partir sans vous avertir. Savez-vous qu'il y a vingt-trois ans un meurtre suivi d'un suicide a eu lieu dans la maison que vous louez ?

— On m'en a parlé. » C'était la réponse la plus proche de la vérité.

« Cela ne vous fait rien ?

— Madame Thatcher, beaucoup de maisons à Georgetown doivent avoir à peu près deux cents ans. Des gens sont sûrement morts dans chacune d'entre elles.

— C'est différent. » Sa voix se fit plus rapide, traversée d'une pointe de nervosité. « Je me suis installée ici avec mon mari un an ou presque avant le drame. Je me souviens de la première fois où je lui ai dit que je sentais une atmosphère ténébreuse autour de la maison des Adams. Pendant les mois qui ont suivi, cette sensation est réapparue par intermittence, mais chaque fois, elle était plus prononcée. Dean et Renée Adams formaient un couple très séduisant. Il était magnifique, un de ces hommes qui exercent une séduction irrésistible, qui attirent immédiatement l'attention. Renée était différente – silencieuse, réservée, une jeune femme très secrète. J'avais l'impression qu'être l'épouse d'un homme politique ne lui convenait pas et que leur mariage en souffrait inévitablement. Mais elle était très amoureuse de son mari et ils adoraient tous deux leur enfant. »

Pat écouta sans bouger.

« Quelques jours avant sa mort, Renée m'a dit qu'elle allait retourner en Nouvelle-Angleterre avec Kerry. Nous nous trouvions devant votre maison, et je ne peux vous décrire le sentiment d'angoisse et de danger qui m'a envahie. J'ai tenté de prévenir Renée. Je lui ai dit que si sa décision était irrévocable, elle ne devait pas attendre plus longtemps. Et ç'a été trop tard. Je n'ai plus jamais ressenti la moindre prémonition concernant votre maison jusqu'à cette semaine. Mais maintenant, tout recommence. J'ignore pourquoi, mais je ressens la même chose que la dernière fois, une obscurité qui vous enveloppe. Pouvez-vous quitter cette maison ? *Vous ne devriez pas y habiter.* »

Pat formula sa question avec soin. « Avez-vous une raison particulière, à part cette atmosphère qui entoure la maison, pour me conseiller de ne pas y rester ?

— Oui. Il y a trois jours, ma femme de ménage a remarqué un homme qui traînait dans le coin. Puis elle a vu des empreintes dans la neige le long de votre maison. Nous avons pensé qu'il s'agissait peut-être d'un rôdeur et nous l'avons signalé à la police. Nous avons à nouveau vu des empreintes hier matin, après la chute de neige. L'individu qui rôde par là ne va jamais plus loin que les grands rhododendrons. De derrière, on peut surveiller votre maison sans être vu de vos fenêtres ou de la rue. »

Mme Thatcher serrait à présent ses bras autour d'elle, comme si elle avait brusquement très froid. Des rides profondes, sévères, durcissaient les muscles de son visage. Elle fixa intensément Pat et soudain ses yeux s'agrandirent, comme si elle découvrait un secret. Lorsque Pat la quitta quelques minutes plus tard, Lila Thatcher était manifestement bouleversée et elle pressa encore Pat de cesser d'habiter la maison.

Lila Thatcher sait qui je suis, se dit Pat. J'en suis certaine. Elle se rendit directement dans la bibliothèque et se servit un généreux cognac. « Ça va mieux », murmura-t-elle en sentant la chaleur revenir dans son corps. Elle s'efforça de ne plus penser à l'obscurité qui régnait à l'extérieur. Au moins la police surveillait-elle la présence d'un éventuel rôdeur. Elle s'obligea à garder son calme. Lila avait supplié Renée de partir. Si sa mère l'avait écoutée, avait tenu compte de l'avertissement, la tragédie aurait-elle pu être évitée ? Devait-elle suivre le conseil de Lila et aller s'installer à l'hôtel ou louer un appartement ? « Je ne peux pas, dit-elle à voix haute. Je ne peux tout simplement pas. » Elle avait très peu de temps pour préparer l'émission. Il serait impensable d'en perdre à se reloger. Si Lila Thatcher, en tant que médium, *pressentait* un malheur, cela ne signifiait pas qu'elle pouvait *l'empêcher*, pensa Pat. Si maman était partie à Boston, papa l'aurait probablement suivie. Si quelqu'un est décidé à me trouver, il y parviendra. Je devrais être tout aussi prudente dans un appartement qu'ici. Et je *serai* prudente.

D'une certaine manière, elle était réconfortée à la pensée que Lila pouvait avoir deviné son identité. Elle s'est préoccupée de mon père et de ma mère. Elle m'a bien connue lorsque j'étais petite. Une fois l'émission terminée, j'irai lui parler, faire appel à ses souvenirs. Peut-être pourra-t-elle m'aider à m'y retrouver.

Mais pour l'instant, l'important était de passer en revue les documents personnels du sénateur et d'en choisir une partie pour l'émission.

Les bobines de film étaient placées pêle-mêle dans les cartons que Toby avait apportés. Heureusement, elles étaient toutes étiquetées. Pat commença à les trier. Certaines correspondaient aux activités politiques ; campagnes électorales, discours. Elle finit par trouver celles qui concernaient la vie personnelle du sénateur et offraient le plus d'intérêt à ses yeux. Elle commença par la bobine intitulée « WILLARD ET ABIGAIL – MARIAGE À HILLCREST ».

Elle savait qu'ils s'étaient mariés dans l'intimité avant qu'il ne fût diplômé de la faculté de droit de Harvard. Abby venait de terminer sa première année à Radcliffe. Willard s'était présenté au Congrès quelques mois après leur mariage. Elle l'avait aidé dans sa campagne avant de terminer ses études à l'université de Richmond. Apparemment, on avait donné la réception lorsque Willard avait emmené Abigail en Virginie.

Le film s'ouvrait sur la vue panoramique d'une joyeuse garden-party. Les tables abritées sous des parasols colorés occupaient l'arrière-plan. Des serveurs s'affairaient parmi les groupes d'invités – femmes en robe d'été et capeline, hommes en veste sombre et pantalon de flanelle blanche.

Parmi les hôtes qui se trouvaient alignés sur la terrasse, la jeune Abigail, belle à vous couper le souffle dans une robe tunique en soie blanche, se tenait aux côtés d'un jeune homme qui avait l'air d'un universitaire. À sa droite, une femme plus âgée, visiblement la mère de Willard Jennings. Des rides sévères marquaient son visage aristocratique. À mesure que les invités défilaient lentement devant elle, elle leur présentait Abigail. Pas une seule fois, elle ne la regarda en face.

Qu'avait dit le sénateur ? « Ma belle-mère m'a toujours considérée comme la yankee qui avait volé son fils. » Abigail n'avait pas exagéré.

Pat examina Willard Jennings. Il était à peine plus grand qu'Abigail, avec des cheveux blonds et un visage mince et doux. Une sorte de timidité affectueuse se dégageait de lui, un manque d'assurance dans son maintien lorsqu'il serrait les mains ou embrassait les invités.

Des trois, seule Abigail paraissait parfaitement à l'aise. Elle ne cessait de sourire, penchait la tête en avant, comme pour mieux retenir les noms, tendait sa main pour faire admirer ses bagues.

Si seulement il y avait une bande sonore, regretta Pat.

Le dernier invité venait d'être accueilli. Abigail et Willard se tournèrent l'un vers l'autre. La mère de Willard regarda droit devant elle. Son visage semblait à présent moins irrité que pensif.

Et soudain, elle eut un sourire chaleureux. Un homme de haute taille aux cheveux auburn s'approchait. Il prit Mme Jennings dans ses bras, la relâcha, l'étreignit à nouveau, puis se tourna pour féliciter les jeunes mariés. Pat se pencha en avant. Au moment où le visage de l'homme apparaissait en plein champ, elle arrêta le projecteur.

Le dernier arrivant était son père, Dean Adams. Il a l'air si jeune, pensa-t-elle. Il ne peut avoir plus de trente ans ! La gorge nouée, elle avala difficilement sa salive. Avait-elle gardé un vague souvenir de lui qui ressemblât à cette image ? Ses larges épaules emplissaient l'écran. Il était beau comme un dieu, ainsi penché de toute sa taille sur Willard ; une force magnétique émanait de lui.

Trait par trait, elle examina le visage ainsi figé sur l'écran, immobilisé, exposé à l'inspection la plus minutieuse. Elle se demanda où se trouvait sa mère puis se rendit compte qu'à l'époque où ce film avait été tourné, elle était encore étudiante au conservatoire de Boston, s'apprêtant à embrasser une carrière musicale.

Dean Adams était alors député du Wisconsin de fraîche date. Il avait gardé cet air ouvert et plein de santé des gens du Middle West, une aura que donne la vie au grand air.

Elle remit en route le projecteur et les silhouettes s'animèrent – Dean Adams en train de plaisanter avec Willard Jennings, Abigail qui tendait la main vers lui. Il n'en tint pas compte et l'embrassa sur la joue. Il dit quelque chose à Willard et ils éclatèrent tous de rire.

La caméra les suivit tandis qu'ils descendaient les marches en pierre de la terrasse et se mêlaient aux invités. Dean Adams tenait Mme Jennings mère par le bras. Elle lui parlait avec animation. Visiblement, ils se portaient une grande affection.

Lorsque le film s'arrêta, Pat le projeta une seconde fois, sélectionnant les séquences qu'elle pourrait inclure dans l'émission : Willard et Abigail en train de découper le gâteau, levant leur verre, ouvrant le bal. Celle qui montrait l'accueil des invités n'était pas utilisable. Le mécontentement peint sur le visage de Mme Jennings paraissait trop criant. Et bien entendu, il n'était pas question de retenir les passages où figurait Dean Adams.

- Qu'avait bien pu ressentir Abigail au cours de cet après-midi ? se demanda Pat. Cette belle demeure en brique blanche, ce rassemblement de toute la haute société de Virginie, et elle qui peu d'années auparavant avait quitté les chambres de service de la maison des Saunders à Apple Junction !

La maison des Saunders. La mère d'Abigail, Francey Foster. Où se trouvait-elle ce jour-là ? Avait-elle refusé d'assister à la réception du mariage de sa fille, sachant qu'elle ne serait pas à sa place parmi ces gens ? Ou bien Abigail avait-elle pris la décision pour elle ?

L'une après l'autre, Pat visionna les autres bobines, s'armant de courage contre l'émotion qui la gagnait chaque fois que son père apparaissait sur les films pris à l'intérieur de la propriété.

Même sans les dates, on aurait pu les classer par ordre chronologique.

La première campagne : des actualités télévisées montrant Abigail et Willard, main dans la main dans la rue, saluant les passants... Abigail et Willard en train de visiter un nouveau chantier d'habitation. La voix du speaker... « En faisant campagne cet après-midi pour prendre la succession de son oncle, le député Porter Jennings parti à la retraite, Willard Jennings s'est engagé à poursuivre la tradition familiale de servir la Constitution. »

Il y avait une interview d'Abigail. « Quelle impression cela vous fait-il de passer votre lune de miel à mener une campagne électorale ? »

La réponse d'Abigail : « Je n'imagine pas une meilleure façon d'être aux côtés de mon mari, de l'aider à se lancer dans la vie politique. »

Une légère inflexion chantante s'entendait dans sa voix, un soupçon d'accent du Sud. Pat fit un rapide calcul. À cette époque, Abigail se trouvait en Virginie depuis moins de trois mois. Elle sélectionna cette séquence pour l'émission.

Les films comprenaient des extraits de cinq campagnes en tout. Au fur et à mesure, Abigail jouait un rôle plus important dans les activités électorales. Son discours commençait souvent par : « Mon mari travaille à Washington pour vous. Contrairement à beaucoup d'autres, il n'abandonne pas ses fonctions au Congrès pour mener sa propre campagne lui-même. Je suis heureuse de pouvoir vous parler de quelques-unes de ses récentes réussites. »

Les prises de vue des réceptions dans la propriété des Jennings furent les plus pénibles à visionner. LES TRENTE-CINQ ANS DE WILLARD. Deux jeunes couples posaient avec Abigail et Willard – Jack et Jackie Kennedy, et Dean et Renée Adams –, tous quatre jeunes mariés.

Pat voyait sa mère sur un film pour la première fois. Renée portait une robe vert clair, ses cheveux noirs retombaient en vagues sur ses épaules. Elle paraissait peu sûre d'elle, mais lorsqu'elle levait la tête en souriant vers son mari, une expression d'adoration éclairait son visage. Pat ne se sentit pas le courage de s'attarder. Elle laissa le film se débobiner. Quelques images plus tard, seuls les Kennedy et les Jennings posaient ensemble. Elle inscrivit une note dans son carnet. Voilà quelque chose de formidable pour l'émission, pensa-t-elle avec amertume. Les jours qui ont précédé l'ère Kennedy, moins la présence embarrassante du député Dean Adams et de la femme qu'il assassina.

Le dernier film qu'elle regarda ce soir-là fut celui de l'enterrement de Willard Jennings. L'extrait des actualités commençait devant la National Cathedral. Le speaker parlait d'une voix basse. « Le convoi funèbre du député Willard Jennings vient juste d'arriver, le ban et l'arrière-ban sont rassemblés à l'intérieur pour un dernier adieu au député de Virginie, mort dans l'accident de l'avion privé qui l'emmenait à un meeting électoral. Le député Jennings et le pilote George Graney ont été tués sur le coup.

« La jeune veuve est accompagnée par le sénateur John Fitzgerald Kennedy du Massachussets. La mère du député Jennings, Mme Stuart Jennings, est accompagnée par le député Dean Adams, du Wisconsin. Le sénateur Kennedy et le député

Adams étaient les plus proches amis de Willard Jennings. »

Pat vit Abigail sortir de la voiture de tête, le visage composé, un voile noir couvrant ses cheveux blonds. Elle portait un tailleur strict en soie noire et un rang de perles. Le beau et jeune sénateur du Massachussets lui offrit son bras d'un air grave.

La mère du député paraissait accablée par le chagrin. Lorsqu'on l'aida à sortir de la limousine, ses yeux se posèrent sur le cercueil enveloppé d'un drapeau. Elle joignit les mains et secoua lentement la tête dans un geste de refus désespéré. Pat remarqua que son père glissait son bras sous le coude de Mme Jennings et prenait sa main dans la sienne. Lentement, le cortège entra dans la cathédrale.

Elle avait vu le maximum de ce qu'elle pouvait assimiler en une soirée. L'aspect humain qu'elle recherchait était amplement présent dans ces extraits. Elle éteignit la lumière et quitta la bibliothèque.

Il y avait un courant d'air dans le couloir. Pat n'avait ouvert aucune fenêtre dans la bibliothèque. Elle alla vérifier dans la salle à manger, la cuisine, l'entrée. Tout était fermé.

Cependant, elle sentait un courant d'air.

Un sentiment d'appréhension précipita sa respiration. Le salon était fermé. Elle posa sa main sur la porte. L'interstice entre le battant et le montant était glacé. Lentement, elle ouvrit la porte. Une bouffée d'air froid l'assaillit. Elle tendit la main vers l'interrupteur du lustre.

La porte-fenêtre donnant sur la cour était ouverte. Un carreau qui avait été découpé et détaché de son encadrement reposait sur le tapis.

C'est alors qu'elle la vit.

Contre le foyer de la cheminée, la jambe gauche tordue sous elle, son tablier blanc taché de sang, gisait une poupée en chiffon Raggedy Ann. Tombant à genoux, Pat la regarda. Une main avait habilement peint des coins tombants sur la bouche exécutée en points de couture, ajouté des larmes sur les joues et dessiné des rides sur le front, transformant le visage souriant de la classique Raggedy Ann en une douloureuse réplique en pleurs.

Elle porta la main à sa bouche pour retenir un cri. Qui s'était introduit ici ? Pourquoi ? À moitié dissimulée sous le tablier maculé, une feuille de papier était épinglée à la robe de la poupée. Pat la détacha, sentant ses doigts se rétracter au contact du sang séché. Le même papier machine bon marché que celui du premier billet, les mêmes petits caractères penchés. *C'est le dernier avertissement : Il ne doit pas y avoir d'émission à la gloire d'Abigail Jennings.*

Un craquement. Un des battants de la porte-fenêtre bougeait. Y avait-il quelqu'un dans la cour ? Pat se releva d'un bond. Mais c'était le vent qui faisait battre la porte. Elle traversa la pièce en courant, claqua les deux battants et tourna la clé. Inutile. La main qui avait découpé le carreau pouvait passer par l'encadrement vide, ouvrir à nouveau la porte. L'intrus se trouvait peut-être encore là, caché dans le jardin, derrière les buissons.

Ses mains tremblaient lorsqu'elle composa le numéro de police secours. La voix de l'agent la rassura. « Nous envoyons tout de suite une voiture de patrouille. »

En attendant, Pat relut le billet. C'était la quatrième fois qu'on l'enjoignait de renoncer à l'émission. Soudain soupçonneuse, elle se demanda s'il fallait prendre les menaces au sérieux. Était-il possible qu'il s'agisse d'un stratagème pour entourer l'émission consacrée au sénateur de rumeurs déplaisantes, la salir avec une publicité trouble destinée à semer la confusion ?

Et la poupée ? Bouleversante pour Pat à cause du souvenir qu'elle évoquait, mais rien de plus en réalité qu'une poupée en chiffon avec une tête peinte avec un goût douteux. De plus près, elle avait un aspect étrange plutôt qu'effrayant. Même le tablier plein de sang pouvait représenter une tentative grossière pour provoquer l'horreur. Si j'étais chargée d'écrire un papier là-dessus, je publierais demain une photo de cette poupée en première page du journal, pensa-t-elle.

Le hurlement de la sirène de police la décida. D'un geste prompt, elle détacha le billet et le posa sur le manteau de la cheminée. Se précipitant dans la bibliothèque, elle tira le carton de dessous la table et y fourra la poupée. Le tablier macabre lui souleva le cœur. Le carillon de l'entrée sonnait – ferme, continu. Sur une impulsion, elle dénoua le tablier, le retira et l'enfouit tout au fond du carton. Sans lui, la poupée ressemblait à un enfant qui a du chagrin.

Elle repoussa le carton sous la table et se hâta d'aller ouvrir aux policiers.

12

Deux voitures de police, gyrophares étince-lants, stationnaient dans l'allée. Une troisième voiture les avait suivies. Pourvu que ce ne soit pas la presse ! pria Pat. Mais c'était elle.

Le carreau cassé fut pris en photo, le jardin fouillé, les meubles du salon recouverts de poudre à empreintes.

Fournir une explication pour le billet ne fut pas facile. « Il était épinglé sur quelque chose, fit remarquer un policier. Où l'avez-vous trouvé ? »

— Ici-même, près de la cheminée. » C'était relativement vrai.

Le journaliste était envoyé par le *Tribune*. Il demanda à voir le billet.

« Je préférerais qu'on ne le publie pas », demanda instamment Pat. Mais il eut l'autorisation de le lire.

« Que signifie "dernier avertissement", interrogea le policier. Aviez-vous reçu d'autres menaces ? »

Sans mentionner l'allusion faite à « cette maison », Pat relata les deux appels téléphoniques, la lettre qu'elle avait trouvée le premier soir. « Celle-ci n'est pas signée, constata le policier. Où est l'autre ?

— Je ne l'ai pas gardée. Elle n'était pas signée non plus.

— Mais au téléphone, il s'est présenté comme un ange vengeur ?

— Il a dit quelque chose comme : "Je suis un ange de miséricorde, de délivrance, un ange vengeur."

— On dirait un vrai dingo », commenta le policier. Il considéra Pat avec insistance. « Bizarre qu'il ait pris la peine d'entrer par effraction cette fois-ci. Pourquoi ne pas glisser la lettre sous la porte à nouveau ? »

Consternée, elle vit le journaliste griffonner quelque chose dans son calepin.

Les policiers se disposèrent enfin à partir. Toutes les tables du salon étaient maculées de poudre à empreintes. La porte-fenêtre donnant sur la cour avait été fixée avec du fil de fer afin qu'on ne pût l'ouvrir avant le remplacement du carreau.

Incapable d'aller se coucher, Pat décida de passer le salon à l'aspirateur, espérant que cela l'aiderait à se détendre. Mais elle ne pouvait oublier la poupée Raggedy Ann défigurée. *L'enfant était entrée en courant dans la pièce… et avait trébuché… l'enfant était tombée sur quelque chose de doux, et ses mains étaient devenues humides et poisseuses… et l'enfant avait levé la tête et vu…*

Qu'ai-je vu ? se demanda fiévreusement Pat. Qu'ai-je pu voir ?

Ses mains agissaient inconsciemment, aspirant le plus gros de la poudre grasse, puis astiquant les belles tables de bois anciennes avec un chiffon imbibé d'encaustique, déplaçant les bibelots, tirant et poussant les meubles. Les policiers avaient laissé des petits amas de neige boueuse en marchant sur le tapis.

Qu'ai-je vu ?

Elle commença à remettre les meubles en place. Non, pas ici ; cette table va contre le petit mur, cette lampe sur le piano, la méridienne près de la porte-fenêtre.

Elle comprit ce qu'elle venait de faire seulement après avoir fini.

La méridienne. Les déménageurs l'avaient placée trop près du piano.

Elle avait couru dans le couloir et était entrée dans la pièce. Elle avait crié : « Papa ! Papa… ! » *Elle avait trébuché sur le corps de sa mère. Sa mère saignait. Elle avait levé la tête, et ensuite…*

Et ensuite, le noir…

Il était presque trois heures. Elle ne pouvait pas réfléchir davantage à tout cela cette nuit. Elle était morte de fatigue, et sa jambe lui faisait mal. À la voir tirer l'aspirateur jusqu'au placard et gravir l'escalier, personne n'aurait manqué de remarquer qu'elle boitait.

À huit heures, le téléphone sonna. C'était Luther Pelham. Bien qu'elle émergeât des brumes d'un sommeil profond, Pat se rendit compte qu'il était furieux.

« Pat, il paraît que quelqu'un s'est introduit chez vous par effraction hier soir. Vous allez bien ? »

Elle battit des paupières, s'efforçant de chasser la torpeur de ses yeux et de son cerveau. « Oui.

— Vous faites la une du *Tribune*. C'est en gros titre. "Menaces sur la vie d'une présentatrice de télévision." Laissez-moi vous lire le premier paragraphe :

« "Une effraction dans sa maison de Georgetown constitue le dernier des étranges avertissements qu'a reçus la célèbre journaliste de télévision, Patricia Traymore. Ces menaces concernent l'émission *Portrait d'un sénateur, Abigail Jennings* que Mlle Traymore est en train de réaliser et qui sera diffusée vendredi prochain dans la soirée sur le Câble du Potomac."

« C'est exactement le genre de publicité dont Abigail a besoin !

— Je suis navrée, bredouilla Pat. J'ai essayé de tenir le journaliste à l'écart.

— Ne vous est-il pas venu à l'idée de *me* téléphoner au lieu de prévenir la police ? Franchement, je croyais que vous aviez plus de tête que vous n'en avez montré hier soir. On aurait fait surveiller votre maison par des détectives privés. Il s'agit sans doute d'un timbré inoffensif, mais une question va soulever les passions aujourd'hui à Washington : Qui déteste à ce point Abigail ? »

Il avait raison. « Je suis navrée », répéta Pat. Puis elle ajouta : « Pourtant, lorsque vous vous rendez compte que quelqu'un est entré chez vous par effraction et que vous vous demandez s'il n'y a pas un fou à un mètre cinquante dans la cour, il ne me semble pas totalement aberrant de prévenir la police.

— Inutile d'en discuter plus longuement avant de pouvoir mesurer les dégâts. Avez-vous visionné les films d'Abigail ?

— Oui, j'ai quelques documents excellents à monter.

— Vous n'avez pas informé Abigail de votre visite à Apple Junction ?

— Non.

— Bon, si vous êtes maligne, ne lui dites rien. Elle n'a pas besoin de ça en plus ! »

Sans lui dire au revoir, Luther raccrocha.

Arthur avait coutume de passer à la boulangerie à huit heures pour acheter des petits pains chauds, puis d'aller chercher le journal du matin. Aujourd'hui, il inversa ses habitudes. Il était tellement impatient de voir si l'on parlait de l'effraction dans le journal qu'il se rendit d'abord au kiosque à journaux.

On en parlait, en première page. Il parcourut l'article, savourant chaque mot, puis fronça les sourcils. Il n'y avait rien sur la poupée Raggedy Ann. Il l'avait utilisée pour leur faire comprendre qu'un acte de violence avait été commis dans cette maison et que cela pouvait se renouveler.

Il acheta deux petits pains au sésame, remonta trois blocs jusqu'à la maison en bardeaux toute de guingois et monta à l'appartement sombre du second étage. À moins de deux kilomètres, King Street offrait des restaurants et des boutiques de luxe, mais ici, le quartier était miteux et laissé à l'abandon.

La porte de la chambre de Glory était ouverte, et il constata qu'elle était déjà vêtue d'un chandail rouge vif et de jeans. Récemment, elle s'était prise d'amitié pour une fille de son bureau, une

150

effrontée qui lui apprenait à se maquiller et l'avait convaincue de se faire couper les cheveux.

Elle ne leva pas la tête, bien qu'elle l'eût certainement entendu rentrer. Il soupira. Glory devenait distante envers lui, impatiente même. Ainsi hier soir, il avait voulu lui raconter que la vieille Mme Rodriguez avait eu de la peine à avaler son médicament, qu'il avait dû briser le cachet en petits morceaux et lui donner un peu de pain pour faire passer le goût. Glory l'avait interrompu. « Père, on ne pourrait pas parler d'autre chose que de l'hospice ? » Et elle était partie au cinéma avec les filles du bureau.

Il mit les petits pains sur les assiettes et versa le café. « C'est servi », appela-t-il.

Glory entra d'un air pressé dans la cuisine. Elle avait enfilé son manteau et tenait son sac sous son bras, comme si elle s'apprêtait à partir.

« Bonjour, dit-il doucement. Ma petite fille est bien jolie aujourd'hui. »

Glory ne sourit pas.

« Comment était le film ? demanda-t-il.

— Bien. Écoute, ne te donne plus la peine d'aller me chercher un petit pain ou un beignet. J'en prendrai un au bureau avec les autres filles. »

Il se sentit consterné. Il aimait partager son petit déjeuner avec Glory avant qu'ils ne partent travailler.

Elle dut deviner sa déception, car elle le regarda en face et son expression s'adoucit. « Tu es si gentil avec moi », dit-elle, et un peu de tristesse perçait dans sa voix.

Pendant de longues minutes après son départ, il resta assis, le regard dans le vide. La soirée d'hier l'avait épuisé. Après toutes ces années, retourner dans *cette* maison, dans *cette* pièce – placer la poupée de Glory à l'endroit exact où gisait l'enfant... Après l'avoir posée contre la cheminée, la jambe droite repliée sous elle, il s'était presque attendu, en se retournant, à voir les corps de l'homme et de la femme étendus par terre.

13

Après le coup de téléphone de Luther, Pat se
leva, se prépara un café et commença le
découpage de l'émission. Elle avait prévu deux
versions ; la première comprendrait une séquence
d'ouverture sur le début de la vie d'Abigail à Apple
Junction, l'autre commencerait à la réception de
son mariage. Plus elle y pensait, plus la colère de
Luther lui paraissait justifiée. L'idée de cette émission énervait déjà suffisamment Abigail sans y
ajouter cette inquiétante publicité. Dieu merci, j'ai
eu la présence d'esprit de cacher la poupée, se
dit-elle.

Vers neuf heures, elle visionnait les derniers
films dans la bibliothèque. Luther avait déjà
envoyé les séquences du procès d'Eleanor Brown,
montrant Abigail à la sortie du palais de justice
après la condamnation. Sa déclaration affligée :
« C'est un jour très triste pour moi. J'espère seulement qu'Eleanor aura maintenant l'honnêteté
d'avouer où elle a caché cet argent. Sans doute
s'agissait-il de fonds électoraux, mais avant tout,
cet argent venait des dons envoyés par des gens

qui avaient confiance dans les objectifs que je poursuis. »

Un journaliste demandait : « Par conséquent, Sénateur, l'affirmation d'Eleanor selon laquelle votre chauffeur lui aurait demandé par téléphone d'aller chercher votre diamant dans le coffre-fort du bureau du comité électoral serait de la pure invention ?

— Mon chauffeur me conduisait ce matin-là à un meeting à Richmond. La bague se trouvait à mon doigt. »

Venait ensuite une photo d'Eleanor Brown, un gros plan qui révélait distinctement chaque trait de son petit visage pâli, sa bouche craintive, ses yeux farouches.

La bobine se terminait sur Abigail prenant la parole à l'université. Elle traitait du problème de la morale publique, et avait pris pour thème la responsabilité absolue qui incombe à un parlementaire de mettre ses fonctions et son équipe à l'abri de tout reproche.

Il y avait une autre séquence que Luther avait déjà montée, une compilation des interventions du sénateur dans les débats sur la sécurité aérienne, avec des extraits de discours où elle réclamait des règlements plus rigoureux. Elle y rappelait à plusieurs reprises qu'elle était devenue veuve parce que son mari avait confié sa vie à un pilote insuffisamment expérimenté et à un appareil mal équipé.

À la fin de chacune de ces séquences, Luther avait marqué : « *Débat de 2 minutes entre le sénateur J. et Pat T. sur le sujet.* »

Pat se mordit la lèvre.

Tout cela n'avait rien à voir avec ce qu'elle voulait faire. Qu'en est-il de mon contrôle sur la création de ce projet ? se demanda-t-elle. Toute cette histoire est trop précipitée. Non, il serait plus exact de dire *sabotée*.

Le téléphone sonna alors qu'elle parcourait les lettres des électeurs adressées à Abigail. C'était Sam. « Pat, j'ai lu ce qui était arrivé. Je me suis renseigné à l'agence chargée des locations de mon immeuble. » Sam habitait dans l'une des tours du Watergate. « Il reste plusieurs studios libres. Je veux que vous en preniez un jusqu'à ce qu'on retrouve ce type.

— Sam, je ne peux pas. Vous savez tout ce que j'ai sur les bras. J'attends l'arrivée d'un serrurier. La police fait garder la maison. J'ai mon matériel ici. » Elle essaya de changer de sujet. « Mon vrai problème, c'est de savoir ce que je vais me mettre sur le dos pour aller dîner à la Maison-Blanche.

— Vous êtes toujours ravissante. Abigail y assistera également. Je l'ai rencontrée ce matin. »

Un instant plus tard, le sénateur téléphona pour lui dire qu'elle avait été bouleversée en apprenant l'effraction. Puis elle en vint à l'essentiel. « Malheureusement, laisser entendre que vous êtes menacée à cause de cette émission va donner lieu à toutes sortes de conjectures. J'ai hâte qu'on en finisse, Pat. Il cst évident qu'une fois l'émission terminée et diffusée, les menaces cesseront, même si elles proviennent d'un désaxé. Avez-vous visionné les films que je vous ai communiqués ?

— Oui, répondit Pat. Il y a des documents excellents et j'en ai sélectionné un certain nombre. Mais j'aimerais vous emprunter Toby. À certains endroits, il me manque des noms et quelques précisions. »

Elles convinrent que Toby arriverait dans moins d'une heure. Lorsque Pat raccrocha, elle avait le sentiment qu'Abigail Jennings commençait à la considérer comme quelqu'un de gênant.

Toby arriva quarante-cinq minutes plus tard, son visage tanné plissé par un sourire. « Pat, je regrette de ne pas m'être trouvé là quand ce cinoque a essayé d'entrer, lui dit-il. J'en aurais fait de la chair à pâté.

— Je n'en doute pas. »

Il s'assit devant la table de la bibliothèque pendant qu'elle actionnait le projecteur. « C'est le vieux député Porter Jennings, indiqua-t-il à un moment. Il avait déclaré qu'il ne se retirerait pas si Willard ne reprenait pas son siège. Vous connaissez ces types de la haute en Virginie. Tous persuadés que le monde leur appartient. Mais je dois dire qu'il a aidé Abigail à succéder à Willard contre la volonté de sa belle-sœur. La mère de Willard, la vieille diablesse, a tout fait pour empêcher Abigail d'entrer au Congrès. Et entre nous, Abigail a été un bien meilleur député que Willard. Il n'était pas assez combatif. Vous voyez ce que je veux dire ? »

En attendant Toby, Pat avait parcouru les articles de presse relatant le procès d'Eleanor Brown. L'affaire semblait presque trop simple. Eleanor disait que Toby lui avait téléphoné de se rendre au bureau du comité électoral. On avait retrouvé cinq mille dollars dans sa cave au sous-sol de son immeuble.

« Selon vous, comment Eleanor Brown espérait-elle faire avaler une histoire aussi peu convaincante ? » demanda Pat à Toby.

Toby s'appuya au dossier de son fauteuil en cuir, croisa ses grosses jambes l'une sur l'autre, et haussa les épaules. Pat remarqua le cigare dans la poche de poitrine de sa veste. À contrecœur, elle l'invita à fumer.

Un sourire radieux couvrit son gros visage joufflu d'une succession de plis. « Merci beaucoup. Le sénateur ne supporte pas l'odeur du cigare. Je n'ose pas tirer une seule bouffée dans la voiture, même si je l'attends pendant longtemps. »

Il alluma le cigare et fuma par petits coups avec un plaisir non dissimulé.

« Parlons d'Eleanor Brown, proposa Pat. Elle posa les coudes sur ses genoux, le menton dans ses mains.

— À mon avis, confia Toby, Eleanor a pensé qu'on mettrait un certain temps avant de s'apercevoir de la disparition de l'argent. Ils ont renforcé le règlement depuis, mais à cette époque, on gardait souvent un paquet de fric dans le coffre-fort du bureau du comité électoral pendant deux semaines – et même plus longtemps parfois.

— Mais soixante-quinze mille dollars en liquide ?

— Mademoiselle Traymore… Pat, vous n'ignorez pas que la plupart des sociétés financent les deux Partis… Elles veulent s'assurer de se trouver du côté du gagnant. Bien sûr, vous ne pouvez pas filer du liquide de la main à la main à un sénateur dans son bureau. C'est interdit par la loi. Alors le gros bonnet s'arrange pour rendre visite au sénateur et lui faire comprendre qu'il a l'intention de faire une donation importante ; ensuite il va faire un tour au Capitole avec le bras droit du sénateur, et il lui remet le fric. Le sénateur n'y touche pas, mais il *est au courant*. L'argent est directement versé aux fonds électoraux. Seulement comme il s'agit de liquide, si le candidat adverse est élu, les choses se compliquent. Vous voyez ce que je veux dire ?

— Je comprends.

— Ne vous méprenez pas. C'est légal. Mais Phil avait reçu des dons importants en faveur d'Abigail, et bien sûr Eleanor était au courant. Peut-être qu'elle avait un petit ami qui voulait simplement emprunter l'argent pour faire une affaire. Quand elle a vu qu'ils voulaient le récupérer aussi vite, elle a dû inventer une excuse.

— Elle me semble incapable de telles subtilités, fit remarquer Pat en se rappelant la photo dans l'album annuel de l'école.

— Eh bien, comme l'a dit le procureur : "Méfiez-vous de l'eau qui dort." Je ne veux pas vous presser, Pat, mais le sénateur va avoir besoin de moi.

— Il ne reste qu'une ou deux questions. »

Le téléphone sonna. « Je ne serai pas longue. » Pat souleva l'appareil. « Pat Traymore.

— Comment allez-vous, ma chère ? » Elle reconnut sur-le-champ la voix bien posée, excessivement bien élevée.

« Bonjour, monsieur Saunders. » Elle se rappela trop tard que Toby connaissait Jeremy Saunders. Il releva brusquement la tête. Associait-il le nom de Saunders avec le Jeremy Saunders qu'il avait connu à Apple Junction ?

« J'ai essayé de vous joindre plusieurs fois dans la soirée », susurra Saunders. Il n'avait pas bu, cette fois-ci. Elle en était sûre.

« Vous n'avez pas laissé votre nom.

— Les messages peuvent tomber dans une oreille indiscrète. Vous ne croyez pas ?

— Un moment, je vous prie. » Pat regarda Toby. Il fumait pensivement son cigare et semblait indifférent à la conversation téléphonique. Peut-être n'avait-il pas fait le rapprochement entre le nom de Saunders et un homme qu'il n'avait pas vu depuis trente-cinq ans ?

« Toby, c'est personnel. Je me demande si... »

Il se leva précipitamment sans lui laisser le temps de terminer. « Désirez-vous que je sorte ?

— Non, Toby. Soyez seulement gentil de raccrocher quand je prendrai la communication dans la cuisine. » Elle prononça son nom une seconde fois à l'intention de Jeremy, afin qu'il ne commençât pas à parler avant d'être sûr que Pat seule était en ligne.

Toby prit le récepteur comme si de rien n'était, mais il était certain qu'il s'agissait de Jeremy Saunders. Pourquoi appelait-il Pat Traymore ? Était-elle en rapport avec lui ? Abigail allait sauter au plafond. Il entendait une légère respiration à l'autre bout de la ligne. Cette espèce de nullité, s'il tente de salir Abby... !

La voix de Pat lui parvint. « Toby, voulez-vous raccrocher, s'il vous plaît ? »

Il prit un ton bon enfant. « Bien sûr, Pat. » Il raccrocha le récepteur avec un bruit sec et n'osa pas le soulever à nouveau.

— *Toby !* s'exclama Jeremy Saunders d'un ton incrédule. Ne me dites pas que vous fréquentez Toby Gorgone.

— Il m'aide à me repérer dans les documents d'archives », répliqua Pat. Elle fit exprès de parler à voix basse.

« Bien sûr. Il a accompagné toutes les étapes de la carrière politique de notre héroïne, n'est-ce pas ? Pat, je vous appelais car je me rends compte que la vodka jointe au charme de votre présence m'ont rendu inconsidérément bavard. J'insiste pour que notre entretien reste strictement confidentiel. Ma femme et ma fille apprécieraient peu de voir la petite histoire minable de mes amours avec Abigail retransmise à la télévision nationale.

— Je n'ai pas l'intention de citer une seule de vos confidences, répondit Pat. Le *Mirror* s'intéresse peut-être aux détails de la vie privée, mais pas moi, je peux vous l'assurer.

— Très bien. J'en suis infiniment soulagé. » La voix de Saunders se fit plus familière. « J'ai vu Edwin Shepherd au club. Il m'a dit vous avoir donné un exemplaire du journal qui avait publié un portrait d'Abby en reine de beauté. Je l'avais oublié. J'espère que vous allez utiliser la photo de Miss Apple Junction accompagnée de sa mère en adoration. Elle vaut mieux qu'un long discours !

— Ce n'est pas mon avis », dit Pat froidement. Sa suffisance la dégoûtait. « Je crains de devoir retourner à mon travail, monsieur Saunders. »

Elle reposa le récepteur et regagna la bibliothèque. Toby était assis dans le fauteuil où elle l'avait laissé, mais il y avait quelque chose de changé en lui. Sa jovialité avait disparu. Il paraissait affolé et partit presque tout de suite.

Après son départ, elle ouvrit en grand la fenêtre pour éliminer l'odeur du cigare. Mais la pièce en restait imprégnée. Pat s'aperçut qu'elle se sentait à nouveau profondément troublée, sensible à chaque bruit.

De retour au bureau, Toby alla directement trouver Philip. « Comment ça va ? »

Philip leva les yeux au ciel. « Le sénateur est dans tous ses états avec cette histoire. Elle vient d'envoyer Luther Pelham à tous les diables pour l'avoir entraînée dans ce reportage. Elle l'annulerait sur-le-champ si on ne l'avait déjà annoncé dans la presse. Comment ça s'est passé avec Pat Traymore ? »

Toby n'était pas disposé à parler d'Apple Junction, mais il demanda à Philip de mettre son nez dans le contrat de location de la maison des Adams, question qui le tracassait aussi.

Il frappa à la porte du bureau d'Abigail. Le sénateur semblait calme à présent – trop calme. Cela prouvait qu'elle était soucieuse. Elle tenait à la main l'édition du soir du journal. « Jetez un coup d'œil là-dessus », lui dit-elle.

161

Une rubrique consacrée aux potins politiques de Washington commençait ainsi :

De mauvais esprits au Capitole prennent des paris sur l'identité de l'individu qui a menacé la vie de Patricia Traymore au cas où elle poursuivrait son reportage sur le sénateur Jennings. Il semble que chacun ait sa petite idée. La belle Abigail Jennings, sénateur de Virginie, a la réputation parmi ses collègues d'être une perfectionniste au caractère difficile.

Sous les yeux de Toby, Abigail Jennings, le visage tordu par la rage, froissa la feuille du journal dans sa main et la jeta dans la corbeille à papier.

14

S am Kingsley fixa le dernier bouton de sa chemise de smoking et ajusta son nœud papillon.
Il jeta un coup d'œil au réveil sur le dessus de la
cheminée de sa chambre. Il avait largement le
temps de prendre un scotch.

Son appartement dans l'une des tours du
Watergate jouissait d'une vue panoramique sur le
Potomac. De la fenêtre d'angle du living-room, il
apercevait le centre Kennedy. Certains soirs,
lorsqu'il sortait tard du bureau, il arrivait à temps
pour entendre le deuxième et le troisième acte de
l'un de ses opéras favoris.

Après la mort de Janice, il n'avait plus aucune
raison de garder la grande maison de Chevy
Chase. Karen vivait à San Francisco et passait ses
vacances avec son mari chez ses beaux-parents à
Palm Springs. Sam lui avait dit de prendre la vaisselle, l'argenterie, les bibelots et les meubles
qu'elle préférait, puis il avait vendu presque tout
le reste. Il avait voulu faire table rase du passé,
dans l'espoir de dissiper le sentiment de lassitude
qui l'envahissait alors.

Sam s'approcha de la fenêtre avec son verre. Le Potomac luisait sous le reflet des lumières de l'immeuble et des projecteurs du centre Kennedy. La fièvre du Potomac. Il l'avait. Comme la plupart de ceux qui vivaient ici. Pat l'attraperait-elle aussi ? Il se le demandait.

Il était affreusement inquiet pour elle. Jack Carlson, son ami du FBI, lui avait dit sans ménagement : « D'abord un coup de téléphone, ensuite un billet sous la porte, puis un autre coup de téléphone, et enfin cette effraction avec une seconde lettre de menace. À ton avis, que va-t-il arriver la prochaine fois ?

« Nous avons à faire à un psychopathe total sur le point de craquer. Ces caractères penchés en disent long – et d'ailleurs, compare les deux billets. Ils ont été écrits à peu de jours d'intervalle. Certaines lettres sur le second sont quasiment illisibles. La tension nerveuse de notre bonhomme est à son maximum. Et d'une façon ou d'une autre, cette tension semble dirigée vers ta Pat Traymore. »

Sa Pat Traymore. Pendant les derniers mois qui avaient précédé la mort de Janice, il avait tout fait pour écarter Pat de ses pensées. Il s'en féliciterait toujours. Lui et Janice avaient pu retrouver un peu de leur entente d'autrefois. Elle était morte assurée de son amour.

Après quoi, il s'était senti épuisé, vidé, sans forces, *vieux*. Trop vieux pour une jeune femme de vingt-sept ans et tout ce qu'une existence avec elle pourrait entraîner. Il désirait simplement la paix.

Puis il avait appris par la presse que Pat venait travailler à Washington et il avait décidé de lui téléphoner et de l'inviter à dîner. Il était impossible de l'éviter, ou de chercher à l'éviter, et il ne voulait pas que leur première rencontre fût gênée par la présence d'autrui. Aussi l'avait-il emmenée au restaurant.

Il s'en était rendu compte tout de suite : ce qui existait entre eux n'avait pas disparu, mais couvait encore, prêt à s'embraser – et c'était ce qu'elle voulait.

Mais que voulait-il, *lui* ?

« Je n'en sais rien », dit Sam à haute voix. L'avertissement de Jack résonna à ses oreilles. Et s'il arrivait malheur à Pat ?

Le téléphone intérieur sonna. « Votre voiture est en bas, Monsieur le Député, annonça le portier.

— Merci, je descends. »

Sam posa son verre à moitié plein sur le bar et alla prendre sa veste et son manteau dans la chambre. Ses gestes étaient vifs. Dans quelques minutes, il serait avec Pat.

Pat avait choisi une robe en satin vert émeraude avec un haut brodé de perles pour ce dîner à la Maison-Blanche. C'était une robe d'Oscar de la Renta que Veronica l'avait poussée à acheter pour le bal du Boston Symphony. Ce soir, elle se félicitait de s'être laissé influencer. Avec cette tenue, elle portait les émeraudes de sa grand-mère.

« Vous ne ressemblez pas à l'image classique de la journaliste reporter, fit remarquer Sam en venant la chercher.

— Je ne sais pas s'il faut prendre cela pour un compliment. »

Sam portait un manteau en cachemire bleu marine et une écharpe de soie blanche sur son smoking. Comment Abigail l'avait-elle qualifié ? L'un des célibataires les plus recherchés de Washington ?

« C'était dit comme un compliment. Pas d'autres lettres ni de coups de fil ? demanda-t-il.

— Non. » Elle ne lui avait pas encore parlé de la poupée et ne désirait pas le faire maintenant.

« Bon. Je serai plus heureux lorsque cette émission sera terminée.

— *Vous* serez plus heureux. »

Dans la limousine qui les conduisait à la Maison-Blanche, il lui demanda quelles étaient ses occupations.

« Le travail, dit-elle rapidement. Luther a accepté les extraits de films que j'ai choisis et nous avons terminé le découpage. Il refuse catégoriquement de passer outre à la volonté du sénateur en incluant ses années de jeunesse. Il transforme ce qui devait à l'origine être un reportage documentaire en une hagiographie avec toutes les caractéristiques du mauvais journalisme.

— Et vous ne pouvez rien y faire ?

— Je peux laisser tomber. Mais je ne suis pas venue ici pour renoncer au bout d'une semaine. Pas si je peux m'arranger autrement. »

Ils arrivaient au coin de la 18e Rue et de Pennsylvania Avenue.

« Sam, y avait-il un hôtel à cet endroit ?

— Oui, l'ancien Roger Smith. On l'a démoli il y a une dizaine d'années. »

Lorsque j'étais petite, je suis venue à une fête de Noël ici. Je portais une robe de velours rouge, des collants blancs et des ballerines en vernis noir. J'ai renversé de la glace au chocolat sur ma robe et j'ai pleuré, et papa m'a dit : « Ce n'est pas ta faute, Kerry. »

La limousine approchait de la grille nord-ouest de la Maison-Blanche. Ils attendirent que chaque voiture s'arrêtât pour le contrôle de sécurité. Leur tour venu, un garde respectueux vérifia leurs noms sur la liste des invités.

À l'intérieur, des décorations de Noël égayaient la demeure présidentielle. Dans le hall d'entrée en marbre, l'orchestre de la Marine jouait un air joyeux. Les serviteurs présentaient des coupes de champagne. Pat reconnut des visages familiers parmi l'assistance : stars de cinéma, sénateurs, membres du gouvernement et de la haute société, une grande actrice de théâtre.

« Étiez-vous déjà venue ici ? demanda Sam.

— À l'âge de seize ans, avec mon école. Nous avons suivi la visite guidée et on nous a raconté qu'Abigail Adams[1] avait l'habitude d'accrocher sa lessive dans ce qui est à présent la Salle Est.

— Vous n'y trouverez plus de buanderie, aujourd'hui. Venez. Si vous voulez faire une carrière à Washington, il est bon que vous rencontriez certaines personnes. » Un moment plus tard, il la présentait à l'attaché de presse du Président.

---

1. Abigail Adams, épouse de J. Adams, 2e Président des États-Unis. (*N.d.T.*).

Brian Salem était un homme aimable, enveloppé. « Cherchez-vous à nous voler les gros titres, mademoiselle Traymore ? » demanda-t-il avec un sourire.

Ainsi donc, même dans le Bureau ovale, on avait parlé de l'effraction.

« La police a-t-elle des indices ?

— Je ne crois pas, mais nous pensons tous qu'il s'agit seulement d'une sorte de désaxé. »

Penny Salem, une femme mince et vigoureuse d'une quarantaine d'années, l'œil perçant, ajouta : « Dieu sait le nombre de lettres de détraqués adressées au Président que Brian voit passer.

— C'est exact, approuva son mari. Tous ceux qui exercent un pouvoir politique sont amenés à marcher sur les pieds des autres. Plus vous êtes puissant, plus des individus ou des groupes vous en veulent. Et Abigail Jennings a des positions tranchées sur des sujets extrêmement délicats. Oh ! regardez, la voilà ! » Son visage s'épanouit soudain. « N'est-elle pas magnifique ? »

Abigail venait d'entrer dans la Salle Est. Ce soir, elle n'avait pas choisi de minimiser sa beauté. Elle était vêtue d'une robe en satin abricot avec un corsage recouvert de perles. Une jupe évasée mettait en valeur sa taille étroite et sa mince silhouette. Ses cheveux étaient retenus sur la nuque en un chignon lâche. Une ombre bleu pâle soulignait ses yeux splendides et une touche de rose rehaussait ses pommettes. Un rouge abricot plus soutenu soulignait ses lèvres au dessin parfait.

C'était une autre Abigail, qui riait légèrement, laissait sa main posée un moment sur le bras d'un ambassadeur octogénaire, acceptait les hommages rendus à sa beauté comme un dû. Pat se demanda si toutes les femmes dans la pièce se sentaient comme elle – soudain fade et insignifiante.

Abigail avait bien calculé son entrée. L'instant d'après, la musique de l'orchestre de la Marine entonnait un entraînant *Salut au Chef*. Le Président et la Première Dame des États-Unis arrivaient de leurs appartements privés. Le nouveau Premier ministre canadien et son épouse les accompagnaient. Les premiers accords de l'hymne national canadien firent suite aux dernières notes du traditionnel *Salut au Chef*.

Le défilé des invités commença. Lorsque Pat et Sam s'approchèrent du Président et de son épouse, Pat sentit battre son cœur.

La Première Dame des États-Unis était plus séduisante dans la réalité que sur les photos. Elle avait un long visage serein avec une bouche généreuse, des yeux bleu clair. Quelques fils gris parsemaient sa chevelure blonde. Il se dégageait d'elle une impression d'aisance parfaite. Elle plissait les yeux en souriant, et ses lèvres s'écartaient, révélant de solides dents sans défaut. Elle raconta à Pat qu'elle avait rêvé de travailler à la télévision lorsqu'elle était jeune fille. « Et au lieu de cela – elle rit, levant les yeux vers son mari –, j'avais à peine quitté Vassar que je me suis retrouvée mariée.

— J'ai été assez malin pour la prendre avant qu'un autre ne le fasse, dit le Président. Pat, je suis heureux de faire votre connaissance. »

Sentir la ferme poignée de main de l'homme le plus puissant du monde procurait une émotion réelle.

« Ce sont des gens bien, fit remarquer Sam en acceptant la coupe de champagne qu'on leur offrait. Et le Président s'est montré énergique. On a peine à croire qu'il arrive au bout de son second mandat. Il est jeune, pas encore soixante ans. Il sera intéressant de voir ce qu'il va faire du reste de sa vie. »

Pat observait la Première Dame des États-Unis. « J'aimerais faire une émission sur elle. Elle a l'air bien dans sa peau.

— Son père était ambassadeur en Angleterre ; son grand-père vice-président. Des générations de bonne éducation et d'argent sur fond de carrière diplomatique sont un bon moyen d'inculquer la confiance en soi, Pat. »

Dans la salle à manger officielle, les tables étaient dressées avec un service en porcelaine de Limoges à entrelacs verts et filet d'or. Des nappes et serviettes en damassé vert clair et des surtouts en cristal garnis de roses rouges et de fougères apportaient la touche finale. « Désolés que nous ne soyons pas ensemble, fit remarquer Sam, mais vous paraissez avoir une bonne table. Et regardez, je vous prie, où est placée Abigail. »

Abigail était à la table présidentielle, entre le Président et l'invité d'honneur, le Premier ministre canadien. « J'aimerais avoir un appareil-photo », murmura Pat.

Elle jeta un regard sur le menu : aspic de saumon, suprême de chapon flambé au cognac, riz sauvage.

Elle avait pour voisin le chef d'état-major des Armées. À sa table se trouvaient également un président d'université, un auteur dramatique lauréat du prix Pulitzer, un archevêque et le directeur du Lincoln Center.

Elle chercha Sam du regard. Il était à la table du Président, en face du sénateur Jennings. Ils se souriaient. Avec un pincement au cœur, Pat détourna les yeux.

Vers la fin du dîner, le Président invita l'assistance à avoir une pensée pour le vice-président gravement malade. Il ajouta : « Plus d'un parmi nous l'ont constaté, il a travaillé sans répit quatorze heures par jour, sans égard pour sa santé. » L'hommage terminé, il ne faisait plus aucun doute pour personne que le vice-président ne reprendrait jamais ses fonctions. En se rasseyant, le Président sourit à Abigail. Il y avait une sorte de bénédiction officielle dans son regard.

« Eh bien, vous êtes-vous bien amusée ? demanda Sam en raccompagnant Pat chez elle. Vous sembliez intéresser particulièrement cet auteur dramatique à votre table. Vous avez dansé trois ou quatre fois avec lui, si je ne me trompe ?

— Lorsque vous dansiez avec le sénateur. Sam, n'était-ce pas un honneur pour vous d'être placé à la table du Président ?

— C'est toujours un honneur d'être assis à sa table. »

Un étrange malaise s'installa entre eux. Pat eut soudain l'impression que la soirée avait perdu toute saveur. Sam l'avait-il invitée pour cette seule raison – lui faire rencontrer des gens de Washington ? Se sentait-il simplement obligé de lui mettre le pied à l'étrier avant de se retirer à nouveau de sa vie ?

Il attendit qu'elle ouvrît la porte mais refusa de prendre un dernier verre. « J'ai une longue journée, demain. Je pars pour Palm Springs par le vol de six heures pour passer les vacances avec Karen et Paul dans la famille de Paul. Allez-vous à Concord pour les vacances, Pat ? »

Elle préféra ne pas lui dire que Veronica et Charles étaient partis en croisière aux Caraïbes. « Je vais passer un Noël studieux, dit-elle.

— Nous fêterons Noël un peu en retard, lorsque votre émission sera terminée. Je vous offrirai votre cadeau à ce moment-là.

— Très bonne idée. » Elle espéra que sa voix semblait aussi désinvolte que la sienne. Elle refusait de montrer le vide qu'elle ressentait.

« Vous étiez ravissante, Pat. Vous seriez surprise de savoir combien de personnes j'ai entendues faire des compliments sur vous.

— J'espère qu'elles avaient mon âge. Bonne nuit, Sam. » Elle ouvrit la porte et entra.

« Nom de Dieu, Pat ! » Sam avança d'un pas dans l'entrée et la fit pivoter. Sa veste tomba de ses épaules lorsqu'il l'attira vers lui.

Elle lui passa les mains autour du cou ; ses doigts caressèrent le col de son manteau, trouvèrent la peau fraîche en dessous, jouèrent avec ses épais cheveux ondulés. C'était comme dans son souvenir. L'odeur imperceptible de son haleine, la sensation de ses bras autour d'elle, la certitude absolue qu'ils s'appartenaient l'un à l'autre. « Oh ! mon amour ! murmura-t-elle. Vous m'avez tellement manqué. »

On aurait dit qu'elle l'avait frappé. Dans un mouvement involontaire, il se redressa et recula. Interdite, Pat laissa tomber ses bras.

« Sam…

— Pat, excusez-moi… » Il essaya de sourire. « Vous êtes tout simplement trop attirante pour votre propre bien. »

Pendant une longue minute, ils se regardèrent fixement. Puis Sam la prit par les épaules. « Croyez-vous que je n'aurais pas mille fois préféré reprendre les choses là où nous les avons laissées ce jour-là ? Je ne vais pas vous faire ça, Pat. Vous êtes jeune et ravissante. Dans six mois, vous pourrez faire votre choix entre une douzaine d'hommes capables de vous offrir le genre de vie que vous méritez. Pat, mon temps est passé. J'ai bien failli perdre mon siège aux dernières élections. Et savez-vous ce que disait mon adversaire ? Il disait qu'il est temps de rajeunir les rangs. "Sam Kingsley occupe les lieux depuis trop longtemps. Il s'enlise dans la routine. Il faut qu'il prenne le repos dont il a besoin."

— Et vous avez cru ça ?

— Je l'ai cru parce que c'est la vérité. Cette année et demie avec Janice m'a laissé vidé – vidé et épuisé. Pat, j'ai du mal à prendre des décisions ces derniers temps. Choisir une cravate représente un effort considérable, mais il est une chose à laquelle je peux me tenir. Je n'ai pas l'intention de gâcher une fois encore votre vie.

— Avez-vous jamais cherché à savoir à quel point vous la gâcheriez en n'y entrant pas à nouveau ? »

Ils se regardèrent, l'air malheureux. « Je ne peux pas me permettre d'y croire, Pat. » Et il partit.

15

G lory n'était plus la même. Elle s'était fait une mise en plis ce matin. Elle portait des nouveaux vêtements, de couleurs plus vives. Ses chemisiers avaient des cols montants plissés et non plus boutonnés. Et récemment, elle avait acheté des boucles d'oreilles, deux paires. Il ne l'avait jamais vue en porter auparavant.

Tous les jours maintenant, elle lui disait de ne pas lui faire de sandwich pour le déjeuner, qu'elle mangerait dehors.

« Toute seule ? avait-il demandé.

— Non, Père.

— Avec Opale ?

— Je mange dehors, c'est tout. » Et il y avait cette note nouvelle d'impatience dans sa voix.

Elle ne voulait plus entendre parler de ce qu'il faisait. Il avait essayé par deux fois de lui raconter que malgré le respirateur, la vieille Mme Gillespie avait un souffle rauque, qu'elle toussait, et souffrait. Glory l'écoutait toujours si gentiment lui parler de ses patients et l'approuvait lorsqu'il disait que dans leur miséricorde, les anges devraient emporter les plus malades. Son approbation l'aidait à accomplir sa mission.

L'attitude de Glory l'avait tellement troublé qu'il s'était montré négligent en livrant Mme Gillespie au Seigneur. Il avait cru qu'elle dormait, mais au moment où il ôtait le masque et priait, penché au-dessus de son lit, elle avait ouvert les yeux. Elle avait compris ce qu'il faisait. Son menton s'était mis à trembler, et elle avait murmuré : « Pitié, pitié, oh… douce Vierge, aidez-moi… » Il avait vu son regard terrifié devenir vitreux, puis vide.

Et Mme Harnick l'avait aperçu au moment où il quittait la chambre de Mme Gillespie.

C'était l'infirmière Sheehan qui avait découvert Mme Gillespie. Elle n'avait pas pris la mort de la vieille dame pour l'expression de la volonté divine. Au contraire, elle avait fait vérifier le respirateur afin de s'assurer de son bon fonctionnement. Par la suite, il l'avait vue avec Mme Harnick. Celle-ci semblait très excitée et montrait du doigt la chambre de Mme Gillespie.

Tout le monde l'aimait à l'hospice en dehors de l'infirmière Sheehan. Elle passait son temps à lui faire des remontrances, à lui reprocher de s'occuper de choses qui ne le regardaient pas. « Nous avons des aumôniers, disait-elle. Ce n'est pas à vous de conseiller les gens. »

S'il avait su que l'infirmière Sheehan était de garde, il ne se serait pas approché de Mme Gillespie.

C'était le reportage sur le sénateur Jennings qui le tracassait, qui l'empêchait d'avoir les idées claires. Quatre fois, il avait prévenu Patricia

Traymore qu'elle devait cesser de préparer cette émission.

Il n'y aurait pas de cinquième avertissement.

Pat n'avait pas sommeil. Après avoir passé une heure à se tourner et se retourner dans son lit, elle avait renoncé à s'endormir et pris un livre. Mais son esprit refusait de se plonger dans la biographie de Churchill qu'elle s'était fait un plaisir de lire.

À une heure, elle ferma les yeux. À trois heures, elle descendit se faire chauffer une tasse de lait. Bien qu'elle eût laissé la lumière allumée dans l'entrée, la cage de l'escalier était sombre et elle dut se tenir à la rampe à l'endroit où les marches s'incurvaient.

Elle avait l'habitude de s'asseoir sur cette marche et de regarder arriver les invités sans être vue. J'avais une chemise de nuit bleue à fleurs. Je la portais cette nuit-là... j'étais assise à cet endroit et ensuite j'ai eu peur et je suis remontée me coucher...

Et ensuite... « Je ne sais pas, dit-elle à voix haute. Je ne sais pas. »

Même le lait chaud ne l'aida pas à s'endormir.

À quatre heures, elle descendit à nouveau et remonta avec le découpage presque définitif.

L'émission s'ouvrirait sur le sénateur et Pat assises dans le studio devant une photo agrandie d'Abigail et de Willard Jennings le jour de leur mariage. On avait éliminé au montage Mme Jennings mère. Pendant que se déroulerait le film sur la réception, le sénateur parlerait de sa rencontre avec Willard lorsqu'elle était étudiante à Radcliffe.

Ainsi, j'introduis au moins quelque chose sur l'Est, pensa Pat.

Ensuite, ils montreraient des passages des campagnes législatives de Willard tandis que Pat poserait des questions sur l'engagement politique croissant d'Abigail. La réception donnée pour les trente-cinq ans de Willard soulignerait ces années aux côtés des Kennedy avant leur montée au pouvoir.

Puis viendraient les funérailles, avec Abigail escortée par Jack Kennedy. (Ils avaient supprimé la séquence où l'on voyait sa belle-mère dans une voiture à part.) On verrait ensuite Abigail en train de prêter serment au Congrès en vêtements de deuil, le visage pâle et grave.

Suivraient la séquence sur le détournement des fonds électoraux et les discours d'Abigail sur la sécurité aérienne. Elle a un ton tellement vibrant et doctoral, songea Pat, et juste après apparaît la photo de cette pauvre fille terrifiée, Eleanor Brown. En outre, c'est une chose de s'inquiéter de la sécurité aérienne – c'en est une autre d'accuser du doigt un pilote qui lui aussi a perdu la vie... Mais elle savait que Luther n'accepterait pas de modifier ces séquences.

Le lendemain de Noël, ils iraient filmer Abigail dans son bureau, avec son équipe et quelques visiteurs choisis avec soin. Le Congrès aurait enfin cessé de siéger, et le tournage ne prendrait pas longtemps.

Luther avait tout de même donné son assentiment pour une scène où l'on verrait le sénateur chez elle en compagnie de quelques amis. Pat avait proposé un souper le soir de Noël avec plusieurs plans sur Abigail en train de dresser le buffet. Les invités seraient des personnalités en vue de Washington ainsi que certains membres de son équipe qui ne pouvaient pas passer les vacances de Noël en famille.

La dernière scène montrerait le sénateur rentrant chez elle au crépuscule, un attaché-case sous le bras. Et pour finir : « Comme des millions de célibataires aux États-Unis, le sénateur Abigail Jennings a trouvé sa famille et sa raison de vivre dans le travail qu'elle aime. »

Luther avait lui-même écrit cette phrase que Pat devait prononcer.

À huit heures, Pat téléphona à Luther et le pressa à nouveau de convaincre le sénateur que l'on introduise ses années de jeunesse dans l'émission. « Ce que nous avons est très plat, dit-elle. Mis à part les films sur sa vie privée, c'est l'équivalent d'une campagne publicitaire de trente minutes. »

Luther la coupa. « Vous avez examiné tous les films ?

— Oui.

— Et les photos ?

— Il y en a très peu.

— Téléphonez pour demander s'il n'en existe pas d'autres. Non, je vais le faire moi-même. Vous n'êtes pas très bien vue par le sénateur, en ce moment. »

Quarante-cinq minutes plus tard, elle reçut un coup de fil de Philip. Toby serait chez elle vers midi avec des albums de photos. Le sénateur espérait que Pat y trouverait des choses intéressantes.

Pat marcha nerveusement de long en large dans la bibliothèque. Elle avait rangé le carton avec la poupée sous la table. Elle allait utiliser ce laps de temps pour jeter à nouveau un coup d'œil dans les affaires de son père.

Lorsqu'elle souleva la poupée du carton, elle l'approcha de la fenêtre et l'examina de plus près. Un trait de pinceau habile avait ombré les pastilles noires des yeux, souligné les sourcils, donné à la bouche cette expression triste. À la lumière du jour, la poupée avait l'air encore plus pitoyable. Était-elle censée représenter Pat ?

Elle la mit de côté et commença à déballer le carton : les photos de sa mère et de son père, les paquets de lettres et de journaux, les albums de photos. Ses mains devenaient noires de poussière à mesure qu'elle classait les documents en pile. Puis elle s'assit en tailleur sur le tapis et commença à les parcourir.

Des mains aimantes avaient gardé les souvenirs de classe de Dean Adams. Des bulletins scolaires étaient collés à la suite les uns des autres. Des A et des A+. La moins bonne note était un B+.

Il avait grandi dans une ferme à soixante kilomètres de Milwaukee. La maison principale était une construction blanche de dimension moyenne avec une petite véranda. Il y avait des photos de lui avec sa mère et son père. Mes grands-parents, songea Pat. Elle s'aperçut qu'elle ignorait leurs noms. Le dos d'une des photos portait une inscription. *Irene et Wilson avec Dean, âgé de six mois.*

Elle prit un paquet de lettres. L'élastique cassa et les lettres se répandirent sur le tapis. Elle les rassembla rapidement, et les parcourut. Une en particulier retint son attention.

Chère Maman,
Merci. C'est le seul mot qui me vient pour toutes ces années de sacrifice qui m'ont permis de poursuivre mes études à l'université et à la faculté de droit. Je sais toutes les robes que tu n'as pas achetées, les excursions auxquelles tu n'as jamais participé avec les autres dames de la ville. Il y a longtemps, j'ai promis que je m'efforcerais de ressembler à Papa. Je tiendrai ma promesse. Je t'aime. Et n'oublie pas d'aller voir le médecin, je t'en prie. Tu avais une vilaine toux ces temps derniers.

Ton fils affectueux,
Dean.

Il y avait une notice nécrologique d'Irene Wagner Adams sous la lettre. Datée de six mois plus tard.

Les larmes brouillèrent les yeux de Pat à la pensée du jeune homme qui n'avait pas eu honte d'exprimer son amour à sa mère. *Elle aussi avait connu cet amour généreux. Sa main dans la sienne. Son cri de joie quand il rentrait à la maison. Papa. Papa. Soulevée et lancée en l'air, des mains robustes qui la rattrapaient. Elle descendait l'allée sur son tricycle... son genou égratigné sur les graviers... « Cela ne te fera pas mal, Kerry. Il faut s'assurer que c'est bien nettoyé... Quelle glace allons-nous choisir... ? »*

Le carillon de l'entrée sonna. Pat rassembla prestement les photos et les lettres et se leva. La moitié lui échappa des mains lorsqu'elle voulut les remettre dans le carton. Le carillon sonna à nouveau, avec plus d'insistance. À quatre pattes, elle ramassa les photos éparpillées et les lettres, et les cacha avec les autres. Au moment où elle allait sortir de la pièce, elle s'aperçut qu'elle avait oublié de ranger les photos de ses parents et la poupée en chiffon. Si Toby les avait vues en entrant ! Elle les fourra à l'intérieur du carton et repoussa le tout sous la table.

Toby s'apprêtait à sonner une troisième fois quand elle ouvrit la porte. Instinctivement, elle se recula au moment où sa silhouette volumineuse emplit l'entrée.

« J'allais abandonner ! » Sa tentative pour paraître jovial tomba à plat.

« N'abandonnez jamais avec moi, Toby ! » dit-elle d'un ton froid. Qui était-il pour se montrer agacé d'avoir dû attendre quelques secondes ? Il lui sembla qu'il la regardait avec insistance. Elle baissa les yeux ; elle avait les mains noires et s'était frotté les yeux. Elle devait avoir le visage barbouillé.

« On dirait que vous avez nettoyé la cave. » Une expression étonnée, soupçonneuse, se reflétait sur son visage. Elle ne lui répondit pas. Il déplaça le paquet sous son bras et l'énorme bague ornée d'un onyx glissa d'avant en arrière sur son doigt. « Où désirez-vous que je dépose tout ça, Pat ? Dans la bibliothèque ?

— Oui. »

Il lui emboîta le pas et elle eut l'impression désagréable qu'il lui rentrerait dedans si elle s'arrêtait brusquement. La position en tailleur lui avait engourdi la jambe gauche, et elle boitillait.

« Vous boitez, Pat ? Vous n'êtes pas tombée sur la glace ou sur je ne sais quoi, j'espère ? »

Rien ne vous échappe, pensa-t-elle. « Posez le carton sur la table, lui dit-elle.

— Voilà. Je dois repartir illico. Le sénateur n'était pas ravi d'avoir à rechercher ces albums. Je peux me faire virer. »

Elle attendit d'entendre la porte d'entrée se refermer avant d'aller mettre le verrou. À l'instant où elle arrivait dans l'entrée, la porte se rouvrit. Toby sembla surpris en voyant Pat ; puis un sourire déplaisant plissa son visage. « Vous savez, Pat, cette serrure n'empêcherait pas quelqu'un qui connaît la musique d'entrer, dit-il. Vous devriez pousser le verrou. »

Les archives supplémentaires du sénateur comportaient un méli-mélo de coupures de presse et de lettres d'admirateurs. La plupart des photos étaient des instantanés d'Abigail à des manifestations politiques, des dîners officiels, des cérémonies d'inauguration. À mesure que Pat tournait les pages, plusieurs d'entre elles se détachèrent et tombèrent par terre.

Les dernières pages de l'album offraient peu d'intérêt. Pat arriva à une grande photo d'Abigail jeune et de Willard assis sur une couverture au bord d'un lac. Il lui lisait quelque chose. C'était une scène romantique ; on aurait dit deux amoureux sur un camée victorien.

Il y avait quelques autres instantanés que l'on pourrait insérer au montage. Une fois tout l'album parcouru, Pat se baissa pour récupérer les photos qui étaient tombées. Sous l'une d'elles, elle ramassa une feuille de papier luxueux pliée en deux. Elle la déplia et lut :

Billy chéri. Tu as été magnifique à l'audience cet après-midi. Je suis fière de toi. Je t'aime tant et je suis si heureuse à l'idée de passer toute ma vie auprès de toi, de travailler avec toi. Oh ! mon amour, nous allons vraiment changer quelque chose dans le monde !

A.

La lettre était datée du 13 mai. Willard Jennings était en route pour prononcer son discours de réception lorsque la mort l'avait frappé le 20 mai.

Cette lettre ferait une conclusion fantastique ! exulta Pat. Elle rassurerait tous ceux qui voient dans le sénateur une femme froide et insensible. Si seulement Luther l'autorisait à la lire au cours de l'émission. Quelle impression cela donnerait-il ? « Billy chéri, lut-elle à voix haute. Je regrette… »

Sa voix se brisa. Qu'est-ce qui me prend ? pensa-t-elle avec impatience. D'un ton ferme, elle recommença. « Billy chéri. Tu as été magnifique… »

16

Le vingt-trois décembre à deux heures de l'après-midi, le sénateur Abigail Jennings s'installa dans sa bibliothèque avec Toby et Philip et regarda à la télévision le vice-président des États-Unis remettre sa démission au chef de l'État.

Les lèvres sèches, les ongles enfoncés dans la paume de ses mains, Abigail écouta le vice-président, redressé sur ses oreillers sur son lit d'hôpital, le teint terreux, visiblement à l'article de la mort, dire d'une voix étonnamment forte : « J'avais espéré ne communiquer ma décision qu'après le jour de l'an. Cependant, je sens qu'il est de mon devoir de quitter mes fonctions pour ne pas mettre en péril le processus de succession du chef de l'État de ce grand pays. Je suis reconnaissant au Président et à mon Parti de m'avoir manifesté leur confiance en m'élisant deux fois à la vice-présidence. Je remercie le peuple des États-Unis pour m'avoir donné l'occasion de le servir. »

Avec un profond regret, le Président accepta la démission de son vieil ami et collaborateur. Lorsqu'on lui demanda s'il avait choisi un

successeur, il déclara : « J'ai quelques idées. »
Mais il s'abstint de réagir aux noms suggérés par
les journalistes.

Toby siffla : « Nous y voilà, Abigail.

— Sénateur, laissez-moi vous dire…, commença
Philip.

— Taisez-vous et écoutez ! » dit-elle sèchement.
La scène à l'hôpital prenait fin ; Luther Pelham
apparut dans le studio du journal télévisé du
Câble du Potomac.

« Un moment historique », commença Luther.
Avec une retenue pleine de respect, il retraça brièvement la carrière du vice-président, puis arriva à
l'essentiel. « Le temps est venu de promouvoir
une femme aux plus hautes fonctions…, une
femme possédant l'expérience nécessaire et une
compétence confirmée. Monsieur le Président,
choisissez-la dès maintenant. »

Abigail éclata de rire. « Suivez mon regard. »

Le téléphone commença à sonner. « Ce sont à
coup sûr les journalistes. Je ne suis pas là », dit-elle.

Une heure plus tard, la presse campait toujours
devant la maison d'Abigail. Elle finit par accepter
une interview. Elle était très calme, apparemment
du moins. Elle dit qu'elle était occupée à préparer
un dîner de Noël pour des amis. Lorsqu'on lui
demanda si elle s'attendait à être nommée vice-
président, elle répondit d'un ton ironique : « Vous
n'espérez tout de même pas que je vais m'étendre
sur ce sujet. »

Dès que la porte se referma derrière elle, son
expression et son attitude changèrent. Même
Toby n'osa pas ouvrir la bouche.

Luther téléphona pour confirmer l'enregistrement prévu. La voix stridente d'Abigail s'entendait dans toute la maison. « Oui, je l'ai regardé. Vous voulez que je vous dise une chose ? Ce serait sans doute maintenant dans la poche sans cette maudite émission suspendue au-dessus de ma tête. Je vous avais prévenu que c'était une idée absurde. Ne *me* racontez pas que vous vouliez seulement m'aider. Vous vouliez que je sois votre obligée, et nous le savons l'un comme l'autre. »

La voix d'Abigail baissa d'un ton, et Philip échangea un regard avec Toby. « Qu'est-ce que vous avez appris ? demanda-t-il.

— Pat Traymore s'est rendue à Apple Junction la semaine dernière. Elle est passée au journal local et a pris d'anciens numéros. Elle a rendu visite à Saunders, le type qui faisait les yeux doux à Abby quand elle était gosse. Il n'a pas cessé de déblatérer sur elle. Ensuite, elle a rencontré l'ex-directrice de l'école, celle qui connaissait Abby. J'étais chez Pat à Georgetown le jour où Saunders lui a téléphoné.

— À quel point ces gens peuvent-ils faire du tort au sénateur ? » demanda Philip.

Toby haussa les épaules. « Ça dépend. Avez-vous découvert quelque chose à propos de la maison ?

— Certaines choses. On a trouvé l'agence de location qui s'en occupait depuis des années. Ils avaient un nouveau locataire sur les rangs, mais la banque chargée des intérêts des héritiers leur a annoncé qu'un membre de la famille avait l'intention de l'utiliser et qu'elle ne serait plus à louer.

— Un *membre* de la famille ? répéta Toby. Quel *membre* de la famille ?

— Disons Pat Traymore, répondit Philip d'un ton sarcastique.

— Ne jouez pas au plus fin avec moi, gronda Toby. Je veux savoir qui est propriétaire de cette maison à l'heure actuelle, et quel est le *membre* de la famille qui l'occupe. »

Avec des sentiments mêlés, Pat regarda le Câble du Potomac retransmettre la démission du vice-président. À la fin de l'intervention de Luther, le responsable de l'émission annonça qu'il était improbable que le Président lui nommât un successeur avant le nouvel an.

Et nous diffusons l'émission le vingt-sept, se dit Pat.

Comme Sam le lui avait prédit, le soir de son arrivée à Washington, elle jouerait peut-être un rôle dans le choix de la première femme vice-président.

Cette nuit encore, son sommeil avait été entrecoupé de rêves confus. Avait-elle véritablement conservé des souvenirs de son père et de sa mère, ou y mêlait-elle les films et les photos qu'elle avait vus d'eux ? Les images qu'elle gardait de son père en train de panser son genou, de l'emmener prendre une glace étaient réelles. Elle en était certaine. Mais n'y avait-il pas eu également des soirs où elle se mettait la tête sous l'oreiller pour ne pas entendre des cris de colère et des sanglots ?

Il lui fallait finir de passer en revue les affaires de son père.

Après avoir étudié l'un après l'autre tous les documents, elle se posait de plus en plus de questions au sujet de sa mère. Il y avait des lettres de sa grand-mère à Renée. L'une d'elles, datée de six mois avant le drame, disait : *Renée chérie, le ton de ta lettre m'inquiète. Si tu as l'impression de souffrir à nouveau de crises de dépression, je t'en prie, va consulter un médecin sans attendre.*

Si l'on en croyait les articles de presse, c'était sa grand-mère qui avait déclaré que Dean Adams avait un caractère instable.

Elle trouva une lettre de son père à sa mère, écrite l'année avant leur mort.

Chère Renée,
Que tu veuilles passer tout l'été dans le New Hampshire avec Kerry me bouleverse profondément. Tu dois savoir à quel point vous me manquerez toutes les deux. Il est absolument nécessaire pour moi d'aller dans le Wisconsin. Pourquoi ne pas faire un essai ? Nous pourrions louer un Steinway pendant ton séjour. Je comprends fort bien que la vieille épinette de maman ne soit pas suffisante. Je t'en prie, chérie. Pour l'amour de moi.

Pat eut l'impression qu'elle tentait d'enlever un à un les pansements sur une plaie envenimée. Plus elle approchait de la blessure elle-même, plus il était difficile de décoller la gaze. La souffrance, émotionnelle et même physique, s'intensifiait.

L'un des cartons était rempli de décorations de Noël et de guirlandes lumineuses. Cela lui donna une idée. Elle irait acheter un petit arbre de Noël. Pourquoi pas ? Où se trouvaient Veronica et Charles en ce moment ? Elle consulta l'itinéraire de leur voyage. Leur bateau devait faire escale à

St. John demain. Elle se demanda si elle pourrait leur téléphoner pour Noël.

L'arrivée du courrier lui procura un répit bienvenu. Il y avait une quantité de cartes et d'invitations de ses amis à Boston. « *Viens passer la journée, si tu en as la possibilité.* » « *Nous attendons tous ton émission avec impatience* », « *Pat, un Emmy, cette fois-ci – pas seulement une nomination.* »

Une lettre lui avait été renvoyée par la télévision de Boston. L'étiquette de réexpédition sur l'enveloppe indiquait : CATHERINE GRANEY, 22 BALSAM PLACE, RICHMOND, VA.

Graney. C'était le nom du pilote qui avait trouvé la mort avec Willard Jennings.

La lettre était brève.

Chère Mademoiselle Traymore,

J'ai appris que vous vous apprêtiez à réaliser et commenter un documentaire sur le sénateur Abigail Jennings. Ayant eu l'occasion d'apprécier plusieurs de vos excellentes émissions, je tiens à vous prévenir que le reportage sur le sénateur Abigail Jennings risque de faire l'objet de poursuites judiciaires. Je vous avertis, ne donnez pas au sénateur l'occasion de parler de la mort de Willard Jennings. Pour votre bien, ne la laissez pas affirmer que l'erreur du pilote a provoqué la mort de son mari. Ce pilote, mon mari, est également mort. Et croyez-moi, il est plutôt risible de la voir afficher des allures de veuve éplorée. Si vous désirez me parler, vous pouvez me joindre à ce numéro, 804-555-6841.

Pat se dirigea vers le téléphone et composa le numéro. Elle laissa sonner plusieurs fois. Elle allait raccrocher lorsqu'elle entendit un « allô ! » précipité. C'était Catherine Graney. On entendait un bruit de fond, comme s'il y avait une foule de gens. Pat essaya d'obtenir un rendez-vous. « Pas avant demain, lui dit son interlocutrice. Je tiens un magasin d'antiquités et j'ai une vente aujourd'hui. »

Elles convinrent de l'heure, et Catherine Graney indiqua rapidement à Pat la direction à prendre pour se rendre chez elle.

Pat profita de l'après-midi pour faire ses achats. Elle passa d'abord chez un encadreur, lui confia l'une des gravures de marine anciennes qui provenaient du bureau de son père. Ce serait son cadeau de Noël pour Sam.

« Vous l'aurez dans une semaine, mademoiselle. C'est une belle gravure. Elle a beaucoup de valeur, si jamais vous désiriez la vendre.

— Je ne veux pas la vendre. »

Elle s'arrêta dans le magasin d'alimentation près de chez elle et commanda quelques provisions, plus une petite dinde. Chez le fleuriste, elle acheta deux poinsettias et une guirlande de houx pour le dessus de la cheminée. Elle trouva un sapin de Noël qui lui arrivait à l'épaule. Les plus beaux arbres étaient déjà partis, mais celui-ci avait une jolie forme et des aiguilles bien luisantes.

À la tombée du jour, elle avait fini d'arranger les décorations. L'arbre était installé près de la porte-fenêtre donnant sur la cour. La guirlande de houx égayait le dessus de la cheminée, un poinsettia ornait la table ronde près du canapé, l'autre la table basse devant la causeuse.

Elle avait accroché toutes les gravures. Elle avait dû les placer au jugé, mais le salon était maintenant complètement installé. Un feu dans la cheminée, pensa-t-elle. Il y avait toujours du feu dans la cheminée.

Elle disposa les bûches, enflamma les journaux et le petit bois, et mit le pare-feu. Puis elle prépara une omelette et une salade et porta le plateau dans le salon. Ce soir, elle comptait regarder la télévision et se reposer. Elle en avait trop fait. Il fallait laisser les souvenirs remonter d'eux-mêmes à sa mémoire. Elle avait craint que cette pièce ne lui fît horreur, et pourtant, malgré la frayeur de la nuit dernière, elle la trouva chaleureuse et paisible. Abritait-elle aussi des souvenirs heureux ?

Elle ouvrit la télévision. Le Président et la Première Dame des États-Unis apparurent soudain sur l'écran. Ils montaient à bord d'*Air Force One* à destination de leur maison de famille où ils allaient passer les fêtes de Noël. Une fois encore, on pressa le Président de révéler son choix. « J'annoncerai le nom de celle ou de celui qui sera chargé de ces fonctions pour le nouvel an, annonça-t-il d'une voix forte. Joyeux Noël. »

Celle. Avait-il laissé échapper cela intentionnellement ? Bien sûr que non.

Sam téléphona peu après. « Pat, comment allez-vous ? »

Elle aurait aimé ne pas se sentir la bouche aussi sèche au seul son de sa voix. « Bien. Avez-vous vu le Président à la télévision il y a un instant ?

— Oui. Eh bien, il ne reste plus que deux personnes en course. Il s'est engagé à choisir une

192

femme. Je vais passer un coup de fil à Abigail. Elle doit se ronger les ongles. »

Pat haussa les sourcils. « J'en ferais autant, à sa place. » Elle tordit le bout de sa ceinture. « Quel temps avez-vous ?

— Il fait une chaleur à crever. Sincèrement, je préfère passer Noël dans un décor d'hiver.

— Dans ce cas, vous n'auriez pas dû partir. Je me suis risquée dehors pour acheter un sapin de Noël, et je peux vous assurer qu'il faisait froid.

— Quels sont vos projets pour le jour de Noël ? Assisterez-vous au réveillon que donne Abigail ?

— Oui. Je suis étonnée qu'elle ne vous ait pas invité.

— Elle m'a invité. Pat, je suis heureux de me retrouver avec Karen et Tom, mais… eh bien, c'est la famille de Karen à présent, non la mienne. J'ai dû me mordre la langue au déjeuner pour ne pas dire son fait à un crétin aux airs suffisants qui dressait une liste de toutes les erreurs commises par notre administration. »

Pat ne put se retenir. « La mère de Tom essaye-t-elle de vous caser à ses amies célibataires, cousines ou autres ? »

Sam rit. « J'en ai peur. Je ne compte pas rester jusqu'au nouvel an. Je serai de retour quelques jours après Noël. Vous n'avez pas reçu d'autres menaces, j'espère ?

— Pas même un murmure au téléphone. Vous me manquez, Sam », ajouta-t-elle délibérément.

Il y eut un silence. Elle l'imaginait – anxieux, cherchant à trouver le mot juste. Vous tenez autant à moi qu'il y a deux ans, murmura-t-elle en elle-même.

« Sam ? »

Il parla d'une voix contenue. « Vous me manquez aussi, Pat. Vous comptez beaucoup pour moi. »

Quelle étrange façon de se déclarer ! « Et vous êtes l'un de mes plus chers amis. »

Sans attendre sa réaction, elle raccrocha.

17

« Tu n'as pas vu ma poupée Raggedy Ann, Père ? »

Il sourit à Glory, espérant ne pas paraître troublé. « Non, comment l'aurais-je vue ? Tu ne l'avais pas rangée dans le placard de ta chambre ?

— Si. Je ne peux pas croire... Père, tu es sûr de ne pas l'avoir jetée ?

— Pourquoi l'aurais-je jetée ?

— Je ne sais pas. » Elle se leva de table. « Je vais faire quelques petites courses pour Noël. Je ne rentrerai pas tard. » Elle eut l'air ennuyé, puis demanda : « Père, tu ne serais pas en train de retomber malade ? Tu t'es remis à parler en dormant depuis un certain temps. Je t'entends de ma chambre. Il y a quelque chose qui te préoccupe ? Tu n'entends pas à nouveau ces voix, j'espère ? »

Il vit la peur se refléter dans ses yeux. Il n'aurait jamais dû parler de ces voix à Glory. Elle n'avait pas compris. Pire, elle s'était mise à se tourmenter à son sujet. « Oh ! non ! Je plaisantais lorsque je t'en ai parlé. » Il aurait pu jurer qu'elle n'en croyait rien.

Elle posa sa main sur son bras. « Tu prononçais sans cesse le nom de Mme Gillespie dans ton sommeil. Ce n'est pas la femme qui vient de mourir à l'hospice ? »

Après le départ de Glory, Arthur resta songeur, assis à la table de la cuisine, ses jambes maigres enroulées autour des barreaux de la chaise. L'infirmière Sheehan et les médecins l'avaient interrogé à propos de Mme Gillespie. Lui avait-il rendu visite dans sa chambre ?

« Oui, avait-il avoué. Je voulais simplement m'assurer qu'elle n'avait besoin de rien.

— Combien de fois êtes-vous passé la voir ?

— Une seule fois. Elle dormait. Elle allait bien.

— Mme Harnick et Mme Drury croient toutes les deux vous avoir aperçu. Mais Mme Drury a dit qu'il était quinze heures cinq et Mme Harnick est certaine qu'il était plus tard.

— Mme Harnick se trompe. Je ne suis entré dans la chambre de Mme Gillespie qu'une seule fois.

Normalement, ils devaient le croire. Mme Harnick était pratiquement gâteuse, la moitié du temps. *Mais pendant l'autre moitié, elle n'avait pas les yeux dans sa poche.*

Il s'empara à nouveau du journal. Il était rentré chez lui en métro. Une vieille femme chargée d'un sac à provisions et appuyée sur une canne attendait sur le quai. Il se préparait à lui proposer de l'aider à porter son sac quand le train était entré en grondant dans la station. La foule s'était ruée en avant et un jeune type, les bras encombrés de livres de classe, avait failli renverser la vieille dame dans sa précipitation pour prendre un siège.

Il se rappela la façon dont il l'avait aidée à pénétrer dans le wagon juste avant la fermeture des portes. « Vous allez bien ? avait-il demandé.

— Oh, oui. Seigneur, j'ai cru que j'allais tomber. Ces jeunes ne font plus attention. Ce n'est plus comme de mon temps.

— Ce sont des brutes », avait-il dit doucement.

Le jeune homme était sorti à Dupont Circle et avait traversé le quai. Il l'avait suivi, s'était arrangé pour se trouver près de lui devant la foule, au bord du quai. Au moment où la rame approchait, il s'était avancé dans son dos et avait heurté son bras si bien qu'un des livres avait commencé à glisser. Le garçon avait fait un mouvement pour le rattraper. Dans cette position déséquilibrée, il était facile de le pousser en avant. Le livre et son propriétaire avaient atterri ensemble sur la voie.

Le journal. Oui. C'était à la page trois. UN ÉTUDIANT DE DIX-NEUF ANS TUÉ PAR LE MÉTRO. L'article qualifiait la mort d'accidentelle. Un passant avait vu un livre glisser du bras du jeune homme. Ce dernier s'était penché en avant pour le rattraper et avait perdu l'équilibre.

La tasse de café dans les mains d'Arthur avait refroidi. Il allait s'en préparer une autre avant de partir travailler.

Tant de vieilles gens démunis à l'hospice réclamaient son attention. Il avait eu l'esprit occupé par Patricia Traymore. Voilà pourquoi il ne s'était pas montré suffisamment attentif avec Mme Gillespie.

Demain, il dirait à Glory qu'il devait travailler tard et il retournerait chez Patricia Traymore.

Il fallait qu'il retourne dans cette maison.

Glory voulait retrouver sa poupée.

Le vingt-quatre à dix heures, Pat se mit en route pour Richmond. Le soleil s'était levé, puissant et doré, mais l'air était encore très froid. Il gèlerait pour Noël.

Après avoir quitté l'autoroute, elle se trompa trois fois de direction et commença à s'énerver contre elle-même. Elle trouva enfin Balsam Place. C'était une rue bordée de confortables maisons style Tudor de taille moyenne. La maison du numéro 22 était plus grande que ses voisines et sur la pelouse un écriteau sculpté indiquait ANTIQUITÉS.

Catherine Graney attendait sur le seuil de la porte. Elle avait une cinquantaine d'années, un visage carré, des yeux bleus enfoncés et une silhouette mince et robuste. Ses cheveux grisonnants étaient raides et coupés court. Elle serra chaleureusement la main de Pat. « J'ai l'impression de vous connaître. Je me rends souvent en Nouvelle-Angleterre pour acheter de la marchandise et j'ai eu l'occasion de regarder votre émission. »

Le rez-de-chaussée servait de salle d'exposition. Chaises, canapés, vases, lampes, tableaux, tapis d'Orient, porcelaines et verreries étaient tous marqués d'une étiquette. Une encoignure dix-huitième renfermait quelques délicates figurines. Près d'elle somnolait un setter irlandais au poil brun rouge largement mêlé de gris.

« J'habite en haut, expliqua Mme Graney. En principe, le magasin est fermé, mais une cliente m'a téléphoné pour demander si elle pouvait passer choisir un cadeau de dernière minute. Vous prendrez bien un café ? »

Pat ôta son manteau. Elle regarda autour d'elle, examinant le contenu de la pièce. « Vous avez de très belles choses.

— J'aime le croire. » Mme Graney sembla flattée. « Je prends un grand plaisir à chercher des meubles anciens et à les restaurer. J'ai installé mon atelier dans le garage. » Elle servit du café dans une cafetière en Sheffield et tendit une tasse à Pat. « Et j'ai le plaisir d'être entourée de jolies choses. Avec vos cheveux auburn et votre corsage jaune, vous semblez faite pour ce canapé Chippendale.

— Merci. » Pat éprouva tout de suite de la sympathie pour cette femme spontanée. Il y avait quelque chose de direct et de franc chez elle. Cela lui permit d'aller droit au but. « Madame Graney, vous comprenez sûrement que votre lettre m'a un peu surprise. Mais pouvez-vous m'expliquer pourquoi vous n'avez pas pris directement contact avec la chaîne, au lieu de m'écrire personnellement ? »

Catherine Graney avala une gorgée de café. « Comme je vous l'ai dit, j'ai vu un grand nombre de vos reportages. Je vous sens très intègre dans votre travail, et j'ai pensé que vous n'accepteriez pas sciemment de perpétuer un mensonge. Voilà pourquoi je me suis adressée à vous, afin d'être sûre que le nom de George Graney ne serait pas mentionné dans ce reportage, et qu'Abigail Jennings ne mettrait pas la mort de Willard sur le compte d'une "erreur du pilote". Mon mari savait piloter tout ce qui avait des ailes. »

Pat songea aux séquences déjà montées de l'émission. Le sénateur avait dénoncé le pilote – mais avait-elle mentionné son nom ? Pat n'aurait su l'affirmer. Par contre, elle se rappela quelques-uns des détails de l'accident. « Les conclusions de l'enquête n'ont-elles pas révélé que votre mari volait trop bas ? demanda-t-elle.

— *L'avion* volait trop bas et a percuté la montagne. Lorsque Abigail Jennings a commencé à utiliser cet accident pour se présenter devant la presse comme le champion des règles de sécurité aérienne, j'aurais dû réagir immédiatement. »

Pat regarda le setter irlandais, comme s'il percevait la tension dans la voix de sa maîtresse, se redresser, s'étirer, et traverser tranquillement la pièce pour venir se coucher à ses pieds. Catherine se pencha pour le caresser.

« Pourquoi n'avez-vous pas parlé alors ?

— Pour de nombreuses raisons. J'avais eu un bébé quelques semaines après l'accident. Et je crois que j'ai voulu épargner la mère de Willard.

— La mère de Willard ?

— Oui. Voyez-vous, c'est souvent George qui pilotait lorsque Willard Jennings se déplaçait en avion. Ils étaient devenus bons amis. La vieille Mme Jennings le savait et elle vint me voir après l'annonce de l'accident – moi, pas sa belle-fille – et nous sommes restées assises toutes les deux à attendre les dernières nouvelles. Elle a versé à mon compte une somme d'argent très importante pour l'éducation de mon fils. Je n'ai pas voulu lui faire de la peine en utilisant l'arme que je pouvais utiliser contre Abigail Jennings. Nous nourrissions toutes les deux les mêmes soupçons, mais pour elle, le scandale était une malédiction. »

Trois horloges à balancier se mirent à sonner simultanément. Il était une heure. Le soleil filtrait dans la pièce. Pat remarqua que Catherine faisait tourner son alliance en or tout en parlant. Apparemment, elle ne s'était jamais remariée. « Quelle arme auriez-vous pu utiliser ? demanda-t-elle.

— J'aurais pu ruiner la crédibilité d'Abigail. Willard était affreusement malheureux avec elle et dans sa carrière politique. Le jour de sa mort, il projetait d'annoncer qu'il ne chercherait pas à se faire réélire et qu'il avait accepté la présidence d'une université. Il désirait mener une existence d'universitaire. La veille au matin, Abigail et lui avaient eu une dispute de tous les diables à l'aéroport. Elle l'avait supplié de ne pas annoncer sa démission. Et il lui a dit, devant George et devant moi : "Abigail, cela ne fera pas l'ombre d'une différence pour toi. Tout est fini entre nous."

— Abigail et Willard Jennings étaient sur le point de divorcer ?

— Cette comédie de "veuve éplorée" n'a jamais été qu'une façade. Mon fils, George Graney junior, est pilote dans l'Armée de l'air maintenant. Il n'a jamais connu son père. Mais je n'ai pas l'intention qu'un seul mensonge supplémentaire de la part d'Abigail puisse l'atteindre. Et que je gagne le procès ou non, je m'arrangerai pour que le pays entier sache qu'elle a toujours trompé son monde. »

Pat choisit ses mots avec précaution. « Madame Graney, je ferai certainement tout mon possible pour que l'on ne porte pas atteinte au nom de votre mari. Mais je dois vous le dire, j'ai parcouru les dossiers personnels du sénateur et ce que j'y ai trouvé laisse penser qu'Abigail et Willard étaient très amoureux l'un de l'autre. »

Catherine Graney prit un air méprisant. « J'aimerais voir la tête de la vieille Mme Jennings si elle entendait *ça* ! Je vais vous conseiller une chose ; sur le chemin du retour, faites deux kilomètres de plus et passez par Hillcrest. C'est la propriété des Jennings. Et imaginez combien une femme doit en avoir voulu à sa propre belle-fille pour ne lui avoir ni légué cette maison, ni laissé un centime. »

Quinze minutes plus tard, Pat regardait à travers les hautes grilles en fer forgé la ravissante demeure qui dominait des pelouses en pente recouvertes de neige. Veuve de Willard, Abigail avait eu toutes les raisons de croire qu'elle pourrait hériter de ce domaine aussi bien que de son siège au Congrès. Divorcée, par contre, elle aurait une nouvelle fois fait figure de proscrite. Si l'on en croyait Catherine Graney, le drame dont parlait Abigail avec tant d'émotion représentait, dans la réalité, le coup de pouce qui, vingt-cinq ans auparavant, l'avait sauvée de l'oubli.

18

« C'est magnifique, Abby, dit Toby avec entrain. — Il devrait faire bon effet sur les photos », reconnut-elle. Ils admiraient le sapin de Noël dans le salon d'Abigail. La table de la salle à manger était déjà dressée pour le buffet.

« Il y aura sûrement des photographes dans les parages demain matin, dit-elle. Vérifiez l'heure du premier service religieux à la cathédrale. Il faudrait que l'on m'y voie. »

Elle avait l'intention de tout mettre en œuvre. Depuis que le Président avait dit : « J'annoncerai le nom de *celle*... », Abigail ne tenait plus en place.

« Je suis la meilleure candidate, avait-elle répété une douzaine de fois. Claire et le Président sont originaires de la même région. Ce n'est pas favorable pour elle. Si seulement nous n'étions pas embarqués dans ce maudit reportage !

— Il peut vous être utile, dit-il d'un ton apaisant, bien qu'il se sentît aussi inquiet qu'elle au fond de lui-même.

— Toby, il pourrait être utile si j'étais en concurrence avec plusieurs candidats. Mais je n'imagine pas le Président bondir en voyant cette malheureuse émission et s'écrier : "C'est *elle* qu'il me faut." Par contre, il pourrait bien attendre de constater s'il y a des réactions négatives avant d'annoncer sa décision. »

Il savait qu'elle avait raison. « Ne vous en faites pas. De toute façon, vous ne pouvez pas y échapper. L'émission est déjà annoncée. »

Elle avait choisi avec soin ses invités pour le souper de Noël. Parmi eux, il y aurait deux séna-teurs, trois députés, un juge de la Cour suprême et Luther Pelham. « J'aurais seulement aimé que Sam Kingsley ne soit pas en Californie, dit-elle. »

Vers dix-huit heures, tout était prêt. Abby avait mis une oie à rôtir dans le four. Elle la servirait froide le lendemain. Les effluves, riches et géné-reux, emplissaient la maison. Elles rappelèrent à Toby la cuisine des Saunders au temps où ils étaient écoliers. On y respirait toujours une bonne odeur de plats en train de rôtir ou de cuire au four. Francey Foster était une cuisinière de pre-mier ordre. Il fallait lui reconnaître ça !

« Bon, Abby, je crois que je vais partir maintenant.

— Vous avez un rendez-vous important, Toby ?

— Pas si important. » La serveuse du Steakburger commençait à l'ennuyer. En fin de compte, elles l'ennuyaient toutes.

« Je vous verrai demain matin. Passez me prendre de bonne heure.

— Entendu, Sénateur. Dormez bien. Il faut que vous soyez au mieux de votre forme, demain. »

Toby laissa Abby en train d'arranger quelques cheveux d'ange qui pendaient de travers. Il regagna son appartement, prit une douche, et enfila un pantalon, une chemise de laine et une veste de sport. La fille du Steakburger lui avait bien précisé qu'elle n'avait pas l'intention de faire la cuisine ce soir. Il la sortirait au restaurant pour changer, et ensuite ils reviendraient chez elle prendre un dernier verre.

La perspective de dépenser son argent au restaurant ne l'enchantait guère – surtout quand les chevaux de course étaient d'un si bon rapport. Il mit sa cravate en tricot vert foncé et il se regardait dans la glace lorsque le téléphone sonna. C'était Abby.

« Allez me chercher un numéro du *National Mirror*, ordonna-t-elle.

— Le *Mirror* ?

— Vous m'avez bien entendu – allez l'acheter. Philip vient de téléphoner. Miss Apple Junction et son élégante mère sont en première page. Qui a déniché cette photo ? Qui ? »

Toby agrippa le téléphone. Pat Traymore était passée au journal à Apple Junction. Jeremy Saunders lui avait téléphoné. « Sénateur, si quelqu'un essaye de vous mettre des bâtons dans les roues, je le réduis en bouillie. »

Pat rentra chez elle vers quinze heures trente, impatiente de pouvoir s'allonger et dormir pendant une heure. Comme toujours, rester debout et se hausser sur la pointe des pieds pour accrocher les tableaux la veille au soir lui avaient demandé un effort qu'elle ressentait maintenant dans sa jambe. Une douleur sourde et persistante n'avait cessé de la tenailler pendant tout le trajet du retour depuis Richmond. Mais elle était à peine entrée dans la maison que le téléphone sonna. C'était Lila Thatcher.

« Je suis bien contente de vous joindre, Pat. Je vous ai attendue. Êtes-vous libre ce soir ?

— À vrai dire... » Prise au dépourvu, Pat ne put trouver aucune excuse valable. On ne ment pas aisément à un médium, pensa-t-elle.

Lila l'interrompit. « Ne me dites pas que vous êtes occupée. L'ambassadeur donne son habituel réveillon de Noël et je lui ai téléphoné que je vous amènerais. Après tout, vous êtes l'une de ses voisines à présent. Vous lui ferez très plaisir. »

L'ex-ambassadeur octogénaire était peut-être, pour sa génération, la personnalité politique la plus éminente du district. La plupart des grands hommes d'État en visite à Washington ne manquaient jamais de lui rendre visite.

« Je serai enchantée de vous accompagner, dit Pat avec chaleur. Merci d'avoir pensé à moi. »

Après avoir raccroché, Pat monta dans sa chambre. L'assistance chez l'ambassadeur serait très élégante. Elle choisit un tailleur en velours noir avec des revers bordés de zibeline.

Elle avait encore le temps de se délasser dans un bain chaud pendant quinze minutes et de faire un somme.

En se laissant glisser dans son bain, Pat remarqua qu'un coin du papier mural beige délavé se décollait. Un bout de bleu lavande apparaissait en dessous.

Levant la main, elle enleva un grand morceau de la première couche de papier.

C'étaient les teintes dont elle se souvenait – ce bleu et ce violet ravissants. *Et le lit était recouvert d'une courtepointe surpiquée en satin ivoire, et nous avions une moquette bleue sur le plancher.*

Sans y prêter attention, elle se sécha et enfila une ample tunique en tissu éponge. La chambre était fraîche, déjà envahie par les ombres de la tombée du jour.

À titre de précaution, elle régla le réveille-matin sur seize heures trente avant de glisser dans le sommeil.

Les cris de colère…, les couvertures rabattues sur sa tête…, un grand bruit…, un autre grand bruit…, ses pieds nus silencieux dans l'escalier.

La sonnerie insistante la réveilla. Elle se frotta le front, s'efforçant de retrouver le rêve indistinct. Le papier mural avait-il éveillé quelque chose dans son esprit ? Oh ! Seigneur, si seulement elle n'avait pas remonté la sonnerie !

Mais ça revient, se dit-elle. La vérité se rapproche davantage à chaque fois…

Lentement, elle se leva et se dirigea vers la coiffeuse du cabinet de toilette. Elle avait le visage tiré et pâle. Un bruit dans le couloir la fit pivoter sur elle-même, la main sur la gorge. Ce n'était que les craquements familiers de la maison.

À dix-sept heures pile, Lila Thatcher sonna à l'entrée. Dans l'embrasure de la porte, elle ressemblait à un lutin avec ses joues roses et ses cheveux blancs. Elle avait un air joyeux dans son manteau de vison avec un petit bouquet de fleurs piqué sur le col châle.

« Avons-nous le temps de prendre un verre de sherry ? demanda Pat.

— Bien sûr. » Lila jeta un coup d'œil à l'élégante table en marbre de Carrare avec son miroir assorti dans l'entrée. « J'ai toujours adoré ces deux objets. Je suis heureuse de les revoir.

— Vous savez – c'était une affirmation –, j'en ai eu la conviction, l'autre soir. »

Pat avait posé un carafon de sherry et une assiette de biscuits salés sur la table basse. Lila s'arrêta sur le seuil du salon. « Oui, dit-elle, vous vous en êtes très bien tirée. Bien sûr, les années ont passé, mais je retrouve mes souvenirs. Ce tapis magnifique, le canapé. Même les tableaux, murmura-t-elle. Pas étonnant que je me sois sentie troublée. Pat, êtes-vous certaine que ce soit sage ? »

Elles s'assirent et Pat servit le sherry. « J'ignore si c'est sage. Je *sais* que c'est nécessaire.

— De quoi vous souvenez-vous ?

— De bribes. De fragments. Rien qui se raccorde.

— Je téléphonais souvent à l'hôpital pour avoir de vos nouvelles. Vous êtes restée inconsciente pendant des mois. Lorsque l'on vous a transférée, on nous a laissé entendre que vous resteriez à jamais handicapée si par miracle vous vous en sortiez. Et après, on a annoncé votre mort.

— Veronica… la sœur de ma mère et son mari m'ont adoptée. Ma grand-mère voulait éviter que le scandale ne me poursuive… ou ne les poursuive.

— Et c'est pour cette raison qu'ils ont aussi changé votre prénom ?

— Mon nom est Patricia Kerry. Je crois savoir que Kerry était le prénom choisi par mon père. Patricia était le prénom de ma grand-mère. Ils ont pensé qu'à partir du moment où ils changeaient mon nom, ils pouvaient aussi bien utiliser mon premier prénom.

— Ainsi Kerry Adams est devenue Patricia Traymore. Qu'espérez-vous trouver ici ? » Lila prit une gorgée de sherry et reposa son verre.

Incapable de rester en place, Pat se leva et se dirigea vers le piano. D'un geste machinal, elle posa sa main sur le clavier, puis la retira.

Lila l'observait. « Vous jouez ?

— Uniquement pour le plaisir.

— Votre mère jouait sans arrêt. Vous *le* savez sûrement.

— Oui. Veronica m'a parlé d'elle. Voyez-vous, je voulais d'abord uniquement comprendre ce qui s'était passé dans cette maison. Puis je me suis rendu compte que dans mes souvenirs les plus lointains, j'ai détesté mon père ; je l'ai détesté pour m'avoir fait autant de mal ; pour m'avoir privée de ma mère. Je crois que j'espérais trouver un indice prouvant qu'il était malade, qu'il avait perdu la tête – je ne sais quoi. Mais maintenant, en me remémorant peu à peu certains petits détails, je réalise qu'il y a davantage. Je ne suis pas la même personne que celle que je serais devenue si… »

Elle désigna d'un geste l'endroit où l'on avait trouvé leurs corps.

« … si tout cela n'était pas arrivé. J'ai besoin de relier l'enfant que j'étais à l'adulte que je suis. J'ai laissé une partie de moi-même ici. J'ai tellement d'idées préconçues – ma mère était un ange, mon père un démon. Veronica insinuait que mon père avait détruit la carrière musicale de ma mère avant de détruire sa vie. Mais qu'en est-il de *lui* ? Elle a épousé un homme politique pour ensuite refuser de partager sa vie. Était-ce juste ? À quel point ai-je été un catalyseur de leur mésentente ? Veronica m'a raconté un jour que cette maison était trop petite. Lorsque ma mère voulait jouer, je me réveillais et je me mettais à pleurer.

— Un catalyseur, dit Lila. C'est exactement ce que je crains pour vous. Vous déclenchez des choses qu'il vaudrait mieux laisser en paix. » Elle la regarda attentivement. « Vous semblez bien remise de vos blessures.

— Ce fut très long. Lorsque je suis sortie du coma, il a fallu tout me réapprendre. Je ne comprenais plus aucun mot. Je ne savais plus me servir d'une fourchette. J'ai gardé un appareil orthopédique à la jambe gauche jusqu'à l'âge de sept ans. »

Lila constata qu'elle avait très chaud. À peine un moment auparavant, elle avait eu froid. Elle ne voulut pas approfondir la raison de ce changement. Elle savait seulement que le scénario tragique qui s'était joué dans cette pièce n'était pas achevé. Elle se leva. « Nous ferions mieux de ne pas faire attendre l'ambassadeur », fit-elle avec entrain.

Elle retrouvait sur le visage de Pat les pommettes et la bouche sensible de Renée, les yeux écartés et les cheveux auburn de Dean.

« Bien, Lila, vous m'avez examinée suffisamment longtemps, dit Pat. À qui est-ce que je ressemble ?

— Aux deux à la fois, dit franchement Lila. Mais je crois que vous tenez davantage de votre père.

— Pas dans tous les domaines, pour l'amour du ciel ! » La tentative que fit Pat pour sourire manqua désespérément son effet.

19

Dissimulé par les ombres des arbres et des arbustes, Arthur surveilla Pat et Lila à travers la double porte qui s'ouvrait sur la cour. Voir la maison éclairée, la voiture dans l'allée, l'avait terriblement désappointé. Il ne pourrait peut-être pas reprendre la poupée ce soir. Et il voulait à tout prix que Glory l'eût pour Noël. Il chercha à entendre ce que disaient les deux femmes, mais ne put saisir qu'un mot de temps en temps. Elles étaient toutes les deux sur leur trente et un. S'apprêtaient-elles à sortir ? Il allait attendre. Il examina avec avidité le visage de Patricia Traymore. Elle était très grave, l'air préoccupé. Avait-elle commencé à tenir compte de ses avertissements ? Il l'espérait pour elle.

Il les guettait depuis quelques minutes à peine lorsqu'elles se levèrent. Elles allaient sortir. Sans faire de bruit, il longea furtivement le côté de la maison et entendit la porte d'entrée s'ouvrir. Elles ne prenaient pas la voiture. Elles ne devaient pas aller bien loin, peut-être dans une maison du voisinage, ou dans un restaurant du quartier. Il n'aurait pas beaucoup de temps.

À la hâte, il repartit en direction de la cour. Patricia avait laissé les lumières du salon allumées et il aperçut les gros verrous neufs sur la porte-fenêtre. Même en découpant un carreau, il ne pourrait pas entrer. Il s'y était attendu et avait prévu une autre solution. Il y avait un orme près de la cour, un arbre sur lequel il était facile de grimper. Une grosse branche passait juste sous une fenêtre du premier étage.

Le soir où il avait déposé la poupée, il avait remarqué que cette fenêtre ne fermait pas complètement en haut. Elle penchait comme si le châssis était mal retenu. La forcer ne présenterait pas de difficulté.

Quelques minutes plus tard, il enjambait l'appui et se retrouvait dans la maison. Il écouta attentivement. Une impression de vide se dégageait de la pièce. Avec précaution, il alluma sa lampe torche. La chambre était nue et il ouvrit la porte qui donnait sur le couloir. Il était certain d'être seul dans la maison. Par où commencer ses recherches ?

Il s'était donné tellement de mal avec cette poupée. Il avait failli se faire prendre en train de dérober l'éprouvette remplie de sang dans la pharmacie de l'hospice. Il avait oublié à quel point Glory aimait sa poupée ; lorsqu'il entrait sur la pointe des pieds dans sa chambre pour voir si elle dormait bien, elle la tenait toujours serrée dans ses bras.

Il lui semblait incroyable de se retrouver là pour la seconde fois en une semaine. Le souvenir de cette matinée lointaine était encore si présent ; l'ambulance, girophare en action, sirènes hurlantes ; le crissement des pneus dans l'allée. Le trottoir bondé de gens, voisins qui avaient jeté un manteau sur leur peignoir luxueux ; les voitures de police barricadant la rue N ; les flics partout. Une femme qui hurlait. C'était la femme de ménage qui avait découvert les corps.

Avec son ami ambulancier de l'hôpital de Georgetown, il s'était rué vers la maison. Un jeune flic était en faction devant la porte. « Pas la peine de courir. Ils n'ont pas besoin de vous. »

L'homme étendu sur le dos, une balle dans la tempe, devait être mort sur le coup. Le revolver se trouvait entre lui et la femme. Elle était tombée en avant et le sang de sa blessure à la poitrine maculait le tapis autour d'elle. Ses yeux encore ouverts, fixes, regardaient dans le vide, comme si elle se demandait ce qui était arrivé, comment c'était arrivé. Elle ne paraissait pas avoir plus de trente ans. Ses cheveux noirs étaient répandus sur ses épaules. Elle avait un visage mince, avec un nez délicat, des pommettes hautes. Une robe de chambre en soie jaune s'étalait autour d'elle, comme une robe du soir.

Il avait été le premier à se pencher sur la petite fille. Du sang séché collait ses cheveux roux qui avaient pris un ton brun rouge ; sa jambe droite saillait hors de la chemise de nuit à fleurs, l'os dressé en l'air.

Il s'était penché plus près. « Elle vit », avait-il murmuré. Affolement. Goutte à goutte. Ils avaient suspendu une bouteille de sang O négatif, appliqué un masque à oxygène sur la petite figure inerte, maintenu la jambe brisée avec une attelle. Il avait aidé à lui bander la tête, caressant doucement son front, sentant ses cheveux s'enrouler autour de ses doigts. Quelqu'un avait dit qu'elle s'appelait Kerry. « Si Dieu le veut, je te sauverai, Kerry, avait-il murmuré.

— Elle n'a aucune chance de s'en tirer », lui avait brutalement déclaré l'interne, en le repoussant. Les photographes de la police avaient pris des photos de la petite fille et des cadavres. Des marques de craie sur le tapis dessinaient la position des corps.

Depuis ce moment, il sentait que la maison était un lieu de péché et de mal, un endroit où deux innocentes fleurs, une jeune femme et sa petite fille, avaient été victimes d'une violence délibérée. Il avait montré la maison à Glory un jour, et lui avait raconté ce qui s'était passé ce matin-là.

La petite Kerry était restée dans le service de réanimation à l'hôpital de Georgetown pendant deux mois. Il était venu la voir aussi souvent qu'il le pouvait. Elle ne s'était jamais réveillée ; elle reposait, immobile, comme une poupée endormie. Il avait fini par comprendre qu'elle n'était pas appelée à vivre et avait cherché un moyen de l'envoyer à Dieu. Mais avant qu'il ne pût agir, on l'avait transportée dans un établissement de traitements de longue durée près de Boston, et quelque temps après, il avait appris qu'elle était morte.

Sa sœur avait eu une poupée. « Laisse-moi m'en occuper, avait-il supplié. On fera comme si elle était malade et je la soignerai. » La grosse main calleuse de son père l'avait frappé en plein visage. Le sang avait giclé de son nez. « Ça va te soigner, espèce de femmelette. »

Il commença à chercher la poupée de Glory dans la chambre de Patricia Traymore. Il ouvrit la penderie, examina les étagères et le sol ; elle ne s'y trouvait pas. Plein d'un ressentiment amer, il remarqua les vêtements coûteux. Des chemisiers en soie, des tenues d'intérieur, des robes, le genre de tailleur que l'on voit sur les publicités dans les magazines. Glory portait des jeans et des sweaters la plupart du temps, et elle les achetait au Prisunic. Les pensionnaires de l'hospice étaient en général vêtues de chemises de nuit en flanelle et de robes de chambre trop larges qui emmaillotaient leurs corps sans forme. L'une des robes d'intérieur de Patricia Traymore le plongea dans l'étonnement. C'était une tunique de lainage marron avec une cordelière. On aurait dit un habit de moine. Il la sortit de la penderie et la tint devant lui. Ensuite, il fouilla de fond en comble les tiroirs de la commode. Toujours pas de poupée. Si elle se trouvait encore dans la maison, ce n'était pas dans cette chambre. Il ne pouvait pas perdre autant de temps. Il regarda dans les penderies des chambres vides et descendit au rez-de-chaussée.

Patricia avait laissé de la lumière dans le couloir, ainsi que dans la bibliothèque et dans le salon – elle avait même laissé allumées les guirlandes du sapin de Noël. C'était une fieffée gaspilleuse, s'irrita-t-il. Comment osait-elle dépenser autant d'énergie alors que les vieilles gens n'avaient même pas de quoi chauffer leur maison ? Et l'arbre était déjà sec. *Si une flamme s'en approchait, il prendrait feu et les branches crépiteraient et les décorations fondraient.*

L'une des décorations était tombée de l'arbre. Il la ramassa et la remit en place. On ne pouvait vraiment rien cacher dans le salon.

216

La bibliothèque fut la dernière pièce qu'il inspecta. Les classeurs étaient fermés à clé – c'est là qu'elle avait dû la mettre. Puis il remarqua le carton fourré sous la table de travail. Et sans pouvoir dire pourquoi, il *sut*. Il fut obligé de tirer de toutes ses forces pour sortir le carton, mais quand il l'ouvrit, son cœur battit de joie. La précieuse poupée de Glory se trouvait à l'intérieur.

Le tablier avait disparu ; tant pis, il ne pouvait perdre davantage de temps à le chercher. Il parcourut toutes les pièces, s'assurant qu'il n'avait laissé aucune trace de son passage. Il n'avait ni allumé ni éteint la lumière, ni touché à une seule porte. Il avait acquis une certaine expérience dans son travail à l'hospice. Bien sûr, si Patricia Traymore cherchait la poupée, elle saurait que quelqu'un était entré, mais le carton était repoussé au fond sous la table. Peut-être l'oublierait-elle pendant un certain temps.

Il sortirait comme il était entré – par la fenêtre de la chambre du premier étage. Patricia n'utilisait pas cette pièce ; elle n'y avait probablement pas jeté un seul coup d'œil depuis bien des jours.

Il avait pénétré dans la maison à dix-sept heures quinze. Les cloches de l'église près de l'université sonnèrent à dix-huit heures au moment où il glissait le long de l'arbre, traversait furtivement la cour et disparaissait dans la nuit.

La maison de l'ambassadeur était immense. Les murs entièrement blancs mettaient en valeur sa superbe collection de tableaux. De confortables canapés capitonnés et des tables anciennes de style anglais attirèrent l'œil de Pat. Un énorme sapin de Noël orné de décorations argentées se dressait devant les portes donnant sur la cour.

Un buffet somptueux était servi sur la table de la salle à manger : caviar et esturgeon, jambon de Virginie, dinde en gelée, petits pains chauds et salades. Deux serveurs remplissaient discrètement les coupes à champagne des invités.

L'ambassadeur Gardell, grand, élégant, couronné de cheveux blancs, accueillit Pat avec une exquise courtoisie et la présenta à sa sœur Rowena Van Cleef, qui vivait à présent avec lui. « Son baby-sitter, dit Mme Van Cleef à Pat, l'œil malicieux. Je n'ai que soixante-quatre ans. Edward en a quatre-vingt-deux. »

Il y avait une quarantaine d'invités. À mi-voix, Lila désigna à Pat les personnalités les plus connues. « L'ambassadeur de Grande-Bretagne et son épouse, Sir John et Lady Clemens... L'ambasseur de France... Donald Arien – il va prendre la direction de la Banque mondiale... Cet homme de haute taille, près de la cheminée, c'est le général Wilkins – il vient d'être nommé à la tête de l'OTAN... Le sénateur Whitlock – la femme qui l'accompagne n'est pas son épouse... »

Elle présenta Pat aux gens qui habitaient le voisinage. Surprise, Pat s'aperçut qu'elle était le point de mire de toute l'assemblée. Avait-on une indication sur l'auteur de l'effraction ? Le Président ne donnait-il pas l'impression de vouloir nommer le sénateur Jennings à la vice-présidence ? Était-il facile de travailler avec le sénateur ? Enregistraient-ils toute l'émission à l'avance ?

Gina Butterfield, la chroniqueuse du *Washington Tribune*, s'était négligemment approchée et écoutait avec avidité ce que disait Pat.

« Que quelqu'un soit entré chez vous pour y déposer une lettre de menace paraît absolument incroyable, fit-elle remarquer. Apparemment, vous n'y avez pas attaché beaucoup d'importance. »

Pat s'efforça de prendre un ton dégagé. « Nous avons tous pensé qu'il s'agissait d'un détraqué. Je suis désolée qu'on en ait tellement parlé. C'est particulièrement injuste à l'égard du sénateur. »

La chroniqueuse sourit. « Ma chère, c'est Washington. Vous ne croyez tout de même pas que l'on y passe sous silence des nouvelles aussi passionnantes. Vous semblez très confiante, mais à votre place, je serais paniquée si on était entré chez moi par effraction et si ma vie se trouvait menacée.

— Surtout dans cette maison, renchérit quelqu'un. Vous êtes sans doute au courant du meurtre-suicide des Adams ? »

Pat fixa les bulles de champagne dans sa coupe. « Oui, j'ai entendu parler de cette histoire. Mais elle s'est passée il y a si longtemps.

— Faut-il vraiment en parler aujourd'hui ? interrompit Lila. C'est la veille de Noël.

— Une minute, dit rapidement Gina Butterfield. *Adams. Le député Adams.* Vous voulez dire que Pat habite dans la maison où il s'est suicidé ? Comment la presse a-t-elle pu rater ça ?

— Quel rapport avec l'effraction ? » dit sèchement Lila.

Pat sentit qu'elle lui effleurait le bras dans un geste d'avertissement. Est-ce que son visage la trahissait ?

L'ambassadeur s'approcha de leur groupe. « Je vous en prie, venez vous servir au buffet », les invita-t-il.

Pat se tourna pour le suivre, mais la question que posait la journaliste à une autre invitée l'arrêta.

« Vous habitiez Georgetown à l'époque où ils sont morts ?

— Oui, bien sûr, répondit son interlocutrice. À deux maisons de la leur. Nous connaissions très bien les Adams.

— Je n'étais pas à Washington à cette époque, expliqua Gina Butterfield, mais bien sûr j'ai entendu tous les bruits qui ont couru. Est-il vrai que l'on n'a pas tout dit dans cette histoire ?

— Entièrement vrai. » Les lèvres de la femme s'écartèrent en un sourire sournois. « La mère de Renée, Mme Schuyler, a agi en *grande dame*. Elle a dit à la presse que sa fille s'était aperçue de l'échec de leur mariage et voulait divorcer de Dean Adams.

— Pat, venez manger quelque chose. » Le bras de Lila la pressait de s'éloigner.

« N'était-elle pas en train de divorcer ? demanda Gina.

— J'en doute, répondit l'autre d'un ton cassant. Elle était folle de Dean, malade de jalousie, lui reprochant ses activités. Une vraie nullité dans les réceptions. Incapable d'ouvrir la bouche. Et cette manie de jouer du piano huit heures par jour. Les

220

jours de chaleur, nous devenions tous fous à l'écouter. Et croyez-moi, ce n'était pas Myra Hess. Son jeu était des plus banals. »

Je n'en crois rien, pensa Pat. Je ne veux pas le croire. Que demandait Gina Butterfield maintenant ? Si Adams avait la réputation d'un homme à femmes ?

« Il était si séduisant que les femmes jouaient toujours le grand jeu pour lui. » La femme haussa les épaules. « Je n'avais que vingt-trois ans à l'époque, et j'avais un béguin fou pour lui. Il se promenait avec la petite Kerry le soir. Je m'arrangeais chaque fois pour les rencontrer, mais sans résultat. Je crois que nous devrions rejoindre les autres au buffet. Je meurs de faim.

— Le député Adams montrait-il des signes de déséquilibre ? demanda Gina.

— Bien sûr que non. La mère de Renée a inventé cette histoire. Elle savait ce qu'elle faisait. Souvenez-vous, il y avait leurs empreintes à tous les deux sur le revolver. Ma mère et moi avons toujours pensé que c'était probablement Renée qui avait perdu la tête et tiré dans tous les sens. Et quant à ce qui est arrivé à Kerry... Écoutez, il y avait une sacrée force dans ses longs doigts de pianiste ! Je ne serais pas étonnée que ce soit elle qui ait frappé cette pauvre enfant ce soir-là. »

20

Sam but une bière légère à petites gorgées, parcourant vaguement des yeux la foule qui se pressait au club de tennis de Palm Springs. Tournant la tête, il rencontra le regard de sa fille et lui sourit. Karen avait hérité du teint de sa mère ; mais avec sa peau bronzée, ses cheveux blonds paraissaient beaucoup plus clairs. Sa main reposait sur le bras de son mari. Thomas Walton Snow junior. Un très chic type, pensa Sam. Bon mari, brillant homme d'affaires. Sa famille était insupportablement mondaine au goût de Sam, mais il se réjouissait que sa fille fût bien mariée.

Depuis son arrivée, on l'avait présenté à plusieurs femmes extrêmement séduisantes d'une quarantaine d'années – des veuves, des divorcées, des femmes qui se consacraient à leur profession, toutes prêtes à choisir un homme pour le restant de leur vie. Cette seule raison suffisait à Sam pour se sentir de plus en plus insatisfait, incapable de se fixer, avec l'impression pénible de ne pas être à sa place.

Au nom du ciel, où était donc sa place ?

À Washington. Sa place était là. Il était content d'être auprès de Karen, mais n'avait que faire de ces gens qui plaisaient tellement à sa fille.

Mon enfant a vingt-quatre ans, pensa-t-il. Elle est heureuse en ménage. Elle attend un bébé. Je n'ai nulle envie de faire la connaissance de toutes les femmes sortables de plus de quarante ans qui peuplent Palm Springs.

« Papa, pourrais-tu s'il te plaît prendre un air un peu moins renfrogné ? »

Karen se pencha en travers de la table, l'embrassa et se rassit, le bras de Tom autour d'elle. Sam observa les visages attentifs et animés des membres de la famille de son gendre. Un jour ou l'autre, ils se lasseraient de lui. Il devenait un invité peu commode.

« Chérie, dit-il à Karen sur un ton confidentiel, tu m'as demandé si à mon avis le Président allait nommer le sénateur Jennings vice-président, et je t'ai répondu que je n'en savais rien. Mais je vais être franc. Je pense qu'elle obtiendra le siège. »

Tous les yeux convergèrent soudain vers lui.

« Demain, le soir de Noël, le sénateur donne un dîner à son domicile ; il sera en partie retransmis à la télévision. Elle souhaiterait ma présence. Si vous n'y voyez pas d'inconvénient, je pense que je devrais m'y rendre. »

Personne n'émit d'objection. Le beau-père de Karen alla chercher un horaire des vols. Si Sam quittait Los Angeles le lendemain matin par le vol de huit heures, il serait au National Airport vers seize heures trente, heure locale. Assister à cette réception télévisée devait être passionnant. Tout le monde attendait l'émission avec impatience.

Seule Karen resta silencieuse. Puis elle se mit à rire. « Papa, ne raconte pas d'histoires. On dit partout que le sénateur Jennings a le béguin pour toi. »

21

À vingt et une heures quinze, Pat et Lila revinrent en silence du réveillon chez l'ambassadeur. Ce ne fut qu'au moment d'arriver devant chez elles que Lila dit doucement : « Pat, vous ne pouvez savoir à quel point je regrette.

— Quelle était la part de vérité et d'exagération dans ce qu'a raconté cette femme ? Je dois le savoir. » Les phrases ne cessaient de tourner dans sa tête : névrosée... ses longs doigts robustes... homme à femmes... nous pensons qu'elle a frappé cette pauvre enfant... « J'ai vraiment besoin de connaître ce qui est vrai dans tout cela, répéta-t-elle.

— Pat, c'est une horrible commère. Elle savait parfaitement ce qu'elle faisait en parlant du passé attaché à cette maison avec la journaliste du *Washington Tribune*.

— Elle s'est trompée, bien sûr, dit Pat d'un ton monocorde.

— Trompée ? »

Elles étaient arrivées devant la grille de Lila. Pat regarda sa propre maison de l'autre côté de la rue.

Elle semblait lointaine et obscure malgré les lampes allumées au rez-de-chaussée. « Vous voyez, il n'y a qu'une chose dont je sois certaine de me souvenir. Lorsque j'ai pénétré en courant dans le salon ce soir-là, j'ai trébuché sur le corps de ma mère. » Elle se tourna vers Lila. « Regardez ce qui me reste : une mère névrosée qui au dire de tous me trouvait gênante et un père qui est devenu fou et a tenté de me tuer. Bel héritage, non ? »

Lila ne répondit pas. Le pressentiment d'un malheur imminent devenait plus intense. « Oh ! Kerry, je voudrais vous aider ! »

Pat lui pressa la main. « Vous m'aidez, Lila, dit-elle. Bonne nuit. »

Dans la bibliothèque, le voyant rouge du répondeur était allumé. Pat rembobina l'enregistrement. Il n'y avait qu'un seul appel sur la bande. « Ici Luther Pelham. Il est dix-neuf heures vingt. Nous avons un pépin. Quelle que soit l'heure à laquelle vous rentrez, appelez-moi au domicile du sénateur, 703/555-0143. Il faut absolument que vous veniez nous rejoindre ici même ce soir. »

La bouche soudain sèche, Pat composa le numéro. La ligne était occupée. Il lui fallut recommencer trois fois avant de l'obtenir. Toby répondit.

« C'est Pat Traymore, Toby. Que se passe-t-il ?

— Pas mal de choses. Où êtes-vous ?

— Chez moi.

— Bien. M. Pelham a une voiture qui attend pour passer vous prendre. Elle sera là dans dix minutes.

— Toby, que se passe-t-il ?

— Mademoiselle Traymore, c'est peut-être une chose dont vous devrez vous expliquer avec le sénateur. »

Il raccrocha.

Une demi-heure plus tard, la voiture de fonction du Câble envoyée par Luther s'arrêta devant la maison du sénateur Jennings à McLean.

Pendant le trajet, Pat s'était torturé la cervelle avec des suppositions sans fin, mais toutes ses pensées conduisaient à la même conclusion accablante : il était arrivé quelque chose qui portait atteinte au sénateur et la mettait dans l'embarras, et on l'en rendait responsable.

C'est un Toby au visage fermé qui lui ouvrit la porte et la conduisit dans la bibliothèque. Des formes silencieuses étaient réunies autour de la table en conseil de guerre, dans une atmosphère qui contrastait étrangement avec les poinsettias posés de part et d'autre de la cheminée.

Le sénateur Jennings, d'un calme glacial, visage de sphinx coulé dans du marbre, transperça Pat du regard. Philip se tenait à sa droite, ses longues mèches ternes et clairsemées inhabituellement décoiffées sur son crâne ovale.

Luther Pelham avait les pommettes marbrées de rouge. Il semblait au bord de l'attaque.

Ce n'est pas un procès, pensa Pat. C'est une instruction judiciaire. On a déjà décidé de ma culpabilité. Mais pourquoi ? Sans lui offrir de s'asseoir, Toby se laissa tomber de toute sa masse dans le dernier fauteuil autour de la table.

« Sénateur, dit Pat, il s'est passé quelque chose et il est évident que cela me concerne. Quelqu'un pourrait-il avoir l'amabilité de me mettre au courant ? »

Il y avait un journal au milieu de la table. Philip l'ouvrit et le poussa en direction de Pat. « Où ont-ils trouvé cette photo ? » questionna-t-il d'un ton froid.

Pat regarda fixement la première page du *National Mirror*. Le titre annonçait : MISS APPLE JUNCTION SERA-T-ELLE LA PREMIÈRE FEMME VICE-PRÉSIDENT ? La photo, dans toute la largeur de la page, était celle d'Abigail avec sa couronne de Miss Apple Junction, debout aux côtés de sa mère.

Agrandie, la photo révélait encore plus cruelle-ment la corpulence de Francey Foster. Sa chair rebondie tendait le tissu imprimé couvert de taches de sa robe mal coupée. Le bras autour d'Abigail montrait des bourrelets de graisse ; le sourire de fierté accentuait son double menton.

« Vous avez déjà vu cette photo, déclara Philip d'un ton cassant.

— Oui. » C'est affreux pour le sénateur, pensa-t-elle. Elle se souvint qu'Abby lui avait fait sèche-ment remarquer qu'elle avait passé plus de trente ans à tenter d'oublier Apple Junction. Sans tenir compte des autres, Pat s'adressa directement au sénateur. « Vous ne croyez tout de même pas que j'ai un rapport quelconque avec le fait que le *Mirror* a obtenu cette photo ?

— Écoutez, mademoiselle Traymore, répondit Toby, ne vous donnez pas la peine de mentir. J'ai découvert que vous aviez mis votre nez partout à Apple Junction, y compris dans les vieux numéros du journal. Je me trouvais chez vous le jour où

Saunders a appelé. » Il ne restait plus rien de respectueux dans l'attitude de Toby à son égard.

« J'ai dit au sénateur que vous étiez allée à Apple Junction contre ma volonté », gronda Luther.

Pat comprit le message. Abigail ne devait pas apprendre que Luther lui avait accordé l'autorisation de se rendre dans sa ville natale. Mais pour l'instant, cela n'avait aucune importance. Ce qui importait, c'était Abigail. « Sénateur, commença-t-elle, je comprends ce que vous devez ressentir... »

L'effet de ses paroles fut explosif. Abigail bondit sur ses pieds. « Vraiment ? Je croyais pourtant m'être montrée assez claire, mais laissez-moi vous le répéter. J'ai détesté chaque minute de mon existence dans cette sale ville. Luther et Toby se sont finalement décidés à me mettre au courant de ce que vous fabriquiez là-bas. Je sais donc que vous avez vu Jeremy Saunders. Que vous a dit ce bon à rien ? Que je devais passer par la porte de service et que ma mère était cuisinière. Je *parie* qu'il vous l'a raconté.

« Je crois que c'est vous qui avez fait publier cette photo, Pat Traymore. Et je vais vous dire pourquoi. Vous vous êtes mis dans la tête de tracer mon portrait à *votre* façon. Vous *aimez* les contes de Cendrillon. Dans les lettres que vous m'avez adressées, vous ne le laissiez que trop entendre. Et lorsque j'ai été assez stupide pour accepter cette émission, vous avez décidé de la réaliser comme vous l'entendiez, afin que chacun puisse parler du talent si prenant, si émouvant de

Patricia Traymore. Qu'importe si cela doit mettre en péril le travail d'une vie entière.

— Vous croyez que j'aurais fait publier cette photo afin de servir ma propre carrière ? » Pat les regarda l'un après l'autre. « Luther, le sénateur a-t-il déjà vu le découpage ?

— Oui.

— Et l'autre version ?

— Inutile d'en parler.

— Quelle autre version ? demanda Philip.

— Celle que j'avais demandé à Luther d'utiliser – et je vous assure qu'elle ne fait aucune allusion ni au premier prix de beauté, ni à la photo prise à cette occasion. Sénateur, vous avez raison dans un certain sens. Je veux réaliser cette émission à ma façon. Mais pour les meilleures raisons. Je vous ai énormément admirée. En vous écrivant, j'ignorais qu'il existait une chance que vous soyez nommée vice-président. Je pensais à l'avenir et espérais que vous seriez un candidat sérieux pour les présidentielles l'an prochain. »

Pat s'arrêta pour reprendre son souffle, puis poursuivit d'un ton rapide. « Je voudrais que vous repreniez la première lettre que je vous ai adressée. J'y exprimais clairement ma pensée. Votre unique problème est de paraître froide et distante aux yeux du public américain. Cette photo est un bon exemple. Apparemment, vous en avez honte. Mais regardez l'expression du visage de votre mère. Elle est *si* fière de vous ! Elle est grosse – est-ce cela qui vous ennuie ? Des millions de gens sont trop gros, et à la génération de votre mère, les personnes âgées l'étaient encore davantage. À votre place, je répondrais ainsi aux questions qui vous seront posées : il s'agissait d'un concours de beauté et vous avez voulu y participer car votre mère avait terriblement envie que vous le gagniez. Pas une mère au monde ne vous en voudra pour cela. Luther peut vous montrer le reste de mes propositions pour cette émission. Mais je vais vous dire une chose. Si vous n'êtes pas nommée vice-président, ce ne sera pas à cause de cette photo ; ce sera à cause de votre réaction en la voyant, et parce que vous aurez eu honte de votre passé.

« Je vais demander au chauffeur de me raccompagner chez moi », termina-t-elle. Puis, les yeux étincelants, elle se tourna vers Luther. « Vous pouvez me téléphoner dans la matinée pour me faire savoir si vous avez encore besoin de moi. Bonne nuit, Sénateur. »

Elle se tourna pour partir. La voix de Luther l'arrêta. « Toby, ôtez vos fesses de cette chaise et allez faire du café. Pat, asseyez-vous et tâchons d'arranger ce gâchis. »

Il était une heure trente quand Pat rentra chez elle. Elle enfila une chemise de nuit et une robe de chambre, se prépara du thé, apporta sa tasse dans le salon et se pelotonna sur le canapé.

Le regard fixé sur le sapin de Noël, elle passa en revue la journée. Si elle admettait ce que disait Catherine Graney, tous ces on-dit à propos du grand amour entre Abigail et Willard étaient mensonge. Si elle croyait ce qu'elle avait entendu au cours de la soirée chez l'ambassadeur, sa mère était une névrosée. Si elle écoutait le sénateur

Jennings, tout ce que lui avait raconté Jeremy Saunders n'était que calomnies sans fondement.

C'était lui qui avait envoyé la photo d'Abigail au *Mirror*. Il était bien capable d'une telle intention de nuire.

Elle avala une dernière gorgée de thé et se leva. Réfléchir davantage ne servirait à rien. Elle se dirigea vers le sapin, tendit la main pour éteindre les lumières, puis s'arrêta. En prenant un sherry avec Lila, il lui avait semblé qu'une des décorations avait glissé d'une branche et était tombée par terre. J'ai dû me tromper, se dit-elle.

Elle haussa les épaules et monta se coucher.

22

À neuf heures quinze, le matin de Noël, Toby attendait dans la cuisine d'Abigail Jennings que le café eût fini de passer. Il espérait pouvoir en prendre une tasse avant l'apparition du sénateur. À dire vrai, il la connaissait depuis qu'ils étaient mômes, mais aujourd'hui, il aurait été incapable de prédire quelle serait son humeur. La nuit avait été plutôt mouvementée. Il ne l'avait vue que deux fois dans un tel état, et il préférait ne plus y penser.

Après le départ de Pat Traymore, Abby, Pelham et Phil étaient restés autour de la table durant une heure encore, à chercher quelle attitude adopter. Ou, pour être plus exact, Abby s'était mise en rogne contre Pelham, lui répétant une douzaine de fois qu'à son avis Pat Traymore travaillait pour Claire Lawrence, que d'ailleurs Luther en faisait peut-être autant.

Même de la part d'Abigail, c'était exagéré, et Toby était surpris que Pelham eût encaissé sans rien dire. Plus tard, Phil en avait donné la raison : « Écoutez, Pelham est la vedette de l'information télévisée dans ce pays. Il a fait fortune. Mais il a soixante ans, et ça ne l'intéresse plus. Maintenant, il veut devenir Edward R. Murrow, qui a terminé sa carrière à la tête de l'agence de presse des États-Unis. Pelham veut cette place à tout prix. Un prestige énorme et pas de bagarre pour les taux d'écoute. Le sénateur l'aidera à condition qu'il en fasse autant. Et il sait qu'elle a raison de fulminer contre la façon dont se déroule la préparation de cette émission. »

Toby dut se ranger à l'avis de Pelham. Qu'on le veuille ou non, les dégâts étaient faits. Soit l'émission était réalisée en incluant Apple Junction et le concours de beauté, soit elle aurait l'air d'une farce.

« Vous ne pouvez pas prétendre ignorer cette couverture du *National Mirror*, n'avait cessé de répéter Pelham à Abby. Ce journal est acheté par quatre millions de lecteurs et en touche bien plus. Dieu seul sait combien ! Cette photo va être reproduite dans toute la presse à sensation de ce pays. Il faut décider ce que vous allez leur dire à titre d'explication.

— *Leur dire ?* s'était exclamée Abby. Je leur dirai la vérité ; mon père était un ivrogne et la seule chose sensée qu'il ait jamais faite a été de mourir lorsque j'avais six ans. Ensuite, je peux ajouter que ma corpulente mère avait la mentalité d'une laveuse de vaisselle et que sa plus grande ambition était de me voir devenir Miss Apple Junction et bonne cuisinière. C'est exactement le genre de passé qui convient à un vice-président, ne trouvez-vous pas ? » Elle avait versé des larmes de rage.

Abigail n'était pas du genre pleurnicheur. Toby se souvenait seulement de ces rares occasions...

Il avait dit ce qu'il pensait. « Abby, écoutez-moi. Vous êtes bouleversée par cette photo de Francey ; reprenez-vous et ralliez-vous à la suggestion de Pat Traymore. »

Elle s'était calmée. Elle avait confiance en lui.

Il entendit le pas d'Abigail dans le couloir. Il était impatient de voir comment elle était habillée. Pelham estimait lui aussi qu'elle devait se montrer à la messe de Noël à la cathédrale, vêtue d'une tenue photogénique, mais pas trop élégante. « Laissez votre vison à la maison », avait-il dit.

« Bonjour, Toby. Joyeux Noël. » Le ton était narquois, mais mesuré. Avant même de se retourner, il sut qu'Abby avait retrouvé son sang-froid.

« Joyeux Noël, Sénateur. » Il pivota sur lui-même. « Hé ! Vous êtes magnifique ! »

Elle portait un tailleur sport croisé rouge vif. La veste lui venait jusqu'au bout des doigts. La jupe était plissée.

« J'ai l'air de l'assistante du Père Noël », dit-elle sèchement. Mais bien qu'elle parût d'humeur revêche, il y avait une inflexion moqueuse dans sa voix. Elle prit sa tasse de café et la leva pour porter un toast. « On va s'en tirer encore une fois, n'est-ce pas, Toby ?

— Et comment ! »

Ils l'attendaient à la cathédrale. Dès qu'Abigail sortit de la voiture, un reporter de la télévision tendit un micro dans sa direction.

« Joyeux Noël, Sénateur.

— Joyeux Noël, Bob. » Abby était intelligente, se dit Toby. Elle s'était appliquée à connaître tous les journalistes de la télévision et de la presse, quelle que fût leur importance.

« Sénateur, vous êtes sur le point de vous rendre à la messe de Noël à la cathédrale nationale. Avez-vous une prière particulière à adresser à Dieu ? »

Abby hésita juste le temps qu'il fallait. Puis elle dit : « Bob, je suppose que nous prions tous pour la paix dans le monde, n'est-ce pas ? Je dédierai ensuite ma prière à ceux qui ont faim. Ne serait-il pas merveilleux de savoir que chaque homme, chaque femme, chaque enfant sur terre va manger un bon repas ce soir ? » Elle sourit et rejoignit la foule qui s'engouffrait sous le porche de la cathédrale.

Toby remonta dans la voiture. Formidable, pensa-t-il. Il plongea la main sous le siège du conducteur et en tira les tableaux des courses. Les chevaux ne lui avaient guère été favorables ces derniers temps. Il était temps que la chance tournât.

Le service religieux dura une heure et quinze minutes. À la sortie, un autre journaliste attendait le sénateur avec quelques questions difficiles. « Sénateur, avez-vous vu la couverture du *National Mirror* de cette semaine ? »

Toby venait de contourner la voiture pour ouvrir la porte. Il retint sa respiration, anxieux de voir comment Abigail allait s'en tirer.

Abby sourit – un large sourire, joyeux. « Oui, bien sûr.

— Qu'en pensez-vous, Sénateur ? »

Elle rit. « J'ai été surprise. Je dois dire que je suis plus habituée à être citée dans le *Congressional Record* que dans le *National Mirror*.

— La publication de cette photo vous a-t-elle ennuyée ou irritée, Sénateur ?

— Bien sûr que non. Pour quelle raison l'aurait-elle fait ? Comme la plupart d'entre nous en ces jours de fêtes, je suppose, je pense à ceux que j'aimais et qui ne sont plus auprès de moi. Cette photo me rappelle combien ma mère s'était réjouie de me voir gagner ce concours. J'y avais participé pour lui faire plaisir. Elle était veuve, vous savez, et m'a élevée seule. Nous étions extrêmement proches l'une de l'autre. »

Soudain ses yeux s'humidifièrent, ses lèvres tremblèrent, elle baissa rapidement la tête et entra dans la voiture. Avec un claquement décisif, Toby referma la portière derrière elle.

Le voyant du répondeur clignotait lorsque Pat revint de la messe. Elle appuya machinalement sur le bouton de rembobinage jusqu'à l'arrêt de la bande. Puis elle pressa le bouton d'écoute.

Les trois premiers correspondants n'avaient pas laissé de message. Puis ce fut le tour de Sam, la voix tendue. « Pat, j'ai essayé de vous joindre. Je prends un avion pour Washington. Je vous verrai ce soir chez Abigail. »

On pouvait difficilement se montrer plus aimant ! Sam avait prévu de passer la semaine avec Karen et son mari. Et le voilà qui revenait en toute hâte. Abigail avait dû le presser de figurer parmi ses amis intimes à son dîner de Noël. Il y *avait* quelque chose entre eux ! Abigail avait huit ans de plus que lui, mais ne les paraissait pas. Bien des hommes épousaient des femmes plus âgées qu'eux.

Luther avait également appelé. « Continuez à travailler sur la seconde version du découpage. Trouvez-vous chez le sénateur à quatre heures de l'après-midi. Si les journaux vous interrogent au sujet de la photo dans le *Mirror*, répondez que vous ne l'avez pas vue. »

Le message suivant commença d'une voix basse, émue. « Mademoiselle Traymore – euh, Pat. Vous m'avez peut-être oubliée. (Un silence.) Mais non, vous vous souvenez sûrement de moi. Seulement, vous rencontrez tellement de gens, n'est-ce pas ? (Nouveau silence.) Il faut que je me dépêche. Je suis Margaret Langley. La directrice… à la retraite bien sûr… de l'école d'Apple Junction. »

Le temps du message était épuisé. Agacée, Pat se mordit la lèvre.

Mlle Langley avait rappelé. Cette fois, elle parla précipitamment. « Pour en savoir plus, rappelez-moi au 518/555-2460. » Il y eut un bruit de respiration hésitante. Puis Mlle Langley ajouta soudain : « Mademoiselle Traymore, j'ai eu des nouvelles d'Eleanor aujourd'hui. »

Mlle Langley répondit dès la première sonnerie. Pat eut à peine le temps de se présenter. « Mademoiselle Traymore, après toutes ces années, j'ai reçu des nouvelles d'Eleanor. Au moment où je revenais de l'église, le téléphone a sonné et elle m'a dit "allô" de sa voix douce et timide et nous nous sommes toutes les deux mises à pleurer.

238

— Mademoiselle Langley, où est Eleanor ? Que fait-elle ? »

Un silence ; puis Margaret Langley parla lentement, comme si elle choisissait les mots précis. « Elle ne m'a pas dit où elle se trouve. Elle a dit qu'elle va beaucoup mieux et qu'elle ne veut pas rester cachée pendant le reste de ses jours. Elle pense se livrer à la police. Elle sait qu'elle retournera en prison – elle a violé ses obligations. Mais cette fois-ci, elle aimerait que je vienne la voir.

— Se livrer à la police ! » Pat se souvint du visage désespéré, comme frappé de stupeur, d'Eleanor après sa condamnation. « Que lui avez-vous répondu ?

— Je l'ai suppliée de vous téléphoner. Je pensais que vous auriez la possibilité de faire rétablir sa libération conditionnelle. » Soudain, la voix de Margaret Langley se brisa. « Mademoiselle Traymore, je vous en prie, ne laissez pas cette enfant repartir en prison.

— Je vais essayer, promit Pat. J'ai un ami, un député, qui nous aidera. Mademoiselle Langley, s'il vous plaît, pour l'amour d'Eleanor, savez-vous où je peux la joindre ?

— Non, sincèrement, je l'ignore.

— Si elle vous rappelle, priez-la de me contacter avant de se rendre. Elle sera dans une bien meilleure position pour négocier.

— Je savais que vous accepteriez de nous aider. Je savais que vous étiez quelqu'un de bien. » Le ton de Margaret Langley changea. « Je veux vous dire combien je suis touchée que ce gentil M. Pelham m'ait téléphoné pour m'inviter à

participer à votre émission. On vient m'interviewer et m'enregistrer demain matin. »

Ainsi, Luther avait aussi suivi cette suggestion.
« J'en suis ravie. » Pat essaya d'avoir l'air enthousiaste. « Maintenant, n'oubliez pas de dire à Eleanor
de me téléphoner. »

Elle reposa lentement le récepteur. Si Eleanor
Brown était aussi timide que le disait Margaret
Langley, se livrer à la police représentait un acte
de courage démesuré. Mais il serait terriblement
délicat pour Abigail Jennings que, dans les prochains jours, on reconduise cette jeune femme
vulnérable en prison, surtout si elle persistait à
affirmer qu'elle était innocente du vol commis
dans le bureau du comité électoral.

23

Arthur perçut une atmosphère de tension en longeant le couloir de l'hospice et fut immédiatement sur ses gardes. L'établissement semblait paisible. On avait disposé les arbres de Noël et les chandeliers de Hanukkah sur les tables à jeu en feutre recouvertes de neige artificielle. Il y avait des cartes de vœux sur toutes les portes des chambres des patients. La stéréo diffusait des chants de Noël dans la salle de repos. Mais quelque chose clochait.

« Bonjour, madame Harnick. Comment vous sentez-vous ? » Elle avançait lentement dans son fauteuil roulant, sa silhouette d'oiseau penchée en avant, ses cheveux clairsemés encadrant son visage au teint terreux.

« Ne m'approchez pas, Arthur, dit-elle, la voix frémissante. Je leur ai dit que vous sortiez de la chambre d'Anita, et je sais que je ne me trompe pas. »

Il toucha le bras de Mme Harnick, mais elle eut un mouvement de recul. « Bien sûr que j'étais dans la chambre de Mme Gillespie, dit-il. Nous étions bons amis, elle et moi.

— Elle n'était pas votre amie. Elle avait peur de vous. »

Il s'efforça de dissimuler sa colère. « Écoutez, madame Harnick...

— Je sais ce que je dis. Anita voulait rester en vie. Sa fille Anna Marie devait passer la voir. Elle n'était pas venue dans l'Est depuis deux ans. Anita disait que cela lui serait égal de mourir du moment où elle aurait revu Anna Marie. Elle ne s'est pas arrêtée de respirer comme ça. Je le leur ai dit. »

L'infirmière en chef, Élisabeth Sheehan, était assise à un bureau à mi-chemin dans le couloir. Il la détestait. Elle avait un visage sévère, et des yeux bleu-gris qui devenaient gris acier sous l'effet de la colère. « Arthur, avant de commencer vos visites, passez au bureau, je vous prie. »

Il la suivit dans le bureau administratif de l'hospice, l'endroit où les familles venaient prendre des dispositions pour se débarrasser de leurs vieux parents. Mais aujourd'hui, il n'y avait personne, à part un jeune homme au visage poupin vêtu d'un imperméable, avec des chaussures qui avaient besoin d'un bon coup de brosse à reluire. Il avait un sourire aimable et une attitude très amicale, mais Arthur ne se laissa pas abuser.

« Je suis le commissaire Barrot », dit-il.

Le directeur de l'hospice, le Dr Cole, était également présent.

« Asseyez-vous, Arthur, dit-il, s'efforçant de prendre une voix aimable. Merci, mademoiselle Sheehan, il est inutile que vous restiez. »

Arthur prit place sur une chaise à dos droit sans oublier de joindre les mains sur les genoux et de paraître légèrement étonné, comme s'il n'avait aucune idée de ce qui l'attendait. Il s'était exercé à se tenir ainsi devant la glace.

« Arthur, Mme Gillespie est morte mardi dernier », dit le commissaire Barrot.

Arthur hocha la tête et prit l'air désolé. Il remercia soudain le ciel d'avoir rencontré Mme Harnick dans le couloir. « Je sais. J'aurais tellement voulu qu'elle reste en vie un peu plus longtemps. Sa fille était sur le point de venir lui rendre visite, et elle ne l'avait pas vue depuis deux ans.

— Vous le saviez ? demanda le Dr Cole.

— Bien sûr. Mme Gillespie me l'avait dit.

— Je comprends. Nous ignorions qu'elle vous avait parlé de la visite de sa fille.

— Docteur, vous savez le temps que cela prenait de nourrir Mme Gillespie. Parfois elle avait besoin de se reposer et nous bavardions.

— Arthur, vous êtes-vous senti soulagé de voir Mme Gillespie mourir ? demanda le commissaire Barrot.

— Je suis soulagé qu'elle soit morte avant que son cancer n'ait empiré. Elle aurait souffert le martyre, n'est-ce pas, docteur ? » Il regarda alors le Dr Cole, en ouvrant de grands yeux.

« C'est possible, oui, dit le Dr Cole à contrecœur. Bien sûr, on ne sait jamais…

— Mais j'aurais voulu que Mme Gillespie vive assez longtemps pour voir Anna Marie. Il nous arrivait souvent de prier pour cela, elle et moi. Elle me demandait de lui lire les prières pour une grâce particulière dans son *Missel de saint Antoine*. »

Le commissaire Barrot l'examinait attentivement. « Arthur, vous êtes-vous rendu dans la chambre de Mme Gillespie lundi dernier ?

— Oh ! oui, j'y suis entré juste avant la tournée d'inspection de l'infirmière Krause. Mais Mme Gillespie n'avait besoin de rien.

— Mme Harnick a dit qu'elle vous avait vu sortir de la chambre de Mme Gillespie à quatre heures moins cinq. Est-ce exact ? »

Arthur avait préparé sa réponse. « Non, je ne suis pas entré. J'ai *regardé* dans sa chambre, mais elle dormait. Elle avait passé une mauvaise nuit et je m'inquiétais à son sujet. Mme Harnick m'a vu passer la tête dans sa chambre. »

Le Dr Cole se renversa dans son fauteuil. Il semblait soulagé.

La voix du commissaire Barrot s'adoucit. « Mais l'autre jour, vous avez dit que Mme Harnick s'était trompée.

— Non. On m'a demandé si *j'étais entré* deux fois dans la chambre de Mme Gillespie. J'ai dit non. Mais en y repensant par la suite, je me suis souvenu que j'avais passé la tête par la porte. Vous voyez, nous avions tous les deux raison, Mme Harnick et moi. »

Le Dr Cole souriait à présent. « Arthur est un de nos aides-infirmiers les plus dévoués, dit-il. Je vous l'avais dit, monsieur Barrot. »

Mais le commissaire ne souriait pas. « Arthur, y a-t-il beaucoup d'aides-infirmiers qui prient avec leurs patients ?

— Oh ! je pense être le seul ! Vous savez, j'ai été au séminaire autrefois. Je voulais devenir prêtre, mais je suis tombé malade et j'ai dû y renoncer. Dans un sens, je me considère comme un homme d'Église. »

Avec son regard doux et limpide, le commissaire Barrot encourageait les confidences. « Quel âge aviez-vous lorsque vous êtes entré au séminaire, Arthur ? demanda-t-il gentiment.

— J'avais vingt ans. Et j'y suis resté jusqu'à l'âge de vingt et un ans.

— Je vois. Dites-moi, Arthur, dans quel séminaire étiez-vous ?

— À Collegeville, dans le Minnesota, chez les bénédictins. »

Le commissaire Barrot sortit un carnet et y nota l'indication. Arthur se rendit compte trop tard qu'il en avait trop dit. Supposons que le commissaire Barrot se mette en rapport avec la communauté. Il apprendrait peut-être qu'on avait prié Arthur de s'en aller après la mort de frère Damian.

Cette pensée tracassa Arthur durant toute la journée. Le Dr Cole lui avait dit de retourner travailler, mais il sentait les regards soupçonneux que lui lançait l'infirmière Sheehan. Tous les patients le dévisageaient d'un air bizarre.

Lorsqu'il alla voir le vieux M. Thomas, il trouva sa fille auprès de lui. « Arthur, dit-elle, vous n'aurez plus à vous occuper de mon père. J'ai demandé à l'infirmière Sheehan de désigner un autre aide-infirmier pour prendre soin de lui. »

Il eut l'impression de recevoir une gifle en pleine figure. Pas plus tard que la semaine dernière, M. Thomas s'était plaint : « Je ne supporterai plus longtemps de me sentir aussi malade. » Arthur l'avait réconforté : « Peut-être Dieu ne vous le demandera-t-il pas, monsieur Thomas. »

Arthur s'efforça de garder un sourire enjoué en traversant la salle de détente pour aider M. Whelan qui tentait péniblement de se lever. Tout en faisant l'aller et retour jusqu'aux toilettes avec le pauvre homme, il sentit ses maux de tête le reprendre, une de ces douleurs aveuglantes qui faisaient danser des lumières devant ses yeux. Il savait ce qu'ils annonçaient.

En aidant M. Whelan à se rasseoir dans son fauteuil, il regarda le poste de télévision. L'écran était trouble ; et peu à peu un visage prit forme, le visage de Gabriel, tel qu'il apparaîtrait au jour du jugement dernier. Gabriel ne s'adressa qu'à lui : « Arthur, tu n'es plus en sécurité ici.

— Je comprends. » Il se rendit compte qu'il avait parlé à voix haute en entendant M. Whelan dire : « Chut ! »

Il descendit à son vestiaire, emballa soigneusement ses effets personnels, mais laissa son uniforme de rechange et ses vieilles chaussures. Il avait congé le lendemain et mercredi ; personne ne devinerait qu'il n'avait pas l'intention de revenir jeudi, à moins d'aller regarder dans son vestiaire pour une raison ou pour une autre et de le trouver vide.

Il enfila sa veste de sport, la marron et jaune qu'il avait achetée chez J. C. Penney l'année dernière. Il la laissait habituellement à l'hospice afin d'être présentable au cas où il irait retrouver Glory au cinéma ou ailleurs.

Dans la poche de son imperméable, il mit la paire de chaussettes au fond de laquelle il avait caché trois cents dollars. Il gardait toujours une réserve d'argent à sa disposition, ici et à la maison, en prévision d'un départ précipité.

La salle des vestiaires était froide et d'une propreté douteuse. Il n'y avait personne dans les parages. La plupart des employés avaient pris un jour de congé. C'était *lui* qui s'était porté volontaire pour travailler.

Il avait les mains fébriles et sèches ; la rancœur lui mettait les nerfs à vif. Ils n'avaient pas le droit de le traiter de la sorte. Ses yeux inquiets parcoururent la pièce nue. La plupart des fournitures étaient enfermées dans la grande remise, mais il y avait une sorte de placard fourre-tout près de l'escalier. Il était rempli de bouteilles et de boîtes de conserve appartenant aux employés chargés du nettoyage et de chiffons à poussière sales. Il pensa à tous ces gens en haut – Mme Harnick qui l'accusait, la fille de M. Thomas qui lui interdisait d'approcher son père, l'infirmière Sheehan. Comment osaient-ils chuchoter dans son dos, l'interroger, le rejeter !

Il trouva un bidon à moitié plein d'essence de térébenthine dans le placard. Il dévissa le bouchon et renversa le bidon sur le côté. Des gouttes de térébenthine s'écoulèrent lentement. Il laissa la porte du placard ouverte. Une douzaine de sacs à ordures étaient entassés à côté, en attendant qu'on les emportât à la décharge.

Arthur ne fumait pas, mais lorsque les visiteurs oubliaient des paquets de cigarettes à l'hospice, il les ramenait toujours pour Glory. Il prit une Salem dans sa poche, l'alluma, tira plusieurs bouffées pour s'assurer qu'elle ne s'éteindrait pas, détacha le cordon de l'un des sacs poubelles et jeta la cigarette à l'intérieur.

Ce ne serait pas long. La cigarette allait se consumer ; puis le sac entier prendrait feu ; les autres suivraient et la térébenthine alimenterait l'incendie. Les chiffons dans le placard provoqueraient une fumée épaisse, et le temps que le personnel s'évertue à sortir les vieillards, l'immeuble serait complètement détruit. On parlerait d'un accident dû à une négligence : une cigarette allumée dans une poubelle, un incendie provoqué par un bidon de térébenthine qui avait coulé d'une étagère – si les enquêteurs parvenaient seulement à rassembler autant d'éléments.

Il renoua le sac, sentant ses narines frémir, son corps se raidir tandis qu'il respirait la légère et agréable odeur de brûlé ; puis il se rua dehors et dévala la rue en direction du métro.

Installée sur le divan du living-room, Glory lisait quand Arthur rentra chez lui. Elle portait une jolie robe d'intérieur en laine bleue, avec une fermeture Éclair qui remontait jusqu'au cou et d'amples manches longues. Le roman qu'elle lisait était un best-seller qui avait coûté 15 $ 95. Jamais dans toute sa vie Arthur n'avait dépensé plus d'un dollar pour un livre. Glory et lui allaient chez les revendeurs de livres d'occasion, feuilletaient quelques ouvrages, et revenaient à la maison avec six ou sept volumes. Puis ils s'installaient confortablement pour lire, heureux. Mais les bouquins cornés aux couvertures tachées qu'ils avaient pris plaisir à acheter paraissaient pauvres et minables à côté de ce livre à la couverture glacée et aux pages neuves et lisses. Les filles du bureau le lui avaient offert.

Glory lui avait préparé un poulet rôti, de la sauce aux airelles et des muffins chauds. Mais manger seul un dîner de Noël n'était pas un plaisir. Elle avait dit qu'elle n'avait pas faim. Elle semblait plongée dans ses pensées. Il l'avait surprise à plusieurs reprises, les yeux fixés sur lui, l'air interrogateur et inquiet. Son regard lui rappela celui de Mme Harnick. Il ne voulait pas que Glory eût peur de lui.

« J'ai un cadeau pour toi, lui dit-il. Je suis sûr qu'il te fera plaisir. » Hier, au magasin discount, dans le centre commercial, il avait trouvé un tablier blanc à fronces, et mises à part quelques taches sur la robe, la poupée Raggedy Ann était comme avant. Il avait également acheté du papier cadeau et des rubans d'emballage pour lui donner un air de véritable cadeau.

« Moi aussi, j'ai quelque chose pour toi, Père. »

Ils échangèrent gravement leurs présents. « Ouvre la première », dit-il. Il voulait voir sa réaction. Elle allait être tellement heureuse.

« Bon. » Elle sourit ; il remarqua que ses cheveux avaient éclairci. Les avait-elle fait décolorer ?

Elle dénoua soigneusement le ruban, retira le papier, et le tablier à fronces apparut en premier. « Qu'est-ce... oh ! Père ! » Elle était stupéfaite. « Tu l'as retrouvée. Quel joli tablier neuf ! » Elle semblait contente, mais pas aussi folle de joie qu'il ne s'y attendait. Puis son visage devint pensif. « Regarde cette pauvre figure toute triste. C'est ainsi que je me voyais. Je me souviens du jour où je l'ai peinte. J'étais très malade, n'est-ce pas ?

— Tu la prendras à nouveau dans ton lit ? demanda-t-il. C'est pour cela que tu la voulais, n'est-ce pas ?

— Oh ! non ! Je voulais seulement la voir. Regarde ton cadeau. Je crois qu'il va te faire plaisir. »

C'était un beau chandail en laine bleu et blanc avec un col en V et des manches longues. « Je l'ai tricoté pour toi, Père, lui dit gaiement Glory. Tu te rends compte, j'ai enfin pu me mettre à un ouvrage et le terminer ! J'ai l'impression de commencer à m'en sortir. Il est temps, tu ne trouves pas ?

— Je t'aime telle que tu es, dit-il. J'aime m'occuper de toi.

— Mais bientôt, ce sera peut-être impossible. »

Ils savaient tous les deux ce qu'elle voulait dire.

C'était le moment de lui parler. « Glory, dit-il prudemment. Aujourd'hui, on m'a demandé de me charger d'un travail très spécial. Beaucoup d'hospices dans le Tennessee manquent de personnel et ont besoin de l'aide que j'apporte aux patients très malades. Ils veulent m'envoyer travailler dans un de ces établissements tout de suite.

— Partir ? Encore ? » Elle eut l'air consterné.

« Oui, Glory. J'accomplis les œuvres de Dieu, et c'est mon tour à présent de te demander ton aide.

250

Tu es un grand réconfort pour moi. Nous partirons jeudi matin. »

Il était certain de n'avoir rien à craindre jusquelà. Le feu aurait au moins mis l'hospice sens dessus dessous. Au mieux, ses dossiers personnels seraient brûlés. Mais même si l'incendie était étouffé avant d'avoir entièrement détruit l'hospice, la police mettrait un certain temps avant de pouvoir vérifier ses certificats et découvrir les longs intervalles entre ses emplois, ou apprendre la raison pour laquelle on lui avait demandé de quitter le séminaire. Lorsque le commissaire demanderait à l'interroger à nouveau, Glory et lui seraient partis.

Pendant un long moment, Glory resta silencieuse. Puis elle dit : « Père, si ma photo passe dans cette émission vendredi soir, j'irai me livrer à la police. Tout le monde la verra, et je ne peux plus continuer à me demander si quelqu'un me dévisage parce qu'il ou elle m'a reconnue. Sinon, je t'accompagnerai dans le Tennessee. » Ses lèvres se mirent à trembler, et il sut qu'elle était au bord des larmes.

Il s'approcha d'elle et lui tapota la joue. Il ne pouvait pas dire à Glory qu'il attendait jeudi pour s'en aller uniquement à cause de cette émission.

« Père, s'écria soudain Glory. Je commençais à me sentir heureuse ici. Je trouve injuste qu'on te demande tout le temps de faire tes paquets et de partir. »

251

24

À treize heures trente, Lila sonna à la porte de Pat. Elle portait un petit paquet. « Joyeux Noël !

— Joyeux Noël. Entrez. » Pat était sincèrement heureuse de cette visite. Depuis ce matin, elle s'interrogeait. Fallait-il ou non révéler à Luther qu'Eleanor était prête à se livrer à la police ? Comment aborder le sujet de Catherine Graney avec lui ? La perspective de poursuites judiciaires le ferait grimper au plafond.

« Je ne m'attarde pas, dit Lila. Je voulais juste vous apporter un cake aux fruits. L'une de mes spécialités. »

Pat la serra spontanément dans ses bras. « Je suis contente de vous voir. C'est très étrange de passer un après-midi de Noël aussi calme. Voulez-vous boire un verre de sherry ? »

Lila consulta sa montre. « Il faut que je sois partie à deux heures moins le quart. »

Pat la fit entrer pour la seconde fois dans le salon, prit une assiette, un couteau et des verres, versa le sherry et découpa de minces tranches de gâteau. « Exquis », appriécia-t-elle après en avoir, goûté un morceau.

« Il est bon, n'est-ce pas ? » admit Lila. Ses yeux firent rapidement le tour du salon. « Avez-vous changé quelque chose ici ?

— J'ai interverti deux tableaux. Je me suis aperçue qu'ils n'étaient pas à leur place.

— Que revoyez-vous au juste ?

— Certains détails. Je travaillais dans la bibliothèque. Puis quelque chose m'a poussée à venir ici. J'ai immédiatement su qu'il fallait inverser la nature morte et le paysage.

— Quoi encore, Pat ? Il y a autre chose.

— Je me sens terriblement nerveuse, dit-elle simplement. Et j'ignore pourquoi.

— Pat, je vous en prie, ne restez pas ici. Allez vous installer dans un appartement, à l'hôtel. » Lila joignit les mains d'un geste implorant.

« C'est impossible. Mais j'ai besoin de votre aide ; passiez-vous le jour de Noël ici ? Racontez-moi comment c'était.

— Vous aviez trois ans et demi la dernière année, et vous étiez tout à fait capable de comprendre ce que signifiait Noël. Ils étaient heureux de vous avoir. Ç'a été un jour de véritable bonheur.

— Il me semble parfois me souvenir un peu de cette journée. J'avais une poupée qui marche et j'essayais de me promener avec elle. Est-ce la réalité ?

— On vous avait donné une poupée qui marche cette année-là, oui.

— Ma mère a joué du piano au cours de l'après-midi, n'est-ce pas ?

— Oui. »

Pat se dirigea vers le piano, l'ouvrit. « Vous souvenez-vous du morceau qu'elle jouait ?

— Je suis sûre que c'était son air de Noël préféré : *les Cloches de Noël* !

— Je le connais. Veronica a tenu à me l'apprendre. Elle disait que ma grand-mère l'aimait beaucoup. » Ses doigts se mirent à effleurer lentement les touches.

Lila écouta sans quitter Pat du regard. Lorsque les dernières notes se turent, elle déclara : « Cela me paraît très proche de ce que jouait votre mère. Je vous ai dit que vous ressembliez à votre père, mais jamais je n'avais réalisé, jusqu'à cette minute, à quel point cette ressemblance était frappante. Une personne qui l'a bien connu ne peut manquer de faire le rapprochement. »

À quinze heures, l'équipe de télévision du Câble du Potomac arriva chez le sénateur Jennings pour filmer sa soirée de Noël.

Toby ne les quitta pas des yeux pendant qu'ils s'installaient dans le salon et dans la salle à manger, veillant à ce que rien ne fût cassé ou abîmé. Il savait combien Abby tenait à tout ce qui se trouvait dans cette maison.

Pat Traymore et Luther Pelham arrivèrent à une minute ou deux d'intervalle. Pat portait une robe de lainage blanche qui mettait en valeur sa silhouette. Ses cheveux étaient noués en une sorte de chignon. Toby ne l'avait jamais vue ainsi coiffée. Cela lui donnait un air à la fois étrange et familier. À qui lui faisait-elle donc penser ?

Elle semblait détendue, mais on voyait tout de suite que Pelham ne l'était pas. À peine arrivé, il s'en prit à l'un des opérateurs. Abigail était crispée, ce qui n'arrangeait rien. Dès le début, elle eut une prise de bec avec Pat Traymore. Pat voulait que l'on disposât les plats sur la table du buffet afin que l'on puisse filmer le sénateur en train de faire quelques aménagements de dernière minute. Abigail refusait de sortir les plats aussi tôt.

« Sénateur, obtenir exactement l'ambiance désirée prend du temps, lui dit Pat. Il sera beaucoup plus facile d'y parvenir avant qu'il n'y ait plein de monde autour de vous.

— Je ne veux pas voir mes invités transformés en figurants dans un film de série B, dit sèchement Abigail.

— Je propose donc que nous filmions la table maintenant. »

Toby constata que Pat ne cédait jamais lorsqu'elle désirait quelque chose. Luther fit remarquer qu'Abigail avait cuisiné les plats elle-même, et cela donna lieu à une autre querelle. Pat voulut que l'on fît une prise de vue du sénateur à ses fourneaux dans la cuisine.

« Sénateur, tout le monde pense que vous passez commande à un traiteur pour vos réceptions. Si l'on apprend qu'en réalité vous faites tout vous-même, cela vous gagnera l'affection de toutes les femmes condamnées à préparer trois repas par jour, sans parler des hommes et des femmes qui aiment tout simplement cuisiner. »

Abigail refusa catégoriquement, mais Pat insista : « Sénateur, nous sommes ici pour amener les gens à vous considérer comme un être humain. »

En fin de compte, ce fut Toby qui la convainquit d'accepter. « Allez, montrez-leur que vous êtes une habituée des cours de Tante Julia », l'encouragea-t-il.

Abby refusa de passer un tablier sur son chemisier et son pantalon haute couture, mais en la voyant préparer les hors-d'œuvre, on ne pouvait douter qu'elle fût une cuisinière hors-pair. Toby la regarda rouler la pâte pour les fonds de tarte, couper le jambon pour la quiche, assaisonner le crabe, ses longs doigts minces opérant comme par miracle. L'ordre régnait dans la cuisine d'Abby. Le mérite en revenait à Francey Foster.

Dès que les cameramen commencèrent à filmer, Abigail se détendit. À la deuxième prise, Pat déclara : « Sénateur, merci. Je suis certaine que nous avons ce que nous désirons. Cela se présente très bien. Maintenant, si vous voulez bien passer ce que vous comptez porter pour la soirée, nous continuerons devant la table. »

Toby était impatient de voir la tenue choisie par Abigail : elle n'avait cessé d'hésiter entre deux ensembles. Il fut heureux de la voir revenir vêtue d'un corsage en satin jaune qui se mariait avec le jaune de sa jupe en taffetas écossais. Ses cheveux coulaient doucement autour de son visage et le long de son cou. Le maquillage de ses yeux était plus prononcé que d'habitude. Elle était d'une surprenante beauté. En outre, elle rayonnait d'un éclat particulier. Toby savait pourquoi. Sam

Kingsley avait téléphoné qu'il serait présent ce soir.

Abby avait jeté son dévolu sur Sam Kingsley ; cela ne faisait aucun doute. Toby n'avait pas manqué de remarquer la façon dont elle suggérait à ses amis de le placer à côté d'elle dans les dîners. Quelque chose en lui rappelait Billy, et c'était ce qui attirait tellement Abby. Elle s'était bien comportée en public, mais la mort de Billy l'avait anéantie.

Toby savait que Sam ne l'appréciait guère. Mais c'était sans importance. Sam ne durerait pas plus longtemps que les autres. Abby était trop dominatrice pour la majorité des hommes. Soit ils se lassaient de supporter ses horaires et ses humeurs, soit ils s'y soumettaient et c'est elle qui se lassait d'eux. Toby, lui, ferait à jamais partie de la vie d'Abby. Elle serait désemparée sans lui, et elle le savait.

Tout en la regardant poser devant la table du buffet, le regret lui noua la gorge. Il se surprenait parfois à imaginer son existence s'il avait fait travailler sa cervelle à l'école au lieu de faire des coups ; s'il était devenu ingénieur au lieu de rester un bon à tout et à rien. Et s'il avait été bel homme comme cette chiffe de Jeremy Saunders, et non un gros lourdeau sans attrait…, qui sait ? Abigail aurait pu tomber amoureuse de lui.

Il repoussa cette pensée et revint à l'heure présente.

À dix-sept heures pile, la première voiture arriva. L'ex-juge de la Cour suprême et son épouse entrèrent une minute ou deux plus tard.

« Joyeux Noël, madame la Vice-Présidente », dit le juge.

Abigail l'embrassa à son tour chaleureusement. « Que le Seigneur vous entende », dit-elle en riant.

Les autres invités commencèrent à affluer. Les extra servirent le champagne et le punch. « Gardez les boissons fortes pour plus tard, avait recommandé Luther. Les États du Sud n'aiment pas voir leurs représentants servir de l'alcool. »

Sam arriva en dernier. Abigail alla lui ouvrir la porte. Le baiser qu'elle déposa sur sa joue fut plein de tendresse. Luther dirigeait la seconde caméra sur eux. Pat sentit son cœur flancher. Sam et Abigail formaient un couple exceptionnel – grands, cheveux blonds contre tête brune, équilibre subtil entre les fils gris de la chevelure de Sam et les fines rides autour des yeux d'Abigail.

Pat vit l'assistance se rassembler autour de Sam. Je pense à lui uniquement en tant que *Sam*, pensa-t-elle. Je ne l'ai jamais vu dans son milieu professionnel. Les choses s'étaient-elles déroulées ainsi entre son père et sa mère ? Ils s'étaient rencontrés en vacances à Martha's Vineyard. Ils s'étaient mariés le mois suivant, sans réellement connaître ni comprendre leur univers réciproque – et le désaccord s'était installé.

Mais je ne me disputerais pas avec vous, Sam. J'aime votre univers.

Abigail venait sans doute de plaisanter. Tout le monde éclata de rire. Sam lui sourit.

« C'est un joli plan, Pat, dit l'opérateur. Un peu de sentiment – vous voyez ce que je veux dire ?

C'est la première fois qu'on voit le sénateur Jennings avec un type. Les gens *aiment* ça. » Il était aux anges.

« Les amoureux font toujours plaisir à voir, répliqua Pat.

— Cela suffit, annonça soudain Luther. Laissons le sénateur et ses invités profiter d'un peu de tranquillité. Pat, vous irez filmer demain matin la séquence dans le bureau du sénateur. Je serai à Apple Junction. Vous savez ce dont nous avons besoin. » Il lui tourna le dos, comme s'il la congédiait.

Son attitude était-elle due à la photo parue dans le *Mirror* ou parce que Pat avait refusé de coucher avec lui ? Seul le temps le dirait.

Elle se faufila entre les invités, longea le couloir et entra dans le petit bureau où elle avait laissé son manteau.

« Pat. »

Elle se retourna. « Sam ! » Debout dans l'embrasure de la porte, il la regardait. « Ah, monsieur le Député. Mes meilleurs vœux. » Elle prit son manteau.

« Pat, vous ne partez pas ?

— Personne ne m'a priée de rester. »

Il s'approcha d'elle, lui ôta son manteau. « Que signifie cette histoire à propos de la couverture du *Mirror* ? »

Elle le mit au courant. « Et le sénateur de Virginie semble me soupçonner d'avoir refilé la photo à cette feuille de chou dans le seul but de me faire valoir dans cette émission. »

Il mit sa main sur son épaule. « Ce n'est pas vous, n'est-ce pas ?

— Vous me posez la question ! » Pouvait-il la croire capable d'avoir un rapport quelconque avec le *Mirror* ? S'il en était ainsi, il ne la connaissait pas. Ou peut-être était-il temps pour elle de se rendre compte que le Sam de ses pensées n'existait pas.

« Pat, je ne peux m'en aller tout de suite, mais je devrais arriver à m'échapper dans une heure. Rentrez-vous chez vous ?

— Oui. Pourquoi ?

— Je vous rejoindrai dès que possible. Nous irons dîner quelque part.

— Tous les restaurants corrects seront fermés. Restez, amusez-vous. » Elle voulut s'écarter de lui.

« Mademoiselle Traymore, si vous me donnez vos clés, je vais avancer votre voiture. »

Ils se séparèrent brusquement, gênés. « Toby, que diable faites-vous ici ? » s'écria Sam.

Toby le regarda d'un air impassible. « Le sénateur s'apprête à prier ses invités de passer à table, monsieur le Député, et elle m'a demandé de les rassembler. Elle m'a particulièrement chargé d'aller vous chercher. »

Sam tenait encore le manteau de Pat. Elle le lui prit des mains. « Je peux aller chercher ma voiture moi-même, Toby », dit-elle. Elle le regarda bien en face. Il se tenait dans l'embrasure de la porte, silhouette massive et sombre. Elle voulut passer devant lui, mais il ne bougea pas.

« *Puis-je ?* »

Il la fixait, l'air ailleurs. « Oh ! bien sûr. Pardon ! »
Il fit un pas de côté, et elle frôla inconsciemment le
mur pour éviter son contact en passant.

Pat conduisit à tombeau ouvert, en essayant de
chasser de son esprit l'élan avec lequel Abigail et
Sam s'étaient retrouvés, la façon dont les autres
invités semblaient presque les considérer comme
un couple. Il était huit heures moins le quart
lorsqu'elle arriva chez elle. Se félicitant d'avoir fait
cuire la dinde à tout hasard, elle se prépara un
sandwich et se versa un verre de vin. La maison
lui parut sombre et vide. Elle alluma les lampes
dans l'entrée, la bibliothèque, la salle à manger et
le salon, puis brancha les guirlandes lumineuses
du sapin.

La veille, le salon lui avait paru plus agréable,
plus accueillant. Ce soir, pour une raison inconnue,
il y régnait une atmosphère inquiétante, remplie
d'ombres. Pourquoi ? Les yeux de Pat furent
attirés par un brin de cheveu d'ange à peine
visible sur un motif coloré du tapis. Hier, en prenant un verre de sherry avec Lila, elle croyait
avoir vu une décoration avec un bout de cheveu
d'ange à cet endroit même sur le tapis. Il n'y avait
peut-être que le cheveu d'ange.

Le poste de télévision était installé dans la
bibliothèque. Elle s'y rendit avec son sandwich et
son verre de vin. Le Câble du Potomac donnait des
flashs d'information toutes les heures. Allaient-ils
montrer Abigail à l'église ?

Oui. Pat regarda sans émotion Abigail sortir de la
voiture, notant le tailleur rouge qui mettait si bien

en valeur son teint et ses cheveux, les yeux pleins de douceur tandis qu'elle formulait sa prière à l'intention de ceux qui ont faim. C'était la femme qu'elle avait tant admirée. Le présentateur annonça : « Par la suite, le sénateur Jennings a été interrogée sur sa photo en jeune reine de beauté parue cette semaine en couverture du *National Mirror*. » Une reproduction réduite de la couverture du *Mirror* apparut sur l'écran. « Les larmes aux yeux, le sénateur a évoqué le désir de sa mère de la voir participer à ce concours. Le Câble du Potomac souhaite au sénateur Abigail Jennings un très heureux Noël ; si sa mère connaissait sa réussite, nous sommes sûrs qu'elle serait très fière d'elle. »

« Seigneur Dieu ! » s'exclama Pat. D'un bond, elle se leva et éteignit la télévision. « Et Luther a le culot d'appeler ça des nouvelles ! Pas étonnant que les médias soient accusés de parti pris. »

Elle se mit fiévreusement à noter les déclarations contradictoires qu'elle avait entendues tout au long de la semaine :

D'après Catherine Graney, Abigail et Willard étaient sur le point de divorcer.

Le sénateur Jennings affirme qu'elle aimait passionnément son mari.

Eleanor a volé 75 000 dollars aux fonds du sénateur Jennings. Eleanor Brown jure qu'elle n'a pas volé cet argent.

*George Graney était un pilote de premier plan ; son
avion avait été soigneusement révisé avant le décollage.
Selon le sénateur Jennings, George Graney était un
pilote imprudent qui utilisait un matériel de second
ordre.*

Tout cela ne signifie rien, pensa Pat. Absolument rien.

Il était près de vingt-trois heures lorsque le
carillon de la porte d'entrée annonça l'arrivée de
Sam. À vingt-deux heures trente, prête à renoncer
à le voir, Pat était montée dans sa chambre ; puis
elle s'était dit que Sam aurait téléphoné s'il ne
devait pas venir. Elle avait passé un pyjama d'intérieur en soie à la fois confortable pour traîner chez
soi et suffisamment convenable pour recevoir des
invités. Elle s'était ensuite lavé le visage, mis une
ombre légère sur ses paupières et un soupçon de
brillant sur les lèvres. Pas question d'avoir l'air
d'un bonnet de nuit – surtout le soir où il vient de
quitter la reine de beauté.

Elle avait hâtivement suspendu les vêtements
qu'elle avait laissés éparpillés dans la pièce. Sam
était-il un homme ordonné ? Même cela, je
l'ignore, songea-t-elle. La seule nuit qu'ils avaient
passée ensemble ne leur avait certes pas donné
des indications sur leurs habitudes réciproques. En
rentrant dans la chambre du motel, elle s'était
lavé les dents avec la brosse pliante qu'elle gardait
toujours dans sa trousse de voyage. « Voilà exactement ce qu'il me faudrait », avait-il dit. Elle lui
avait souri dans la glace. « L'un de mes passages
préférés dans *Prisonnier du passé* est celui où le

263

pasteur demande à Smithy et à Paula s'ils s'aiment au point d'utiliser la même brosse à dents. » Elle avait passé la sienne sous l'eau chaude. « Elle est à vous. »

Cette brosse à dents se trouvait aujourd'hui dans un écrin en velours dans le premier tiroir de la coiffeuse. Certaines femmes gardent des roses séchées ou entourent leurs lettres de rubans. Elle avait conservé une brosse à dents.

Elle était en bas de l'escalier lorsque le carillon de l'entrée sonna. « Entrez, entrez, qui que vous soyez », cria-t-elle.

Sam avait l'air contrit. « Pat, je suis navré. Je n'ai pas pu m'échapper aussi vite que je l'espérais. Ensuite, je suis rentré chez moi en taxi, j'ai déposé mes valises et pris ma voiture. Vous allez vous coucher, peut-être ?

— Pas du tout. Si vous faites allusion à cette tenue, c'est en termes techniques un pyjama d'intérieur, et selon la brochure de Saks, l'idéal pour passer une soirée à la maison avec quelques amis.

— À condition de faire attention aux amis que vous recevez, insinua Sam. C'est un vêtement particulièrement sexy. »

Elle lui prit son manteau ; le fin lainage gardait encore le froid du vent de l'extérieur.

Il se pencha pour l'embrasser.

« Désirez-vous boire quelque chose ? » Sans attendre sa réponse, elle le fit entrer dans la bibliothèque et lui désigna le bar d'un geste. Il remplit deux petits verres de cognac et lui en tendit un.

« Je suppose que c'est toujours votre alcool pré-féré après le dîner ? »

Elle hocha la tête et choisit à dessein le fauteuil à dos évasé en face du canapé.

Sam s'était changé en passant chez lui. Il portait un chandail écossais dans les tons bleu et gris qui s'accordaient avec le bleu de ses yeux et les reflets gris de ses cheveux bruns. Il s'installa sur le canapé et Pat crut déceler une sorte de lassitude dans ses gestes, dans les rides autour de ses yeux.

« Comment s'est déroulée la soirée, après mon départ ?

— Rien de particulier. Il y a eu un grand moment tout de même. Le Président a téléphoné pour sou-haiter un bon Noël à Abby.

— *Le Président a téléphoné !* Sam, cela veut-il dire… ?

— À mon avis, il joue le jeu à fond. Il a proba-blement téléphoné aussi à Claire Lawrence.

— Vous pensez qu'il n'a pas pris de décision ?

— Je pense qu'il cherche encore à brouiller les pistes. Vous avez remarqué comment il a mis Abigail en vedette au dîner à la Maison-Blanche, la semaine dernièrc. Pourtant, il s'est rendu hier soir avec son épouse à un souper privé donné en l'honneur de Claire Lawrence.

— Sam, dans quelle mesure la couverture du *Mirror* peut-elle nuire au sénateur Jennings ? »

Il haussa les épaules. « Difficile à dire. Pour beaucoup, Abigail a un peu trop donné dans le genre aristocrate du Sud. Par ailleurs, cela peut la rendre simplement sympathique. Il y a un autre problème : cette publicité faite autour des menaces

265

que vous avez reçues a déclenché bon nombre de plaisanteries de couloir au Capitole – et elles portent toutes sur Abigail. »

Pat regarda son verre de cognac intact. Elle avait soudain la bouche sèche et amère. La semaine dernière, Sam s'était montré inquiet pour elle après l'effraction. Maintenant, il réagissait de la même manière qu'Abigail à toute cette histoire. Les choses en seraient plus faciles en un certain sens. « Si cette émission entraînait une publicité encore plus défavorable pour le sénateur Jennings, pourrait-elle lui coûter la vice-présidence ?

— Peut-être. Aucun Président, en particulier celui dont l'administration est irréprochable, ne prendra le risque de la voir entachée.

— C'est la réponse que je craignais. » Elle lui parla d'Eleanor Brown et de Catherine Graney. « Je suis perplexe, termina-t-elle. Faut-il conseiller à Luther d'éliminer ces deux sujets de l'émission ? Si je le fais, il devra en donner la raison au sénateur.

— Pas question d'accabler davantage Abigail, déclara Sam. Après le départ des autres, elle était franchement à bout.

— Après le départ des autres ? » Pat haussa un sourcil. « Vous voulez dire que vous êtes resté ?

— Elle me l'a demandé.

— Je vois. » Elle sentit le cœur lui manquer. Cela confirmait tout ce qu'elle avait supposé. « Donc, je ne dois rien dire à Luther.

— Autant que possible. Si cette fille…

— Eleanor Brown.

— Oui, si elle vous téléphone, persuadez-la d'attendre que j'essaye de négocier le rétablissement de sa libération conditionnelle. Dans ce cas, il n'y aurait aucune publicité, du moins jusqu'au moment où le Président annoncera son choix.

— Et Catherine Graney ?

— Laissez-moi consulter les dossiers concernant cet accident. Elle n'a sans doute aucun argument valable. Croyez-vous l'une ou l'autre de ces femmes capables d'être l'auteur des menaces que vous avez reçues ?

— Je n'ai jamais rencontré Eleanor. Je suis sûre que ce n'est pas Catherine Graney. Et n'oubliez pas que c'était une voix d'homme.

— C'est vrai. Il n'a pas rappelé ? »

Le regard de Pat se posa sur le carton dissimulé sous la table. Elle hésita, puis renonça à montrer la poupée Raggedy Ann à Sam. Elle ne voulait pas l'inquiéter davantage. « Non, il n'a pas rappelé.

— J'en suis heureux. » Il termina son cognac et posa le verre sur la table. « Je vais rentrer. La journée a été longue et vous devez être morte de fatigue. »

C'était l'occasion qu'elle attendait. « Sam, ce soir, en revenant de chez le sénateur, j'ai beaucoup réfléchi. Voulez-vous que je vous fasse part de mes pensées ?

— Certainement.

— Je suis venue à Washington avec trois buts précis et peu réalistes en tête. J'allais faire un reportage digne de remporter un Emmy sur une femme merveilleuse et admirable. J'allais trouver une explication à l'acte commis par mon père contre ma mère. Enfin, j'allais vous revoir et ce seraient les retrouvailles du siècle. Eh bien, aucun de ces trois objectifs n'a abouti comme je l'espérais. Abigail Jennings est un personnage politique de premier plan et un dirigeant sérieux, mais elle n'est pas sympathique. On m'a entraînée dans cette émission parce que mes idées préconçues sur Abigail convenaient à Luther Pelham et que ma réputation dans la profession rend crédible un reportage qui est avant tout une opération de relations publiques. Trop de choses ne concordent pas entre elles au sujet de cette femme, et cela me fait peur.

« Par ailleurs, je suis restée suffisamment longtemps ici pour apprendre que ma mère n'était pas une sainte, comme on m'avait incitée à le croire, et qu'elle a sans doute harcelé mon père jusqu'à le conduire à une sorte de folie passagère cette nuit-là. Ce n'est pas toute l'histoire – pas encore, mais je n'en suis pas loin.

« Et quant à nous, Sam, je vous dois des excuses. J'ai été bien naïve de croire que je représentais davantage pour vous qu'une amourette de passage. Que vous ne m'ayez jamais téléphoné après la mort de Janice aurait dû me le faire comprendre, mais je suppose que je suis lente à la détente. Vous pouvez cesser de vous inquiéter à partir de maintenant. Je ne vous embarrasserai plus avec d'autres déclarations d'amour. Il est clair qu'il existe quelque chose entre Abigail Jennings et vous.

— Il n'y a rien entre Abigail et moi !

— Mais si. Peut-être ne le savez-vous pas, mais c'est évident. Abigail vous *veut*, Sam. Un borgne s'en apercevrait. Et vous n'avez pas écourté brusquement vos vacances et traversé tout le pays à sa demande sans raison. Ne vous forcez pas à prendre des gants pour me laisser tomber. Franchement, Sam, tous ces discours pour expliquer votre lassitude et votre incapacité à prendre des décisions vous conviennent mal. Ce n'est plus la peine à présent.

— Je vous l'ai dit parce que c'est la *vérité*.

— Alors, secouez-vous. Ce n'est pas digne de vous. Vous êtes beau, viril, avec vingt ou trente belles années devant vous. » Elle parvint à sourire. « Peut-être la perspective de devenir grand-père choque-t-elle un peu votre ego ?

— Vous avez terminé ?

— Tout à fait.

— Alors, si vous n'y voyez pas d'inconvénient, je ne prolongerai pas ma visite. » Il se leva, le visage écarlate.

Elle lui tendit la main. « Il n'y a aucune raison de ne pas rester amis. Washington est une petite ville. C'est pourquoi vous m'avez téléphoné la première fois, non ? »

Il ne répondit pas.

Avec une certaine satisfaction, Pat l'entendit claquer la porte d'entrée en partant.

269

25

« S énateur, ils vont probablement vous demander de présenter l'émission *Today* », annonça Toby d'un ton joyeux. Il surveilla la réaction d'Abby dans le rétroviseur. Il la conduisait au bureau. À six heures trente du matin, le 26 décembre, il faisait encore nuit et un froid glacial.

« Je n'ai aucune envie de jouer les présentatrices dans *Today*, ni dans n'importe quelle autre émission d'ailleurs, déclara Abby d'un ton cassant. Toby, de quoi ai-je l'air ? Je n'ai pas fermé l'œil de la nuit. Toby, le Président m'a *téléphoné...* il m'a *téléphoné* en personne. Il m'a dit de me reposer pendant les vacances parlementaires de Noël parce que l'année prochaine serait très chargée. Qu'entendait-il par là ?... Toby. Je le sens. La vice-présidence. Toby, *pourquoi* n'ai-je pas suivi mon instinct ? *Pourquoi* ai-je laissé Luther Pelham m'entraîner dans cette émission ? Où avais-je la tête ?

— Sénateur, écoutez. Cette photo sera peut-être la meilleure chose qui vous soit arrivée. Cette laissée pour compte de Claire Lawrence n'a jamais

270

remporté aucun concours de beauté, vous pouvez en être sûre. Pat Traymore a peut-être raison. C'est le genre de truc qui peut vous rendre plus accessible... est-ce le terme exact ? »

Ils traversaient le pont Roosevelt et la circulation devenait plus dense. Toby se concentra sur la conduite. Lorsqu'il regarda à nouveau dans le rétroviseur, les mains d'Abby reposaient immobiles sur ses genoux. « Toby, j'ai tout fait pour y arriver.

— Je sais, Abby.

— C'est injuste de perdre uniquement parce que j'ai dû m'élever à la force du poignet.

— Vous n'allez pas perdre, Sénateur.

— Je ne sais pas. Quelque chose me tracasse chez Pat Traymore. Elle est parvenue à me faire une publicité détestable deux fois de suite en une semaine. Et elle en est plus responsable que nous le croyons.

— Sénateur, Phil a pris des renseignements sur elle. Elle s'intéresse à votre carrière depuis l'université. Elle a écrit un essai sur vous au cours de sa dernière année à Wellesley. On peut lui faire confiance. Elle n'a peut-être pas de chance, mais on peut lui faire confiance.

— Elle attire les ennuis. Je vous le dis, il y a autre chose chez cette fille. »

La voiture dépassa le Capitole et s'arrêta devant l'immeuble du Russel Senate Office. « Je serai là à l'heure, Sénateur, ct je vous le promets, je garde un œil sur Pat Traymore. Elle ne se mettra pas en travers de votre chemin. » Il s'élança hors de la voiture pour ouvrir la portière à Abby.

Elle prit la main qu'il lui tendait, sortit, puis d'un geste impulsif, elle crispa ses doigts sur les siens. « Toby, regardez les yeux de cette fille. Ils ont quelque chose... quelque chose de secret... comme si... »

Elle ne termina pas sa phrase. Mais pour Toby, ce n'était pas nécessaire.

À six heures, Philip attendait dans le bureau pour introduire Pat et l'équipe de télévision.

Les gardiens, l'œil endormi, et les femmes de ménage avec leur visage las et résigné étaient les seules personnes présentes à l'intérieur de l'immeuble. Dans le bureau d'Abigail, Pat et les cameramen se penchèrent sur le découpage de l'émission. « Cette séquence n'occupera que trois minutes, dit Pat. Je veux faire sentir que le sénateur arrive dans un bureau vide et se met au travail avant tout le monde. Ensuite, l'entrée de Philip qui vient lui résumer l'ordre du jour... un plan sur l'agenda, mais ne montrez pas la date... puis l'arrivée du personnel ; les appels téléphoniques qui commencent ; un plan sur le courrier du jour ; le sénateur en train de recevoir des gens de l'État de Virginie venus lui rendre visite ; le sénateur s'entretenant avec une électrice ; Phil qui entre et sort avec les messages. Vous voyez ce que je désire – l'envers du décor d'une journée de travail d'un sénateur. »

Lorsque Abigail arriva, tout était prêt. Pat expliqua comment elle voyait les premiers plans et le sénateur hocha la tête et regagna le couloir. Les caméras se mirent en route, Abigail tourna la clé dans la serrure. Elle avait l'air sérieux et absorbé. Elle ôta la cape en cachemire gris qu'elle avait passée sur son tailleur à rayures sobre et bien coupé. Même sa façon de passer ses doigts dans ses cheveux en enlevant son chapeau semblait naturelle, le geste d'une femme soucieuse de son apparence, mais que préoccupent des questions plus importantes.

« Coupez, dit Pat. Sénateur, c'est parfait, exactement ce que je voulais. » Son compliment spontané lui parut avoir une intonation condescendante.

Le sénateur Jennings eut un sourire indéfinissable. « Merci. Et maintenant ? »

Pat expliqua la scène avec le courrier, Phil et l'électrice Maggie Sayles.

Le tournage se déroula sans heurt. Pat ne fut pas longue à remarquer que le sénateur Jennings se présentait instinctivement sous le meilleur angle pour la caméra. Le tailleur rayé lui donnait un côté sérieux qui contrastait avec la jupe en taffetas du dîner de Noël. Elle portait des boucles d'oreilles en argent et une fine et modeste épingle de cravate également en argent sur le jabot de son chemisier de soie gris pâle. C'était le sénateur qui avait eu l'idée d'un plan large montrant les drapeaux des États-Unis et de Virginie dans son bureau, pour finir par le drapeau des États-Unis derrière elle en gros plan.

Pat regarda dans la caméra d'angle au moment où Abigail choisissait avec soin une lettre parmi le monceau de courrier empilé sur son bureau – une lettre couverte d'une écriture enfantine. Encore une preuve de ses qualités d'actrice, se dit Pat.

Quelle intelligence de sa part ! Puis entra l'électrice, Maggie – dont la mère avait trouvé une place à l'hospice grâce à Abigail. Le sénateur se leva précipitamment pour l'accueillir, l'embrassa affectueusement, la conduisit jusqu'à un fauteuil..., pleine d'entrain, de chaleur, de sollicitude.

Elle ne feint pas, pensa Pat. J'étais là le jour où elle a obtenu cette place à l'hospice, mais il y a tellement de mise en scène maintenant. Tous les hommes politiques sont-ils ainsi ? Suis-je simplement stupidement naïve ?

Ils terminèrent vers dix heures. Après avoir certifié à Abigail qu'ils avaient tout ce dont ils avaient besoin, Pat et l'équipe de prise de vues se préparèrent à partir. « Nous ferons le premier montage cet après-midi, dit Pat au chef-opérateur. On le visionnera ce soir avec Luther.

— Je crois que ça va être formidable, s'exclama-t-il.

— Ce sera une bonne émission. Je n'en demande pas plus », dit Pat.

26

Les yeux de Mme Gillespie, en train de devenir vitreux, n'avaient cessé de hanter les rêves d'Arthur. Le matin, il se réveilla fatigué, la tête lourde. Il se leva, prépara du café et serait sorti acheter des petits pains si Glory ne l'en avait dissuadé. « Je n'en veux pas, et lorsque je serai partie au bureau, tu devrais prendre un peu de repos. Tu n'as pas bien dormi, n'est-ce pas ?

— Comment le sais-tu ? » Il s'installa à la table, en face d'elle et la regarda s'asseoir en équilibre sur le bord de sa chaise.

« Tu n'as pas arrêté de crier. La mort de Mme Gillespie te chagrine-t-elle à ce point, Père ? Tu parlais souvent d'elle. »

Un frisson de peur le glaça. S'ils questionnaient Glory sur lui ? Que dirait-elle ? Sûrement rien dans l'intention de lui nuire, mais comment pourrait-elle savoir ? Il s'efforça de choisir soigneusement ses mots.

« Je suis seulement très triste qu'elle n'ait pu revoir sa fille avant de mourir. Nous le désirions tous les deux. »

Glory avala son café et se leva de table. Père, je voudrais que tu prennes un peu de vacances et de repos. Je crois que tu travailles trop.

— Je vais bien, Glory. Qu'est-ce que je disais dans mon sommeil ?

— Tu ne cessais de demander à Mme Gillespie de fermer les yeux. De quoi rêvais-tu ? »

Glory le regardait presque comme si elle avait peur de lui. Que savait-elle ? Soupçonnait-elle quelque chose ? Après son départ, il demeura le regard fixé sur sa tasse, préoccupé et soudain très las. Incapable de rester en place, il décida de sortir prendre l'air. La marche ne le calma pas. Après avoir longé quelques blocs, il fit demi-tour.

Arrivé au coin de sa rue, il remarqua une certaine agitation. Une voiture de police était arrêtée devant sa maison. Instinctivement, il se rua dans l'embrasure de la porte d'une maison vide et surveilla la rue de l'entrée. Qui cherchaient-ils ? Glory ? Lui ?

Il fallait qu'il prévînt Glory. Il lui donnerait rendez-vous quelque part et ils s'enfuiraient à nouveau. Il avait sur lui les trois cents dollars en liquide, et possédait six cent vingt-deux dollars à la banque à Baltimore sur un compte ouvert sous un autre nom. Cela devrait leur suffire jusqu'à ce qu'il obtienne un nouvel emploi. Trouver du travail dans un hospice ne posait pas de difficultés. Ils avaient toujours besoin d'aides-infirmiers.

Il se glissa le long de la maison, coupa à travers la cour voisine, courut jusqu'au coin de la rue et téléphona au bureau de Glory.

Elle était occupée sur une autre ligne. « Allez la chercher, ordonna-t-il à la fille d'un ton irrité. C'est important. Dites-lui que Père insiste. »

Lorsque Glory prit la communication, elle semblait agacée. « Père, que se passe-t-il ? »

Il lui raconta. Il s'était imaginé qu'elle allait pleurer ou se montrer bouleversée, mais il n'entendit rien à l'autre bout de fil – juste le silence. « Glory… ?

— Oui, Père. » Sa voix était calme, indifférente.

« Pars immédiatement, ne dis rien, pars comme si tu allais aux toilettes. Retrouve-moi au Metro Central, 12e Rue et sortie G. Nous serons loin avant qu'ils ne donnent l'alerte. Nous passerons prendre l'argent à la banque à Baltimore et nous irons ensuite vers le Sud.

— Non, Père. » Maintenant, Glory avait pris un ton énergique, assuré. « Je ne veux plus m'en aller. Merci, Père. Tu n'as pas besoin de t'enfuir à cause de moi. Je vais me rendre à la police.

— Glory. Non. Attends. Tout va peut-être s'arranger. Promets-le-moi. *Attends encore.* »

Une voiture de police roulait lentement dans la rue. Il ne pouvait plus perdre une minute. Tandis qu'elle murmurait : « Je promets », il raccrocha le téléphone et se précipita sous un porche. Lorsque la voiture fut passée, il enfonça ses mains au fond de ses poches et de son pas raide et déterminé se dirigea vers la station de métro.

Abigail semblait d'humeur plus agréable en regagnant sa voiture à dix heures et demie. Toby commença à parler, mais sentit vite qu'il valait mieux se taire, laisser Abby lâcher à sa guise ce qu'elle avait sur le cœur.

« Toby, je n'ai pas envie de rentrer tout de suite à la maison. Conduisez-moi au Watergate. J'y prendrai un second petit déjeuner.

— Bien sûr, Sénateur. » Il avait parlé d'un ton enjoué, comme si la demande était normale. Il savait pourquoi elle avait choisi cet endroit. Sam Kingsley habitait dans l'immeuble où était situé le restaurant. Une fois arrivée, elle téléphonerait probablement pour savoir s'il était chez lui et l'inviterait à descendre prendre une tasse de café avec elle.

Bon. Mais Kingsley et Pat Traymore ne parlaient pas de la pluie et du beau temps hier soir dans le petit bureau. Il y avait quelque chose entre ces deux-là. Toby ne voulait pas voir Abigail malheureuse à nouveau. Il se demanda s'il devait la mettre au courant.

Il jeta un regard par-dessus son épaule ; Abigail vérifiait son maquillage dans son miroir de poche. « Vous êtes très belle, Sénateur », dit-il.

Devant la résidence du Watergate, le concierge ouvrit la portière de la voiture, et Toby nota le sourire particulièrement chaleureux et le salut empreint de respect. Nom de Dieu, il y a une centaine de sénateurs à Washington, mais il n'y a qu'un seul vice-président. Je veux que ce soit vous, Abigail, pensa-t-il. Si c'est en mon pouvoir, rien ne se mettra en travers de votre chemin.

Il mena la voiture au parking et descendit bavarder avec les autres chauffeurs. La conversation roulait sur Abigail aujourd'hui. Toby entendit le chauffeur d'un membre du gouvernement dire : « C'est pratiquement dans la poche pour le sénateur Jennings. »

Abby, vous y voilà presque, ma belle, exulta-t-il en son for intérieur.

Elle s'absenta plus d'une heure, aussi eut-il tout le temps de lire le journal. Il finit par les chroniques mondaines. Il y relevait parfois certains passages piquants qu'il lui communiquait car elle était la plupart du temps trop occupée pour lire les potins elle-même.

Gina Butterfield était la chroniqueuse la plus célèbre de tout Washington. Aujourd'hui, le titre de son article s'étalait sur les deux pages centrales, Toby le lut, le relut, se refusant à croire ce qu'il voyait. LA MAISON DU MEURTRE ADAMS THÉÂTRE D'UNE SÉRIE DE MENACES. LE SÉNATEUR ABIGAIL JENNINGS CONCERNÉE. Les deux premiers paragraphes étaient imprimés en gros caractères :

Lettres, appels téléphoniques, et une effraction n'ont cessé de harceler Pat Traymore, la jeune et déjà célèbre journaliste de télévision engagée par le Câble du Potomac pour réaliser un reportage sur le sénateur Jennings, la menaçant de mort si elle persiste à vouloir produire son émission.

Invitée à la soirée intime que donnait l'ambassadeur Cardell à l'occasion du réveillon de Noël, la séduisante Pat a révélé que la maison qu'elle louait a été le théâtre du meurtre-suicide des Adams il y a vingt-quatre ans. Pat ne semble pas troublée par le passé lugubre de cette

maison, mais les autres invités résidant depuis long-
temps dans le quartier se sont montrés moins détachés.

La suite de la chronique était consacrée aux détails
du meurtre Adams. Des agrandissements de photos
d'archives de Dean et de Renée s'étalaient en pleine
page, une reproduction du plus mauvais goût des
sacs dans lesquels on avait transporté leurs cadavres,
un gros plan de leur petite fille enveloppée de bandages ensanglantés. SIX MOIS PLUS TARD, KERRY ADAMS
PERDIT SON COURAGEUX COMBAT CONTRE LA MORT, disait
la légende sous cette dernière photo.

L'article laissait entendre que le verdict avait
laissé beaucoup de choses dans l'ombre :

L'aristocratique Patricia Remington Schuyler, mère de
la jeune femme décédée, a insisté sur le fait que le député
Adams était de caractère instable et que sa femme avait
demandé le divorce. Mais pour beaucoup de vieux
habitués de Washington, Dean Adams fut accusé à tort,
et c'est Renée Adams qui a tenu le revolver. « Elle était
folle de lui, m'a dit une amie. Et il avait l'œil char-
meur. » La jalousie de Renée a-t-elle explosé au cours
de cette nuit-là ? Qui peut avoir déclenché cet accès
de fureur tragique ? Vingt-quatre ans plus tard,
Washington se pose toujours la question.

La photo d'Abigail avec sa couronne de Miss
Apple Junction était en évidence. On lisait en
dessous :

Beaucoup d'interviews de célébrités en sont restées
aux adaptations du vieux style de Ed. Murrow. Mais

le prochain reportage sur le sénateur Abigail Jennings risque de battre les records de taux d'écoute de la semaine. Après tout, le sénateur est en passe de devenir notre première femme vice-président. Tous les parieurs misent sur elle. Nous espérons tous qu'on nous montrera davantage de photos de l'élégante Madame le Sénateur senior de Virginie sous sa couronne de strass de reine de beauté. Pour le reste, personne n'entrevoit qui peut détester Abigail Jennings au point de menacer la vie de la journaliste qui a conçu l'idée de cette émission.

La moitié de la page de droite était sous-titrée LES ANNÉES D'AVANT CAMELOT. Elle était remplie de photos, essentiellement des instantanés pris sur le vif.

Le texte qui les accompagnait soulignait :

Par une étrange coïncidence, le sénateur Abigail Jennings fréquentait autrefois avec assiduité la maison des Adams. Elle et feu son mari, le député Willard Jennings, étaient des amis intimes de Dean et Renée Adams et des Kennedy. Ces trois couples hors du commun ne pouvaient alors deviner que l'ombre noire du destin planait sur cette maison et sur leurs vies.

Ils étaient tous les six, ensemble ou en compagnie d'autres gens, dans le jardin de la maison de Georgetown, dans la propriété des Jennings en Virginie et dans le domaine des Kennedy à Hyannis Port. Et une demi-douzaine de photos montraient Abigail seule avec eux après la mort de Willard.

Toby poussa un grognement de fureur. Il froissa le journal entre ses mains, pris du désir de détruire ces pages écœurantes par sa simple force physique. Mais à quoi bon ? Le journal ne disparaîtrait pas pour autant.

Dès qu'il aurait reconduit Abby à la maison, il lui montrerait cet article. Dieu seul savait comment elle réagirait. Elle ne *devait* pas perdre son sang-froid. Tout en dépendait.

Lorsque Toby arrêta la voiture le long du trottoir, Abby l'attendait, Sam Kingsley à ses côtés. Il voulut sortir, mais Kingsley ouvrit rapidement la portière et aida Abby à monter dans la voiture. « Merci de m'avoir remonté le moral, Sam, dit-elle. Je me sens beaucoup mieux. Je regrette que vous ne soyez pas libre pour dîner.

— Vous m'avez promis que ce n'était que partie remise. »

Toby conduisit vite, anxieux de ramener Abigail à la maison, comme s'il avait besoin de la protéger de la vue du public avant de s'ingénier à atténuer le choc qu'elle éprouverait à la lecture du journal.

« Sam est différent des autres, prononça soudain Abby, rompant le silence. Vous savez comment j'ai vécu pendant toutes ces années – mais, Toby, il me rappelle étrangement Billy. J'ai l'impression – juste une impression – que quelque chose pourrait se déclarer entre lui et moi. L'équivalent d'une seconde chance, en somme. »

C'était la première fois qu'elle parlait ainsi. Toby regarda dans le rétroviseur. Abigail était appuyée contre le dossier du siège, le corps détendu, son visage empreint de douceur, un demi-sourire sur les lèvres.

Et il était le salaud qui allait devoir anéantir cet espoir et cette confiance.

« Toby, avez-vous acheté le journal ? »

Pas moyen de mentir. « Oui, Sénateur.

— Montrez-le-moi, s'il vous plaît. »

Il tendit la première partie du journal.

« Non, je n'ai pas envie de lire les nouvelles. Où sont les pages des rubriques mondaines ?

— Pas maintenant, Sénateur. » La circulation était fluide ; ils traversèrent le pont de Chain. Dans quelques minutes, ils seraient arrivés.

« Pourquoi *pas maintenant* ? »

Il ne répondit pas ; un long silence s'installa. Puis la voix d'Abigail s'éleva, froide et cassante. « Il y a quelque chose… quelque chose qui pourrait me nuire ?

— Quelque chose qui ne va pas vous plaire, Sénateur. »

Ils terminèrent le trajet en silence.

27

Washington, capitale administrative, était une ville fantôme pendant les vacances de Noël. Le Président était parti dans sa propriété dans le Sud-Ouest ; le Congrès ne siégeait pas ; les universités étaient fermées. Washington était endormie, attendant l'explosion d'activité qui accompagnerait le retour du chef de l'État, des parlementaires et des étudiants.

Pat regagna sans encombre sa maison. Elle n'avait pas faim. De la dinde froide et une tasse de thé lui conviendraient parfaitement. Elle se demanda comment Luther se débrouillait à Apple Junction. Jouerait-il de son charme comme il l'avait fait pour tenter de la séduire ? Tout cela semblait si lointain.

À propos d'Apple Junction, elle se demanda si Eleanor Brown avait rappelé Mlle Langley. *Eleanor Brown*. Cette fille était le personnage clé qui la faisait douter de l'aspect moral de l'émission. Quels étaient les faits ? C'était la parole d'Eleanor contre celle de Toby. *Avait-il* téléphoné pour la prier d'aller chercher la bague du sénateur dans le bureau du comité électoral ? Abigail avait soutenu Toby lorsqu'il avait déclaré qu'il était en train de conduire sa voiture au moment du prétendu coup de téléphone. Et on avait retrouvé une partie de l'argent dans la cave d'Eleanor. Comment Eleanor espérait-elle s'en tirer avec un alibi aussi peu convaincant ?

J'aimerais avoir une copie des minutes du procès, regretta Pat.

Elle ouvrit son carnet et examina les notes qu'elle y avait inscrites la veille au soir. Elles n'avaient ni queue ni tête. Sur la page suivante, elle écrivit *Eleanor Brown*. Qu'avait dit Margaret Langley à propos de la jeune fille ? Tapotant son crayon sur le bureau, les sourcils froncés, elle jeta sur le papier les impressions qu'elle avait retirées de leur conversation.

Eleanor était timide... elle ne mâchait jamais de chewing-gum en classe, ne parlait pas dans le dos du professeur... elle aimait le travail qu'elle faisait pour le sénateur... elle venait d'obtenir de l'avancement... elle suivait des cours d'art... elle se rendait ce jour-là à Baltimore pour dessiner...

Pat lut et relut ses notes. Une fille qui réussissait bien à un poste de responsabilité, qui venait d'obtenir de l'avancement, mais qui était assez stupide pour cacher l'argent volé dans sa propre cave.

Une partie de l'argent volé. La somme principale – 70 000 dollars – n'avait jamais été retrouvée.

Une fille aussi timide ne pouvait que mal présenter sa propre défense.

Eleanor avait fait une dépression nerveuse en prison. Il aurait fallu qu'elle fût une actrice accomplie pour feindre à ce point. Mais elle avait violé ses obligations.

Et Toby ? Cité comme témoin, il avait démenti le récit d'Eleanor. Il avait juré ne lui avoir jamais téléphoné ce matin-là. Le sénateur Jennings avait confirmé qu'il conduisait sa voiture au moment du prétendu coup de téléphone.

Le sénateur aurait-elle délibérément menti en faveur de Toby ? délibérément envoyé une innocente en prison ?

Mais supposons qu'un inconnu avec la voix de Toby ait téléphoné à Eleanor ? Dans ce cas, tous les trois – Eleanor, Toby et le sénateur – avaient dit la vérité. Qui d'autre pouvait connaître l'emplacement de la cave d'Eleanor dans son immeuble ? Et l'auteur des menaces, l'individu qui était entré ici par effraction et avait déposé la poupée ? Pouvait-il être le facteur x dans la disparition des fonds électoraux ?

La poupée. Pat repoussa sa chaise et avança la main vers le carton sous la table de travail, puis elle changea d'avis. La regarder ne lui apporterait rien. La vue de ce visage en pleurs était trop bouleversante. Une fois l'émission diffusée, si les menaces cessaient, elle la jetterait. S'il y avait d'autres lettres, appels téléphoniques ou tentatives d'effraction, elle la montrerait à la police.

Sur la page suivante de son carnet, elle écrivit *Toby*, puis fouilla dans le tiroir de la table pour retrouver les cassettes de ses interviews.

Elle avait enregistré Toby dans la voiture au cours du premier après-midi. Il ne s'en était pas rendu compte, et sa voix ne s'entendait pas clairement. Elle monta le son au maximum, poussa sur le bouton « marche » et commença à noter.

Abby a peut-être pris des risques pour moi... je travaillais pour un bookmaker à New York et j'ai fini par avoir des ennuis... J'avais l'habitude de conduire Abigail et Willard Jennings à des réceptions dans cette maison... mignonne petite, Kerry.

Elle passa avec soulagement à l'interview de la serveuse, Ethel Stubbins, et de son mari, Ernie. Ils avaient dit quelque chose à propos de Toby. Elle trouva l'emplacement sur la bande. Ernie disait : « Dites-lui bonjour de ma part. Demandez-lui s'il perd toujours de l'argent aux courses. »

Jeremy aussi avait parlé de Toby. Elle écouta ses remarques ironiques sur la virée en voiture, sur la façon dont M. Saunders père avait acheté Abby. « Je me suis toujours demandé si Toby ne l'avait pas aidée. »

Après avoir écouté la dernière cassette, Pat lut et relut ses notes. Elle savait ce qu'il lui restait à faire. Si Eleanor se livrait à la police et était envoyée en prison, elle se jura de se consacrer à cette affaire jusqu'à ce qu'elle fût elle-même convaincue de la culpabilité ou de l'innocence d'Eleanor. Et si je suis amenée à croire sa version des faits, se promit-elle, je ferai tout au monde pour l'aider. Quelles que soient les retombées – y compris celles qui concerneront Abigail Jennings.

Pat alla sans but précis de la bibliothèque à l'entrée, puis se dirigea vers l'escalier. Elle leva la tête, hésita. *La marche au-dessus du tournant de l'escalier. C'était là que je m'asseyais.* Prise d'une impulsion subite, elle gravit rapidement les premières marches, s'assit à cette place précise, appuya sa tête contre la rampe et ferma les yeux.

Son père était dans l'entrée. Elle s'était rencognée dans l'ombre, sachant qu'il était en colère, que cette fois il ne rirait pas de la trouver là. Elle était remontée en courant se coucher.

Elle monta à la hâte le reste des marches. Son ancienne chambre faisait suite à celle des invités, à l'arrière de la maison, avec vue sur le jardin. Elle était vide à présent.

Elle y était entrée le premier matin, tandis que les déménageurs parcouraient toute la maison, mais la pièce n'avait réveillé en elle aucun souvenir. Aujourd'hui, il lui semblait revoir le lit et son baldaquin blanc à volants, le petit fauteuil à bascule près de la fenêtre avec la boîte à musique, les étagères pleines de jouets.

Ce soir-là, je suis remontée me coucher. J'étais effrayée parce que papa était très en colère. Le salon se trouve juste en dessous de cette pièce. Je pouvais entendre les voix ; ils se disputaient. Puis le grand bruit et le hurlement de maman : « Non… Non ! »

Le cri de maman. Après la détonation. Avait-elle pu crier après avoir reçu le coup de revolver, ou avait-elle crié en réalisant qu'elle avait tiré sur son mari ?

Pat se sentit prise de tremblements. Elle s'agrippa à la porte pour se retenir. Elle avait soudain les paumes et le front mouillés par la transpiration. Sa respiration s'accélérait, haletante. J'ai peur, pensa-t-elle. Mais c'est fini. C'était il y a si longtemps.

Elle pivota sur elle-même et se retrouva en train de courir dans le couloir ; elle descendit quatre à quatre l'escalier. M'y revoilà, pensa-t-elle. Je vais me souvenir. *Papa, papa,* appela-t-elle doucement. Au pied de l'escalier, elle se dirigea vers l'entrée qu'elle traversa en chancelant, les bras écartés. *Papa... Papa !*

En arrivant à la porte du salon, elle s'écroula à genoux. Des ombres vagues l'entouraient, mais elles ne prenaient pas forme. Se cachant le visage dans les mains, Pat se mit à sangloter... « Maman, papa, revenez. »

Elle s'était réveillée et il y avait un baby-sitter inconnu. Maman. Papa. Je veux ma maman. Je veux mon papa. Et ils étaient arrivés. Maman qui la berçait. Kerry, Kerry, tout va bien. Papa qui lui tapotait les cheveux, les entourant toutes les deux de ses bras. Chut, Kerry, nous sommes là.

Au bout d'un moment, Pat se laissa glisser assise par terre et s'appuya contre le mur tout en regardant toujours fixement la pièce. Un autre souvenir avait surgi de sa mémoire. Elle savait qu'il était véridique. Quel que fût le coupable cette nuit-là, pensa-t-elle avec ferveur, je sais que tous les deux m'aimaient.

28

L e cinéma sur Wisconsin Avenue ouvrait à dix heures. Arthur entra dans la cafétéria voisine et s'attarda à boire un café, puis il marcha dans le quartier jusqu'à l'ouverture du guichet.

Il aimait aller au cinéma lorsqu'il était perturbé. Il choisissait toujours un siège au fond et contre le mur. Il achetait un grand cornet de pop-corn, s'asseyait, mangeait, et regardait sans les voir les formes bouger sur l'écran.

Il aimait sentir les gens près de lui, indifférents à sa présence, les voix et la musique de la bande sonore, l'anonymat de la salle dans le noir. C'était un endroit où il pouvait réfléchir. Il s'installa et fixa l'écran d'un regard vide.

Il avait eu tort de mettre le feu. Le journal n'avait rien mentionné. En sortant du métro, il avait téléphoné à l'hospice et la standardiste lui avait immédiatement répondu. Il avait pris une voix sourde. « Je suis le fils de Mme Harnick. Le feu a-t-il fait des dégâts ?

— Oh ! monsieur, on l'a découvert presque tout de suite ! Une cigarette qui se consumait dans un sac à ordures. Nous ne savons même pas si un seul de nos patients a pu s'en apercevoir. »

Ils avaient par conséquent sûrement découvert le bidon de térébenthine renversé. Personne ne croirait qu'il était tombé par accident.

Si seulement il n'avait pas parlé du couvent ! Bien sûr, le secrétariat pourrait dire sans plus : « Oui, nos dossiers indiquent qu'Arthur Stevens est resté parmi nous pendant une courte période. »

Supposons qu'on leur demande des détails ? « Il est parti sur les conseils de notre directeur spirituel.

— Pouvons-nous parler au directeur spirituel ?

— Il est décédé il y a quelques années. »

Diraient-ils pourquoi on l'avait prié de partir ? Allait-on examiner les registres de l'hospice, compter le nombre de patients morts au cours de ces dernières années et relever ceux qu'il avait soignés ? Personne ne comprendrait qu'il avait seulement fait preuve de pitié, qu'il soulageait les souffrances.

Deux fois auparavant, on l'avait interrogé après que le Seigneur eut rappelé à lui les patients dont il s'occupait.

« Vous êtes-vous senti soulagé de les voir morts, Arthur ?

— Je me suis senti heureux de les savoir en paix. J'ai fait tout ce qui était possible pour les aider à se rétablir ou du moins pour qu'ils souffrent moins. »

Lorsqu'il ne restait plus d'espoir, plus de soulagement à la douleur, que les vieux devenaient même trop faibles pour murmurer ou gémir, quand les médecins et la famille admettaient que

Dieu dans sa miséricorde devrait les rappeler à Lui, alors, et alors seulement, Arthur les avait aidés à s'en aller doucement.

S'il avait su qu'Anita Gillespie attendait la visite de sa fille, il aurait attendu. Il aurait été si content de savoir que Mme Gillespie était morte heureuse.

Voilà le problème. Elle avait lutté contre la mort, au lieu de s'y résigner. C'est pourquoi la terreur l'avait empêchée de comprendre qu'il désirait uniquement l'aider.

Il s'était montré négligent parce qu'il s'inquiétait pour Glory. Il se rappelait le soir où les soucis avaient commencé. Ils dînaient tous les deux à la maison, chacun plongé dans une partie du journal. Et Glory s'était exclamée : « Oh ! mon Dieu ! » Elle regardait la page de la télévision dans le *Tribune* et avait vu l'annonce de l'émission sur le sénateur Jennings. On y retracerait les moments importants de sa carrière. Il avait supplié Glory de ne pas s'inquiéter, il était sûr que tout irait bien. Mais elle ne l'avait pas écouté. Elle s'était mise à sangloter. « Mieux vaut regarder les choses en face, avait-elle dit. Je ne veux pas continuer à mener cette vie plus longtemps. »

À partir de ce moment-là, son attitude s'était mise à changer. Il regarda droit devant lui, mâchonnant ses pop-corn. Il n'avait pas eu le privilège de prononcer ses vœux. Il les avait formulés en privé. Pauvreté, chasteté et obéissance. Pas une seule fois il n'y avait manqué – mais il était devenu très solitaire...

Puis, il y a dix ans, il avait rencontré Glory. Elle était assise dans la salle d'attente de la clinique, serrant la poupée Raggedy Ann contre elle en attendant son tour devant la porte du psychiatre. La poupée avait attiré l'attention d'Arthur. Il ne savait ce qui l'avait poussé à attendre Glory dehors. Ils avaient marché ensemble vers le bus. Il lui avait expliqué qu'il était prêtre, mais avait abandonné ses fonctions religieuses pour s'occuper directement des malades. Elle lui avait tout raconté d'elle, qu'elle avait fait de la prison pour un délit qu'elle n'avait pas commis, qu'elle était en liberté surveillée et habitait dans une pièce chez l'habitant. « Je n'ai pas le droit de fumer dans ma chambre, ni d'avoir un réchaud pour préparer du café ou un potage lorsque je n'ai pas envie de dîner au drugstore. »

Ils étaient allés manger une glace et la nuit était tombée. Elle avait dit qu'il était tard, que la femme qui la logeait allait se mettre en colère. Puis elle avait commencé à pleurer, disant qu'elle préférerait mourir plutôt que de retourner dans cette chambre. Et il l'avait emmenée chez lui. « Vous passerez pour une enfant confiée à mes soins », lui avait-il dit. C'était une enfant déses-pérée. Il lui avait donné sa chambre et s'était ins-tallé sur le divan pour dormir ; au début, elle était restée au lit, à pleurer. Pendant quelques semaines, les flics vinrent rôder autour de la clinique pour voir si elle s'était représentée, puis ils avaient cessé de s'y intéresser.

Ils étaient partis pour Baltimore et il lui avait dit qu'il avait l'intention de la faire passer pour sa fille. « Vous m'appelez Père de toute façon. » Et il l'avait nommée Gloria.

Elle commença lentement à aller mieux. Mais pendant près de sept ans, elle n'avait quitté l'appartement que de nuit ; elle était sûre qu'un policier la reconnaîtrait.

Il avait travaillé dans différents hospices autour de Baltimore ; il y a deux ans il avait fallu partir et ils étaient venus s'installer à Alexandria. Glory se plaisait près de Washington, mais elle craignait de rencontrer des gens qui l'avaient connue. Il l'avait convaincue que c'était stupide. « Pas une personne du bureau du sénateur ne risque de mettre les pieds par ici. » Pourtant, Glory portait toujours des lunettes noires pour sortir. Peu à peu ses crises de dépression s'espacèrent. Elle eut de moins en moins besoin des médicaments qu'il lui apportait de l'hospice, et elle trouva un emploi de dactylo.

Arthur finit le cornet de pop-corn. Il ne quitterait pas Washington avant demain soir, après avoir vu l'émission sur le sénateur Jennings. Il n'aidait jamais les gens à s'en aller avant d'être certain que les médecins ne pouvaient plus rien pour eux, avant d'entendre ses voix lui indiquer que leur temps était venu. Pas plus qu'il ne condamnerait Pat Traymore sans preuve. Si elle ne parlait pas de Glory, si elle ne montrait pas sa photo, Glory serait en sécurité. Il s'arrangerait pour lui donner rendez-vous et ils partiraient ensemble.

Mais si Glory était désignée aux yeux du monde comme une voleuse, elle irait se livrer à la police. Il le savait. Il avait vu suffisamment de gens qui avaient perdu le goût de vivre. Dans ce cas, Patricia Traymore serait alors châtiée pour ce terrible péché ! Il se rendrait dans la maison où elle habitait et ferait justice.

Numéro 300, rue N. La maison où vivait Patricia Traymore était symbole de souffrance et de mort.

Le film se terminait. Où aller à présent ?

Tu dois te cacher, Arthur.

« Mais où ? » Il s'aperçut qu'il avait parlé tout haut. La femme assise devant lui se retourna et regarda derrière elle.

300, rue N, chuchotèrent les voix. *Vas-y, Arthur. Rentre par la fenêtre. Rappelle-toi la penderie.*

Le souvenir de la penderie dans la chambre inoccupée emplit son esprit. Il y serait au chaud et en sécurité, caché derrière les rangées d'étagères. Les lumières se rallumèrent dans la salle et il se leva rapidement. Il ne devait pas attirer l'attention. Il irait voir un second film et ensuite encore un autre. Puis la nuit serait tombée. Existait-il un meilleur endroit que la maison de Patricia Traymore pour attendre l'émission de demain soir ? Personne ne penserait à aller le chercher là.

Tu dois lui laisser une chance d'être épargnée, Arthur. Garde-toi d'agir avec trop de précipitation. Les mots tourbillonnaient en l'air au-dessus de lui. « Je comprends », dit-il. Si le nom de Glory n'était pas mentionné, Patricia Traymore n'apprendrait jamais qu'il s'était introduit chez elle. Mais si on voyait, si on identifiait Glory, les anges châtiraient Patricia.

Il brandirait la torche de la vengeance.

29

La femme de ménage de Lila Thatcher revint de l'épicerie à treize heures. Lila était dans son bureau ; elle préparait une conférence qu'elle devait donner la semaine suivante à l'université de Maryland sur le thème : « Apprenez à contrôler vos dons médiumniques. » Lila se pencha sur la machine à écrire, les mains crispées.

La femme de ménage frappa à la porte. « Mademoiselle Lila, vous n'avez pas l'air dans votre assiette. » Elle parlait avec la familiarité naturelle d'une employée qui est devenue une amie de confiance.

« C'est vrai, Ouida. Pour quelqu'un qui veut apprendre aux autres à utiliser leurs dons de médium, les miens sont plutôt embrouillés aujourd'hui.

— J'ai acheté le *Tribune*. Voulez-vous le voir tout de suite ?

— Oui, je veux bien. »

Cinq minutes plus tard, n'en croyant pas ses yeux, Lila lisait avec indignation la prose de Gina Butterfield étalée sur plusieurs colonnes. Quinze minutes après, elle sonnait à la porte de Pat. Avec consternation, elle s'aperçut que Pat avait pleuré. « Il faut que je vous montre quelque chose », expliqua-t-elle.

Elles allèrent dans la bibliothèque. Lila posa le journal sur la table et l'ouvrit. Elle regarda Pat lire le gros titre et vit la couleur quitter ses joues.

Accablée, Pat parcourut rapidement l'article, regarda les photos. « Mon Dieu, tout le monde va penser que j'ai parlé de l'effraction, du sénateur, de cette maison, de *tout*. Lila, vous n'imaginez pas l'état dans lequel ils vont être. Luther Pelham avait supprimé du montage toutes les photos de ma mère et de mon père. Il ne voulait pas qu'on pût voir le moindre rapport entre le sénateur et, je le cite, "le bordel Adams". C'est comme s'il existait une force en action que je ne peux stopper. Je ne sais si je dois essayer d'expliquer, donner ma démission ou quoi. » Elle refoula des larmes de colère.

Lila replia lentement le *Tribune*. « Pour ce qui concerne votre travail, je ne peux vous conseiller, je peux seulement vous dire qu'il ne faut plus regarder ce journal, Kerry. Je devais vous le montrer, mais je le remporte à la maison. Vous voir telle que vous étiez ce jour-là, comme une poupée brisée, ce n'est pas bon pour vous. »

Pat saisit le bras de Lila. « Pourquoi dites-vous cela ?

— Dire quoi ? Vous voulez dire, pourquoi je vous ai appelée Kerry ? Cela m'a échappé.

— Non. Je veux dire, pourquoi m'avez-vous comparée à une poupée brisée ? »

Lila la regarda d'un air étonné, puis baissa les yeux sur le journal. « C'est écrit là. Regardez. » Dans la première colonne, Gina Butterfield avait reproduit une partie de l'article original du *Tribune* sur l'affaire Adams.

Le commissaire de police Collins, commentant l'effroyable scène, a dit : « Je n'ai jamais rien vu de pire. Devant cette pauvre petite enfant gisant comme une poupée brisée, je me suis demandé pourquoi il ne l'avait pas également tuée. Il aurait mieux valu pour elle. »

« Une poupée brisée, murmura Pat. Celui qui l'a déposée ici me connaissait à cette époque.

— Déposé *quoi* ? Pat asseyez-vous. Vous semblez sur le point de vous évanouir. Je vais vous chercher un verre d'eau. » Lila sortit en courant de la pièce.

Pat appuya sa tête contre le dossier du canapé et ferma les yeux. Lorsqu'elle avait parcouru les comptes rendus du drame dans la presse, elle avait vu les photos des corps que l'on emmenait et des photos d'elle, entourée de bandages et couverte de sang, sur la civière. Retrouver ces images juxtaposées à celles de ces jeunes couples souriants, à l'air insouciant, était encore pire. Elle ne se souvenait pas d'avoir lu ce commentaire du commissaire. Peut-être n'avait-elle pas eu entre les mains l'édition qui l'avait reproduit. Mais cela prouvait une chose, l'auteur des menaces savait qui elle était, l'avait connue à cette époque.

Lila revint. Elle avait rempli un verre d'eau.

« Je vais mieux, dit Pat. Lila, le soir où quelqu'un est entré par effraction dans la maison, il n'avait pas laissé qu'un billet. » Elle essaya de dégager le carton sous la table de travail. Il était si bien coincé qu'il ne bougea pas d'un centimètre. Je ne peux pas l'avoir enfoncé à ce point, pensa Pat. Tout en tirant de toutes ses forces, elle raconta à Lila la découverte de la poupée.

Bouleversée, Lila l'écouta avec un intérêt profond. L'intrus avait laissé une poupée maculée de sang contre le foyer de la cheminée ? Pat était en danger dans cette maison, Lila l'avait senti dès le début. Et elle l'était encore.

Pat parvint enfin à dégager le carton. Elle l'ouvrit, plongea la main à l'intérieur. Lila vit son visage passer de l'étonnement à la frayeur. « Pat, qu'y a-t-il ?

— La poupée. Elle a disparu.

— Êtes-vous certaine...

— Je l'y ai mise moi-même. Je l'ai regardée à nouveau l'autre jour. Lila, j'ai ôté son tablier. Sa vue me soulevait le cœur. Je l'ai fourré tout au fond. Peut-être s'y trouve-t-il encore. » Pat fouilla dans le carton. « Regardez. Le voilà. »

Lila regarda fixement le bout de coton blanc froissé, souillé de taches brunes, les liens de la ceinture qui tombaient mollement sur les côtés.

« Quand avez-vous vu la poupée pour la dernière fois ?

— Samedi après-midi. Je l'avais posée sur la table. Le chauffeur du sénateur est venu m'apporter des albums de photos. Je l'ai remise dans le carton. Je ne voulais pas qu'il la vît. » Pat s'arrêta brusquement.

« Attendez. Toby m'a paru bizarre quand il est entré ici. Il était de mauvaise humeur et n'a cessé de tout observer dans cette pièce. Je ne lui avais pas ouvert tout de suite, et je crois qu'il se demandait ce que je fabriquais. Ensuite il a dit qu'il était inutile de le raccompagner. Après avoir entendu la porte se refermer, j'ai voulu aller pousser le verrou et, Lila, la porte s'est rouverte. Toby tenait à la main quelque chose qui ressemblait à une carte de crédit. Il a essayé de s'en tirer en racontant qu'il vérifiait la serrure, que je ne devrais pas oublier de pousser le verrou dans l'entrée.

« Il me connaissait lorsque j'étais petite. Peut-être est-il l'auteur des menaces ? Mais pourquoi ? »

Il faisait déjà gris et nuageux malgré l'heure peu avancée dans l'après-midi. Pat paraissait menue et vulnérable dans la lumière pâlissante de la pièce lambrissée. « Il faut prévenir immédiatement la police, dit Lila. Ils interrogeront le chauffeur.

— C'est impossible. Imaginez ce que le sénateur va penser ! Et il ne s'agit que de suppositions. Mais j'ai un ami qui peut interroger tranquillement Toby. » Pat vit la détresse peinte sur le visage de Lila. « Ne vous inquiétez pas, la rassura-t-elle. Je verrouillerai la porte – et Lila, si tout ce qui est arrivé a pour but d'arrêter l'émission, il est vraiment trop tard. Nous enregistrons ce soir la séquence où le sénateur rentre chez elle. Demain, il restera quelques scènes en studio, et la diffusion est pour demain soir. Après quoi, il ne servira plus à rien de chercher à m'intimider. Et je commence à croire que c'était le but de toute l'opération – une simple tentative d'intimidation. »

Lila quitta Pat quelques minutes plus tard. Pat devait se trouver au studio à seize heures. Elle avait promis de téléphoner à son ami député – Sam Kingsley – pour lui demander d'interroger le chauffeur. À la consternation de son amie, elle avait tenu à garder le journal. « Je dois le lire avec attention, savoir exactement ce qu'on y dit. Si vous ne me donnez pas cet exemplaire, j'irai en acheter un autre. »

La femme de ménage avait ouvert la porte alors que Lila montait les marches. « Je vous surveillais, mademoiselle Lila, expliqua-t-elle. Vous n'avez pas fini de déjeuner et vous aviez l'air vraiment bouleversé en partant.

— Vous me surveilliez, Ouida ? » Lila entra dans la salle à manger et se dirigea vers les fenêtres donnant sur la rue. De sa place, elle voyait la façade entière et le côté droit de la maison de Pat. « Cela ne marche pas, murmura-t-elle. Il est entré par la porte-fenêtre qui donne sur la cour et je ne peux pas la voir d'ici.

— Que dites-vous, mademoiselle Lila ?

— Rien. Je vais prendre la veille et j'avais pensé installer ma machine à écrire sur la table devant les fenêtres.

— Prendre la veille ?

— Oui, c'est une expression qui signifie monter la garde pour surveiller quelque chose.

— Vous voulez surveiller quelque chose chez Mlle Traymore ? Vous pensez que ce rôdeur peut revenir ? »

Lila regarda longuement l'obscurité anormale qui enveloppait la maison de Pat. Avec un sentiment aigu de mauvais augure, elle répondit sombrement. « C'est exactement ce que je pense. »

30

Dès le moment où Arthur lui avait téléphoné, Glory s'était attendue à voir la police arriver. À dix heures, la porte de l'agence immobilière s'ouvrit et un homme entre trente et quarante ans entra. Glory leva la tête et vit une voiture de police garée devant l'immeuble. Ses doigts s'immobilisèrent sur le clavier de sa machine à écrire.

« Commissaire Barrot, dit le visiteur et il montra un insigne. Je voudrais parler à Gloria Stevens. Est-elle ici ? »

Glory se leva. Elle entendait déjà les questions : *Votre véritable nom n'est-il pas Eleanor Brown ? Avez-vous violé vos obligations ? Combien de temps pensiez-vous vous en tirer ?*

Le commissaire Barrot s'approcha d'elle. Il avait un visage ouvert, des joues pleines avec des cheveux blonds qui bouclaient autour des oreilles. Ses yeux étaient interrogateurs mais pas hostiles. Elle se rendit compte qu'il avait à peu près son âge, et il lui parut un peu moins effrayant que le policier plein de mépris qui l'avait interrogée après qu'on eut découvert l'argent dans sa cave.

« Mademoiselle Stevens ? Ne vous inquiétez pas. Pourrais-je vous parler en privé ?

— Nous pouvons entrer ici. » Elle le précéda dans le petit bureau personnel de M. Schuller. Il y avait deux fauteuils en cuir devant la table. Elle en prit un et le commissaire s'assit dans l'autre.

« Vous semblez effrayée, lui dit-il gentiment. Vous n'avez rien à craindre. Nous voulons seulement parler à votre père. Savez-vous où nous pouvons le joindre ? »

Parler à son père, Père ! Elle avala sa salive. « Quand je suis partie travailler ce matin, il était à la maison. Il a dû descendre à la boulangerie.

— Il n'est pas revenu. Peut-être a-t-il préféré ne pas rentrer en voyant la voiture de police devant votre maison. Croyez-vous qu'il pourrait être chez des parents, ou des amis ?

— Je... je ne sais pas. Pourquoi voulez-vous lui parler ?

— Juste pour lui poser quelques questions. Vous aurait-il téléphoné par hasard ce matin ? »

Cet homme pensait qu'Arthur était son père. Il ne s'intéressait pas à elle.

« Il... il a téléphoné. Mais j'étais sur une autre ligne avec mon patron.

— Que désirait-il ?

— Il... il voulait que je vienne le retrouver et j'ai dit que je ne pouvais pas.

— Où voulait-il que vous le retrouviez ? »

Les paroles de son père résonnèrent à ses oreilles. *Metro Central... 12ᵉ Rue, Sortie G...* Où était-il maintenant ? Avait-il des ennuis ? Père avait pris soin d'elle pendant toutes ces années. Elle n'avait pas le droit de lui faire de tort.

Elle choisit ses mots. « Je ne pouvais pas m'attarder au téléphone. Je… je lui ai simplement dit qu'il m'était impossible de quitter le bureau et je lui ai pratiquement raccroché au nez. Pourquoi voulez-vous lui parler ? Que se passe-t-il ?

— Oh ! ce n'est peut-être rien ! » Le policier avait un ton aimable. « Votre père vous parlait-il de ses patients ?

— Oui. » Répondre à cette question ne présentait pas de difficulté. « Il s'en occupait énormément.

— A-t-il jamais fait allusion à Mme Gillespie devant vous ?

— Si. Elle est morte la semaine dernière, n'est-ce pas ? Elle allait très mal. » Glory se souvint de la façon dont Père avait crié dans son sommeil. « Fermez les yeux, madame Gillespie ! Fermez les yeux ! » Peut-être avait-il commis une erreur en soignant Mme Gillespie et on le rendait responsable de sa mort.

« Semblait-il changé ces derniers temps – nerveux ou quelque chose comme ça ?

— C'est l'homme le meilleur que je connaisse. Il consacre sa vie entière à aider les gens. En fait, la direction de l'hospice vient de lui demander d'aller les dépanner dans le Tennessee. »

Le commissaire sourit. « Quel âge avez-vous, mademoiselle Stevens ?

— Trente-quatre ans. »

Il parut étonné. « Vous ne les paraissez pas. D'après les dossiers du personnel, Arthur Stevens en a quarante-neuf. » Il se tut, puis ajouta d'une voix amicale : « Ce n'est pas votre père naturel, n'est-ce pas ? »

Il se mit bientôt à la bombarder de questions. « Il était prêtre mais il a préféré consacrer son existence à soigner les malades. J'étais malade, et je n'avais plus personne, alors il m'a prise chez lui. »

Maintenant, il allait lui demander son vrai nom. Mais il ne le fit pas.

« Je comprends. Mademoiselle… mademoiselle Stevens, il faut que nous parlions à, euh… à père Stevens. S'il vous téléphone, pouvez-vous prendre contact avec moi ? » Il lui tendit sa carte. DÉTECTIVE WILLIAM BARROT. Elle sentait qu'il l'observait. Pourquoi ne lui posait-il pas plus de questions sur elle-même, sur son passé ?

Il partit. Elle resta seule dans le petit bureau jusqu'à l'arrivée d'Opal.

« Gloria, que se passe-t-il ? »

Opal était une bonne amie, la meilleure qu'elle eût jamais eue. Elle l'avait aidée à se considérer comme une femme à nouveau. Elle voulait l'entraîner à sortir, disant que son petit ami lui trouverait un garçon pour l'accompagner. Gloria avait toujours refusé.

« Gloria, que se passe-t-il ? répéta Opal. Tu as l'air retournée.

— Rien, j'ai mal à la tête. Crois-tu que je puisse rentrer à la maison ?

— Bien sûr ; je taperai le reste de ton courrier. Gloria, si je peux faire quelque chose… »

Glory regarda le visage inquiet de son amie. « Tu ne peux plus rien, mais je te remercie pour tout. »

Elle rentra à pied chez elle. La température était remontée au-dessus de zéro, mais le temps était âpre, et le froid transperçait son manteau et ses gants. L'appartement avec ses meubles de location miteux semblait étrangement vide, comme si l'on sentait qu'ils n'y reviendraient plus. Elle alla dans le placard du couloir et y trouva la valise noire déformée que Père avait achetée dans une vente dans la rue. Elle empaqueta ses quelques vêtements, ses produits de maquillage et le livre neuf que lui avait donné Opal pour Noël. La valise n'était pas grande et elle eut du mal pour fermer les serrures.

Il y avait autre chose. La poupée Raggedy Ann. Le psychiatre de la clinique lui avait demandé de se dessiner telle qu'elle se voyait, mais Glory n'y était pas parvenue. La poupée se trouvait sur une étagère parmi d'autres, et il la lui avait donnée. « Croyez-vous que vous pourriez me montrer à quoi ressemblerait cette poupée si c'était vous ? »

Glory n'avait eu aucun mal à peindre les larmes, à suggérer une expression effrayée dans les yeux, à changer la courbe de la bouche, afin qu'au lieu de sourire, la poupée eût l'air d'être sur le point de pleurer.

« Aussi malheureuse ? avait demandé le médecin lorsqu'elle avait eu terminé.

— Pire. »

Oh ! Père, pensa-t-elle, je voudrais rester et attendre que tu me téléphones, mais ils vont finir par me retrouver ! Ce commissaire est sûrement en train de vérifier qui je suis en ce moment. Je ne peux continuer à fuir. Tant que j'en ai le courage, je dois me rendre à la police. J'obtiendrai peut-être ainsi une peine plus légère.

Il restait une promesse qu'elle pouvait tenir. Mlle Langley l'avait suppliée de téléphoner à cette célèbre journaliste de télévision, Patricia Traymore, avant d'entreprendre quoi que ce soit. Elle composa le numéro, raconta ce qu'elle avait l'intention de faire, et écouta impassiblement les arguments émouvants de Pat.

Elle finit par partir à trois heures. Une voiture était garée au bout de la rue. Deux hommes à l'intérieur. « C'est elle, dit l'un. Elle mentait en disant qu'elle n'avait pas l'intention de retrouver Stevens. » Il avait l'air de le regretter.

L'autre appuya sur l'accélérateur. « Je t'avais dit qu'elle te racontait des bobards. Dix dollars qu'elle nous mène à Stevens. »

31

Pat fonça jusqu'au Lotus Inn sur Wisconsin Avenue. Elle cherchait désespérément le moyen de persuader Eleanor Brown d'attendre avant d'aller se livrer à la police. On devait pouvoir lui faire entendre raison.

Elle avait essayé de joindre Sam, mais après avoir laissé le téléphone sonner cinq fois, elle avait raccroché brutalement et s'était précipitée hors de chez elle. Elle entra en trombe dans le restaurant, se demandant si elle reconnaîtrait la jeune fille de la photo de classe. Utilisait-elle son véritable nom ? Sans doute pas.

— L'hôtesse l'accueillit. « Êtes-vous mademoiselle Traymore ?

— Oui.

— Mlle Brown vous attend. »

Elle était assise à une table au fond de la salle et buvait un verre de vin blanc. Pat se glissa sur la chaise en face d'elle, réfléchissant à ce qu'elle allait dire. Eleanor Brown n'avait pas beaucoup changé depuis l'époque de la photo de classe. Elle était certes plus âgée, moins désespérément maigre et plus jolie que Pat ne s'y attendait, mais il était impossible de ne pas la reconnaître.

Elle parla d'une voix douce. « Mademoiselle Traymore ? Merci d'être venue.

— Eleanor, je vous en prie, écoutez-moi. Vous avez le droit de prendre un avocat. Vous pouvez rester en liberté provisoire pendant que nous cherchons une solution. Vous étiez en pleine dépression nerveuse lorsque vous avez violé vos obligations. Il y a tellement d'arguments qu'un avocat peut invoquer. »

La serveuse apporta une assiette de crevettes roses. « J'en rêvais depuis si longtemps, dit Eleanor. Voulez-vous commander quelque chose ?

— Non. Rien. Eleanor, comprenez-vous ce que je vous ai dit ?

— Oui, très bien. » Eleanor trempa une crevette dans la sauce cocktail. « Oh ! c'est bon ! » Son visage était pâle mais déterminé. « Mademoiselle Traymore, j'espère obtenir le rétablissement de ma libération conditionnelle, mais sinon, je me sens assez forte aujourd'hui pour accomplir la peine à laquelle je serai condamnée. Je peux dormir dans une cellule, porter l'uniforme de prisonnière, manger cette bouillie qu'ils appellent nourriture, accepter les fouilles et l'ennui. À ma sortie, je ne veux plus avoir à me cacher, et je veux passer le reste de ma vie à tenter de prouver mon innocence.

— Eleanor, n'a-t-on pas trouvé l'argent chez vous ?

— Mademoiselle Traymore, la moitié des gens du bureau connaissaient l'emplacement de cette cave. Lorsque j'ai déménagé, six ou huit d'entre eux sont venus m'aider. Ça ressemblait presque à une surprise-partie. Les meubles que je ne pouvais pas utiliser ont été descendus dans ma cave. On a retrouvé une partie de l'argent, mais soixante-dix mille dollars sont restés dans la poche de quelqu'un d'autre.

— Eleanor, vous affirmez que Toby vous a téléphoné et il nie l'avoir fait... N'avez-vous pas trouvé anormal que l'on vous demande de vous rendre un dimanche dans le bureau du comité électoral ? »

Eleanor repoussa les restes de crevettes sur le bord de son assiette. « Non. Vous savez que le sénateur se présentait pour sa réélection. Le bureau du comité électoral envoyait des monceaux de prospectus. Elle avait l'habitude de passer de temps en temps et de donner un coup de main simplement pour que les bénévoles se sentent importants. Dans ces occasions, elle ôtait son diamant. L'anneau était un peu lâche et elle se montrait vraiment négligente avec cette bague. Une fois ou deux, elle l'avait oubliée.

— Et Toby, ou quelqu'un ayant la voix de Toby, a dit qu'elle l'avait encore une fois perdue ou égarée.

— Oui. Je savais qu'elle était passée au bureau du comité électoral dans la journée du samedi pour aider à dépouiller le courrier, aussi m'a-t-il semblé parfaitement naturel qu'elle ait pu l'oublier à nouveau et que l'un des assistants ait eu l'idée de la ranger dans le coffre-fort.

« Je crois que Toby conduisait la voiture du sénateur à l'heure où l'appel téléphonique a été donné. La voix était étouffée et celui qui m'a parlé n'a pas dit grand-chose. Une phrase du genre : "Allez vérifier si la bague du sénateur est dans le coffre-fort du bureau du comité électoral et prévenez-la." J'étais ennuyée car je voulais me rendre à Richmond pour faire des croquis et j'ai même répondu quelque chose comme : "Elle va sans doute la retrouver sous son nez." La personne qui était au téléphone a eu une sorte de rire, puis elle a raccroché. Si Abigail n'avait pas autant parlé de la seconde chance qu'elle m'avait donnée, si elle ne m'avait pas traitée de voleuse invétérée, j'aurais eu droit au bénéfice du doute. J'ai perdu onze années de ma vie pour un délit que je n'ai pas commis et je ne veux pas perdre un jour de plus. » Elle se leva et laissa de l'argent sur la table. « Ça doit faire le compte. » Elle se pencha, ramassa sa valise, puis s'immobilisa. « Vous savez ce qui me paraît le plus dur, maintenant ? Je vais rompre la promesse que j'ai faite à l'homme avec lequel je vivais, lui qui s'est montré si bon pour moi. Il m'a suppliée de ne pas me rendre tout de suite à la police. Je voudrais pouvoir lui expliquer, mais j'ignore où il se trouve.

— Puis-je lui téléphoner de votre part, plus tard ? Quel est son nom ? Où travaille-t-il ?

— Il s'appelle Arthur Stevens. Je crois qu'il a des ennuis là où il travaille ; il n'y est sûrement pas retourné. Vous ne pouvez rien faire. J'espère que votre émission sera réussie, mademoiselle Traymore. J'ai eu un choc quand je l'ai vue annoncée. Je savais que si l'on y montrait une seule photo de moi, je me retrouverais en prison

312

dans les vingt-quatre heures. Mais voyez-vous, j'ai compris à quel point j'étais fatiguée de me cacher. Curieusement, cela m'a donné la force d'envisager de retourner en prison pour pouvoir un jour être libre. Père, je veux dire Arthur Stevens, ne pouvait pas s'y résigner. Et maintenant, je ferais mieux d'y aller avant de perdre courage. »

Impuissante, Pat la regarda partir.

Au moment où Eleanor quittait le restaurant, deux hommes à une table d'angle se levèrent et la suivirent.

32

« **A**bby, ce n'est pas si terrible que ça. » En quarante ans, c'était la troisième fois seulement qu'il la prenait dans ses bras. Elle sanglotait à fendre l'âme.

« Pourquoi ne m'avez-vous pas dit qu'elle habitait dans cette maison ?

— Il n'y avait pas de raison de vous le dire. »

Ils se trouvaient dans le salon d'Abigail. Il lui avait montré l'article en arrivant, essayant ensuite de calmer l'inévitable explosion de désespoir.

« Abby, demain ce journal garnira les fonds de poubelles.

— Je ne veux pas garnir les fonds de poubelles ! » s'était-elle écriée.

Il lui servit un whisky sec et la força à le boire. « Allons, Sénateur, reprenez votre sang-froid. Peut-être y a-t-il un photographe caché dans les buissons.

— Taisez-vous, espèce d'âne ! » Mais cette simple supposition avait suffi à lui faire peur. Et après avoir bu son verre, elle s'était mise à pleurer. « Toby, c'est ce qu'on trouvait dans les vieilles feuilles à scandale bon marché. Et cette photo. Toby, *cette photo.* » Elle ne parlait pas de celle où elle posait avec Francey.

Il l'entoura de ses bras, lui tapotant maladroitement le dos et constata avec une mélancolie à laquelle il s'était depuis longtemps résigné qu'il n'était rien d'autre pour elle qu'une bouée à laquelle se raccrocher quand on perd pied.

« Si quelqu'un examine attentivement les photos ! Toby, regardez *celle-là*.

— Personne ne va s'y intéresser.

— Toby, cette fille – cette Pat Traymore. Comment est-elle parvenue à louer cette maison ? Ce n'est pas une coïncidence.

— La maison a été louée à douze locataires différents dans les vingt-quatre dernières années. Pat en est une parmi d'autres. » Toby s'efforça de prendre un ton sincère. Il ne croyait pas ce qu'il venait de dire ; mais par ailleurs, Philip n'avait pas encore été à même d'éclaircir les détails de la location. « Sénateur, n'y pensez plus. L'auteur des menaces adressées à Pat Traymore…

— Toby, *comment savons-nous qu'il s'agit de menaces ?* Comment savons-nous que ce n'est pas un calcul de sa part pour me nuire ? »

Il fut tellement surpris qu'il recula d'un pas. D'un mouvement automatique, elle s'écarta de lui, et ils se dévisagèrent. « Bonté divine, Abby, vous pensez qu'elle a pu avoir *manigancer* tout ça ? »

La sonnerie du téléphone les fit sursauter tous les deux en même temps. Il la regarda. « Voulez-vous que je…

315

— Oui. » Elle porta les mains à son visage. « Je me fiche de qui appelle. Je ne suis pas là.

— Domicile du sénateur Jennings. » Toby prit sa voix de majordome. « Puis-je prendre un message pour le sénateur ? Elle n'est pas libre pour l'instant. » Il fit un clin d'œil à Abby et fut gratifié en retour d'un semblant de sourire. « Le Président... Oh ! attendez une minute, monsieur le Président ! » Il posa sa main sur l'écouteur. « Abby, c'est le Président...

— Toby, comment osez-vous... ?

— Abby, pour l'amour du Christ, c'est le *Président* ! »

Elle crispa ses mains sur ses lèvres, puis s'approcha et lui prit le téléphone. « Si c'est une de vos plaisanteries... » Elle continua. « Abigail Jennings. »

Toby vit son expression changer. « Monsieur le Président. Je regrette... Je regrette vraiment... Des dossiers à lire... J'avais laissé la consigne... Je regrette... Oui, monsieur le Président, bien sûr. Oui, je peux être à la Maison-Blanche demain soir... vingt heures trente, entendu. Oui, cette émission nous a pris beaucoup de temps. Franchement, je ne suis pas enchantée d'être le sujet de ce genre de chose... Mon Dieu, comme c'est aimable de votre part... Monsieur le Président, vous voulez dire... Je ne sais vraiment que dire... Bien sûr, je comprends... Merci, monsieur le Président. »

Elle raccrocha. L'air abasourdi, elle regarda Toby. « Je ne dois en parler à personne. Il annonce que je suis sa candidate demain soir après l'émission. Pour lui, ce n'était pas une mauvaise idée que tout le pays me connaisse un peu mieux. La couverture du *Mirror* l'a fait rire. Il a dit que sa mère était une grosse dame aussi, mais que je suis beaucoup plus jolie maintenant qu'à l'âge de dix-sept ans. Toby, je vais devenir vice-président des États-Unis ! » Elle éclata d'un rire hystérique et se jeta dans ses bras.

« Abby, vous y *êtes arrivée* ! » Il la souleva de terre.

Un instant plus tard, les traits d'Abigail se contractèrent. « Toby, rien ne peut arriver... Rien ne peut arrêter ce... »

Il la reposa à terre et prit ses mains entre les siennes. « Abby, je jure que rien ne se mettra en travers de votre route. »

Elle commença à rire, puis se mit à pleurer. « Toby, je suis sur des montagnes russes. Vous et votre maudit scotch. Vous savez que je ne dois pas boire. Toby – *vice-président* ! »

Il dut la calmer. Il prit une voix apaisante. « Tout à l'heure, Abby, nous irons faire un tour en voiture et nous passerons devant votre prochaine résidence. Vous allez enfin habiter dans un vrai palais. Prochain arrêt, Massachusetts Avenue.

— Toby, taisez-vous. Préparez-moi une tasse de thé. Je vais prendre une douche et essayer de retrouver mes esprits. Vice-président ! Mon Dieu, mon Dieu ! »

Il mit la bouilloire sur le feu et, sans prendre la peine de passer un manteau, alla jusqu'à la boîte aux lettres sur la rue et l'ouvrit. Le fatras habituel – offres à prix réduits, concours, « Vous pouvez gagner deux millions de dollars »... 99 % du courrier personnel d'Abby arrivait au bureau.

Puis il la vit. L'enveloppe bleue avec une adresse écrite à la main. Une lettre personnelle pour Abby. Il regarda le coin en haut à gauche et sentit le sang se retirer de son visage.

La lettre provenait de Catherine Graney.

33

Sam prit la 7ᵉ Rue jusqu'à l'autre bout de la ville ; il était déjà un peu en retard pour son rendez-vous de midi avec Larry Laggiotes à l'Office National de la Sécurité des Transports

Après avoir quitté Pat, il était rentré chez lui et était resté éveillé la plus grande partie de la nuit, en proie à des émotions allant de la colère à l'analyse réfléchie des accusations de Pat.

« Puis-je vous aider, monsieur ?

— Comment ? Oh ! navré ! » Penaud, Sam s'aperçut qu'il était plongé dans ses pensées au point d'être entré dans le hall de l'immeuble sans se rendre compte qu'il avait poussé la porte à tambour. Le garde de sécurité le regardait d'un air interrogateur.

Il monta au huitième étage et donna son nom à la réceptionniste. « Cela ne va pas être long », dit-elle.

Sam s'installa dans un fauteuil. Abigail et Willard Jennings s'étaient-ils violemment querellés le dernier jour ? se demanda-t-il. Mais cela ne prouvait rien. Il se souvenait d'une époque où il avait menacé de quitter le Congrès, de prendre une situation lui permettant d'offrir à Janice un peu du luxe qu'elle méritait. Elle s'était disputée avec lui, s'était emportée, et quiconque les aurait entendus aurait pensé qu'ils ne pouvaient plus se supporter. Il était possible que la femme du pilote eût assisté à une altercation de ce genre. Willard était peut-être démoralisé, prêt à abandonner la politique et Abigail ne voulait pas le laisser brûler ses vaisseaux.

Sam avait téléphoné à son ami du FBI, Jack Carlson, pour lui demander de retrouver le rapport sur l'accident.

« Il y a vingt-sept ans ? Ça risque d'être difficile, avait dit Jack. C'est l'Office National de la Sécurité des Transports qui s'occupe des enquêtes sur les accidents maintenant, mais à cette époque-là, c'étaient les services de l'Aviation civile qui en étaient chargés. Je te rappellerai. »

À neuf heures trente, Jack avait rappelé. « Tu as du bol, dit-il d'un ton laconique. La plupart des rapports sont détruits au bout de dix ans, mais lorsque des personnalités en vue sont victimes d'un accident, on conserve les comptes rendus d'enquête dans les archives de l'Office de la Sécurité. Ils ont gardé des informations qui vont d'Amelia Earhart et Carole Lombard jusqu'à Dag Hammarskjöld et Hale Boggs. Mon contact à la Sécurité des Transports est Larry Laggiotes. Il a demandé qu'on lui envoie le dossier à son bureau, prends contact avec lui. Il propose que tu le rejoignes vers midi. Il l'examinera avec toi. »

« Excusez-moi, monsieur. M. Laggiotes va vous recevoir maintenant. »

Sam leva les yeux. Il eut le sentiment que la réceptionniste essayait d'attirer son attention. Je ferais mieux de revenir sur terre, pensa-t-il. Il la suivit dans le couloir.

Larry Laggiotes était un homme de forte corpulence dont les traits et le teint coloré rappelaient son ascendance grecque. Ils se saluèrent. Sam fournit une explication soigneusement préparée de la raison pour laquelle il désirait obtenir des renseignements sur l'accident.

Larry se renversa dans son fauteuil, les sourcils froncés. « Belle journée, hein ? fit-il remarquer. Mais il y a du brouillard à New York, de la glace à Minneapolis et il pleut à verse à Dallas. Pourtant, dans les prochaines vingt-quatre heures, il va y avoir dans ce pays cent vingt mille décollages et atterrissages d'avions de ligne, militaires et privés. Et les risques d'accident sont infimes. C'est pourquoi nous ne sommes pas particulièrement heureux quand un avion révisé par un mécanicien expert en la matière, piloté par un pilote hors ligne un jour de bonne visibilité, s'écrase sur une montagne et que l'on retrouve les débris à quatre kilomètres à la ronde dans les rochers.

— L'avion de Jennings !

— L'avion de Jennings, confirma Larry. Je viens de lire le rapport. Qu'est-il arrivé ? Nous n'en savons rien. Le dernier contact avcc George Graney remonte au moment où il a quitté la tour de contrôle de Richmond. Aucune indication de problème technique. C'était un vol de routine de deux heures. Et ensuite le temps de vol a été dépassé.

— Et on a conclu à une erreur de pilotage ? demanda Sam.

— Cause *probable*, erreur de pilotage. C'est la conclusion habituelle lorsque nous ne trouvons pas d'autres réponses. C'était un bimoteur Cessna pratiquement neuf, et les ingénieurs sont venus prouver que l'avion était en parfait état. La veuve de Willard Jennings s'est répandue en lamentations, clamant qu'elle avait horreur des petits charters, que son mari s'était plaint d'atterrissages difficiles avec Graney.

— La possibilité d'un crime n'a-t-elle jamais été envisagée ?

— Monsieur le Député, la possibilité d'un crime est toujours envisagée dans un cas pareil. En premier lieu, nous cherchons les moyens susceptibles d'avoir été employés. En fait, il en existe plusieurs qui sont particulièrement difficiles à dépister. Par exemple, étant donné toutes les bandes magnétiques utilisées aujourd'hui à bord d'un appareil, un aimant très fort caché dans le cockpit pourrait dérégler la majorité des instruments. Il y a vingt-sept ans, c'était inconcevable. Mais si quelqu'un avait saboté la dynamo de l'avion de Graney, abîmé ou coupé un fil, Graney aurait accusé une perte de puissance au moment même où il survolait une montagne. Les chances de retrouver des preuves utilisables auraient été presque nulles.

« On pourrait aussi chercher du côté de l'inverseur des réservoirs d'essence. Cet avion était muni de deux réservoirs. Le pilote passait sur le second réservoir lorsque la jauge du premier indiquait qu'il était vide. Supposons que l'inverseur n'ait pas fonctionné. Graney n'avait pas une seule chance d'utiliser le second réservoir. Ensuite, bien sûr, nous avons l'acide corrosif. Quelqu'un qui n'aurait pas voulu que l'appareil arrive à destination aurait pu placer un bidon d'acide non étanche. Dans la soute à bagages, sous un siège, qu'importe. Ça aurait bouffé les câbles en une demi-heure et il n'y aurait plus eu moyen de contrôler l'avion. Mais on l'aurait découvert plus facilement.

— Rien de tout cela n'est apparu à l'audience ? demanda Sam.

— On n'a pas retrouvé suffisamment de morceaux de l'appareil pour pouvoir jouer au mikado. Dans ce cas, il reste en second lieu à chercher les motifs. Et il n'y en avait aucun. La compagnie de charters de Graney marchait bien ; il n'avait pas pris d'assurance récente. Le député était étonnamment mal assuré, mais lorsqu'on vient d'une famille aisée, on n'en voit pas la nécessité, je suppose. Soit dit en passant, c'est la seconde fois que quelqu'un me demande une copie du rapport. Mme George Graney est venue me prier de lui en fournir une la semaine dernière.

— Larry, dans la mesure du possible, j'essaye d'épargner au sénateur Jennings l'embarras de voir cette affaire revenir sur le tapis – et bien sûr, j'étudierai le rapport moi-même, mais laissez-moi vous poser franchement une question : y a-t-il le moindre doute sur les qualités professionnelles de George Graney ?

— Pas le moindre. Il possédait des états de service remarquables. Il avait été dans l'aviation de chasse pendant la guerre de Corée, puis il avait travaillé pour *United* pendant deux ans. Piloter ce genre d'appareil était un jeu d'enfant pour lui.

— Et son matériel ?

— Toujours dans le meilleur état. Ses mécaniciens étaient parfaits.

— La veuve de Graney a donc une raison valable de s'émouvoir à la pensée que son mari a porté le chapeau dans cet accident. »

Larry souffla un rond de fumée de la taille d'une soucoupe. « Bien sûr, qu'elle a une raison – et *plus* que valable encore ! »

34

À seize heures dix, Pat parvint à joindre Sam d'une cabine téléphonique située dans le hall de l'immeuble du Câble du Potomac. Sans faire allusion à leur dispute, elle lui parla d'Eleanor. « Je n'ai pas pu l'en empêcher. Elle était décidée à se livrer à la police.

— Ne vous inquiétez pas, Pat. J'enverrai un avocat la voir. Vous en avez pour combien de temps au studio ?

— Je ne sais pas. Avez-vous lu le *Tribune* aujourd'hui ?

— Juste les titres.

— Lisez les pages des rubriques. Une chroniqueuse mondaine que j'ai rencontrée l'autre soir a appris où j'habitais et elle a ressorti toute l'histoire.

— Pat, je ne bouge pas de chez moi. Venez me retrouver en sortant du studio. »

Luther l'attendait dans son bureau. Elle s'était attendue à être traînée dans la boue. Il resta seulement sur la réserve. « Le tournage à Apple Junction s'est bien passé, lui dit-il. Il y neigeait hier et ce trou sinistre ressemblait au rêve américain. On a pris la maison des Saunders, l'école avec la crèche devant la porte, et la Grand-Rue avec son arbre de Noël. On a accroché une banderole sur la façade de la mairie : "Apple Junction, ville natale du sénateur Abigail Foster Jennings." »

Luther tira sur sa cigarette. « La vieille dame, Margaret Langley, nous a donné une bonne interview. Le genre bon chic bon genre et suranné. La voir parler de l'élève studieuse qu'était le sénateur tout en montrant l'album annuel ajoutera une note sympathique. »

Pat s'aperçut que sans en avoir l'air, Luther avait pris à son compte l'idée de filmer Apple Junction en introduction. « Avez-vous visionné ce que nous avons tourné hier soir et ce matin ? demanda-t-elle.

— Oui. Ça va. Vous auriez pu en mettre un peu plus sur Abigail en train de travailler à son bureau. La séquence du dîner de Noël est parfaite.

— Vous avez sûrement lu le *Tribune* d'aujourd'hui ?

— Oui. » Luther écrasa sa cigarette dans le cendrier et en prit une autre. Sa voix changea. Des taches rouges révélatrices apparurent sur ses joues. « Pat, auriez-vous la gentillesse de dévoiler votre jeu et d'expliquer pourquoi vous avez répandu cette histoire ?

— Pourquoi j'ai répandu *quoi* ? »

Luther abandonna son attitude réservée. « Un tas de gens verront peut-être une simple coïncidence dans le fait que tant de choses soient arrivées cette semaine pour procurer au sénateur cette publicité à sensation. Il se trouve que je ne crois pas aux coïncidences. Je partage l'opinion qu'a exprimée Abigail le jour où la première photo fut publiée dans le *Mirror*. Dès le début, vous avez tout fait pour nous obliger à réaliser cette émission comme vous l'entendiez. Et je crois que vous avez utilisé toutes les ficelles afin de vous offrir de la publicité à bon compte. Existe-t-il une seule personne dans tout Washington qui ne parle pas de Patricia Traymore ?

— Si vous croyez cela, il ne vous reste qu'à me mettre à la porte.

— Pour vous faire encore plus de publicité ? Pas question. Mais juste à titre de curiosité, pouvez-vous répondre à certaines de mes questions ?

— Allez-y.

— Le premier jour ici-même, je vous ai demandé de supprimer tout ce qui pouvait faire allusion au député Adams et à son épouse. Saviez-vous que vous louiez leur maison ?

— Oui, je le savais.

— N'aurait-il pas été normal de votre part de le mentionner ?

— Je ne crois pas. Je me suis appliquée à supprimer la moindre photo d'eux dans les documents du sénateur – et soit dit en passant, cela m'a donné un boulot énorme. Avez-vous visionné tous les films ?

— Oui. Vous avez fait du bon travail. Maintenant, si vous me donniez votre point de vue sur les menaces que vous avez reçues. N'importe quel imbécile dans le métier savait que l'émission serait réalisée, avec ou sans votre participation. »

Pat choisit soigneusement ses mots. « Pour moi, ces menaces ne représentaient rien d'autre que ce qu'elles sont – des *menaces*. Je crois que personne n'a jamais eu l'intention de me faire du tort, on a seulement cherché à m'effrayer. Je crois que quelqu'un craint de voir cette émission se réaliser et a pensé que le projet tomberait à l'eau si je n'y participais pas. » Elle s'arrêta, puis ajouta délibérément : « Cette personne ne peut pas imaginer que je suis juste là pour le décor, dans une campagne destinée à porter Abigail Jennings à la vice-présidence. »

— Essayez-vous d'insinuer… ?

— Non, je n'insinue pas : je constate. Je suis tombée dans le panneau. Je me suis laissé avoir en acceptant si rapidement votre proposition, en me précipitant pour faire un travail de trois mois en une semaine, en obtenant des documents exclusivement fournis par vos soins et ceux du sénateur. Si ce reportage peut prétendre à un semblant d'honnêteté, cela tient uniquement aux séquences que je vous ai imposées. C'est parce que j'ai par inadvertance causé une publicité déplorable à Abigail Jennings que je m'efforce de réaliser cette émission en sa faveur. Mais je vous préviens, j'ai l'intention de poursuivre mes investigations sur certains points.

— Par exemple ?

— Le cas d'Eleanor Brown, la fille qui a été accusée d'avoir dérobé les fonds électoraux. Je l'ai vue aujourd'hui. Elle était sur le point de se livrer à la police. Et elle jure n'avoir jamais touché à cet argent.

— Eleanor va se livrer à la police ? la coupa Luther. Nous pouvons en tirer avantage. Comme elle n'a pas respecté ses obligations, sa demande de libération conditionnelle sera rejetée.

— Le député Kingsley essaye de l'obtenir pour elle.

— C'est une erreur. Je veillerai à ce qu'elle reste tranquille jusqu'à l'annonce du Président. Ensuite, qui va s'y intéresser ? Elle a eu un jugement équitable. Nous parlerons du procès dans l'émission exactement comme nous l'avons prévu, en ajoutant seulement le fait qu'elle s'est livrée à la justice à cause de l'émission. Ça la fera réfléchir si elle a l'intention de créer des ennuis. »

Pat eut l'impression d'avoir trahi la confiance d'Eleanor. « J'en viens à croire que cette fille est innocente, et si elle l'est, je ferai tout pour lui obtenir un nouveau jugement.

— Elle n'est pas innocente, dit sèchement Luther. Sinon, pourquoi aurait-elle violé ses obligations ? À présent, elle a probablement dépensé les soixante-dix mille dollars et elle voudrait pouvoir cesser de s'enfuir. N'oubliez pas : les jurés l'ont condamnée à l'unanimité. Vous croyez encore dans les décisions du jury j'espère ? Et maintenant, y a-t-il autre chose ? Reste-t-il, à votre connaissance, le moindre petit détail qui puisse être néfaste au sénateur ? »

Elle lui parla de Catherine Graney.

« Elle envisage donc d'attaquer la chaîne en justice ? » Luther parut tout à fait ravi. « Et cela vous inquiète ?

— Si elle commence à parler du mariage des Jennings... si elle raconte que la belle-mère du sénateur ne lui a pas légué un sou...

— Abigail aura pour elle toutes les femmes d'Amérique qui ont à supporter une exécrable belle-mère. Quant à l'entente des Jennings, c'est la parole de cette Mme Graney contre celle du sénateur et de Toby... Il est témoin des derniers moments qu'ils ont passés ensemble, ne l'oubliez pas. Et que faites-vous de cette lettre que le sénateur a écrite à son mari ? Elle est datée de quelques jours à peine avant sa mort.

— C'est ce que nous *supposons*. Quelqu'un pourrait faire remarquer qu'elle n'a pas précisé *l'année*.

— Elle peut l'ajouter maintenant, s'il le faut. Autre chose ?

— Autant que je puisse en juger, il y a seulement ces deux points qui risquent de faire une mauvaise publicité au sénateur. Je suis prête à vous en donner ma parole.

— Très bien. » Luther sembla rassuré. « Je vais envoyer des cameramen filmer le sénateur en train de regagner son domicile ce soir – cette conclusion d'une longue journée de travail.

— Vous ne voulez pas de moi pour cette prise de vues ?

— Je préfère que vous restiez à l'écart d'Abigail Jennings jusqu'à ce qu'elle se soit calmée. Pat, avez-vous lu en détail votre contrat avec la chaîne ?

330

— Il me semble.

— Alors vous savez sans doute que nous avons le droit de vous licencier contre un dédommagement fixé à l'avance. Franchement, je n'avale pas cette histoire à dormir debout selon laquelle quelqu'un veut empêcher la réalisation de l'émission. Mais je vous admire presque d'avoir réussi à faire parler de vous dans tout Washington, et vous l'avez fait en profitant d'une femme qui a dédié toute sa vie au service de l'État.

— Avez-vous lu mon contrat ? demanda Pat.

— C'est moi qui l'ai rédigé.

— Alors vous devez savoir que vous me donniez le contrôle de la création des projets qui m'étaient confiés. Croyez-vous que vous ayez respecté mon contrat cette semaine ? » Elle ouvrit la porte du bureau de Luther, consciente que tout le monde dans la salle de rédaction les écoutait.

Les derniers mots de Luther résonnèrent dans toute la pièce. « À partir de la semaine prochaine, on rediscutera les termes de votre contrat. »

Ce fut une des rares fois dans sa vie où Pat claqua une porte.

Quinze minutes plus tard, elle donnait son nom à la réception de l'immeuble de Sam.

Il l'attendait sur le palier lorsque l'ascenseur s'arrêta à son étage. « Pat, vous avez l'air épuisée.

— Je le suis. » Elle le regarda d'un air las. Il portait le pull-over écossais qu'il avait mis le soir précédent. Avec un coup au cœur, elle remarqua à nouveau combien il mettait en valeur le bleu de ses yeux. Il la prit par le bras et ils longèrent le couloir.

À l'intérieur de l'appartement, elle éprouva d'abord une impression de surprise à la vue du décor. Des meubles modulaires gris anthracite étaient groupés au centre de la pièce. Plusieurs belles gravures et quelques tableaux de maître étaient accrochés aux murs. La moquette était chinée dans les tons de gris, noir et blanc.

Elle s'était attendue à quelque chose de plus traditionnel – un canapé avec des accoudoirs, des fauteuils confortables, des meubles de famille. Un tapis d'Orient, même usé, aurait apporté une note de gaieté sur la moquette. Il lui demanda ce qu'elle pensait de l'endroit et elle le lui dit.

Les yeux de Sam se plissèrent. « Eh bien, vous connaissez le moyen d'être réinvitée, maintenant ! Vous avez raison, bien sûr. Je voulais faire place nette, recommencer, et naturellement, je suis allé trop loin. J'en conviens. Cet endroit ressemble à l'entrée d'un motel.

— Pourquoi y rester, alors ? J'imagine que vous avez le choix.

— Oh ! l'appartement me convient ! dit-il tranquillement. C'est seulement les meubles qui me posent un problème. Je me suis débarrassé des anciens, mais je ne savais pas encore exactement comment choisir les nouveaux. »

C'était une constatation énoncée sur un ton badin qui tout d'un coup prenait trop d'importance. « Auriez-vous par hasard un scotch pour une dame fatiguée ? demanda-t-elle.

— Bien sûr. » Il se dirigea vers le bar. « Beaucoup de soda, un glaçon, un zeste de citron si possible, mais ce n'est pas grave si vous n'avez pas de citron. » Il sourit.

« Je suis sûre que je n'ai pas l'air aussi difficile.

— Pas difficile, seulement réfléchie. » Il prépara les verres et les posa sur la table basse. « Asseyez-vous et ne soyez pas aussi agitée. Comment s'est passée la journée au studio aujourd'hui ?

— D'ici à la semaine prochaine, je n'aurai sans doute plus de travail. Luther est persuadé que j'ai essayé de me faire un coup de publicité et il admire plutôt mon culot dans cette affaire.

— Je crois qu'Abigail partage un peu le même point de vue. »

Pat haussa un sourcil. « Vous seriez sans nul doute le premier à le savoir. Sam, je n'avais pas l'intention de vous téléphoner si vite après la nuit dernière. En fait, j'aurais préféré laisser les choses se tasser pendant trois mois avant de nous retrouver comme de bons amis. Mais j'ai vraiment besoin que l'on m'aide très vite, et je ne peux bien sûr pas compter sur Luther Pelham. Je crains donc que vous soyez le seul candidat.

— Ce n'est pas exactement ce que j'aurais souhaité entendre de votre part, mais je suis heureux d'être utile. »

Il était différent aujourd'hui. Elle le sentait. Comme si cette irrésolution désenchantée qui l'habitait avait disparu. « Sam, il y a quelque chose que je ne vous ai pas dit à propos de l'effraction. » Aussi calmement que possible, elle lui parla de la poupée Raggedy Ann. « Et maintenant, la poupée a disparu.

— Pat, êtes-vous en train de me raconter que quelqu'un est revenu dans votre maison sans que vous le sachiez ?

— Oui.

— Dans ces conditions, vous n'y resterez pas une minute de plus. »

Incapable de rester en place, elle se leva et se dirigea vers la fenêtre.

« Ce n'est pas une solution. Sam, curieusement, le fait que la poupée ait disparu est presque rassurant. Je ne crois pas que l'auteur des menaces veuille me faire du mal. Il l'aurait déjà fait. Il a seulement peur que cette émission *lui* nuise. Et j'ai quelques idées sur la question. » Rapidement, elle lui exposa son analyse de l'affaire d'Eleanor Brown. « Si Eleanor Brown ne mentait pas, c'est Toby qui mentait. Si Toby mentait, le sénateur le couvrait, et cela semble inconcevable. Mais supposons qu'une autre personne soit impliquée, un individu qui aurait pu imiter la voix de Toby, qui savait où se trouvait la cave d'Eleanor et y a juste planqué suffisamment d'argent pour la faire accuser ?

— Comment expliquez-vous la poupée et les menaces ?

— D'après moi, une personne qui me connaissait enfant peut m'avoir reconnue et essaye maintenant de m'effrayer et de faire annuler cette émission. Sam, examinez ces éléments : *Toby* me connaissait lorsque j'étais petite. Il est devenu véritablement hostile à mon égard. J'ai d'abord

334

pensé que c'était à cause du sénateur et de toute cette publicité déplorable, mais l'autre jour, il n'a cessé d'inspecter la bibliothèque comme s'il repérait les lieux. Et il est revenu sur ses pas après être parti. Il n'a pas pensé que je le suivrais pour pousser le verrou de sûreté. Il a raconté qu'il voulait juste vérifier la serrure, que tout le monde pouvait entrer et que je devrais me montrer prudente. J'ai bien voulu le croire – mais Sam, je ne me sens vraiment pas tranquille avec Toby. Pourriez-vous vous renseigner, voir s'il n'a jamais eu d'ennuis dans le passé ? Je veux dire de vrais ennuis ?

— Oui, je peux le faire. Moi non plus, je n'ai jamais beaucoup aimé ce type. » Il s'approcha derrière elle, entoura sa taille de ses bras. Dans un geste instinctif, elle s'appuya contre lui. « Vous m'avez manqué, Pat.

— Depuis hier soir ?

— Non, depuis deux ans.

— Difficile de s'en rendre compte. » Pendant un moment elle s'abandonna à la simple joie d'être contre lui ; puis elle se retourna et lui fit face. « Sam, un reste de tendresse ne représente pas ce que je désire. Aussi pourquoi ne pas... »

Ses bras se resserrèrent autour d'elle. Ses lèvres n'étaient plus hésitantes. « Il n'est plus question de reste de tendresse. »

Pendant de longues minutes, ils restèrent sans bouger, se détachant dans l'embrasure de la fenêtre.

À la fin, Pat s'écarta. Sam la laissa aller. Ils se regardèrent. « Pat, dit-il, tout ce que vous avez dit hier soir était vrai, excepté une chose. Il n'y a absolument rien entre Abigail et moi. Pouvez-vous me laisser un peu de temps pour me retrouver moi-même ? Jusqu'au moment où je vous ai revue cette semaine, je ne m'étais pas rendu compte que j'avais fonctionné comme un zombie. »

Elle essaya de sourire. « Vous semblez oublier que j'ai besoin d'un peu de temps aussi. Le chemin des souvenirs n'est pas aussi simple que je l'imaginais.

— Pensez-vous retrouver des impressions objectives de cette nuit ?

— Objectives, peut-être, mais pas particulièrement agréables. Je commence à penser que c'est peut-être ma mère qui a perdu la tête ce soir-là, et c'est en quelque sorte plus pénible.

— Pourquoi pensez-vous cela ?

— Ce n'est pas pourquoi je le *pense*, mais pourquoi elle peut avoir tiré qui m'intéresse maintenant. Demain soir, *les Moments de la vie d'Abigail Jennings* seront présentés au public. Immédiatement après, je me lancerai dans une véritable enquête. Je donnerais n'importe quoi pour que toute cette histoire ne soit pas si précipitée. Sam, il y a trop de choses qui ne collent pas ensemble. Et je me fiche de ce que Luther Pelham pense. Cette séquence sur l'accident d'avion va éclater à la figure d'Abigail. Catherine Graney ne plaisante pas. »

Elle refusa son invitation à dîner. « La journée a été éreintante. Je me suis levée à quatre heures pour être à l'heure au bureau du sénateur, et demain nous finissons d'enregistrer. Je vais me faire un sandwich et me coucher à neuf heures. »

À la porte, il la retint encore. « Lorsque j'aurai soixante-dix ans, vous en aurez quarante-neuf.

— Et quand vous en aurez cent, j'en aurai quatre-vingt-deux. Faites des recherches sur Toby et prévenez-moi dès que vous aurez des nouvelles d'Eleanor Brown.

— Bien sûr. »

Pat partie, Sam téléphona à Jack Carlson et lui raconta brièvement ce que Pat lui avait confié.

Jack émit un sifflement. « Tu veux dire que ce type est revenu ? Sam, c'est un véritable timbré. Bien sûr que nous pouvons faire des recherches sur ce Toby, mais fais quelque chose pour moi. Procure-moi une copie de son écriture, veux-tu ? »

35

Le commissaire Barrot était gentil. Il croyait qu'elle disait la vérité. Mais l'autre policier se montrait hostile. Cent fois, Eleanor répondit aux questions qu'il ressassait.

Comment pouvait-elle leur avouer où elle gardait soixante-dix mille dollars qu'elle n'avait jamais vus ?

En voulait-elle à Patricia Traymore de réaliser une émission qui la forçait à cesser de fuir ? Non, bien sûr que non. Au début, elle avait eu peur et puis elle s'était rendu compte qu'elle ne pouvait se cacher plus longtemps, et qu'elle serait contente d'en finir.

Savait-elle où habitait Patricia Traymore ? Oui, Père lui avait dit que Patricia Traymore vivait dans la maison des Adams à Georgetown. Il lui avait montré cette maison un jour. Il faisait partie de l'équipe des ambulanciers de l'hôpital de Georgetown à l'époque où cet horrible drame était survenu. Entrer par effraction dans cette maison ? Non, bien sûr. Comment l'aurait-elle pu ?

Dans la cellule de la prison, elle s'assit sur le bord de la couchette, étonnée d'avoir pu penser qu'elle était assez forte pour retourner dans cet univers. Les barreaux de fer, l'atteinte à l'intimité que constituaient les toilettes ouvertes, l'impression d'être prise au piège, l'abattement qui s'emparait à nouveau d'elle et l'enveloppait comme un brouillard noir.

Elle s'allongea sur la couchette et se demanda où Père était parti. Comment même supposer qu'il pût faire du mal à quelqu'un ? C'était l'homme le plus gentil qu'elle eût jamais connu. Mais elle l'avait trouvé terriblement nerveux après la mort de Mme Gillespie.

Elle espéra qu'il ne lui en voudrait pas de s'être livrée à la justice. Ils auraient fini par l'arrêter de toute façon. Elle était certaine que le commissaire Barrot se préparait à l'interroger.

Père était-il parti ? Probablement. Avec une inquiétude grandissante, Eleanor se rappela les nombreuses fois où il avait changé de lieu de travail. Où se trouvait-il maintenant ?

Arthur dîna tôt dans une cafétéria de la 14e Rue. Il prit du bœuf braisé, une tarte meringuée au citron et un café. Il mangea lentement et avec application. Il importait de bien manger, ce soir. Il s'écoulerait peut-être bien des jours avant qu'il ne puisse manger un repas chaud.

Ses plans étaient établis. La nuit tombée, il regagnerait la maison de Patricia Traymore. Il se glisserait par la fenêtre du premier étage. Il s'installerait dans la penderie de la chambre d'invités. Il apporterait des canettes de soda ; il lui restait l'un des gâteaux danois et deux des petits pains de ce matin dans sa poche. Il lui faudrait aussi quelques boîtes de jus de fruits. Et peut-être devrait-il apporter du beurre de cacahuètes et du pain de seigle. Avec ça, il tiendrait jusqu'au passage de l'émission demain soir.

Il avait dû dépenser quatre-vingt-dix de ses précieux dollars pour acheter une télévision miniature en noir et blanc avec des écouteurs. Ainsi, il pourrait regarder l'émission dans la maison même de Patricia Traymore.

Sur le trajet, il achèterait des pastilles de caféine au drugstore. Il ne pouvait prendre le risque de crier dans son sommeil. Oh ! elle ne l'entendrait probablement pas de sa chambre, mais il ne pouvait pas prendre ce risque !

Quarante minutes plus tard, il était parvenu à Georgetown, à deux rues de la maison de Patricia Traymore. Les alentours étaient tranquilles, plus tranquilles qu'il ne l'aurait voulu. Maintenant que les achats de Noël étaient terminés, un inconnu courait plus de risques de se faire repérer. La police pouvait même surveiller la maison de Mlle Traymore. Mais qu'elle fît l'angle de la rue était un avantage pour lui. La maison de derrière n'était pas éclairée. Arthur se glissa dans la cour.

Une clôture basse séparait les deux cours. Il laissa tomber son sac à provisions de l'autre côté, s'assurant qu'il arrivait bien sur un talus de neige, et franchit ensuite la clôture sans difficulté.

Il attendit. Il n'y avait pas un bruit. La voiture de Mlle Traymore ne se trouvait pas dans l'allée. Sa maison était complètement sombre.

Il était malaisé de grimper dans l'arbre avec le sac à provisions. Le tronc était recouvert de givre et difficile à saisir ; Arthur sentait l'écorce glacée à travers ses gants. Sans l'appui des branches, il n'y serait pas arrivé. La fenêtre résistait, et il eut du mal à la soulever. Lorsqu'il enjamba pour la seconde fois l'appui et atterrit dans la pièce, le plancher craqua bruyamment.

Pendant quelques minutes d'angoisse, il attendit près de la fenêtre, prêt à déguerpir, à débouler de l'arbre et à traverser la cour en courant. Mais seul le silence régnait dans la maison. Le silence et le ronflement intermittent de la chaudière.

Il commença à arranger sa cachette dans la penderie. Il s'aperçut avec satisfaction que les étagères n'étaient pas fixées au mur. En les écartant légèrement, elles auraient l'air de toucher la paroi et personne ne s'apercevrait qu'il lui restait de la place dans l'espace triangulaire derrière lui.

Il aménagea ensuite confortablement son endroit secret. Il choisit un édredon épais et l'étendit sur le sol. Il était suffisamment grand pour servir de sac de couchage. Il installa ses provisions et son poste de télévision. Il y avait quatre gros oreillers sur l'étagère la plus basse.

En quelques minutes, il fut installé. Maintenant, restait à explorer.

Malheureusement, elle n'avait laissé aucune lumière allumée. Cela l'obligerait à se déplacer en tenant sa lampe torche au ras du sol pour éviter qu'on aperçût aucune lueur derrière la fenêtre. Il fit plusieurs fois l'aller et retour entre la chambre d'invités et la chambre principale. Il sonda le plancher et se rendit compte qu'une planche craquait.

Le trajet dans le couloir entre sa penderie et la chambre de Pat lui prit douze secondes. Il entra à pas de loup dans la chambre de Pat Traymore et s'avança jusqu'à la coiffeuse. Il n'avait jamais vu d'aussi jolis objets. Son peigne, son miroir, ses brosses étaient tous décorés de motifs en argent. Il ôta le bouchon d'un flacon et respira le parfum délicat.

Puis il entra dans la salle de bains, remarqua son déshabillé accroché derrière la porte et ne put résister à la tentation de le toucher. C'était le genre de vêtements que Glory aurait aimé, pensa-t-il avec amertume.

La police était-elle allée interroger Glory à son bureau ? Elle devait être rentrée à la maison, maintenant. Il eut envie de lui parler.

Il se dirigea vers le lit, trouva le téléphone sur la table de nuit et composa le numéro. À la quatrième sonnerie, il commença à froncer les sourcils. Elle avait parlé de se rendre à la police, mais elle ne l'aurait jamais fait après lui avoir promis d'attendre. Non, elle s'était sans doute couchée, tremblante, attendant de voir si sa photo apparaîtrait dans l'émission demain soir.

Il reposa le téléphone sur la table de nuit mais resta assis, tapi près du lit de Pat. Glory lui manquait déjà. Il était douloureusement conscient de la solitude silencieuse de la maison. Mais il savait que bientôt ses voix viendraient le rejoindre.

36

« C 'est parfait, Sénateur, dit Luther. Désolé d'avoir dû vous demander de vous changer. Mais nous voulions obtenir l'impression d'une unique journée de travail, aussi fallait-il que vous portiez la même tenue en regagnant votre maison qu'en la quittant.

— C'est normal. J'aurais dû m'en rendre compte », dit Abigail d'un ton bref.

Ils se tenaient dans son salon. Les opérateurs rangeaient leur matériel. Toby vit qu'Abigail n'avait pas l'intention d'offrir un verre à Luther. Elle avait seulement envie d'être débarrassée de lui.

Il comprit visiblement le message. « Grouillez-vous », ordonna-t-il à son équipe. Puis il sourit d'un air engageant. « Je sais que la journée a dû vous paraître longue, Abigail. Encore une seule séance au studio demain et nous sommes fin prêts.

— Ce sera le moment le plus heureux de mon existence. »

Toby aurait voulu voir Abigail se détendre. Ils étaient allés faire un tour en voiture et étaient passés deux fois devant la résidence du vice-président. Abby avait même plaisanté à ce propos. « Vous imaginez la réaction des chroniqueurs s'ils me voyaient en train de repérer les lieux ? » Mais, dès l'arrivée de l'équipe de prises de vues, elle s'était à nouveau tendue.

Pelham enfilait son manteau. « Le Président donne une conférence de presse à vingt et une heures dans la Salle Est demain soir. Vous y verra-t-on, Abigail ?

— Je crois que j'y suis conviée, dit-elle.

— Cela rend notre programmation excellente. L'émission sera diffusée entre dix-huit et dix-neuf heures, ainsi n'y aura-t-il pas de conflits d'horaires pour les spectateurs.

— Je suis certaine que tout Washington se meurt d'impatience, dit Abby. Luther, je suis réellement crevée.

— Bien sûr. Pardonnez-moi. Je vous verrai demain. À neuf heures, si tout va bien.

— Une minute de plus et je serais devenue folle, dit Abigail lorsque elle et Toby se retrouvèrent enfin seuls. Et quand je pense que tout ceci est totalement inutile...

— Pas si inutile, Sénateur, dit Toby d'un ton apaisant. Il faut encore que votre nomination soit ratifiée par le Congrès. Bien sûr, vous obtiendrez la majorité, mais ce serait pas mal si des gens envoyaient des télégrammes en votre faveur. L'émission peut vous apporter cela.

— Dans ce cas, elle aura été utile.

— Abby, avez-vous encore besoin de moi ce soir ?

— Non, je vais me coucher tôt et lire jusqu'à ce que je m'endorme. La journée a été longue. » Elle sourit et Toby vit qu'elle commençait à se détendre. « Après quelle serveuse courez-vous, maintenant ? À moins que ce ne soit une partie de poker ? »

Pat rentra chez elle à dix-huit heures trente. Elle alluma la lumière dans l'entrée, mais l'escalier resta dans l'ombre au-delà du coude qui conduisait au premier étage.

Les paroles irritées de son père résonnèrent soudain à ses oreilles : « Tu n'aurais pas dû venir. »

Ce soir-là, le carillon avait sonné avec insistance ; son père avait ouvert la porte ; quelqu'un était passé devant lui ; cette personne avait levé la tête – voilà pourquoi elle avait si peur ; Papa était en colère et elle avait peur qu'on la vît.

Sa main tremblait en se posant sur la rampe. Je n'ai aucune raison d'être angoissée, pensa-t-elle. C'est simplement que je n'en peux plus et que la journée a été rude. Je vais passer un vêtement confortable et me préparer quelque chose pour dîner.

Dans sa chambre, elle se déshabilla rapidement, hésita à prendre sa robe de chambre derrière la porte, puis préféra passer la longue tunique en velours brun. Elle était chaude et agréable à porter.

Devant sa coiffeuse, elle attacha ses cheveux en arrière et se mit de la crème sur le visage. Elle passait machinalement le bout de ses doigts sur sa peau, massant en rond comme le lui avait appris l'esthéticienne, exerçant une légère pression sur les tempes, effleurant l'imperceptible cicatrice à la racine des cheveux.

Les meubles derrière elle se reflétaient dans le miroir ; les pieds du lit ressemblaient à de hautes sentinelles. Elle regarda attentivement dans la glace. Elle avait entendu dire qu'en fixant un point imaginaire sur son front, on peut arriver à s'hypnotiser soi-même et à revenir dans le passé. Pendant une minute entière, elle se concentra sur le point imaginaire et eut l'étrange impression de se regarder reculer dans un tunnel... et il lui sembla qu'elle n'était pas seule. Elle eut la sensation d'une autre présence.

Ridicule. Elle finissait par avoir le tournis et des hallucinations.

Elle descendit à la cuisine, se prépara une omelette, du café et des toasts, et se força à manger.

La cuisine offrait une chaleur accueillante et apaisante. Elle y avait peut-être pris ses repas avec son père et sa mère parfois. Se souvenait-elle s'être assise sur les genoux de son père à cette table ? Veronica lui avait montré leur dernière carte de Noël. Elle était signée Dean, Renée et Kerry. Elle prononça les noms à voix haute « Dean, Renée et Kerry » et se demanda pourquoi l'intonation sonnait faux.

Rincer les assiettes et les disposer dans la machine à laver lui donna une raison de retarder ce qu'il lui restait à faire. Elle devait parcourir attentivement l'article et voir s'il divulguait des faits nouveaux sur Dean et Renée Adams.

Le journal se trouvait encore sur la table de travail. Elle l'ouvrit à la partie centrale, s'obligeant à lire chaque ligne du texte. Elle n'apprit rien de nouveau mais la souffrance n'en resta pas moins aiguë... « Le revolver souillé de leurs empreintes mêlées... Dean Adams était mort sur le coup après que la balle l'eut atteint au front... Renée Adams lui avait survécu de quelques minutes... » Un paragraphe mettait l'accent sur les rumeurs que ses voisins avaient allègrement glanées au réveillon : manifestement, le ménage s'entendait mal, Renée avait pressé son mari de quitter Washington, elle détestait la ronde constante des réceptions, elle était jalouse de l'attrait que son mari exerçait sur les femmes...

Cette réflexion d'une voisine : « Elle était visiblement folle de lui – et *il* avait l'œil charmeur. »

Le bruit avait couru que Renée, et non Dean, avait tiré. À l'enquête, la mère de Renée avait tenté d'étouffer cette hypothèse. « Il n'y a rien de mystérieux, avait-elle dit, c'est seulement tragique. À peine quelques jours avant d'être assassinée, ma fille m'avait dit qu'elle comptait revenir à la maison avec Kerry et qu'elle demanderait le divorce et la garde de l'enfant. Je crois que sa décision a déclenché cet accès de violence chez Dean. »

Elle avait peut-être raison, pensa Pat. Je me souviens d'avoir trébuché sur un corps. Pourquoi suis-je sûre que c'était celui de maman, pas celui de papa ? *Elle n'en était pas sûre.*

Elle examina les photos qui remplissaient presque toute la seconde page. Willard Jennings avait vraiment l'air d'un intellectuel. Il voulait renoncer au Congrès et accepter la présidence d'une université, si l'on en croyait Catherine

Graney. Et Abigail avait été une jeune femme d'une beauté parfaite. Il y avait un instantané un peu flou intercalé entre les autres. Pat le regarda à plusieurs reprises, puis changea le journal de place afin que la lumière l'éclairât directement.

C'était une photo prise sur la plage. Son père, sa mère et Abigail se trouvaient dans un groupe avec deux autres personnes. Sa mère était plongée dans un livre. Les deux inconnus étaient allongés sur des couvertures, les yeux fermés. L'appareil photo avait surpris son père et Abigail en train de se regarder. C'était clair qu'ils avaient l'air intimes.

Il y avait une loupe dans le bureau. Pat la trouva et s'en servit pour examiner la photo. Agrandie, Abigail avait une expression de ravissement. Dean Adams posait sur elle des yeux pleins de tendresse. Leurs mains s'effleuraient.

Pat replia le journal. Que signifiaient ces photos ? Un flirt en passant ? Son père exerçait une grande séduction sur les femmes, et il recherchait probablement leur attention. Abigail était une jeune veuve ravissante. Ce n'était peut-être rien de plus.

Comme toujours lorsqu'elle était troublée, Pat chercha refuge dans la musique. Dans le salon, elle alluma les lumières du sapin de Noël et éteignit instinctivement le lustre. Assise devant le piano, elle laissa ses doigts errer sur les touches jusqu'à ce qu'elle retrouve les notes de la *Pathétique* de Beethoven.

Sam était redevenu lui-même aujourd'hui, le Sam dont elle se souvenait, fort et plein d'assurance. Il avait besoin de temps. C'était normal. Elle aussi. Il y a deux ans, ils s'étaient sentis tellement déchirés, tellement coupables. Ce serait différent maintenant.

Son père et Abigail Jennings. Avaient-ils eu une liaison ensemble ? Abigail n'avait-elle été qu'une aventure de passage parmi d'autres ? Son père avait peut-être été un homme à femmes. Pourquoi pas ? Il était à n'en pas douter très séduisant, et c'était la mode parmi les jeunes hommes politiques en vue à cette époque – voir l'exemple des Kennedy…

Eleanor Brown. L'avocat avait-il pu lui obtenir une mise en liberté conditionnelle ? Sam n'avait pas téléphoné. Eleanor est innocente, décida Pat en son for intérieur. J'en suis certaine.

Liebestraum de Liszt. C'était ce qu'elle jouait à présent. Après la sonate de Beethoven. Elle avait aussi choisi inconsciemment ces deux morceaux, l'autre soir. Sa mère les avait-elle joués dans cette pièce ? Tous les deux avaient les mêmes accents, mélancoliques et solitaires.

« Renée, écoute-moi. Cesse de jouer et écoute-moi. – Je ne peux pas. Laisse-moi tranquille. » Les voix – celle de son père émue et pressante, celle de sa mère, désespérée.

Ils se disputaient énormément, pensa Pat. Après leurs querelles, sa mère jouait pendant des heures. Mais parfois, lorsqu'elle était heureuse, elle me mettait sur le banc à côté d'elle. *« Non, Kerry, comme ça. Pose tes doigts ici… Elle sait piquer les notes quand je les chantonne. Elle a un véritable don. »*

Pat sentit ses doigts attaquer les premières notes de l'*Opus 30, numéro 3* de Mendelssohn, un autre morceau qui évoquait le chagrin. Elle se leva. Il y avait trop de fantômes dans cette pièce.

Sam téléphona au moment où elle remontait l'escalier.

« Ils refusent de mettre Eleanor Brown en liberté. Ils craignent qu'elle se dérobe à la justice. Il semblerait que l'homme avec qui elle vit soit soupçonné d'un certain nombre de décès survenus à l'hospice.

— Sam, je ne supporte pas de la savoir dans une cellule.

— Frank Crowley, l'avocat que je lui ai envoyé, pense qu'elle dit la vérité. La copie des minutes du procès lui parviendra dans la matinée. Nous ferons ce que nous pourrons pour elle, Pat. Je crains que ce soit peu… Comment allez-vous ?

— Je survis.

— Vous avez bien fermé la maison ?

— Plutôt deux fois qu'une.

— Bon. Pat, tout est réglé. Nous sommes un certain nombre à être invités à la Maison-Blanche demain soir. Le Président va faire une annonce importante. La presse y sera, vous êtes sur la liste des invités. J'ai vérifié.

— Sam, croyez-vous… ?

— Je ne sais pas. Les paris se portent sur Abigail, mais le Président joue serré. Aucun des candidats possibles ne bénéficie encore de la protection des Services secrets. C'est toujours une indication. Je suppose qu'il veut maintenir le suspense jusqu'à la dernière minute. Mais quel que soit le candidat, vous et moi, nous allons sortir fêter ça.

— Et si vous n'approuvez pas son choix ?

— Il peut choisir qui il veut, je m'en fiche complètement pour l'instant. J'ai d'autres choses en tête. Je veux seulement me réjouir d'être avec vous. Je veux rattraper ces deux dernières années. Lorsque nous avons cessé de nous voir, j'ai cherché toutes les raisons me prouvant que cela n'aurait pas marché, même si j'étais libre. C'était pour moi la seule façon d'oublier à quel point vous me manquiez. Au bout d'un certain temps, je me suis mis à croire à mes propres mensonges. »

Pat eut un rire ému. Elle refoula d'un battement de paupières la buée soudaine qui lui montait aux yeux. « Vous êtes pardonné.

— Je ne veux plus gâcher une minute de nos vies, maintenant.

— Je croyais que vous aviez besoin de temps…

— Ni vous ni moi n'en avons besoin. » Même sa voix avait changé – confiante, forte, la voix dont elle avait gardé le souvenir pendant toutes ces nuits blanches où elle pensait à lui. « Pat, je suis tombé définitivement amoureux de vous durant cette journée à Cape Cod. Rien ne changera jamais plus. Je vous remercierai tous les jours de m'avoir attendu.

— Je n'avais pas le choix. Oh ! Sam, cela va être merveilleux ! Je vous aime tant. »

Après avoir raccroché sur un dernier bonsoir, Pat resta quelques minutes la main posée sur le téléphone comme si, à son contact, elle pouvait encore entendre chaque mot prononcé par Sam. Un sourire tendre aux lèvres, elle monta doucement l'escalier. Un craquement au-dessus de sa tête la fit sursauter. Elle savait ce que c'était. Cette planche sur le palier du premier étage qui fléchissait toujours sous son pas.

Ne sois pas grotesque, se dit-elle.

Les appliques en forme de torchères fixées au mur éclairaient imparfaitement le couloir. Au moment où elle allait entrer dans sa chambre, prise d'une impulsion, Pat pivota sur elle-même et se dirigea vers l'arrière de la maison. Elle marcha délibérément sur la planche mal ajustée et l'écouta craquer distinctement. Je jurerais avoir entendu ce bruit. Elle pénétra dans son ancienne chambre. Ses pas résonnèrent sur le plancher nu. La pièce était mal ventilée et étouffante.

La porte de la chambre d'invités était légèrement entrouverte. Il faisait plus frais à l'intérieur. Elle sentit un courant d'air et se dirigea vers la fenêtre. Elle n'était pas complètement fermée en haut. Elle essaya de la remonter, puis s'aperçut que le cordon était cassé. Voilà la raison, pensa-t-elle. Le courant d'air est suffisant pour faire battre la porte. Malgré tout, elle ouvrit la penderie et parcourut du regard le linge et la literie sur les étagères.

De retour dans sa chambre, elle se déshabilla rapidement et se glissa dans son lit. Elle était ridicule d'être aussi nerveuse. Penser à Sam ; penser à la vie qu'ils allaient partager.

Sa dernière impression avant de s'endormir fut encore l'étrange sensation de ne pas être seule. C'était inexplicable, mais elle était trop fatiguée pour s'y attarder.

Avec un soupir de soulagement, Catherine Graney mit l'écriteau FERMÉ sur la porte de son magasin. Pour un lendemain de Noël, les affaires avaient particulièrement bien marché. Un acheteur du Texas avait acheté la paire de chandeliers en porcelaine de Rudolstadt, les tables de jeu en marqueterie et le tapis de Stouk. Une vente excellente.

Catherine éteignit les lumières du magasin et monta dans son appartement, Sligo sur les talons. Elle avait disposé les bûches dans la cheminée ce matin. Elle approcha une allumette du papier sous le petit bois. Sligo s'installa à sa place préférée.

Dans la cuisine, elle commença à préparer son dîner. Lorsque son fils George viendrait la semaine prochaine, elle prendrait plaisir à cuisiner de bons repas. Mais aujourd'hui, une côtelette et une salade lui suffisaient amplement.

George lui avait téléphoné la veille pour lui souhaiter un joyeux Noël et lui annoncer la bonne nouvelle. Il avait été nommé major. « Vingt-sept ans et déjà une feuille de chêne ! s'était-elle exclamée. Dieu sait si ton père serait fier. »

Catherine fit griller sa côtelette. Raison de plus pour empêcher Abigail Jennings de salir plus longtemps le nom de George senior. Elle se demanda ce qu'elle avait pensé de la lettre. Elle l'avait écrite et corrigée cent fois avant de la poster la veille de Noël.

J'exige qu'à l'occasion de cette prochaine émission, vous fassiez connaître publiquement qu'il n'y a jamais eu l'ombre d'une preuve imputant l'accident mortel de votre mari à une erreur de pilotage. Cesser de salir la réputation de George Graney ne suffit pas : vous devez rétablir l'exactitude des faits. Si vous ne le faites pas, je vous attaquerai en diffamation et je révélerai la vérité sur vos rapports avec Willard Jennings.

À vingt-trois heures, elle regarda les nouvelles. À vingt-trois heures trente, Sligo lui renifla la main. « Je sais, grogna-t-elle. D'accord, viens faire ton tour. »

Il faisait nuit noire. Plus tôt dans la soirée, quelques étoiles étaient apparues, mais le ciel s'était recouvert. Le vent était âpre ; Catherine releva le col de son manteau. « On ne va pas se promener bien longtemps », dit-elle à Sligo.

Il y avait un chemin à travers les bois près de sa maison. Elle coupait souvent par là avec le chien et faisait ensuite le tour du bloc. Ce soir, Sligo tirait sur sa laisse, l'entraînant vers ses arbres et ses buissons favoris. Puis il s'arrêta brusquement et un long grondement sortit de sa gorge.

« Viens ! » dit Catherine impatiemment. Il ne manquerait plus qu'il se mît à chasser un putois.

Sligo bondit en avant. Clouée sur place, Catherine vit une main surgir et saisir comme une tenaille le vieux chien par le cou. Elle entendit un craquement atroce, et le corps sans vie de Sligo s'effondra sur la neige durcie.

Catherine voulut crier, mais aucun son ne sortit de sa bouche. La main qui avait attrapé Sligo par le cou était levée au-dessus de sa tête et, un instant avant de mourir, Catherine comprit enfin ce qui s'était passé autrefois.

37

Le matin du 27 décembre, Sam se leva à sept heures, relut la copie de l'enquête sur l'accident d'avion qui avait coûté la vie au député Willard Jennings, souligna un passage particulier et téléphona à Jack Carlson. « Où en es-tu avec les renseignements sur Toby Gorgone ?

— Je les aurai vers onze heures.

— Es-tu libre pour déjeuner ? J'ai quelque chose à te montrer. » C'était ce passage : *Le chauffeur du député Jennings, Toby Gorgone, a mis ses bagages dans l'avion.* Sam voulait lire le rapport sur Toby avant d'en discuter.

Ils convinrent de se retrouver au Gangplank à midi.

Sam téléphona ensuite à Frank Crowley, l'avocat qu'il avait engagé pour défendre Eleanor Brown, et l'invita au même déjeuner. « Pouvez-vous apporter la copie des minutes du procès d'Eleanor Brown avec vous ?

— Vous pouvez compter sur moi », Sam.

Le café était prêt. Sam se versa une tasse et tourna le bouton de la radio. Les informations de neuf heures se terminaient. La météo prévoyait une journée en partie ensoleillée. La température descendrait en dessous de zéro. Puis vint le rappel des principaux titres, y compris la découverte du cadavre d'une antiquaire connue, Mme Catherine Graney de Richmond, dans les bois près de sa maison. Son chien avait eu le cou brisé. La police supposait que l'animal était mort en essayant de la défendre.

Catherine Graney morte ! Au moment où elle s'apprêtait à impliquer Abigail dans un éventuel scandale. « Je ne crois pas aux coïncidences, dit Sam à voix haute. Je n'y crois pas. »

Il passa le reste de la matinée torturé par les soupçons. À plusieurs reprises, il faillit prendre le téléphone pour appeler la Maison-Blanche. Chaque fois, il y renonça.

Il n'avait aucune preuve pour affirmer que Toby Gorgone n'était pas seulement un chauffeur-garde du corps à la dévotion du sénateur. Même si c'était un criminel, Sam ne pouvait prouver qu'Abigail était au courant de ses activités.

Le Président annoncerait la nomination d'Abigail ce soir. Sam n'en doutait pas. Mais la ratification par le Sénat aurait lieu dans plusieurs semaines. Et d'ici là, il ferait en sorte que l'affaire ne soit pas étouffée.

Sans savoir pourquoi, Sam aurait juré que Toby était l'auteur des menaces adressées à Pat. Si ce type avait quelque chose à cacher, il n'avait sans doute nulle envie de voir Pat fouiller dans le passé.

Si jamais c'était lui qui l'avait menacée…

Sam serra les poings. Il ne se considérait plus comme un futur grand-père.

Abigail se tordit nerveusement les mains. « Nous aurions dû quitter la maison plus tôt, dit-elle. Nous sommes en plein dans les embouteillages. Roulez plus vite.

— Ne vous en faites pas, Sénateur, tenta de la calmer Toby. Ils ne peuvent pas commencer le tournage sans vous. Comment avez-vous dormi ?

— J'ai passé une nuit blanche. Je n'ai cessé de me dire : "Je vais être vice-président des États-Unis." Mettez la radio. Voyons ce qu'ils disent sur moi... »

Les nouvelles de huit heures trente sur CBS venaient juste de commencer. « Les rumeurs persistent selon lesquelles le Président va tenir une conférence de presse ce soir pour annoncer qu'il propose la candidature du sénateur Abigail Jennings ou du sénateur Claire Lawrence à la vice-présidence des États-Unis ; ce sera la première femme à accéder à un tel poste. » Ensuite : « Par une tragique coïncidence, on apprend que Mme Catherine Graney, l'antiquaire de Richmond retrouvée assassinée alors qu'elle promenait son chien, est la veuve du pilote qui mourut il y a vingt-sept ans dans un accident d'avion avec le député Willard Jennings. Abigail Jennings débuta sa carrière politique lorsqu'elle fut désignée pour mener à terme le mandat de son mari... »

« Toby ! »

Il jeta un coup d'œil dans le rétroviseur. Abigail semblait bouleversée. « Toby, c'est horrible.

— Oui, c'est un sale coup. » Il vit l'expression d'Abigail se durcir.

« Je n'oublierai jamais que la mère de Willard s'est rendue chez cette femme pour rester avec elle après que l'avion eut dépassé son temps de vol. Elle ne m'a même pas passé un coup de fil pour savoir comment *moi* j'allais.

— Eh bien, Abby, elles se sont retrouvées maintenant. Regardez comme ça roule bien à présent. Nous arriverons au studio à l'heure pile. »

Au moment où ils entraient dans le parking privé, Abigail demanda tranquillement. « Qu'avez-vous fait la nuit dernière, Toby ? Vous avez joué au poker ou vous êtes sorti avec une fille ?

— J'ai vu la môme du Steakburger et j'ai passé la soirée avec elle. Pourquoi ? Vous me surveillez ? Vous voulez lui parler, Sénateur ? » Il avait pris un air offensé.

« Non, bien sûr que non. Vous avez le droit de voir votre petite serveuse à votre guise pendant vos moments de liberté. J'espère que vous en avez profité.

— Oui. Je n'avais pas pris beaucoup de temps pour moi, ces derniers jours.

— Je sais. Je ne vous ai pas laissé une minute de libre. » Son ton était conciliant. « C'est seulement…

— Seulement *quoi*, Sénateur ?

— Rien… rien du tout. »

À huit heures, on soumit Eleanor au détecteur de mensonge. Elle avait étonnamment bien dormi. Elle se souvint de sa première nuit en prison onze ans auparavant lorsqu'elle s'était soudain mise à hurler. « Vous manifestiez une claustrophobie aiguë cette nuit-là », lui avait dit un psychiatre après sa dépression. Mais à présent, elle ressentait une étrange paix à l'idée de ne plus avoir à fuir.

Père pouvait-il s'être attaqué à tous ces vieillards ? Eleanor se creusa la tête, cherchant à se rappeler un seul trait de son caractère qui ne fût pas de la douceur et du dévouement. Elle n'en trouva aucun.

« Par ici. » La gardienne la conduisit dans une petite pièce près du bloc cellulaire. Le commissaire Barrot lisait le journal. Elle fut heureuse de le voir. Il ne la traiterait pas comme une menteuse. Il leva la tête et lui sourit.

Lorsqu'un autre homme entra dans la pièce et fixa les attaches du détecteur de mensonge, elle ne se mit pas à pleurer comme elle l'avait fait après son arrestation pour le vol des fonds électoraux. Elle s'assit sur la chaise, montra sa poupée et demanda d'un air un peu gêné s'ils ne voyaient pas d'inconvénient à ce qu'elle la gardât avec elle. Ils ne semblèrent pas trouver sa demande extravagante. Frank Crowley, cet homme bienveillant à l'air paternel qui était son avocat, entra. Hier, elle avait essayé de lui expliquer qu'elle avait à peine cinq cents dollars d'économies pour payer ses honoraires, mais il lui avait dit de ne pas se tourmenter pour cela.

« Eleanor, vous pouvez encore refuser de vous soumettre à ce test », lui disait-il maintenant, et elle répondit qu'elle n'y voyait pas d'inconvénient.

Pour commencer, l'homme qui administrait le test lui posa des questions simples, stupides même, sur son âge, son éducation, ses mets préférés. Puis il en vint à celles qu'Eleanor s'était préparée à entendre.

« Avez-vous jamais volé quelque chose ?

— Non.

— Pas même une toute petite chose, un crayon ou un bout de craie lorsque vous étiez petite ? »

La dernière fois qu'on lui avait posé cette question, elle s'était mise à sangloter. « Je ne suis pas une voleuse, je ne suis *pas* une voleuse. » Mais aujourd'hui c'était moins pénible. Elle fit mine de s'adresser au commissaire, et non à cet inconnu bourru et impersonnel. « Je n'ai jamais volé la moindre chose de ma vie, affirma-t-elle avec conviction. Pas même un crayon ou un bout de craie. Je suis incapable de prendre quelque chose qui appartient à quelqu'un d'autre.

— Et ce flacon de parfum lors de votre dernière année à l'école ?

— *Je ne l'ai pas volé.* Je vous le jure. J'ai oublié de le montrer à la caisse.

— Avez-vous l'habitude de boire de l'alcool ? Tous les jours ?

— Oh ! non ! Je bois juste du vin parfois, et très peu. » Elle remarqua que le commissaire Barrot souriait.

« Avez-vous dérobé les soixante-quinze mille dollars dans le bureau du comité électoral du sénateur Jennings ? »

La dernière fois, elle était devenue hystérique en entendant cette question. « Non, je ne les ai pas volés, dit-elle simplement.

— Mais vous avez caché cinq mille dollars de cette somme dans votre cave, non ?

— Non, je n'ai rien caché.

— Alors, comment expliquez-vous qu'ils y soient arrivés ? »

L'interrogatoire se poursuivit, sans fin. « Mentiez-vous en affirmant que Toby Gorgone vous a téléphoné ?

— Non.

— Êtes-vous sûre qu'il s'agissait de Toby Gorgone ?

— J'ai cru que c'était lui. Si ce n'était pas lui, l'interlocuteur avait la même voix. »

Puis commencèrent les incroyables questions : « Saviez-vous qu'Arthur Stevens était soupçonné d'avoir provoqué la mort de l'une de ses patientes, une certaine Mme Anita Gillespie ? »

Elle avait failli perdre son calme. « Non, je l'ignorais. Je ne peux pas le croire. » Puis elle se souvint de la façon dont il avait crié dans son sommeil : « *Fermez les yeux, Mme Gillespie ! Fermez les yeux !* »

« Vous croyez que c'est possible. Le détecteur le révèle.

— Non, murmura-t-elle. Père serait incapable de faire du mal à qui que ce soit ; il ne sait que soigner. Il prend tellement à cœur les souffrances de chacun de ses patients.

— Croyez-vous qu'il aurait pu tenter de faire cesser ces souffrances ?

— Je ne comprends pas ce que vous voulez dire.

— Je crois que vous comprenez. Eleanor, Arthur Stevens a tenté de mettre le feu à l'hospice le jour de Noël.

— C'est impossible. »

Eleanor blêmit sous le choc de ce qu'elle entendait. Horrifiée, elle fixa celui qui lui posait la dernière question. « N'avez-vous jamais pu soupçonner qu'Arthur Stevens était un maniaque criminel ? »

Pendant la nuit, Arthur avala des pastilles de caféine toutes les deux heures. Il ne pouvait pas risquer de s'endormir et de crier. Il resta accroupi dans la penderie, trop tendu pour s'allonger, regardant fixement dans le noir.

Il n'avait pas fait suffisamment attention. Lorsque Patricia Traymore était rentrée, il l'avait écoutée se déplacer dans la maison, l'oreille collée à la porte de la penderie. Il avait entendu les bruits de tuyauterie quand elle avait pris sa douche ; elle était redescendue au rez-de-chaussée et il avait senti l'odeur du café en train de passer. Puis elle s'était mise au piano. Sûr de pouvoir sortir en toute sécurité, il s'était assis sur le palier pour écouter la musique.

C'est alors que les voix s'étaient à nouveau adressées à lui, disant qu'une fois son devoir accompli dans cette maison, il lui faudrait trouver un nouvel hospice où poursuivre sa mission. Il était tellement plongé dans sa méditation qu'il n'avait pas entendu la musique s'arrêter, qu'il avait oublié où il se trouvait jusqu'à ce qu'il entende les pas de Patricia Traymore dans l'escalier.

Dans sa précipitation pour regagner sa cachette, il avait marché sur la planche branlante et elle s'était doutée de quelque chose. Il avait retenu sa respiration en la voyant ouvrir la porte de la penderie. Bien sûr, il ne lui était pas venu à l'esprit de regarder derrière les étagères.

Et il était resté ainsi à l'affût toute la nuit, tendant l'oreille afin de l'entendre se lever, soulagé quand elle avait fini par quitter la maison, mais craignant de sortir de la penderie plus de quelques minutes à la fois. Une femme de ménage pouvait entrer et l'entendre.

Les longues heures passèrent. Puis les voix lui ordonnèrent d'aller prendre la robe brune dans le placard de Patricia Traymore et de s'en vêtir.

Si elle avait trahi Glory, il porterait la tenue qui convenait pour lui infliger son châtiment.

38

Pat arriva devant l'immeuble du Câble du Potomac à neuf heures trente-cinq et décida de prendre un café et un muffin au drugstore. Elle n'était pas prête à affronter l'atmosphère chargée d'électricité, l'hostilité sous-jacente et les crises de nerfs qui l'attendaient pour cette dernière journée d'enregistrement et de montage. Elle avait un mal de tête lancinant, tout son corps était douloureux. Elle savait qu'elle avait dormi d'un sommeil agité, entrecoupé de rêves confus. À un moment, elle avait crié, mais elle ne se rappelait pas ce qu'elle avait dit.

En voiture, elle avait écouté les informations et appris la mort de Catherine Graney. Elle ne parvenait pas à effacer l'image de cette femme de son esprit. La façon dont son visage s'était éclairé en parlant de son fils ; la petite tape affectueuse qu'elle avait donnée à son vieux setter irlandais. Catherine Graney aurait mis à exécution sa menace, elle aurait poursuivi en justice le sénateur Jennings et la chaîne de télévision après la diffusion de l'émission. Sa mort avait mis fin à cette menace.

Avait-elle été la victime fortuite d'une agression ? On disait qu'elle promenait son chien. Comment s'appelait-il ? Sligo ? Il semblait improbable qu'un criminel ait choisi de s'attaquer à une femme accompagnée d'un gros chien.

Pat repoussa son muffin. Elle n'avait pas faim. À peine trois jours auparavant, elle avait pris un café avec Catherine Graney. Aujourd'hui, cette femme pleine de charme, de vie, était morte.

Lorsqu'elle arriva au studio, Luther était déjà sur le plateau, le visage rougi par plaques, les lèvres blêmes, ses yeux passant en revue chaque élément du décor, décelant chaque imperfection. « Je vous ai dit de m'enlever ces fleurs ! criait-il. Je me fous qu'on les ait livrées ce matin. Elles ont l'air fanées. Personne n'est donc capable de faire quelque chose de convenable ici ? Et cette chaise est trop basse pour le sénateur. On dirait un tabouret pour traire les vaches. » Il repéra Pat. « Je vois que vous avez fini par venir. Vous êtes au courant pour cette Catherine Graney ? Il faudra refaire la séquence où Abigail parle de la sécurité dans les transports aériens. Elle s'acharne un peu trop sur le pilote. Ça risque de faire des remous quand les gens découvriront que sa femme vient d'être victime d'un crime. On commence à filmer dans dix minutes. »

Pat dévisagea Luther. Catherine était quelqu'un de bien et de respectable, et cet homme se souciait d'une seule chose : sa mort l'obligeait à un changement imprévu dans le déroulement de l'émission. Sans un mot, elle tourna les talons et entra dans la cabine de maquillage.

Le sénateur était assis devant une glace, une serviette drapée sur ses épaules. La maquilleuse se penchait anxieusement sur elle, tamponnant un soupçon de poudre sur son nez.

Le sénateur avait les mains étroitement jointes. Son accueil fut assez cordial. « Ça y est, Pat. Êtes-vous aussi heureuse d'en avoir fini que moi ?

— Je pense que oui, Sénateur. »

La maquilleuse prit le vaporisateur de laque et vérifia qu'il marchait.

« Ne me mettez pas de ce truc-là ! s'écria le sénateur. Je n'ai pas l'intention de ressembler à une poupée Barbie.

— Je regrette. » La jeune fille eut un moment d'hésitation. « La plupart des gens… » Elle se tut.

Consciente qu'Abigail la surveillait dans la glace, Pat évita délibérément de rencontrer son regard.

« Nous devons discuter de certains points. » Abigail avait pris un ton animé et méthodique à présent. « Je suis plutôt satisfaite d'avoir à recommencer la séquence sur la sécurité aérienne, bien que cette nouvelle à propos de Mme Graney soit atroce, bien sûr. Mais je veux insister sur la nécessité de mieux équiper les petits aéroports. Et j'ai décidé qu'il fallait parler davantage de ma mère. Mieux vaut regarder en face la photo parue dans le *Mirror* et cet article du *Tribune* d'hier. Nous devrons aussi certainement mettre l'accent sur mon rôle dans les affaires étrangères. Je vous ai préparé quelques questions à me poser.

Pat lâcha la brosse qu'elle tenait à la main et se tourna vers le sénateur. « *Vraiment ?* »

Quatre heures plus tard, un petit groupe s'installa dans la salle de projection avec des sandwiches et du café pour visionner l'enregistrement définitif. Abigail était assise au premier rang, Luther et Philip à ses côtés. Pat avait pris place plusieurs rangs derrière eux avec l'assistant du chef opérateur. Au dernier rang, Toby montait une garde solitaire.

L'émission s'ouvrit sur Pat, Luther et le sénateur assis en demi-cercle. « Bonjour, et bienvenue pour la première émission de notre série *les Femmes au gouvernement...* » Pat s'examina sans complaisance. Sa voix était plus rauque que d'habitude ; une certaine raideur dans son maintien exprimait une tension intérieure. Luther était parfaitement à son aise, et dans l'ensemble la séquence d'ouverture se déroulait bien. Patricia et Abigail se complétaient l'une l'autre. La robe en soie bleue du sénateur avait été un bon choix ; elle soulignait sa féminité sans excès. Abigail souriait avec chaleur, plissait les yeux. Il n'y avait aucune trace d'embarras dans sa façon d'accueillir l'introduction élogieuse.

Elles discutèrent de ses fonctions de sénateur senior de Virginie. Abigail : « C'est un travail à la fois extraordinairement prenant et satisfaisant... » Le montage des vues d'Apple Junction. Le plan d'Abigail avec sa mère. Pat regarda l'écran au moment où la voix d'Abigail prit un ton attendri. « Ma mère a dû affronter le problème qui se pose à tant de mères obligées de travailler de nos jours. Elle est devenue veuve lorsque j'avais six ans. Elle ne voulait pas me laisser seule et dut accepter une place de femme de charge. Elle a sacrifié une carrière de directrice d'hôtel afin d'être à la maison lorsque je rentrais de l'école. Nous étions très proches l'une de l'autre. Sa corpulence lui posait des problèmes. Elle souffrait de troubles glandulaires. Je suppose que bien des personnes peuvent comprendre cela. Lorsque j'ai voulu la faire venir vivre avec moi et Willard, elle a éclaté de rire en disant : "Pas question que la montagne vienne à Washington." C'était une femme adorable et pleine d'humour. » À ce moment précis, la voix d'Abigail trembla. Puis elle expliqua le concours de beauté : « Je l'ai gagné pour maman… »

Pat se sentit sous le charme du sénateur. Même la scène dans le petit bureau, chez Abigail, lorsqu'elle avait traité sa mère de tyran obèse, semblait irréelle à présent. Mais elle *était* réelle, pensa-t-elle. Abigail était une actrice-née. Les séquences du mariage et de la première campagne. Les questions de Pat : « Sénateur, vous étiez jeune mariée ; vous terminiez votre dernière année à l'université et vous participiez à la campagne que menait votre mari pour son premier siège au Congrès. Dites-nous comment vous ressentiez cette situation. » La réponse d'Abigail : « C'était merveilleux. J'étais très amoureuse. Je m'étais toujours imaginé que je deviendrais l'assistante d'un homme politique. Me retrouver dans cette position dès le début était passionnant. Vous savez, même si un Jennings avait toujours occupé ce siège, la compétition était serrée. Le soir où j'ai appris la nomination de Willard – ce fut indescriptible. Chaque victoire aux élections est excitante, mais la première est inoubliable. »

La séquence avec les Kennedy à l'anniversaire de Willard Jennings... Abigail dit : « Nous étions tous si jeunes... nous étions trois ou quatre couples qui nous retrouvions régulièrement, à bavarder des heures entières. Nous étions tous tellement persuadés que nous changerions le monde, que nous rendrions la vie meilleure. Maintenant ces jeunes hommes d'État ont disparu. Je suis la seule qui reste au gouvernement et je pense souvent aux projets que Willard, Jack et les autres voulaient réaliser. »

Et mon père était l'un des « autres », songea Pat en regardant l'écran.

Il y avait plusieurs scènes sincèrement émouvantes. Maggie dans le bureau avec Abigail, la remerciant d'avoir trouvé une place à l'hospice pour sa mère ; une jeune mère qui tenait serrée contre elle sa fille de trois ans en racontant comment son ex-mari avait kidnappé l'enfant. « Personne ne voulait m'aider. Personne. Et quelqu'un a dit : "Appelez le Sénateur Jennings. Elle est efficace." »

C'est exact, reconnut Pat.

Mais ensuite, avec Luther dans le rôle de l'interviewer, Abigail parla du détournement des fonds électoraux. « Je suis vraiment contente qu'Eleanor Brown se soit livrée à la justice pour achever de remplir sa dette envers la société. J'espère seulement qu'elle sera aussi suffisamment honnête pour rendre ce qui reste dc cet argent, ou avouer avec qui elle a partagé le butin. »

Quelque chose poussa Pat à se retourner. Dans la semi-obscurité de la salle de projection, on distinguait la silhouette massive de Toby dans son fauteuil, les mains repliées sous le menton, l'onyx luisant à son doigt. Il hochait la tête en signe d'approbation. Elle reporta rapidement ses yeux sur l'écran, ne voulant pas rencontrer son regard.

Luther interrogeait Abigail sur ses positions à propos de la sécurité aérienne. « Willard était constamment sollicité pour prononcer des conférences dans les universités et il acceptait aussi souvent qu'il le pouvait. C'est à l'université, disait-il, que les jeunes gens commencent à acquérir un jugement mûr sur le monde et sur le gouvernement. Nous vivions avec le salaire d'un député et devions faire très attention. Je suis veuve aujourd'hui parce que mon mari louait toujours l'avion le moins cher possible... Connaissez-vous les statistiques concernant les pilotes de l'armée de l'air qui achètent un appareil de deuxième catégorie et démarrent une compagnie de charters avec de faibles capitaux ? La plupart d'entre eux ne peuvent pas continuer. Ils n'ont pas les ressources nécessaires pour entretenir correctement leurs appareils. Mon mari est mort il y a vingt-cinq ans et je me bats depuis lors pour éliminer ces petits avions des aéroports surchargés. Et j'ai toujours travaillé en étroite collaboration avec l'Association des pilotes de ligne pour maintenir et renforcer des normes strictes. »

Aucune mention de George Graney, mais une fois encore l'allusion aux causes qui avaient provoqué la mort de Willard Jennings. Après toutes ces années, Abigail ne cessait de souligner la responsabilité de l'accident, pensa Pat. En se regardant sur l'écran, elle se rendit compte que le reportage était devenu exactement ce qu'elle avait voulu qu'il fût ; il dépeignait Abigail comme un être humain compatissant et dévoué à la cause publique. Cette constatation ne lui apporta aucune satisfaction.

L'émission se terminait sur Abigail en train de pénétrer dans sa maison à la nuit tombée et sur le commentaire de Pat soulignant qu'à l'image de nombreux célibataires, Abigail rentrait chez elle seule, et qu'elle passerait la soirée à son bureau, penchée sur des projets de lois.

L'écran s'obscurcit, et quand la lumière se ralluma dans la salle, tout le monde se leva. Pat observa la réaction d'Abigail. Le sénateur se tourna vers Toby. Il hocha la tête dans un geste d'approbation ; avec un sourire détendu, elle déclara alors que l'émission était réussie.

Elle jeta un regard sur Pat. « En dépit de tous les problèmes, vous avez fait du très bon travail. Et vous aviez raison de vouloir inclure les années de ma jeunesse. Je suis désolée de vous avoir causé tellement de soucis. Luther, qu'en pensez-vous ?

— Je pense que vous vous en tirez merveilleusement. Pat, quelle est votre impression ? »

Pat réfléchit. Ils paraissaient tous satisfaits, et le résultat était techniquement très bon. Alors, qu'est-ce qui la poussait à vouloir ajouter une scène supplémentaire ? La lettre. Elle voulait lire la lettre qu'Abigail avait écrite à Willard Jennings. « J'ai un problème, dit-elle. Ce sont les détails personnels qui donnent le ton de cette émission.

371

Je préférerais qu'elle ne se termine pas sur une scène de travail. »

Abigail leva les yeux d'un air excédé. Toby fronça les sourcils. Soudain, l'atmosphère dans la salle se tendit. La voix du projectionniste résonna dans le haut-parleur. « C'est bouclé ?

— Non. Projetez encore une fois la dernière séquence », cria Luther.

L'obscurité se fit à nouveau dans la salle et un instant plus tard, on vit une nouvelle fois les deux dernières minutes de l'émission.

Ils se regardèrent tous avec attention. Luther fut le premier à faire observer : « Ça peut rester ainsi, mais je pense que Pat a peut-être raison.

— C'est incroyable, dit Abigail. Qu'avez-vous l'intention de faire ? Je dois me trouver à la Maison-Blanche dans quelques heures et je n'ai pas l'intention d'y arriver à la dernière seconde. »

Comment obtenir qu'elle me donne son accord ? se demanda Pat. Sans savoir pourquoi, elle tenait absolument à lire la lettre « Billy chéri... », et voulait enregistrer la réaction spontanée du sénateur. Mais Abigail avait insisté pour superviser chaque ligne du scénario avant de passer à l'enregistrement. Pat s'efforça de paraître naturelle. « Sénateur, vous vous êtes montrée très aimable en nous permettant d'avoir accès à vos dossiers privés. Dans le dernier paquet que m'a apporté Toby, j'ai trouvé une lettre qui pourrait mettre la touche personnelle que nous désirons. Bien sûr, vous pouvez la lire avant l'enregistrement, mais je pense que nous obtiendrons un effet plus naturel si vous ne le faites pas. De toute manière, si cela ne marche pas, nous garderons la conclusion actuelle. »

Abigail ferma à demi les yeux. Elle regarda Luther. « Avez-vous lu cette lettre ?

— Oui, je l'ai lue. Je suis d'accord avec Pat. Mais c'est à vous de décider. »

Elle se tourna vers Philip et Toby. « Vous avez tous les deux bien vérifié toute la documentation que vous leur avez confiée ?

— Tout, Sénateur. »

Elle haussa les épaules. « Dans ce cas… soyez seulement gentils de ne pas lire la lettre d'une fille qui a été élue Miss Apple Junction l'année après moi. »

Ils éclatèrent tous de rire. Il y a quelque chose de changé en elle, pensa Pat. Elle est sûre d'elle-même.

« On tourne dans dix minutes », dit Luther.

Pat se précipita dans la cabine de maquillage. Elle ajouta un peu de poudre sur les gouttes de transpiration qui perlaient soudain sur son front. Que m'arrive-t-il ? se demanda-t-elle avec colère.

La porte s'ouvrit et Abigail entra. Elle ouvrit son sac et en sortit un poudrier. « Pat, cette émission est très bonne, n'est-ce pas ?

— Oui, je le pense.

— J'y étais vraiment opposée. J'avais un mauvais pressentiment. Vous avez fait un travail formidable en me montrant comme quelqu'un de sympathique. » Elle sourit. « En voyant ce film, je m'aime davantage que je ne me suis aimée depuis bien longtemps.

— J'en suis heureuse. » Abigail était redevenue la femme que Pat avait tant admirée.

Quelques minutes plus tard, elles se retrouvèrent sur le plateau. De la main, Pat recouvrait la lettre qu'elle s'apprêtait à lire. Luther prit la parole : « Sénateur, nous voulons vous remercier de nous avoir consacré beaucoup de votre temps. Le déroulement de votre carrière est certainement un exemple stimulant pour nous tous et démontre ce que l'on peut tirer de bon d'une tragédie. Lorsque nous préparions l'émission, vous nous avez confié beaucoup de vos dossiers personnels. Parmi eux, nous avons trouvé une lettre que vous aviez écrite à votre mari, le député Willard Jennings. Je crois que cette lettre résume la jeune femme que vous étiez et la femme que vous êtes devenue. Puis-je demander à Pat de vous la lire à présent ? »

Abigail inclina la tête, l'air interrogateur.

Pat déplia la lettre. La voix rauque, elle la lut lentement. « Billy chéri. » Sa gorge se serra. Elle dut se forcer pour continuer. À nouveau elle se sentait la bouche affreusement sèche. Elle leva les yeux. Abigail la regardait fixement, le visage brusquement décomposé. « Tu as été magnifique à l'audience cet après-midi. Je suis fière de toi. Je t'aime tant et je suis si heureuse à l'idée de passer toute ma vie auprès de toi, de travailler avec toi. Oh ! mon amour, nous allons vraiment changer quelque chose dans ce monde ! »

Luther ajouta : « Cette lettre fut écrite le 13 mai ; le 20 mai, le député Willard Jennings disparaissait et vous alliez seule changer quelque chose dans ce monde. Sénateur Abigail Jennings, merci. »

Les yeux du sénateur brillaient. Un demi-sourire tendre se dessinait au coin de ses lèvres. Elle hocha la tête et ses lèvres aussi formèrent le mot « Merci »

« Coupez », cria le chef opérateur.

Luther se leva brusquement. « Sénateur, c'était parfait. Tout le monde... »

Il s'arrêta net au milieu de sa phrase en voyant Abigail allonger le bras et arracher la lettre des mains de Pat. « Où avez-vous *trouvé* ça ? s'écria-t-elle d'un ton aigu. Qu'essayez-vous de me *faire* ?

— Sénateur, je vous l'ai dit, nous ne sommes pas obligés de l'utiliser », protesta Luther.

Pat vit le visage d'Abigail se déformer en un masque de colère et de douleur. Elle avait déjà vu une fois cette expression, sur *ce* visage. Où ?

Une silhouette massive passa brusquement devant elle. Toby secouait le sénateur et criait presque : « Abby, reprenez-vous ! *C'est formidable de terminer l'émission en faisant connaître au public la dernière lettre que vous avez écrite à votre mari.*

— Ma... dernière... lettre ? » Abigail se couvrit le visage d'une main comme si elle cherchait à recomposer son expression. « Bien sûr... je suis désolée... C'est vrai que Willard et moi avions l'habitude de nous écrire des petits mots... Je suis heureuse que vous ayez trouvé... le dernier... »

Pat resta assise sans bouger. « Billy chéri, Billy chéri... » Les mots formaient un roulement de tambour qui lui martelait la tête. Saisissant les bras de son fauteuil, elle leva les yeux et rencontra le regard féroce de Toby. Elle se renfonça dans son siège en proie à une terreur irraisonnée.

Il se retourna vers Abigail et, accompagné de Luther et de Phil, la reconduisit à la porte du studio. Un par un les projecteurs s'éteignirent. « Hé ! Pat, appela le cameraman. C'est bouclé, cette fois, hein ? »

Elle put enfin se lever. « C'est bouclé. »

39

Lorsque Sam se sentait confronté à un problème, une longue marche lui éclaircissait les idées et l'aidait à réfléchir. C'est pourquoi il choisit de faire à pied les quelques kilomètres qui séparaient son appartement de la partie sud-ouest de la ville. Le Gangplank se trouvait sur Washington Channel ; en approchant du restaurant, il s'attarda à contempler le mouvement des moutons d'écume sur l'eau.

Cape Cod. Nauset Beach. Pat marchant à ses côtés, les cheveux volant au vent, le bras passé sous le sien, et cette extraordinaire sensation de liberté, comme s'il n'y avait qu'eux, le ciel, la plage et l'océan. L'été prochain, nous y retournerons, se promit-il.

Le restaurant ressemblait à un navire amarré le long du quai. Sam gravit rapidement la passerelle d'accès, appréciant l'imperceptible impression de tangage.

Jack Carlson était déjà installé à une table près des fenêtres. Il y avait plusieurs mégots écrasés dans le cendrier devant lui, et il buvait un Perrier. Sam s'excusa d'être en retard.

« J'étais en avance », dit simplement Jack. C'était un homme d'allure soignée, aux cheveux gris, avec des yeux vifs et interrogateurs. Sam et lui étaient amis depuis plus de vingt ans.

Sam commanda un gin Martini. « Cela me calmera ou me remontera », expliqua-t-il avec un semblant de sourire. Il sentit le regard de Jack l'examiner.

« Je t'ai déjà vu plus joyeux, fit remarquer Jack. Sam, pour quelle raison nous as-tu demandé de faire des recherches sur Toby Gorgone ?

— Un pressentiment. » Sam se sentit tendu. « As-tu découvert quelque chose d'intéressant ?

— Plutôt, oui.

— Bonjour, Sam. » Frank Crowley, son visage habituellement pâle coloré par le froid, ses épais cheveux blancs un peu ébouriffés, les rejoignit. Il se présenta à Jack, ajusta ses lunettes à monture argentée, ouvrit sa serviette et en sortit une grosse enveloppe. « J'ai failli ne pas être là, dit-il. Je me suis plongé dans la copie des minutes du procès et j'ai presque oublié l'heure. » Le garçon s'était approché de lui. « Une vodka Martini, très sec, commanda-t-il. Sam, vous êtes le seul type que je connaisse à boire encore des gin Martini. »

Sans attendre de réaction, il continua. « *États-Unis* contre *Eleanor Brown*. Une lecture intéressante qui se résume à une simple question : qui dans l'entourage du sénateur Jennings mentait, Eleanor ou Toby ? Eleanor a assuré sa propre défense. Une grossière erreur. Elle s'est mise à parler du vol à l'étalage et la partie civile a grossi l'affaire comme si elle avait attaqué Fort Knox. Le témoignage du sénateur n'a pas aidé. Elle a beaucoup trop insisté sur la seconde chance qu'elle avait donnée à Eleanor. J'ai souligné les pages les plus significatives. » Il tendit la copie à Carlson.

Jack tira une enveloppe de sa poche. « Voici la fiche que vous vouliez sur Gorgone, Sam. »

Sam la parcourut, haussa les sourcils, et la relut avec attention.

Apple Junction : Suspecté dans un vol de voiture. Poursuite par la police ayant eu pour conséquence la mort de trois personnes. Pas de chef d'accusation.

Apple Junction : Suspecté dans une affaire de paris sur des chevaux. Pas de chef d'accusation.

New York : Suspecté dans l'attaque à la bombe d'une voiture ayant eu pour conséquence la mort d'un prêteur à gages. Pas de chef d'accusation. Supposé entretenir des rapports avec la Mafia.

Peut avoir réglé des dettes de jeu en rendant des services à la pègre.

Autre fait significatif : aptitudes mécaniques exceptionnelles.

« Un casier judiciaire parfaitement vierge », dit-il d'un ton sarcastique.

Tout en mangeant des sandwiches au rosbif, ils discutèrent, comparèrent et évaluèrent la fiche de Toby Gorgone, les minutes du procès d'Eleanor Brown, le rapport de l'Office de la Sécurité sur l'accident d'avion et les nouvelles du meurtre de Catherine Graney. Au moment du café, ils étaient séparément, puis de concert, arrivés à des considérations troublantes : Toby était un habile mécanicien qui avait déposé une valise dans l'avion de Jennings avant le décollage et l'avion s'était écrasé dans des conditions mystérieuses. Toby était un joueur qui pouvait avoir contracté des dettes dans les paris individuels à l'époque de la disparition des fonds électoraux.

« Il me semble que le sénateur Jennings et ce Toby se rendent mutuellement service, fit remarquer Crowley. Elle lui sert d'alibi et il lui tire les marrons du feu.

— Je ne peux croire qu'Abigail Jennings aurait délibérément envoyé une jeune fille en prison, objecta Sam. Et en tout cas, je ne crois pas qu'elle puisse être mise en cause dans le meurtre de son mari. » Il constata qu'ils avaient tous les trois baissé la voix. Ils parlaient d'une femme qui d'ici à quelques heures allait devenir vice-président-désigné des États-Unis.

Le restaurant se vidait. Les clients, la plupart des membres de l'administration, se dépêchaient de retourner à leur travail. Au cours du déjeuner, chacun d'entre eux s'était probablement livré à des spéculations à propos de la conférence que le Président devait tenir ce soir.

« Sam, j'ai vu des douzaines de types comme ce Toby, dit Jack. La plupart d'entre eux appartiennent à la pègre. Ils sont entièrement acquis au chef de gang. Ils aplanissent le terrain pour lui – et en profitent par la même occasion. Le sénateur Jennings n'était peut-être pas impliqué dans les activités de Toby. Mais regardons les choses sous cet angle : Toby savait que Willard Jennings voulait abandonner son siège au Congrès et divorcer d'Abigail. Personnellement, Jennings n'avait pas cinquante mille dollars. Maman tenait les cordons de la bourse serrés. Abigail se serait donc retrouvée exclue de la scène politique, abandonnée par le cercle d'amis de Willard Jennings et de retour à la case départ comme ex-reine de beauté d'un bled perdu. Et Toby a décidé qu'il n'en serait pas ainsi.

— Êtes-vous en train de suggérer qu'elle lui a rendu la pareille en le couvrant dans l'affaire des fonds électoraux ? demanda Sam.

— Pas nécessairement, dit Frank. Ici – lisez le témoignage du sénateur au procès. Elle a admis qu'ils s'étaient arrêtés à une station essence à peu près au moment où Eleanor a reçu l'appel téléphonique. Le moteur faisait un bruit bizarre et Toby a voulu le vérifier. Elle jure qu'il n'est jamais resté hors de sa vue. Mais elle était sur le point de faire un discours et étudiait probablement ses notes. À un moment donné, elle a pu voir Toby devant la voiture en train de bricoler le moteur ; la minute suivante, il était parti chercher un outil dans le coffre. Combien de temps cela prend-il de se précipiter dans une cabine téléphonique, de composer un numéro et de transmettre un message de deux secondes ? Moi, j'aurais démoli ce témoignage. Mais en supposant que nous ayons raison, je ne comprends pas pourquoi Toby a choisi Eleanor.

— C'est facile, dit Jack. Il était au courant de son passé. Il savait combien elle était impressionnable. Sans cette affaire évidente, on aurait mené une enquête complète sur la disparition des fonds. Toby aurait été suspecté, son passé examiné en détail. Et il y aurait eu un nouveau "pas de chef d'accusation" sur son dossier, mais le sénateur aurait cette fois été poussé par son Parti de le renvoyer.

— Si nos suppositions sur Toby Gorgone se vérifient, conclut Sam, la mort de Catherine Graney arrive trop à propos, trop à point nommé, pour n'être qu'un meurtre perpétré au hasard.

— Si Abigail Jennings est choisie par le Président ce soir, dit Jack, et s'il est avéré que son chauffeur a assassiné l'épouse du pilote Graney, la ratification par le Sénat sera un scandale à l'échelle mondiale. »

Les trois hommes restèrent assis à la table, réfléchissant d'un air sombre à la situation dans laquelle pourrait se retrouver le Président. Sam finit par rompre le silence.

« Il y a un bon côté à tout cela : si nous arrivons à prouver que Toby a écrit ces lettres de menaces et à l'arrêter, je pourrai cesser de m'inquiéter pour Pat. »

Frank Crowley fit un signe de tête en direction de Jack. « Et si vos gens en apprennent assez sur lui, Toby serait certainement forcé d'avouer la vérité sur les fonds électoraux. Je peux vous le dire, voir cette pauvre gosse soumise au test du détecteur de mensonge ce matin et jurer qu'elle n'avait jamais volé un bout de craie vous brisait le cœur. Elle ne paraît pas dix-huit ans, encore moins trente-quatre. Son passage en prison a failli la tuer. Après sa dépression nerveuse, un psychanalyste lui a fait peindre le visage d'une poupée pour représenter ce qu'elle ressentait. Elle emporte toujours partout cette poupée avec elle. C'est un truc à vous faire pleurer. On dirait une enfant battue.

— Une poupée ! s'exclama Sam. Elle a une *poupée*. Ce n'est pas une poupée Raggedy Ann, par hasard ? »

Devant le signe d'assentiment étonné de Frank, il commanda un autre café. « Je crains que nous ayons suivi la mauvaise piste, dit-il d'un air las. Recommençons depuis le début. »

40

Toby versa le manhattan dans le verre à cocktail glacé et le posa devant Abigail. « Buvez ça, Sénateur. Ça vous fera du bien.

— Toby, où a-t-elle trouvé cette lettre ? Où l'a-t-elle trouvée ?

— Je ne sais pas, Sénateur.

— Elle n'était pas dans les documents que vous lui avez apportés. Je ne l'ai plus jamais vue après l'avoir écrite. *Que sait-elle ?* Toby, si jamais elle peut prouver que je me trouvais là cette nuit...

— C'est impossible, Sénateur. Personne ne peut le prouver. Et quoi qu'elle ait pu découvrir, elle n'a aucune preuve. Allons, elle vous a rendu service. Cette lettre va vous attirer la sympathie du public. Vous verrez. »

Il parvint enfin à l'apaiser de la seule façon qui soit efficace : « Faites-moi *confiance* ! Ne vous tourmentez pas pour ça. Vous ai-je jamais laissée tomber ? » Il la calma un peu, mais elle restait encore un vrai paquet de nerfs. Et dans quelques heures, elle était attendue à la Maison-Blanche.

« Écoutez, Abby, dit-il. Pendant que je vous prépare quelque chose à manger, vous allez avaler deux manhattan. Ensuite, vous prendrez un bain chaud et vous dormirez une heure. Après ça, vous mettrez vos plus beaux atours. C'est le grand soir de votre vie. »

Il parlait sérieusement. Elle avait des raisons d'être bouleversée – des tas de raisons. À la minute où il avait entendu la lecture de la lettre, il avait bondi. Mais lorsque Pelham avait dit : « Votre mari disparaissait une semaine plus tard », il avait su que tout irait bien.

Abby avait failli se planter. Une fois encore, il s'était trouvé là pour l'empêcher de commettre une erreur irréparable.

Abby leva son verre. « Cul sec ! » dit-elle, et l'ombre d'un sourire erra sur ses lèvres. « Toby, dans un instant, on aura gagné. »

La vice-présidence. « Oui, Sénateur. » Il était assis sur un pouf en face du canapé. « Ah, Toby, dit-elle. Que serais-je devenue sans vous ?

— Représentante d'Apple Junction à l'Assemblée.

— Oui, c'est vrai. » Elle se força à sourire.

Ses cheveux flottaient autour de son visage et elle ne paraissait pas plus de trente ans. Elle était si mince. Mince comme doit l'être une femme. Pas un paquet d'os, mais ferme et lisse.

« Toby, vous avez l'air de réfléchir. C'est un événement. »

Il lui adressa un sourire, heureux de la voir commencer à se détendre. « C'est vous qui êtes intelligente. C'est à vous de penser. »

Elle but son verre rapidement. « L'émission s'est bien passée ?

— Je n'arrête pas de vous le dire… cela n'avait aucun sens de faire une scène à propos de cette lettre. Pat Traymore vous a fait une fleur.

— Je sais… C'est seulement… »

Le manhattan faisait de l'effet. Il fallait qu'elle mange quelque chose. « Sénateur, détendez-vous. Je vais vous préparer un plateau.

— Oui… ce serait une bonne idée. Toby, vous rendez-vous compte que dans quelques heures à peine je vais être vice-président-désigné des États-Unis ?

— Bien sûr, que je m'en rends compte.

— Nous connaissons tous le poids de la réglementation. Mais, Toby, si je fais du bon travail, ils ne pourront peut-être pas m'empêcher d'atteindre le sommet l'année prochaine. J'ai bien l'intention d'y arriver.

— Je sais, Sénateur. » Toby remplit à nouveau son verre. « Je vais vous préparer une omelette. Puis vous irez dormir un peu. C'est le soir de votre vie. »

Toby se redressa. Il ne pouvait regarder davantage l'attente exacerbée que révélait son visage. Il l'avait déjà vue dans cet état le jour où elle avait appris qu'elle ne pourrait pas obtenir une bourse pour Radcliffe. Elle était venue le retrouver sur la pelouse qu'il était en train de tondre et lui avait montré la lettre, puis elle s'était assise sur les marches du porche, les jambes remontées sous le menton, la tête sur les genoux. Elle avait dix-huit ans. « Toby, je veux tellement y aller. Je ne veux pas pourrir dans cet horrible patelin. »

Et il lui avait conseillé de faire marcher ce crétin de Jeremy Saunders...

Il l'avait aidée en d'autres occasions, aidée à accomplir son destin...

Et aujourd'hui, une fois encore, quelqu'un essayait de tout gâcher.

Toby entra dans la cuisine. Tout en préparant le dîner, il essaya d'imaginer la situation lorsque Abby serait à un cheveu de la Présidence. Ce serait passionnant.

Le téléphone sonna. C'était Phil. « Le Sénateur est en forme ?

— Ça va. Je suis en train de lui préparer à dîner.

— J'ai les renseignements que vous désiriez. Devinez qui est propriétaire de la maison où habite Pat Traymore ? »

Toby attendit.

« Pat Traymore, ni plus ni moins. La maison est à son nom depuis qu'elle a quatre ans. »

Toby siffla en silence. Ces yeux, ces cheveux, un air chez elle... Pourquoi ne l'avait-il pas deviné avant ? Il aurait pu tout faire capoter en se montrant aussi bouché.

La voix de Phil était irritée. « Vous m'entendez ? J'ai dit...

— Je vous ai entendu. Gardez ça pour vous. Le sénateur ne peut pas souffrir de ce qu'elle ne connaît pas. »

Quelques instants plus tard, il regagna son appartement au-dessus du garage. Sur ses conseils, Abigail avait décidé de regarder la télévision tout en se reposant dans sa chambre. À vingt heures, il avancerait la voiture et ils partiraient pour la Maison-Blanche.

Il attendit de voir les premières minutes de l'émission, puis quitta silencieusement son appartement. Sa voiture, une Toyota noire, était garée dans l'allée. Il la poussa à la main jusqu'à la rue. Il ne voulait pas qu'Abby s'aperçoive qu'il sortait. Il avait un peu moins d'une heure et demie pour faire l'aller et retour jusqu'à la maison de Pat Traymore.

C'était largement suffisant.

41

Pat traversa Massachusetts Avenue, remonta Q Street, prit le pont de Buffalo et pénétra dans Georgetown. Elle avait la migraine à présent – une douleur lancinante. Elle conduisait comme une automate, s'arrêtant aux feux rouges sans même en avoir conscience.

Elle se trouvait à présent dans la 31ᵉ Rue. Elle prit le virage, et s'engagea dans l'allée de sa maison. Elle gravit les marches du perron, le visage fouetté par le vent. Ses doigts cherchèrent maladroitement les clés dans son sac. Le déclic de la serrure : elle poussa la porte, et entra enfin dans la tranquille pénombre de l'entrée.

Inconsciemment, elle referma la porte et s'y appuya. Son manteau pesait sur ses épaules. Elle s'en débarrassa d'un mouvement brusque, le jeta de côté. Elle leva la tête, ses yeux se rivèrent sur la marche de l'escalier, là où il commençait à tourner. *Une enfant était assise là. Une enfant avec de longs cheveux auburn, le menton reposant dans la paume de ses mains ; son expression était interrogative.*

Je ne dormais pas, pensa-t-elle. J'ai entendu la sonnette de l'entrée, et j'ai voulu voir qui arrivait. Papa a ouvert la porte et quelqu'un l'a bousculé au passage. Il était furieux. Je suis montée en vitesse me recoucher. Quand j'ai entendu le premier coup de feu, je ne suis pas descendue tout de suite. Je suis restée dans mon lit et j'ai crié, appelant papa.

Mais il n'est pas venu, et j'ai entendu une autre détonation. J'ai couru jusqu'en bas de l'escalier dans le salon...

Et alors...

Pat se rendit compte qu'elle tremblait, elle se sentait la tête vide. Elle pénétra dans la bibliothèque, se versa un cognac et l'avala d'un coup. Pourquoi le sénateur Jennings s'était-elle montrée aussi bouleversée par cette lettre ? Elle avait été prise de panique, de fureur, de peur.

Pourquoi ?

C'était incompréhensible.

Et pourquoi étais-je moi-même si bouleversée en la lisant ? Pourquoi l'ai-je été chaque fois que je l'ai lue ?

Cette façon qu'a eue Toby de me regarder comme s'il me haïssait. La manière dont il s'est adressé en criant au sénateur. Il n'essayait pas de la calmer, il essayait de l'avertir de quelque chose. Mais de quoi ?

Elle était assise, recroquevillée dans le coin du canapé, les bras entourant ses genoux. J'avais l'habitude de me tenir ainsi lorsque papa était à sa table de travail. « Tu peux rester, Kerry, tant que tu ne fais pas de bruit. » Pourquoi avait-elle de lui un souvenir aussi précis maintenant ? Elle pouvait le voir, non pas comme il était apparu dans les séquences des films, mais comme il avait été en réalité dans cette pièce, pianotant sur le bureau lorsqu'il se concentrait.

Pourquoi avait-elle si peur ? Elle avait très mal dormi la nuit précédente. Un bain chaud et un court repos l'aideraient à retrouver son calme. Lentement, elle monta jusqu'à sa chambre. À nouveau, elle ressentit la sensation indéfinissable d'être épiée. Elle avait eu la même impression la veille, avant de s'endormir, mais une fois encore elle écarta cette pensée de son esprit.

Le téléphone sonna juste au moment où elle atteignait sa chambre. C'était Lila.

« Pat, est-ce que tout va bien ? Je m'inquiétais à votre sujet. Je ne veux pas vous alarmer, mais je sens un danger qui vous entoure, je vous en prie, venez passer la nuit chez moi.

— Lila, vous percevez sans doute que j'ai presque réussi à percer la vérité à propos de cette nuit-là. Quelque chose est arrivé, aujourd'hui, durant le dernier enregistrement, qui a tout déclenché. Mais ne vous inquiétez pas – quoi que ce soit, je peux y faire face.

— Pat, *écoutez-moi*. Vous ne devriez pas vous trouver dans cette maison en ce moment.

— C'est ma seule chance de recoller les pièces du puzzle. »

Lila était inquiète à cause de ces effractions, se dit Pat, allongée dans son bain. Elle craint que je ne puisse supporter la vérité. Elle enfila un peignoir en tissu éponge. Assise devant sa coiffeuse, elle ôta les épingles dans ses cheveux, et commença à les brosser. Elle les avait coiffés en chignon pendant presque toute la semaine. Elle savait que Sam les préférait lorsqu'ils étaient dénoués. Ce soir, elle se coifferait ainsi.

Elle se glissa dans son lit et mit la radio doucement. Elle ne pensait pas s'endormir, mais sombra bientôt dans un demi-sommeil. Entendre prononcer le nom d'Eleanor la ramena brusquement dans la réalité.

La pendule de chevet marquait dix-huit heures quinze. L'émission allait commencer dans quinze minutes.

« Invoquant l'impossibilité de supporter la peur d'être reconnue, Mlle Brown s'est rendue et a été arrêtée. Elle continue à proclamer son innocence dans le vol pour lequel elle a été condamnée. Un porte-parole de la police a déclaré que pendant les neuf années où elle n'a pas respecté les obligations de sa libération conditionnelle, Mlle Brown a vécu avec un aide-infirmier, Arthur Stevens. Stevens est soupçonné dans une série de décès survenus dans les hospices et un mandat d'arrêt a été lancé contre lui. Un illuminé religieux, on l'a surnommé "l'Ange de l'hospice". »

« *L'Ange de l'hospice !* » La première fois qu'il avait téléphoné, son interlocuteur s'était présenté comme un ange de miséricorde, de délivrance et de vengeance Pat se leva d'un bond et saisit le téléphone. Frénétiquement, elle composa le numéro de Sam, laissa la sonnerie retentir dix, douze, quatorze fois, avant de se résoudre à raccrocher. Si seulement elle avait compris ce que disait Eleanor lorsqu'elle parlait d'Arthur Stevens ! *Il avait supplié Eleanor de ne pas se rendre. Pour la sauver, il aurait pu tenter de stopper l'émission.*

Eleanor pouvait-elle être au courant de ces menaces ? Non, je suis sûre qu'elle ne l'était pas, décida Pat. Il fallait prévenir son avocat avant d'avertir la police.

Il était dix-huit heures vingt-cinq. Elle sortit de son lit, ajusta la ceinture de son peignoir, et enfila ses pantoufles. En descendant l'escalier à la hâte, elle se demanda où pouvait bien être Arthur Stevens. Savait-il qu'Eleanor était en état d'arrestation ? Verrait-il l'émission et en voudrait-il à Pat lorsque l'on montrerait la photo d'Eleanor ? L'accuserait-il de l'avoir contrainte à aller se livrer à la police malgré sa promesse ?

Dans le salon, elle poussa l'éclairage du lustre au maximum de son intensité, et prit le temps d'allumer l'arbre de Noël avant de mettre la télévision en marche. Même ainsi, la pièce conservait étrangement un aspect lugubre. S'installant sur le divan, elle regarda l'écran avec attention tandis que le générique se déroulait à la suite des informations de dix-huit heures.

Elle avait désiré voir l'émission sans personne à ses côtés. Au studio, elle avait été consciente de s'être modelée sur les réactions de tous ceux qui étaient présents. Mais elle se rendit compte qu'elle redoutait de la voir à nouveau. C'était beaucoup plus que l'appréhension qu'elle ressentait habituellement au lancement d'une nouvelle série d'émissions.

La chaudière ronfla et un sifflement d'air s'échappa des bouches de chaleur. Le bruit la fit sursauter. C'est fou l'effet que cet endroit a sur moi, pensa-t-elle.

L'émission commençait. D'un œil critique, Pat étudia les trois protagonistes – le sénateur, Luther et elle-même, assis en demi-cercle. L'arrière-plan était bon – Luther avait eu raison de changer les fleurs. Abigail ne manifestait plus cette nervosité qu'elle montrait avant les prises de vues. Les documents sur Apple Junction étaient bien choisis. Les souvenirs d'Abigail sur ses jeunes années avaient juste la touche de chaleur humaine nécessaire. Et tout cela est un tel mensonge, pensa Pat.

Les films d'Abigail et de Willard Jennings à leur mariage, aux réceptions dans leur propriété, durant les campagnes électorales. Les tendres souvenirs d'Abigail à propos de son mari pendant que les films se déroulaient. « Willard et moi... mon mari et moi... » Curieux qu'elle ne l'ait jamais appelé Billy.

Avec une acuité grandissante, Pat se rendit compte que les films d'Abigail jeune éveillaient en elle des souvenirs curieusement familiers. Des souvenirs n'ayant rien à voir avec le fait qu'elle les avait si souvent regardés. Pourquoi cela se produisait-il maintenant ?

Un spot publicitaire apparut sur l'écran.

La séquence sur Eleanor et le détournement des fonds allait passer juste après.

Arthur entendit Patricia Traymore descendre l'escalier. Prudemment, il avança sur la pointe des pieds jusqu'au moment où il fut certain d'entendre les sons assourdis de la télévision provenant du rez-de-chaussée. Il avait craint que des amis se joignent à elle pour regarder l'émission. Mais elle était seule.

Pour la première fois depuis de si nombreuses années, il eut l'impression d'avoir revêtu l'habit que Dieu voulait qu'il portât. Les mains moites, il arrangea autour de lui le délicat tissu de laine. Cette femme profanait même les vêtements sacrés. De quel droit portait-elle le costume des élus ?

Retournant à sa cachette, il se coiffa des écouteurs, alluma son poste de télévision et régla l'image. Il s'était branché sur le câble de l'antenne et l'écran était remarquablement net. S'agenouillant comme devant un autel, les mains jointes dans l'attitude de la prière, Arthur commença à regarder l'émission.

Lila s'installa aussi pour regarder le reportage, son dîner disposé sur un plateau devant elle. Elle ne parvenait même pas à faire semblant de manger. Elle était intimement persuadée que Pat courait un grave danger, et son sentiment s'accentua lorsqu'elle la vit apparaître sur l'écran.

Des pressentiments de Cassandre, pensa-t-elle amèrement. Pat ne veut pas m'écouter. Il lui faut absolument quitter cette maison, sinon *elle va rencontrer une mort plus violente que celle qui a frappé ses parents. Le temps lui est maintenant compté.*

Lila avait rencontré Sam Kingsley une seule fois et l'avait trouvé sympathique. Elle sentait qu'il comptait beaucoup pour Pat. Serait-ce d'aucune utilité de parler au député Kingsley, de partager son appréhension avec lui ? Pourrait-elle le persuader d'user de son influence pour convaincre Pat de quitter sa maison jusqu'à ce que cette sombre malédiction planant au-dessus d'elle se soit dissipée ?

Elle repoussa le plateau, se leva et prit l'annuaire du téléphone. Elle allait l'appeler immédiatement.

En quittant le restaurant, Sam partit directement pour son bureau. Il devait assister à plusieurs réunions, mais à aucun moment il ne réussit à se concentrer. Ses pensées revenaient sans cesse sur ce qu'il venait de découvrir pendant le déjeuner.

Ils avaient construit un fort réseau de présomptions contre Toby Gorgone, mais Sam avait été procureur assez longtemps pour savoir que des présomptions, si sérieuses soient-elles, peuvent être renversées comme un château de cartes. Et la poupée Raggedy Ann renversait les accusations contre Toby. S'il n'était pas impliqué dans le détournement des fonds, ni dans l'accident d'avion, si Catherine Graney avait été la victime d'une agression isolée, alors Abigail était bien conforme à son image – au-dessus de tout reproche et un excellent candidat pour le poste que chacun s'attendait à lui voir occuper. Mais plus Sam pensait à Toby, plus il s'interrogeait.

À dix-huit heures vingt, il en eut terminé, et il appela Pat sans attendre. Sa ligne était occupée.

Rapidement, il ferma son bureau à clé. Il voulait être chez lui à temps pour voir l'émission.

La sonnerie du téléphone l'arrêta dans son élan vers la porte de son bureau. Un instinct secret le poussa à répondre.

C'était Jack Carlson. « Sam, tu es seul ?

— Oui.

— Nous avons de nouveaux éléments dans l'affaire Catherine Graney. Son fils a découvert le brouillon d'une lettre qu'elle a écrite au sénateur. C'est plutôt sérieux. Mme Graney avait l'intention de contester la version du sénateur concernant ses relations avec son mari, et de l'attaquer en diffamation si elle ne retirait pas au cours de l'émission ses déclarations sur l'erreur de pilotage. »

Sam siffla. « Tu veux dire qu'Abigail a pu recevoir cette lettre hier ?

— Exactement. Mais ce n'est pas tout. Les voisins de Mme Graney ont donné une réception hier soir. Nous avons la liste des invités et nous les avons tous interrogés. Un jeune couple qui est arrivé tard, vers vingt-trois heures quinze, a eu du mal à trouver la rue. Ils ont demandé leur chemin à un type qui remontait dans sa voiture à deux blocs plus loin. Il les a expédiés en vitesse. La voiture était une Toyota noire, avec des plaques de Virginie. Ils ont décrit quelqu'un qui ressemble à Gorgone. La fille se souvient même qu'il portait une grosse bague de couleur sombre. Nous sommes à la recherche de Toby pour l'interroger. Ne crois-tu pas que tu devrais appeler la Maison-Blanche ? »

Toby s'était peut-être trouvé près de l'endroit où Catherine Graney avait été assassinée. S'il l'avait tuée, tous leurs soupçons pouvaient se révéler justifiés, et même logiques. « Abigail doit être informée immédiatement, dit Sam. Je vais aller la voir. On doit lui donner une chance de retirer sa candidature. Si elle refuse, j'appellerai le Président moi-même. Même si elle n'avait aucune idée de ce que tramait Toby, elle doit en accepter la responsabilité morale.

— Je ne pense pas que cette dame se soit jamais préoccupée de responsabilité morale. Si J. Edgar Hoover était en vie, elle n'aurait pas fait un tel chemin jusqu'à la vice-présidence. Tu as lu l'autre jour cet article dans le *Tribune* qui racontait combien elle était intime avec le député Adams et sa femme ?

— J'ai vu ça.

— Comme le laisse entendre le journal, il y a toujours eu un bruit selon lequel une autre femme était la cause directe de cette dispute fatale. J'étais un novice au FBI quand cette affaire a éclaté, mais en lisant ce papier, quelque chose m'a tracassé. Instinctivement, j'ai été rechercher le dossier Adams. Il contient une note au sujet d'un député de fraîche date du nom d'Abigail Jennings. Tout semble indiquer *qu'elle* était cette jeune femme. »

Quoi qu'elle fît, Abigail ne pouvait trouver le calme. Savoir qu'elle serait nommée vice-président des États-Unis dans quelques heures était trop excitant.

Madame le Vice-Président. *Air Force 2* et la demeure sur le terrain de l'Observatoire de la Marine. La Présidence du Sénat et la représentante du Président dans le monde entier.

Dans deux ans, l'élection présidentielle. Je l'emporterai, se promit-elle à elle-même. Golda Meir. Indira Gandhi, Margaret Thatcher. Abigail Jennings.

Le Sénat avait été un puissant tremplin. Le soir de son élection, Luther avait dit : « Eh bien, Abigail, vous appartenez au club le plus fermé du monde. »

Et maintenant un autre pas décisif allait être franchi. Elle ne serait plus un sénateur parmi cent autres, mais le deuxième personnage du pays.

Elle avait décidé de porter un ensemble, un chemisier et une jupe de soie avec une veste en tricot dans les tons rose et gris. L'effet serait excellent sur les écrans de télévision.

Le vice-président Abigail Jennings.

Il était dix-huit heures quinze. Elle se leva de sa chaise longue, se dirigea vers la coiffeuse et se brossa les cheveux. Avec dextérité, elle appliqua une touche d'ombre sur ses paupières, du mascara sur ses cils. L'excitation lui avait mis les joues en feu. Elle n'avait pas besoin de fard. Elle pouvait aussi bien commencer à s'habiller dès à présent, regarder l'émission et répéter son discours de remerciement jusqu'au moment de partir pour la Maison-Blanche. Elle enfila son ensemble et attacha l'épingle en or et diamant en forme de soleil sur sa veste. La télévision de la bibliothèque avait le plus grand écran. C'est là qu'elle regarderait l'émission.

« Restez avec nous pour l'émission *les Femmes au gouvernement*. »

Elle avait déjà vu l'émission en entier, à l'exception des dernières minutes. Mais la regarder à nouveau était rassurant. Apple Junction sous son manteau de neige avait un aspect de campagne qui masquait sa pauvreté désolée. Avec attention, elle étudia la maison des Saunders. Elle se souvenait du jour où Mme Saunders lui avait ordonné de retourner sur ses pas et de repasser par l'entrée de service. Elle avait bien rendu la monnaie de sa pièce à cette horrible sorcière.

Si Toby ne s'était pas débrouillé pour trouver l'argent pour Radcliffe, où en serait-elle aujourd'hui ?

Les Saunders me *devaient* cet argent, se dit-elle. Douze années d'humiliation dans cette maison !

Elle regarda les séquences de la réception de son mariage ; les campagnes du début, les funérailles de Willard. Elle se souvenait de son exaltation lorsque, dans la voiture mortuaire, Jack Kennedy avait accepté de pousser le gouverneur à la désigner pour terminer le mandat de Willard.

Une sonnerie prolongée à la porte la fit sursauter. Personne ne venait jamais à l'improviste. Un journaliste pouvait-il avoir l'audace de sonner ainsi ? Elle essaya de ne pas y prêter attention. Mais la sonnerie retentit sans interruption, comme une intrusion inévitable. Elle se dirigea rapidement vers la porte. « Qui est là ?

— Sam. »

Elle ouvrit grand la porte. Il entra, le visage tendu, mais elle lui jeta à peine un coup d'œil.

« Sam, comment se fait-il que vous ne regardiez pas le reportage ? Entrez. » Lui saisissant la main, elle l'entraîna en courant dans la bibliothèque. À l'écran, Luther l'interrogeait sur ses positions à propos de la sécurité aérienne.

« Abigail, il faut que je vous parle.

— Sam, pour l'amour du ciel ! Voulez-vous vraiment m'empêcher de regarder ma propre émission ?

— Cela ne peut pas attendre. » Avec le documentaire comme toile de fond, il lui expliqua la raison de sa venue. Il vit l'incrédulité apparaître dans son regard.

« Essayez-vous de me dire que Toby pourrait avoir tué cette Mme Graney ? Vous êtes fou.

— Vraiment ?

— Il était avec une fille. Cette serveuse en témoignera.

— Deux personnes en ont fait une description précise, la lettre que Catherine Graney vous a écrite en était le mobile.

— Quelle lettre ? »

Ils se regardèrent fixement, et le visage d'Abigail pâlit.

« C'est lui qui ramasse votre courrier, n'est-ce pas, Abigail ?

— Oui.

— L'a-t-il fait hier ?

— Oui.

— Et que vous a-t-il apporté ?

— La paperasse habituelle. Attendez une minute. Vous ne pouvez pas l'accuser comme ça. Vous devez le faire en sa présence.

— Alors, faites-le venir maintenant. De toute façon, on va l'interpeller pour l'interroger. »

Sam la regarda composer le numéro. Sans émotion, il observa la tenue ravissante qu'elle portait. Elle s'était habillée pour devenir vice-président, pensa-t-il.

Le récepteur à l'oreille, Abigail écoutait la sonnerie. « Il ne veut sans doute pas répondre. Il ne s'attendait certainement pas à ce que je l'appelle. » Sa voix traîna un instant, puis devint soudain impérative. « Sam, vous ne pouvez pas croire ce que vous êtes en train de raconter. Pat Traymore vous a mis cette idée dans la tête. Elle a décidé de me contrer depuis le début.

— Pat n'a rien à voir avec le fait que Toby Gorgone a été vu près de la maison de Catherine Graney. »

À la télévision, Abigail expliquait pourquoi elle avait pris la tête du mouvement en faveur de la sécurité aérienne. « Je suis veuve aujourd'hui parce que mon mari avait loué l'avion le moins cher qu'il puisse trouver. »

Sam montra l'écran. « Cette déclaration aurait suffi à pousser Catherine Graney à s'adresser à la presse demain matin, et Toby le savait. Abigail, si le Président a annoncé cette conférence de presse ce soir pour vous présenter comme vice-président-désigné, vous devez lui demander de reporter cette déclaration jusqu'à ce que cette affaire soit éclaircie.

— Avez-vous perdu la tête ? Je me fiche que Toby se soit trouvé à deux blocs de l'endroit où cette femme a été tuée. Qu'est-ce que cela prouve ?

Peut-être a-t-il une bonne amie dans le coin ou joue-t-il aux cartes à Richmond. Il a sans doute décidé de ne pas répondre au téléphone. Je regrette vraiment d'avoir pris la peine d'ouvrir cette porte. »

Un sentiment d'urgence envahit Sam. Hier, Pat lui avait dit avoir ressenti de l'hostilité chez Toby ; et qu'elle devenait nerveuse lorsqu'il se trouvait dans les parages. Il y a deux minutes, Abigail avait déclaré que Pat voulait ruiner sa carrière. Toby le croyait-il ? Sam saisit Abigail par les épaules. « Se pourrait-il que Toby considère Pat comme une menace pour vous ?

— Sam, arrêtez, lâchez-moi ! Il était simplement aussi bouleversé que moi par l'attention néfaste qu'elle m'attirait, mais même cet élément a joué en ma faveur. En fait, il pense qu'après tout elle m'a plutôt aidée.

— En êtes-vous *certaine* ?

— Sam, Toby n'avait jamais vu Pat avant la semaine dernière. Vous n'êtes pas logique. »

Il ne l'avait jamais vue avant la semaine dernière ? Ce n'était pas vrai ; Toby avait connu Pat enfant. L'avait-il reconnue ? Abigail avait eu une aventure avec le père de Pat. Pat était-elle en train de s'en rendre compte ? Pardonnez-moi, Pat, pensa-t-il. Je dois le lui dire. « Abigail, Pat est la fille de Dean Adams. Kerry.

— Pat Traymore est... Kerry ? » Les yeux d'Abigail s'agrandirent sous l'effet de la surprise. Puis elle se dégagea. « Vous ne savez pas ce que vous dites. Kerry Adams est morte.

— Je vous dis que Pat Traymore est Kerry Adams. On m'a raconté votre aventure avec son père, on m'a dit aussi que vous êtes peut-être la cause de cette dernière dispute. Pat retrouve peu à peu des souvenirs de cette nuit-là. Toby pourrait-il essayer de vous protéger, vous et lui, de ce qu'elle est susceptible de découvrir ?

— Non, dit sèchement Abigail. Peu m'importe si elle se souvient de m'avoir vue. Rien de ce qui est arrivé n'est ma faute.

— Et *Toby* – Toby était-il là ?

— Elle n'a pas pu le voir. Quand il est retourné chercher mon sac dans la maison, elle était déjà inconsciente. »

Les implications de ce qu'elle venait de dire leur traversèrent en même temps l'esprit. Sam se précipita vers la porte, Abigail trébuchant derrière lui.

Arthur regardait la séquence où l'on voyait Glory, menottes aux poignets, quitter la salle du tribunal après avoir été déclarée coupable. Il y avait un gros plan d'elle. Son visage était absent et sans expression, mais ses pupilles semblaient énormes. L'incompréhension douloureuse qui se lisait dans ses yeux lui arracha des larmes. Puis, n'en croyant pas ses oreilles, il écouta Pelham déclarer : « Hier, en donnant pour raison sa terreur d'être finalement reconnue, Eleanor Brown s'est rendue à la police. Elle est maintenant gardée à vue et retournera en prison pour y terminer sa peine. »

Glory s'était rendue à la police. Elle n'avait pas tenu la promesse qu'elle lui avait faite.

Non. Elle avait été *contrainte* de rompre cette promesse – contrainte par la certitude d'être reconnue au cours de cette émission. Il sut qu'il ne la reverrait jamais plus.

Ses voix, courroucées et vengeresses, s'adressèrent à lui. Les poings serrés, il écouta intensément. Quand elles se turent, il arracha ses écouteurs. Sans prendre la peine de remettre en place les étagères qui masquaient sa cachette, il s'élança vers le palier et descendit l'escalier.

Assise sans bouger, Pat regardait l'émission d'un œil critique. Elle était en train de lire les premiers mots de la lettre. « Billy chéri. »

« Billy, murmura-t-elle. Billy. »

Avec une attention profonde, elle étudia l'expression de stupéfaction d'Abigail Jennings, la crispation involontaire de ses poings, avant qu'elle eût réussi par un effort surhumain à prendre une attitude agréablement émue pendant la lecture du reste de la lettre.

Pat avait déjà vu cette expression d'angoisse sur le visage d'Abigail.

« *Billy chéri. Billy chéri.* »

« *Tu ne dois pas appeler maman "Renée".* »

« *Mais papa t'appelle "Renée"...* »

La manière dont Abigail s'était jetée sur elle lorsque les caméras s'étaient arrêtées. « *Où avez-vous trouvé cette lettre ? Qu'essayez-vous de me faire ?* »

Le cri de Toby : « C'est très bien, Abby. C'est très bien de laisser les gens entendre la dernière lettre que vous avez écrite à votre mari. » « *Votre mari.* » C'est ce qu'il avait essayé de lui dire.

Cette photo d'Abigail et de son père à la plage, leurs mains qui s'effleuraient.

C'était Abigail qui avait sonné à la porte ce soir-là, qui s'était précipitée en bousculant son père, le visage ravagé par le chagrin et la colère.

« Tu ne dois pas m'appeler "Renée", et tu ne dois pas appeler ton papa "Billy". »

Dean *Wilson* Adams. Son *père* – et non Willard Jennings – était Billy !

La lettre ! Pat l'avait trouvée sur le sol dans la bibliothèque, le jour où elle avait voulu cacher les papiers personnels de son père aux yeux de Toby. Elle avait dû tomber de ses dossiers et non de ceux d'Abigail.

Abigail était présente cette nuit-là. Elle et Dean Adams – *Billy* Adams – avaient été amants. Avait-elle déclenché cette ultime querelle ?

Une petite fille était recroquevillée dans son lit, les mains pressées sur ses oreilles, pour étouffer le son des voix furieuses.

Le coup de feu.

« Papa ! Papa ! »

Une autre détonation.

Et puis j'ai couru en bas de l'escalier. J'ai trébuché sur le corps de maman. Oh ! Dieu, est-il possible qu'Abigail ait été là lorsque je suis entrée en courant dans la pièce ?

La porte-fenêtre qui donnait sur la cour s'était ouverte.

Le téléphone se mit à sonner, et au même instant, le lustre s'éteignit. Pat sursauta et se retourna. Éclairée par les lumières scintillantes de l'arbre de Noël, une apparition fondait sur elle, la haute silhouette décharnée d'un moine au visage lisse et absent, encadré de cheveux argentés, au milieu duquel étincelaient deux yeux d'un bleu de porcelaine.

Toby se dirigeait vers Georgetown, restant prudemment en dessous de la vitesse légale – ce soir, mieux valait ne pas attraper de contravention. Il avait attendu le début du reportage avant de partir. Il savait qu'Abby resterait rivée devant le récepteur pendant toute cette demi-heure. Si elle lui téléphonait après l'émission, il pourrait toujours dire qu'il était sorti pour s'occuper de la voiture.

Dès le début, il s'était rendu compte qu'il y avait quelque chose de bizarrement familier chez Pat Traymore. Des années auparavant, il n'avait pas versé une larme en apprenant que Kerry Adams « avait succombé à ses blessures ». Non pas que les déclarations d'une enfant de trois ou quatre ans eussent pu avoir le moindre poids devant un tribunal, mais ce n'était pas le genre de chagrin dont il se souciait.

Abby ne s'était pas trompée. Pat Traymore avait eu dès le premier jour l'intention de les piéger. Mais elle n'allait pas s'en tirer ainsi.

Il était dans la rue M à Georgetown. Il tourna dans la 31e, atteignit la rue N, puis tourna à droite. Il savait où se garer. Il l'avait déjà fait auparavant.

La partie droite de la propriété s'étendait jusqu'à la moitié du bloc. Il laissa la voiture juste à l'angle de la rue suivante, revint à pied sur ses pas et, négligeant la grille cadenassée, escalada sans difficulté la clôture. Silencieusement, il se fondit dans l'obscurité derrière la cour.

Il songeait malgré lui à cette autre nuit au même endroit – il se revoyait entraînant Abby à l'extérieur, une main sur sa bouche pour l'empêcher de hurler, l'étendant sur le siège de la voiture, et sa plainte terrifiée : « Mon sac est resté là-bas », et il était retourné dans la maison.

Longeant les arbres, à l'abri des regards, Toby se colla contre l'arrière de la maison et progressa jusqu'à la cour, à quelques centimètres de la porte-fenêtre. Tournant la tête, il regarda avec précaution à l'intérieur.

Son sang se glaça. Pat Traymore était étendue sur le divan, les jambes attachées et les mains liées derrière le dos. Un bâillon lui fermait la bouche. À genoux à ses côtés, un prêtre, ou un moine, le dos tourné à la porte, allumait les bougies d'un chandelier d'argent. Qu'était-il donc en train de manigancer ? L'homme se retourna et Toby put le voir plus distinctement. Ce n'était pas un vrai prêtre. Ce n'était pas un costume ecclésiastique – c'était une sorte de tunique. L'expression de son visage rappela à Toby celle d'un voisin qui était devenu fou, quelques années auparavant.

L'homme hurlait en s'adressant à Pat Traymore. Toby avait du mal à comprendre ses paroles. « Vous n'avez pas écouté mes avertissements. Je vous avais pourtant donné le choix. »

Avertissements. Ils avaient cru que Pat Traymore avait inventé cette histoire d'appels téléphoniques et d'effraction. Mais si ce n'était pas le cas...

Pendant que Toby l'épiait, l'homme prit le chandelier et le plaça sous les branches basses du sapin.

Il était en train de mettre le feu à la maison ! Pat Traymore allait être prise au piège. Tout ce qu'il avait à faire était de retourner à sa voiture et de rentrer chez lui.

Toby s'aplatit contre le mur. L'homme se dirigeait vers la porte-fenêtre qui donnait sur la cour. *Et si on le trouvait là ?* Tout le monde savait que Pat Traymore était menacée. Si la maison brûlait et qu'on la retrouvait avec l'auteur de ces menaces, tout serait terminé. Plus d'enquêtes, aucune chance non plus pour que quelqu'un parle d'une voiture suspecte garée dans les parages.

Toby attendit d'entendre le déclic de la serrure. L'homme à l'habit de moine ouvrit la porte-fenêtre, puis se retourna pour regarder à l'intérieur de la pièce.

Silencieusement, Toby s'approcha et se tint derrière lui.

Tandis que le générique de fin se déroulait sur l'écran, Lila refit le numéro de Sam. Mais sans succès. Il n'y avait toujours pas de réponse. Elle essaya à nouveau d'appeler Pat. Après une demi-douzaine de sonneries, elle raccrocha et s'approcha de la fenêtre. La voiture de Pat était toujours garée dans l'allée. Lila était sûre que la jeune fille se trouvait chez elle. Pendant qu'elle surveillait la maison, il lui sembla voir apparaître un reflet rouge derrière l'aura obscure qui entourait la maison.

Fallait-il avertir la police ? Si Pat approchait de la vérité concernant cette tragédie... si le danger que pressentait Lila était plus psychologique que physique... Pat cherchait si désespérément à comprendre comment l'un de ses parents avait pu la blesser si affreusement. Et si la vérité avait été encore pire qu'elle ne l'imaginait ?

Que pourrait faire la police si Pat refusait simplement d'ouvrir la porte ? Ils ne l'enfonceraient certainement pas parce que Lila leur aurait fait part de ses prémonitions. Lila savait bien quel cas les policiers faisaient de la parapsychologie.

Désemparée, elle resta devant la fenêtre, contemplant les noirs nuages qui enveloppaient la maison de l'autre côté de la rue.

La porte-fenêtre sur la cour. On l'avait ouverte cette nuit-là. Elle avait levé les yeux, l'avait vu et s'était précipitée vers lui, entourant ses jambes de ses bras. Toby, son ami qui la promenait toujours sur son dos. Et il l'avait soulevée et projetée violemment...

Toby... c'était donc *Toby*.

Et il était dans la pièce à présent, debout derrière Arthur Stevens.

Arthur sentit la présence de Toby et se retourna soudainement. Le coup que lui assena Toby l'atteignit directement à la gorge, l'envoyant trébucher en arrière à travers la pièce. Avec un cri étouffé, suffoquant, il s'abattit près de la cheminée. Ses yeux se fermèrent ; sa tête pencha sur le côté.

Toby pénétra dans la pièce. Pat se recroquevilla à la vue des jambes massives habillées d'un pantalon sombre, du corps épais, des mains puissantes, et du carré noir de la bague ornée de l'onyx.

Il se pencha au-dessus d'elle. « Vous savez, n'est-ce pas, Kerry ? Aussitôt que j'ai découvert qui vous étiez, j'ai su que vous alliez deviner la vérité. Je regrette ce qui est arrivé, mais il fallait que je protège Abby. Elle était folle de Billy. Quand elle a vu votre mère l'abattre, elle a failli s'évanouir. Si je n'étais pas revenu chercher son sac, je vous jure que je ne vous aurais pas touchée. Je voulais seulement vous faire taire pour un moment. Mais maintenant, vous cherchez à perdre Abby, et il ne faut pas que vous y parveniez.

« Vous m'avez facilité les choses cette fois-ci, Kerry. Chacun sait qu'on vous a menacée. Je ne pensais pas avoir une telle chance ; on va trouver ce cinglé à vos côtés, et plus personne ne posera de questions. Vous posez trop de questions – vous vous en rendez compte ? »

Les branches qui surplombaient le chandelier prirent feu soudainement. Elles commencèrent à grésiller, des volutes de fumée montèrent vers le plafond. « Dans quelques minutes, la pièce tout entière sera réduite en cendres, Kerry. Il faut que je rentre maintenant ; c'est un grand soir pour Abby. »

Il lui tapota la joue. « Je regrette ! »

L'arbre en entier prit feu. Au moment où Pat vit Toby refermer la porte-fenêtre derrière lui, le tapis se mit à brûler. Une odeur prononcée de résineux se mêla à la fumée. Elle essaya de retenir sa respiration. Ses yeux la piquaient trop pour qu'elle pût les maintenir ouverts. Elle allait être asphyxiée. Roulant sur elle-même jusqu'au bord du divan, elle se laissa tomber à terre. Elle heurta du front le pied de la table basse, sursauta sous le coup de la douleur, essaya de ramper en direction de l'entrée. Avec les poings liés dans le dos, elle pouvait à peine bouger. Elle parvint à se retourner sur le dos, à se déplacer en s'arc-boutant sur les mains. Le lourd peignoir en éponge gênait ses mouvements. Ses pieds nus glissaient sans pouvoir accrocher le tapis.

Arrivée à la limite du salon, elle s'arrêta. Si elle réussissait à fermer la porte, elle empêcherait le feu de se propager, au moins quelques minutes. Elle se traîna par-dessus le seuil ; la plaque de métal lui écorcha la peau des mains ; elle se contorsionna pour franchir la porte, prit appui contre le mur, engagea son épaule et repoussa la porte jusqu'à ce qu'elle entendît la gâche se fermer. L'entrée se remplissait déjà de fumée. Pat ne pouvait plus distinguer la direction qu'elle avait prise. Si elle s'égarait dans la bibliothèque, elle était perdue.

Se servant de la plinthe pour se guider, elle progressa centimètre par centimètre vers la porte d'entrée.

42

Lila essaya encore une fois de joindre Pat. Cette fois, elle demanda aux réclamations de vérifier le numéro. La ligne n'était pas en dérangement.

Elle ne pouvait attendre davantage. Un malheur se préparait. Elle allait demander à la police d'aller inspecter la maison de Pat ; elle leur dirait qu'elle pensait avoir vu un rôdeur. Mais lorsque le sergent de garde répondit, elle ne put parler. Sa gorge se serra comme si elle était en train d'étouffer. Ses narines étaient emplies d'une fumée âcre. Une douleur la saisissait aux chevilles et aux poignets. Son corps était brûlant. Le sergent se nomma à nouveau, impatient. Enfin, Lila retrouva sa voix. « 300 rue N ! cria-t-elle Patricia Traymore est en train de mourir ! Patricia Traymore est en train de mourir ! »

Sam conduisait à tombeau ouvert, brûlant les feux rouges, espérant trouver une voiture de police sur son passage, qui l'escorterait. Assise à côté de lui, Abigail pressait ses poings contre sa bouche.

« Abigail, je veux la vérité. Qu'est-il arrivé la nuit où Dean et Renée Adams ont trouvé la mort ?

— Billy avait promis d'obtenir le divorce... Ce jour-là, il m'a appelée et m'a dit qu'il ne pouvait pas se séparer de Renée... Qu'il devait tenter de sauver leur mariage... Qu'il ne pouvait quitter Kerry. Je croyais que Renée était à Boston. Je me suis rendue chez lui pour le supplier. Renée s'est mise dans tous ses états en me voyant. Elle avait découvert la vérité à notre sujet. Billy gardait un revolver dans son bureau Elle a voulu le tourner contre elle même... Il a essayé de le lui arracher... Le coup est parti... Sam, ç'a été un cauchemar. Il est mort devant mes yeux !

— Mais qui l'a tuée ? demanda Sam. Qui ?

— Elle s'est tuée elle-même, dit Abigail dans un sanglot. Toby savait qu'il allait se passer un drame. Il surveillait la scène depuis la cour. Il m'a entraînée hors de la maison vers la voiture. Sam, j'étais sous le choc. Je ne savais pas ce qui arrivait. La dernière chose que j'ai vue, c'est Renée debout, le revolver à la main. Toby a dû aller rechercher mon sac. Sam, je jure que j'ai entendu le second coup avant qu'il ne retourne dans la maison. Je le jure. Il m'a raconté ce qui est arrivé à Kerry le jour suivant. Il m'a dit qu'elle avait dû descendre juste après notre départ, et que Renée l'avait sans doute repoussée violemment contre la cheminée pour l'écarter. Mais il ne s'était pas rendu compte qu'elle était sérieusement blessée.

— Pat se souvient d'avoir heurté le corps de sa mère.

— Non. C'est impossible. Elle ne peut pas l'avoir heurté. »

Ils tournèrent dans Wisconsin Avenue, faisant crisser les pneus.

« Vous avez toujours cru Toby, l'accusa Sam, parce que vous vouliez le croire. Cela vous arrangeait. Abigail, avez-vous vraiment cru que l'accident de l'avion était fortuit ? Avez-vous cru Toby lorsque vous lui avez fourni un alibi au sujet des fonds électoraux ?

— Oui... oui... »

Les rues étaient pleines de piétons. Sam donna de furieux coups de Klaxon. Les gens se dirigeaient tranquillement vers les restaurants. Il prit la rue M à toute allure, traversa la 31ᵉ jusqu'au croisement avec la N et écrasa la pédale du frein. Ils furent tous les deux projetés en avant. « Oh ! mon Dieu ! » murmura Abigail.

Une femme d'un certain âge hurlait au secours, tapait des deux poings contre la porte de la maison de Pat. Une voiture de police, sirène en marche, fonçait le long du bloc.

La maison était en feu.

Toby traversait la cour en toute hâte en direction de la clôture. Tout était terminé maintenant. Plus de fils conducteurs. Plus d'épouse de pilote prête à créer des ennuis à Abigail. Plus de Kerry Adams pour se souvenir de ce qui s'était passé dans le salon cette nuit-là.

Il ne devait plus perdre une minute. Bientôt Abby allait le demander. Elle était attendue à la Maison-Blanche dans une heure. *Quelqu'un criait au secours. Quelqu'un avait dû remarquer la fumée.* Il entendit la sirène de la police et se mit à courir.

Il avait atteint la clôture lorsqu'une voiture passa à toute vitesse, prit le virage sur les chapeaux de roues et s'arrêta dans un hurlement de pneus. Les portières claquèrent ; Toby entendit un homme crier le nom de Pat Traymore. Sam Kingsley ! Il fallait déguerpir. Tout l'arrière de la maison commençait à prendre feu. On allait le voir.

« Pas par-devant, Sam, par-derrière, par-derrière. » Toby sauta par-dessus la clôture. Abby. C'était Abby. Elle courait le long de la maison, se dirigeant vers la cour. Il se précipita vers elle, la dépassa. « Abby, pour l'amour de Dieu, ne restez pas ici. »

Elle le regarda avec des yeux hagards. L'odeur de la fumée emplissait l'air de la nuit. Une fenêtre sur le côté de la maison explosa, les flammes volèrent au-dessus de la pelouse.

« Toby, est-ce que Kerry est à l'intérieur ? » Abby l'avait pris par les revers de sa veste.

« Je ne sais pas ce que vous voulez dire.

— Toby, on vous a vu près de la maison des Graney la nuit dernière.

— Abby, taisez-vous. La nuit dernière, j'ai dîné avec mon amie du Steakburger. Vous m'avez vu revenir à dix heures et demie.

— Non, je ne vous ai pas vu.

— Si, Sénateur !

— Alors, c'est vrai... ce que m'a dit Sam...

— Abby, arrêtez ces conneries ! Je prends soin de vous. Vous prenez soin de moi. Cela s'est toujours passé ainsi, et vous le savez parfaitement. »

Une voiture de police, girophare en action, passa à toute vitesse. « Abby, il faut que je me tire d'ici. » Il n'y avait aucune trace de peur dans sa voix.

« Kerry est-elle à l'intérieur ?

— Je n'ai pas mis le feu. Je ne lui ai rien fait.

— Est-elle à l'intérieur ?

— Oui.

— Espèce de brute ! Brute stupide et criminelle ! Allez la sortir de là ! » Elle le frappa à la poitrine. « Vous m'entendez. Allez la sortir de là. » Des flammes s'échappaient du toit. « Faites ce que je vous dis », cria-t-elle.

Pendant plusieurs secondes, ils restèrent face à face. Puis Toby haussa les épaules, cédant devant elle, et il courut maladroitement le long de la pelouse couverte de neige sur le côté de la maison, traversa le jardin, arriva dans la cour. La sirène des pompiers retentit dans les rues au moment où il défonçait la porte à coups de pied.

La chaleur à l'intérieur était insupportable. Retirant sa veste, Toby s'enveloppa la tête et les épaules. Il avait laissé Pat sur le canapé, quelque part à droite de la porte. C'est parce qu'elle est la fille de Billy, pensa-t-il. C'est fini pour vous, Abby. On ne s'en tirera pas cette fois-ci. Il était près du canapé, passait la main sur les coussins. Il n'y voyait rien. Elle n'était pas là.

Il essaya d'explorer le sol. Un craquement retentit au-dessus de sa tête. Il ne devait pas rester ici – toute la maison était prête à s'effondrer.

Il se dirigea en trébuchant en direction de la porte, guidé par un courant d'air froid. Des morceaux de plâtre lui tombèrent dessus ; il perdit l'équilibre et tomba. Sa main toucha un corps. Un visage, mais pas celui d'une femme. Celui du fou.

Toby se releva ; il tremblait, la pièce oscillait devant lui. L'instant d'après, le plafond s'écroulait.

Avec un dernier souffle, il murmura : « Abby ! » Mais il savait que cette fois, elle ne pouvait pas l'aider.

Rampant, poussant sur ses mains, Pat se déplaça centimètre par centimètre le long de l'entrée. La corde trop serrée avait bloqué la circulation dans sa jambe droite. Il lui fallait se servir uniquement de ses doigts et de ses paumes pour avancer. Le plancher devenait atrocement chaud. La fumée âcre lui piquait les yeux et la peau. Elle ne pouvait plus se guider le long de la plinthe. Elle avait perdu son orientation. C'était sans espoir. Elle étouffait. Elle allait être brûlée vive.

Puis elle entendit… les coups… la voix… la voix de Lila qui appelait à l'aide… Pat se contorsionna, essaya de se mouvoir vers le son. Un rugissement venant de l'arrière de la maison fit trembler le sol. La maison tout entière s'écroulait. Elle sentit qu'elle perdait conscience… Il était écrit qu'elle mourrait dans cette maison.

À l'instant où elle sombrait dans les ténèbres, elle entendit des coups, des bruits de planches qui se brisaient. Ils essayaient d'enfoncer la porte. Elle en était si proche. Un appel d'air froid. Des colonnes de flammes et de fumée aspirées par la percée. Des voix d'hommes qui criaient : « *Trop tard. Vous ne pouvez pas rentrer là-dedans.* » Les cris de Lila : « *Aidez-la, aidez-la !* » La voix de Sam, furieux, désespéré : « *Lâchez-moi !* »

Sam... Sam... Des pas tout près d'elle. Sam qui hurlait son nom. Rassemblant ses dernières forces, Pat leva les jambes et les projeta contre le mur.

Sam se retourna. À la lueur des flammes, il l'aperçut, la souleva dans ses bras, et sortit en courant de la maison.

La rue était remplie de voitures de police et de camions de pompiers. Les badauds attroupés gardaient un silence atterré. Droite comme une statue, Abigail regardait les infirmiers s'affairer autour de Pat. À genoux à côté de la civière, Sam caressait les bras de Pat, le visage blêmi par l'angoisse. À quelques pas de là, Lila se tenait tremblante, le teint couleur de cendre, les yeux rivés sur le corps immobile. Tout autour d'eux, les débris couverts de suie s'échappaient de la maison en ruine.

« Son pouls bat plus fort », dit l'infirmier.

Pat remua, voulut ôter le masque à oxygène.

« Je suis là, chérie. » Sam leva la tête. Abigail lui touchait l'épaule. Elle avait le visage maculé de suie. L'ensemble qu'elle devait porter à la Maison-Blanche était tout fripé. « Je suis contente que Kerry soit saine et sauve, Sam. Prenez bien soin d'elle.

— C'est mon intention.

— Je vais demander à un policier de me conduire jusqu'à une cabine téléphonique. Je ne me sens pas capable de dire au Président en personne que je dois abandonner la scène politique. Dites-moi ce que je dois faire pour aider Eleanor Brown. »

Lentement, elle se dirigea vers la voiture de police la plus proche. En la reconnaissant, les passants laissèrent échapper des réflexions étonnées et s'écartèrent pour la laisser passer. Quelques-uns commencèrent à applaudir. « Votre émission était formidable, lui dit quelqu'un. On vous aime », « Nous vous soutenons pour la vice-présidence », cria un autre.

En montant dans la voiture, Abigail Jennings se retourna, et avec un demi-sourire torturé se força à répondre à leurs ovations, pour la dernière fois.

43

Le 29 décembre à neuf heures du soir, le Président pénétra dans la Salle Est de la Maison-Blanche pour tenir la conférence de presse hâtivement annulée deux jours plus tôt. Il s'avança vers le pupitre où avaient été disposés les microphones. « Je me demande bien pourquoi nous sommes tous rassemblés ici », fit-il remarquer. Il y eut un rire général.

Le Président exprima son regret que l'ex-vice-président ait dû donner sa démission avant la fin de son mandat. Puis il enchaîna. « Il existe un grand nombre de remarquables représentants qui pourraient remplir le rôle avec talent et prendre ma succession au cours de mon second mandat si pour une raison quelconque je ne pouvais le terminer. Cependant, la personne que j'ai choisie comme vice-président, avec l'appui enthousiaste des responsables de tous les départements du gouvernement, et sous condition de sa ratification par le Congrès, occupera une position tout à fait exceptionnelle dans l'histoire de ce pays. Mesdames et messieurs, j'ai le grand plaisir de vous présenter la première femme vice-présidente des États-Unis, le sénateur Claire Lawrence du Wisconsin. »

Une salve d'applaudissements éclata tandis que l'assistance se levait.

Serrés l'un contre l'autre sur le divan de son appartement, Sam et Pat regardaient la conférence de presse. « Je me demande si Abigail regarde tout ceci, dit Pat.

— J'imagine que oui.

— Elle n'avait pas besoin de l'aide de Toby. Elle y serait arrivée par elle-même.

— C'est vrai. Et c'est ce qu'il y a de plus triste.

— Que va-t-elle devenir ?

— Elle va quitter Washington. Mais ne la croyez pas finie. Abigail a vraiment du ressort. Elle va se battre pour revenir à la surface. Et cette fois, sans cet enflé à ses côtés.

— Elle a accompli beaucoup de choses, dit Pat tristement. Par bien des côtés, elle *était* la femme que j'avais imaginée. »

Ils écoutèrent le discours de réception de Claire Lawrence. Puis Sam aida Pat à se lever. « Avec vos sourcils et vos cils brûlés, vous avez un air d'étonnement inouï. » Il prit son visage entre ses deux mains. « Vous vous sentez mieux, maintenant que vous êtes sortie de l'hôpital ?

— Vous le savez bien ! »

Il avait été si près de la perdre. Elle levait la tête vers lui, le visage confiant mais inquiet. « Que va-t-il advenir d'Eleanor ? demanda-t-elle. Vous ne m'avez rien dit et j'ai eu peur de vous questionner.

— Je n'avais pas l'intention de vous cacher quoi que ce soit. La déclaration amendée d'Abigail, plus tout ce que nous savons sur Toby va l'innocenter. Et vous ? Maintenant que vous savez la vérité, que ressentez-vous à propos de votre père et de votre mère ?

— Je suis heureuse de savoir que mon père n'a pas appuyé sur la détente. Je suis triste pour ma mère. Et contente qu'aucun des deux ne soit responsable de mes blessures cette nuit-là. Ils n'étaient vraiment pas faits l'un pour l'autre, mais personne n'est réellement responsable de ce qui est arrivé. Peut-être suis-je en train de mieux connaître les gens. Du moins, je l'espère.

— Réfléchissez. Si vos parents ne s'étaient pas rencontrés, vous n'existeriez pas, et je pourrais passer le reste de ma vie dans un endroit décoré – comment avez-vous dit ? – comme le hall d'entrée d'un motel ?

— Quelque chose comme ça.

— Avez-vous pris une décision à propos de ce job ?

— Je ne sais pas. Luther semble sincère lorsqu'il me propose de rester. Je pense que, dans l'ensemble, l'émission a été bien accueillie. Il m'a demandé d'envisager un reportage sur Claire Lawrence, et peut-être même pourrions-nous avoir la Première Dame des États-Unis. C'est très tentant. Il jure que j'aurai le contrôle total de la création sur mes projets. Et avec vous dans les parages, il n'essaiera certainement plus de me faire du gringue.

— Il vaudrait mieux pour lui ! » Sam passa son bras autour d'elle et vit apparaître un léger sourire sur les lèvres de Pat. « Venez voir la vue sur le fleuve. » Ils se dirigèrent vers la fenêtre. La nuit était chargée de nuages, mais le Potomac scintillait sous les lumières du centre Kennedy.

« Je ne crois pas avoir jamais ressenti une telle angoisse ; voir cette maison en feu, sachant que vous étiez à l'intérieur », dit-il. Ses bras la serrèrent plus fort. « Je ne peux pas vous perdre, Pat. Ni maintenant ni jamais ! » Il l'embrassa. « Je suis tout à fait sérieux en disant qu'il n'y a pas de temps à perdre. Que diriez-vous d'une lune de miel à Caneel Bay la semaine prochaine ?

— Économisez votre argent. Je préfère retourner à Cape Cod.

— Et au Ebb Tide ?

— Exactement. Avec un changement. » Elle leva son visage, et son sourire devint radieux. « Cette fois-ci, nous prendrons le même avion pour rentrer à la maison. »

Photocomposition Nord Compo
59650 Villeneuve-d'Ascq

Achevé d'imprimer par GGP Media GmbH, Pößneck
en juillet 2011
pour le compte de France Loisirs,
Paris

N° d'éditeur : 64841
Dépôt légal : mars 2010

Imprimé en Allemagne